国家社会科学基金项目

新时期 小城镇叙事小说研究

Town Narrative Novels in **New Era**

周水涛 / 著

社会科学文献出版社
SOCIAL SCIENCES ACADEMIC PRESS (CHINA)

国家社会科学基金项目

项　目　名　称： 新时期小城镇叙事小说研究

批　准　文　号： 08BZW063

项 目 主 持 人： 周水涛

项目组主要成员： 陈美兰　王文初　江胜清

余志平　黄　颂　方华蓉

孙方友笔下的小镇：颍河镇清真寺

孙方友笔下的小镇：颍河镇渡口

小城镇叙事小说代表作家
孙方友

小镇属于城乡接合部，是一个地区的经济文化中心，具有双重性格，开放中封闭，封闭中又有开放。因此，这里的生活是透明的，很少有真正的隐私，包括最为稳私的偷情在这里都是透明的，正是透明化的生活造就了彼此间的熟悉，人与人之间相熟到骨子里，正是这份透明才能给予我们丰富的生活经验和丰满的书写对象。也就是说，透明的生活是文学产生的基础，也是文学题材和人物形象千变万化的重要根基。

——孙方友

陈世旭笔下的小镇原型一隅（1）

陈世旭笔下的小镇原型一隅（2）

小城镇叙事小说代表作家

陈世旭

小镇是乡村与城市的连接地带，是农业文明与现代文明的过渡地带，有比城市多得多的乡土传承，又有比乡村多得多的城市因素。从这个意义上说，我写小镇其实是写从数千年的农业社会向现代世界转型的当代中国。

——陈世旭

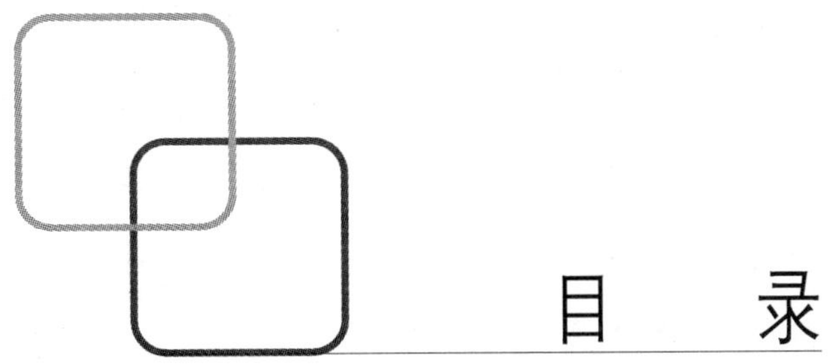

目　录

导 论

一 小城镇与小城镇叙事

对于小城镇这一概念外延与内涵的界定，国内学者至今仍未达成共识。什么是小城镇？正如卢汉超所说："小城镇是一个使用很广而又缺乏严格定义的概念。"① 这一概念之所以"缺乏严格定义"，就在于很难定义，而定义之难，主要在于"小城"与"镇"的边界的认定。

"小城镇"应该可以分解为"小城"和"镇"。对于城市大小的划分或界定，目前存在着多种标准，如居民人口数量的多少，行政区划级别的高低，市区人口密度的大小，拥有第二、第三产业比重的大小等。现在人们一般认为，"小城"是"地级市""县级市"或"县辖镇"，其"市区"人口数量在20万以下；"镇"是典型的"城乡接合部"，根据其行政区划及经济地位一般可分为"建制镇"或"乡镇"。"建制镇"一般是镇政府或乡政府的所在地，是一方乡土的经济政治文化中心，它虽然不像"县辖市"那样直接由"县级市"管辖，但它拥有"县级市"的许多派出机构，它的许多政治、经济、文化实体或单位直接与县城的对应实体或单位挂钩。乡镇，在许多情况下是乡政府的所在地，但有时就是农民集中居住、具有"街"的形态的一般乡村，所谓"街尾乡头"——尽管它拥有茶馆、诊所、商店等作为"镇"的标志物的商业营运实体，但其居民主体是农民，因此费孝通先生将"镇"分为"城镇""乡镇""村镇"三种类型。笔者认为，小城

---

① 卢汉超：《略论中国文化中的小城镇情结》，《华东师范大学学报》2009年第6期。

镇是城市与乡村的集合体与接合部，是一种在经济、文化、政治等方面比农村社区高一层次而又比大中城市低一层次的社会实体，它包括20万人口以下的小城市、工矿区、县级市、建制镇和乡村集镇。当然，笔者的这种划分十分粗略，只是一种“相对划分”，因为这种划分的合理性与科学性存在着一定不足。例如，在珠江三角洲，由于城市化的急速推进及外来民工的不断涌入，许多传统意义上的小城或“地级市”“县级市”的人口达到100万，在浙江、江苏等经济发达地区，许多“镇”仅“常住人口”就超过20万。显然，这些城镇是一般意义上的小城镇定义难以包括的。考虑到“历史沿革”“习惯认定”等多种因素，我们仍然认定这些城镇为小城镇。

对小城镇叙事小说进行定义，需要解决两个关键问题。

一是小城镇叙事小说的称呼问题。

笔者将以小城镇为叙事对象的小说类型称为“小城镇叙事小说”。目前，学界给予以小城镇为描写对象的小说不同的称呼。杨剑龙、逄增玉、徐德明、熊家良等学者在“小城文化与小城文学”笔谈①的系列文章中称之为“小城文学”。例如，熊家良认为：“凡是以小城及周边为背景，以写小城人及小城生活为主，传达出现代意识和小城风情的作品，皆可称为小城文学。”② 这一称谓得到赵冬梅等学者的认同③。易竹贤、李莉等称之为“小城镇小说”，认为“小城镇小说勾勒的是一部独特的中国社会的初期蜕变史”④。杨加印、龚奎林、黄梅等人称之为“小城镇文学”⑤。综观多种提法，我们可以将这些命名归纳为三种基本方式：一是将小城镇叙事小说称为“文学”，二是将小城镇叙事小说称为“小说”，三是在“文学”或“小说”之前冠以“小城”或“小城镇”。笔者认为，在学界已经明确界定了“文学”和“小说”的分野之后，在新时代命名一个新对象之时，我们不能

① 参见《湛江师范学院学报》2003年第5期，该期学报刊登了杨剑龙的《小城文学的价值与研究方法谈》、逄增玉的《文学视野中的小城镇形象及其价值》、徐德明的《小城叙述：乡下人进城与城乡伦理冲突》等文章。

② 熊家良：《现代中国的小城文化与小城文学》，上海师范大学博士学位论文，2005，第38页。

③ 赵冬梅：《20世纪小城小说：一种独特的文学现象》，《南都学坛》2004年第2期。

④ 易竹贤、李莉：《小城镇题材创作与中国现代小说》，《江汉论坛》2003年第11期。

⑤ 杨加印：《现代文学中的“小城镇世界”》，东北大学硕士学位论文，2005，第1页；龚奎林、黄梅：《小城镇文学的魅力启示——以官场小说〈无根令〉作个案解读》，《当代文坛》2004年第6期。

继续以“属概念”指称“种概念”，不能再以“文学”笼统地指称“小说”。因此，我们认为，使用“小城镇文学”“小城文学”等概念指称以小城镇为叙事对象的作品，存在诸多不妥之处。指称以小城镇为叙事对象的作品，在“小说”之前冠以“小城”，有“以偏概全”之嫌：尽管“小城”这一概念有着浓郁的文化韵味、丰富的文化内涵与“诗意”，但不能因此就以“小城”取代“小城镇”，因为从严格意义上讲，“小城”与“镇”是两个不同的概念，在社会学层面这两个概念的内涵与外延有着明显的区别，在具体创作中作家们对这两个概念有着明显的区分。由此我们发现，易竹贤等学者使用的“小城镇小说”具有更大的涵盖面与适用性，因为这一概念既准确地以“小说”指称作品类型，又注意到了概念外延的覆盖面。然而，如果我们从这一概念出发，审视以小城镇为叙事对象的作品时，就会发现这一概念也有美中不足之处：“小城镇小说”充分考虑到了被命名对象的社会学、文化学意蕴，但对其文艺学、美学特征有所忽略。笔者认为，以小城镇为叙事对象作品最突出的文艺学、美学特征是其叙事学个性。小城镇叙事小说的叙事学个性主要表现在特定的叙事对象与特定的叙事平台两个方面。小城镇叙事小说特定的叙事对象，是小城镇生活或小城镇人生，即小城镇叙事小说专注的是城乡之间的生存空间，这一特定的叙事对象在“题材学”层面将其与“都市小说”和“乡村小说”区别开来，从而也奠定了自身的文艺学、美学属性以及价值。小城镇叙事小说特定的叙事平台是特定的叙事时间与叙事空间——如果说小城镇是一种话语载体的话，那么这一话语载体是由时间与空间两个部分构成的。首先，小城镇是一种叙事空间：介于城市与乡村之间，小城或小镇是相对独立封闭的王国，它以其特有的物理属性与文化属性昭示“乡土中国”的物质文明与精神文明在时间维度上的质变与量变，及其在既定历史时段所达到的程度。其次，小城镇是一种叙事时间：小城镇以其自身发展的线性轨迹标识一个东方农业大国的文明演进史——当现代意义的都市出现在神州大地并将自身与“乡土中国”（费孝通语）区分开之际，小城镇的社会学、文化学意义也开始显现出来，它标明的是一个东方文明古国蜕变的线性轨迹。因此，小城镇特有的空间意义与时间意义成就了其特有的文艺学、美学意义。简言之，在叙事时间层面，小城镇既以其线性演进标识自身的变迁轨迹，又以其相对静止标识其自身在现代化进程中所到达的空间位置。因为小城镇叙事小说有着特殊的叙事学特征，所以我们在命名时不可忽略其叙事学特征。因此，笔者在“小城镇小说”之间加上“叙事”二字，将以小城镇为叙事对象的小说类型称为“小城镇叙事小说”。

二是小城镇叙事小说的指称范围问题。

小城镇叙事小说的指称范围认定是一个棘手的问题，因为其指称范围认定涉及一系列难题，如小城镇叙事小说与都市文学的界限切分、小城镇叙事小说与乡村小说的疆域分隔、涉及小城镇描写的作品与以小城镇为直接叙事对象的作品的区分等。其中最关键的问题是如何区分涉及小城镇描写的作品与以小城镇为直接叙事对象的作品，因此，在此我们要着重讨论这一问题。

首先，我们有必要阐明何为“以小城镇为叙事对象的作品”。“以小城镇为叙事对象的作品”，就是将小城镇当成直接描写对象的作品。将小城镇当成直接描写对象的作品可分为两个大类：直接审视小城镇的作品和将小城镇作为叙事载体的作品。在此，我们分别讨论：①直接审视小城镇的作品将小城镇作为考察和凝视的对象。在许多情况下，叙事主体将小城镇作为一种观照对象，如审视小城镇人格、记叙特定历史时段小城镇的变迁、展示小城镇风情、透视小城镇文化、把玩小城镇人生等。例如《泥巴人》（陈世旭）、《我那遥远的故乡小镇》（李骏）、《洞天》（李贯通）等作品描写了社会急剧转型对小镇生活方式与文化心理的冲击，汪曾祺与孙方友的部分作品展示了小城与小镇特有的风土人情，张国擎的《古镇逸事》《古柳一景》《煮火》等“古镇系列”对小镇文化进行了全方位的观照（如展示宗法文化在小镇文化中的地位、审视小镇的文化权力结构等）。在这些作品中，小城镇是被审视、被考量、被把玩的客体。②在将小城镇作为叙事载体的作品中，小城镇首先是一种叙事载体，其次是被观照的客体。作为叙事载体，小城镇因其区别于城市和乡村的物理形态与精神特征而充当叙事平台，为作品的叙事提供时间与空间的叙事平台。例如，在《芙蓉镇》（古华）、《你是一条河》（池莉）、《阖岚镇沿革》（贾兴安）等作品中，小城镇既是一种时间顺序，又是一种生存空间，小城镇以其特有的物质形态承载了作家的生活阐释与历史思考，小城镇以其特有的精神禀赋解构了作家的文化思考与政治评点。然而，此时的小城镇不是单纯地充当叙事平台，因为它本身也是被观照、被把玩的对象。例如，在《芙蓉镇》中，芙蓉镇在充当“寓政治风云于风俗民情图画，借人物命运演乡镇生活变迁”的承载物的同时，其本身还接受了作者从文化、政治等不同角度对特定客体的观照。例如，作者意欲从文化角度出发，“力求写出南国乡村生活的色彩和生活情调来”。《阖岚镇沿革》演绎了 1913～2000 年这一历史时段内阖岚镇的线性演进及这种线性演进与整个时代变迁的呼应。作为一种物理平台，阖岚镇承载了作者对小镇凡俗人生的展示及对凡俗人生所包含的政治内涵的新历史主义解读——包括对权威现代性话语的内在逻辑的考量及“被现代化”对象自身素质的观照。

其次，我们有必要说明涉及小城镇描写的作品与以小城镇为叙事对象作品的不同。两者的不同主要表现在两个方面。一是在涉及小城镇描写的作品中，小城镇仅是一个简单的背景，而不是被观照被把玩的对象。例如，高云览的《小城春秋》是不能归入小城镇叙事小说的，因为《小城春秋》是典型的“革命历史题材小说”①，作品的核心叙事动机是通过对“历史”的本质叙述为新社会的存在提供合法性证明，其叙事逻辑与叙事方式与《青春之歌》等作品一致，“小城”在作品中仅是事件发生的一个远景；《红旗谱》虽然叙述了锁井镇上两家农民三代人的历史和一家地主两代人的历史，但“二师学期”和“高蠡暴动”这两个革命斗争中的具体事件是作品叙述的重心和高潮，家族的所作所为直接介入政治事件，作品的整体描写指向阶级斗争，正如梁斌所说：“我写这部书，一开始就明确主题思想是写阶级斗争。”② 在严歌苓的《第九个寡妇》中，小镇史屯仅是王葡萄藏匿和养护“反革命”公爹这一事件发生或故事存在的地点，事件的发生或故事的存在与史屯的本质属性没有内在关联。作为背景存在的小城镇和作为被审视对象的小城镇是有着本质区别的。例如，《白鹿原》与《古船》的故事都发生在小镇上，但在陈忠实的《白鹿原》中白鹿镇仅是被偶尔提及的一个地名，白鹿镇自身的物理形态及精神特征与作品主题的关涉不大，而洼狸镇在张炜的《古船》中则既是故事发生的地点，又是被审视的对象。二是在涉及小城镇描写的作品中，小城镇不是作品的创作指向：在这些作品

① 著名作家高云览的长篇小说《小城春秋》发表于 1956 年 12 月，不属于“新时期”阶段的创作。

② 梁斌：《漫谈〈红旗谱〉的创作》，《人民文学》1959 年第 6 期。

中，小城镇可能是一种叙事载体，但它承载的不是对小城镇自身的思考，作品的整体不是集中指向小城镇。例如。李锐的《银城故事》与张炜的《古船》都以小城镇为叙事载体，但两者的叙事指向明显不同：尽管《银城故事》对银城的地理位置、山川美景等自然环境进行了描绘，对具有地域色彩的井盐开采、竹子加工、两季牛市等工商业活动进行了描写，对火边子牛肉、退秋鲜鱼等特产风味进行了介绍，但作品的叙事目的不是小城自身，而是观照“历史的原生态”及揭示历史的“非理性”，小城在作品中仅仅是展示盐商大户刘三公家族命运的平台，是先后登台的多种力量较量的场所，如将这个“平台”替换为大都市，整体叙事仍然成立。在《古船》中，小镇也是一种载体，作家也立足于这一载体对早期农民运动、土地改革、“文化大革命”等不同历史阶段的重要事件进行了反思，反思之中也显现出对“元话语”的质疑，但这种反思始终关联着小镇，如小镇的文化人格、“国家权力”与具有农耕底蕴的小镇宗法权力的亲和与对立、宗法权力在小镇的运作方式、乡镇文化的农耕性等，即小镇自身是《古船》的创作指向之一。在杨争光的作品中，有许多事件发生在小镇上，小镇是一个叙事平台，但作品的最终指向是乡村。例如，在《棺材铺》中，杨明远抓住李兆连、胡为两家的矛盾，煽风点火，制造事端，直至最后亲手杀死李兆连的儿子贵贵，导演了小镇上的暴力屠杀，其最终目的是要看到自己的棺材怎样装人（“我觉得用我的棺材装死人有意思”“我还没亲眼看见过用我的棺材装死人哩”），模仿西方现代主义渲染暴力、死亡、流血只是创作的一个方面，作品更多的是承续了《老旦是一棵树》《赌徒》等作品对人性的执著探索，而这种探索的最终指向是观照西北农村生活和农民命运。

当然，有些作品具有“兼类”性质。这些作品往往内涵丰富，意指复杂。裘山山的《保卫樱桃》就是这样的作品。樱桃是美好人性和理想社会秩序的象征，年轻的女校长意欲通过保卫樱桃（让村民们以体面的方式得到樱桃）的举措来重建某种理想化的社会秩序，来改变小镇人的生存观念，从而升华村民的人性，然而，由于学校加高了围墙，村民们因不能像先前那样以偷窃方式得到樱桃而愤怒，他们抬着因偷窃樱桃摔伤的村民闹事，要学校赔医药费，女校长求助于老校长、求助于学生、求助于派出所所长，最后学校在村里办了酒席才平息事件。很明显，事与愿违：女校长意欲重建社会秩序却扰动了原有的社会秩序，意欲升华人性却使人性在邪恶的泥潭中越陷越深；老校长对村民偷窃樱桃的“宽容”，学生对家长偷窃行为的反应麻木，派出所所长对闹事村民的嗔怪所显露出来的袒护，表明乡村文化与小镇文化在属性上的同构，表明一种有缺陷的文化能构成一种畸形且牢不可破的文化生态平衡，表明女性话语权在“地方”的弱势。因此，《保卫樱桃》的创作指向是双向或多向的，即既有对乡村文化的审视，又有对城镇文化的审视，还有对男权文化的统治地位的观照。《保卫樱桃》这类作品应该有双重或多重的归属。

通过上面的讨论，我们初步这样定义：小城镇叙事小说是以小城镇为叙事对象和叙事平台的作品，在这类作品中，小城镇既是被审视、被考量、被把玩的客体，又是承载作家的生活阐释与历史思考的平台。

在此，我们还需简单讨论文学思潮与小城镇小说创作的关系问题。新时期是一个思潮迭起、文学多变、流脉繁多的时段，在此阶段问世的每一篇作品几乎都可归入具体的文学思潮或文学发展流脉中，因此，我们在进行作品甄别时，关键是看其整体创作是否指向小城镇自身，而不必过于在意其流派归属。例如，池莉的《你是一条河》《预谋杀人》《青奴》等作品分属于“新写实”“新历史主义”等不同的小说创作流脉，这些作品被打上了鲜明的“思潮”印记，但这些作品同时又具有小城镇叙事小说的基本特征：小镇在作品中既是叙事平台又是叙事对象，江汉平原上的“沔水镇”是一个具有多重意蕴的重心意象，因此我们认定《你是一条河》是小城镇叙事小说；王安忆的《小城之恋》《荒山之恋》等作品都以小城镇为叙事背景，但作品的整体与小城镇本身没有多大关系，其创作指向是“爱情战争”——“爱情双方既是爱的对手又是作战的对手，英勇全部的智力与体力”[①]，而不是小城镇自身，因此，这些作品不是小城镇叙事小说。

对于小城镇叙事小说的外延划定（即小城镇叙事小说“疆域”的认定）十分关键。众所周知，任何一种文体分类都具有相对性，即属于这种文体的创作既有“核心”部分，又有“外围”部分，在“外围”部分中，如同生物学分类中的“跨类生物”一样，许多作品具有“兼类”特征，但“核

① 王安忆：《荒山之恋》，长江文艺出版社，1996，第311页。笔者认为，关于“三恋”的女权主义意旨的确立，是学者们的主观认定，王安忆明确指出其“创作初衷”与女权主义创作资源及男性文化批判并无多大关系。

心”部分总是具有该类文体最鲜明的特征。在小城镇叙事小说中，汪曾祺的“高邮系列”、林斤澜的“矮凳桥系列”、孙方友的“小镇人物系列”与“陈州系列”、陈世旭的“小镇系列”、彭瑞高与何申等人的“乡镇系列”、薛舒的“刘湾系列”、魏微的“东坝系列”等是“核心”部分，这些作品鲜明地展现了小城镇叙事小说这一文体的基本特征。

最后我们要特别说明：小城镇叙事小说是一种文体或小说类型。对此我们作出两点解释。第一，与“身体写作”“成长小说”“少年写作”等“写作倾向”或“题材侧重”不同，小城镇叙事小说是一种分支文体或小说亚类，它已经从包孕它的母体（“一般小说”）中分离出来，它有自己的亚类文体特征。第二，与“身体写作”等创作不同，它是一个农业大国文明演进的产物，小城镇叙事小说创作有特定的经济基础与时代背景，有特定的心理依托与文化支撑，这种创作正处于发展之中，它将在相当长的历史时间内存在①。

二 “已有研究”

在此，“已有研究”就是本课题的“研究现状”。

从严格意义上讲，与“新时期小城镇叙事小说研究”直接相关的研究几乎空白，即“已有研究”主要是“间接相关研究”，“直接相关研究”极少。

所谓“间接相关研究”就是以“现代文学”阶段的小城镇叙事小说为研究对象的研究。因为这种研究仅能为本课题研究提供间接参考，所以笔者将其称为“间接相关研究”。

在此，我们应该首先提到熊家良的研究成果。熊家良的博士学位论文《现代中国的小城文化与小城文学》② 应该是现代小城镇叙事小说研究领域中的标志性成果。其研究主要集中在三个方面：①从文化学视角出发考察现代“小城文化”。熊家良将“小城文化”分为“自然”“传统”“现代”

---

① 对小城镇叙事小说特有的时代背景、心理依托、文化支撑等问题的讨论将在后面的相关章节中进行。

② 熊家良的博士学位论文于 2007 年由中国社会科学出版社以相同名称出版。

三种类型，阐明了“小城文化”的表征，指出了其“二向性功能”属性；②在此基础上研究现代作家与现代“小城文化”的关系，重点讨论了作家的出身、身份、心态与创作的关系；③考察了现代作家对“小城世界”的描写。熊家良的研究有较大的系统性与覆盖面，初步解决了小城镇叙事小说研究的部分基本问题，对于个别问题的研究具有较大的理论深度。熊家良早在几年前就提出了比较系统、全面的研究思路，如“把小城文化与小城文学作为一个时间概念，放到自晚清以至当今的现代化历史进程中去观照，看取其在中西文化、城乡文化、现代与传统、守常与新变的文化冲突与整合过程中的典型意义及价值，分析它在从乡土中国到现代中国的旅途中所发挥的作用”，“把小城文化和小城文学放到整个民族传统中去观照，分析它的中介性、中间色彩与中国传统的中庸之道、中和之美、中年心态、中间文体，乃至地理环境、气候种族等方面的关系，思考由小城人格、小城意识、小城心态所体现的民族精神与民族气质的正面价值或负面效应”等[①]。遗憾的是，作者后来的研究并未完全遵循这一思路。另一位对于小城镇叙事小说研究投入较多的学者是赵冬梅[②]。赵冬梅先后发表了《现代小说中的小城场景》（《北方论丛》2001 年第 1 期）、《东西冲突中的现代小城文化》（《学术研究》2003 年第 4 期）、《20 世纪小城小说：一种独特的文学现象》（《南都学坛》2004 年第 2 期）、《诗意与悲剧——中国现代小城小说的审美风格》（《南都学坛》2005 年第 4 期）等论文。赵冬梅对小城镇叙事小说的风情风物描写的研究比较深入，此外，在小城镇叙事小说的审美特征研究与小城镇文化品格研究方面也取得了一定成就。熊家良与赵冬梅的研究具有一定的系统性，其研究也有较大的覆盖面，除此之外的研究显得比较零散。易竹贤、李莉等学者将“小城镇题材创作”作为一种相对独立的研究对象，认为小城镇是中国现代小说重要的题材类型之一，小城镇题材创作为中国现代文学提供了独具特色的人情风貌和人物系列，展示了近现代中国“乡土”社会蜕变初期复杂的历史文化状态[③]。奕梅健是较早对小城

① 熊家良：《三元并立结构中的小城文化与小城文学》，《湛江师范学院学报》2003 年第 5 期。

② 赵冬梅曾在北京师范大学攻读博士学位，现任教于北京语言大学，先后承担北京语言大学校内项目“中国现代文学中的小城镇小说”及国家社科基金青年项目“当代海峡两岸的小城镇小说”。

③ 易竹贤、李莉：《小城镇题材创作与中国现代小说》，《江汉论坛》2003 年第 11 期。

镇叙事小说进行“专题研究”且卓有成就的学者之一。奕梅健借用美国学者丹尼尔·贝尔的观点，结合鲁迅、叶绍钧、老舍、茅盾等人的创作，对“小城镇意识”进行了社会学阐释，认定新教伦理与清教徒精神是“小城镇意识”的核心内涵，认为“它作为一种情感取向与价值判断，贯穿在当时几乎所有的作品之中”[①]。尽管奕梅健的观点值得商榷，但这种提法及理论开拓具有不可低估的学术意义。张磊对“小城意识”进行了较为深入的研究，认为小城意识表现为审美意识、忧患意识和家园意识，这一研究具有开拓性[②]。值得人们注意的是，进入21世纪后出现了一批研究“小城”的文学硕士学位论文，这些论文在前人研究的基础上进行了大胆的探索。赵淑华在其硕士学位论文《文学的小城——现代文学视野中的小城形象及叙述形式》中对“小城意识”、小城的意象性等问题进行了尝试性探讨[③]。杨加印的硕士学位论文《“小城镇文学世界”——现代小说中的一道独特风景》对小城镇叙事小说创作中的“小城镇文学世界”进行了剖析，对小城镇的负载作用进行了初步探讨[④]。王艳丽的《小城社会和小城文学——论沈从文、萧红、师陀笔下的小城世界》，周海燕的《“果园城”的空间意象解析》等论文从不同角度对文学层面的小城或小城社会进行了研究[⑤]。逄增玉、杨剑龙等学者在方法论层面提出许多设想，这些设想具有一定的指导意义[⑥]。显而易见，以上研究都以“现代文学”阶段的小城镇叙事小说为研究对象。

所谓“直接相关研究”就是以新时期小城镇叙事小说为考察对象的研究。由于种种原因，迄今为止，关于新时期小城镇叙事小说的研究极少。极其有限的研究以两种形式存在。一是“附带研究”，即在研究“现代文学”阶段的小城镇叙事小说时顺便谈及新时期小城镇叙事小说。例如，熊家良在《三元并立结构中的小城文化与小城文学》一文中，进行小城镇叙事小说的文本列举时，将文本范围扩展到新时期，谈及汪曾祺、林斤澜、贾平凹、余华、池莉等人的小城镇叙事小说创作，认为“马原、格非、林

---

① 奕梅健：《小城镇意识与中国新文学作家》，《中国现代文学研究丛刊》1997年第4期。

② 张磊：《城乡交响中的小城乐章》，《山东师范大学学报》2001年第6期。

③ 2006年学位论文，见中国知网或万方中国学位论文全文数据库。

④ 2005年学位论文，见中国知网或万方中国学位论文全文数据库。

⑤ 2006年学位论文，见中国知网或万方中国学位论文全文数据库。

⑥ 参见《湛江师范学院学报》2003年第5期的“小城文化与小城文学”笔谈。

白、迟子建等出身小城的作家，其小说、散文等有不少均与小城社会、小城生活有关”①。逄增玉在《文学视野中的小城镇形象及其价值》一文中突出“现代文学”阶段小城镇叙事小说的兴盛而谈及新时期小城镇叙事小说创作，以新时期小城镇叙事小说创作的“减少和稀薄”来反衬先前的丰富与繁荣。逄增玉教授认为：“80 年代后期和进入 90 年代以后，一方面，在林斤澜、余华等人的小说中，小城镇的形象和叙事变得怪异与丰富；另一方面，在更多的作家那里，对小城镇的关注却日益减少和稀薄。”② 赵冬梅在比较台湾与大陆的小城镇叙事小说创作时，提及古华的《芙蓉镇》、何立伟的《小城无故事》、柯云路的《新星》、张炜的《古船》等作品③。上述研究无一正面接触新时期小城镇叙事小说创作。二是以零星的个案研究形式存在④。基于有限的见闻，笔者得出这样的结论：这种个案研究主要研究具体的单个作品，且为数极少，如龚奎林、黄梅的《小城镇文学的魅力启示——以官场小说〈无根令〉作个案解读》（《当代文坛》2004 年第 6 期）研究阿宁的《无根令》，杨剑龙的《“为小镇写一部风俗史”——评陈世旭的长篇新作〈将军镇〉》（《创作评谭》1999 年第 2 期）评论陈世旭的《将军镇》，等等。

把握本课题的“研究现状”的主要目的有二：一是评估“已有研究”为本课题研究留下的研究空间，二是考察“已有研究”能在多大程度上为本课题提供支撑。对于“已有研究”为本课题研究留下的研究空间这一问题的讨论在下文中进行，在此我们先讨论“已有研究”对本课题的支撑作用。由于“直接相关研究”发育尚未成熟，所以在此我们主要讨论“间接相关研究”对本课题的支撑作用。

考察“已有研究”能在多大程度上为本课题提供支撑，必须事先以本课题的实际需要为参照对“已有研究”进行评估，这种评估还要同时参照

① 参见《湛江师范学院学报》2003 年第 5 期。

② 逄增玉：《文学视野中的小城镇形象及其价值》，《湛江师范学院学报》2003 年第 5 期。笔者认为逄增玉教授的看法并不完全符合实际创作情况。

③ 赵冬梅：《20 世纪小城小说：一种独特的文学现象》，《南都学坛》2004 年第 2 期。

④ 迄今为止，笔者仅搜集到《八十年代小说创作中的小城镇叙事及其文化解读》（王铮，北京大学硕士学位论文，2006）、《新世纪文学的小城世界》（钟振纲，海南师范大学硕士学位论文，2009）两篇从宏观角度对新时期小城镇叙事小说进行专题研究的论文，但“已有研究”的匮乏等原因影响了研究者的研究深度与宏观把握。

具有普遍意义的“系统性研究逻辑建构”。笔者认为，任何一种比较完整的系统性研究（如某种类型的诗歌研究或小说研究）都有其内在的逻辑建构。笔者认为，一种系统性的研究一般具有三个逻辑层面：逻辑构架（整体逻辑框架）、逻辑板块、逻辑元素。逻辑构架是整体研究的逻辑框架，尽管在具体研究中这种框架可以从不同角度进行构建，但不同的具体构架最后完成的是整体研究的逻辑构架的营建。例如，在新时期乡村小说研究中，乡村小说的文化意蕴研究、乡村小说的题材研究、乡村小说的文体研究、乡村小说的审美特征研究、乡村小说的“亚类分支”研究等不同的研究就是具体的研究范畴或研究体系，这些研究范畴或体系最后在宏观层面构成乡村小说研究的整体逻辑构架。逻辑板块既是被研究的具体内容，又是构成逻辑构架的逻辑范畴。对逻辑板块的切分有不同的方式方法，如可从“工具”或理论凭借角度进行宏观切分，也可在文艺学范围内进行微观切分，而在微观层面，又可从创作构成要素、理论研究范畴等不同角度切分。例如，对于小说研究而言，我们可在微观范围内，从“常见”理论研究范畴角度切分出主题意蕴研究、题材研究、形象研究（包括人物形象研究、意象研究等）、艺术特征研究等相对独立的逻辑板块。逻辑元素是一个研究系统的基石或“基本粒子”，逻辑元素的主要部分是概念、判断、专用术语、局部结论等，一般通过定义、分析、解读等理论行为获得。逻辑元素可以划分为两个体系：实体体系（如基本概念、专业术语等）与虚体体系（如逻辑切分标准、逻辑组合规则等）。如果仅以“系统性研究逻辑建构”为参照，我们发现“现代文学”阶段的小城镇叙事小说研究已经取得了一定成就。首先，已经完成了部分逻辑元素的建构，如提出了“小城文学”“小城镇题材小说”等基本概念，并对这些概念进行了比较科学的界定，对“小城”“镇”等概念进行了界说，拟定了“小城意识”“小城文化”等微观层面的逻辑范畴，并厘清了相互的逻辑关系，对部分作品进行了解读，等等。其次，初步切分、构建了部分逻辑板块。例如，小城镇叙事小说的意象研究、文化学研究、民俗学研究、叙事学研究、作家作品研究等都取得了一定成果，这些研究从不同层面和不同角度对小城镇叙事小说研究必需的核心板块进行了建构。再次，小城镇叙事小说研究的逻辑构架正在形成。这一方面的营建在两个层面进行。一个层面是像熊家良的研究那样力图建立具有局部合理性的逻辑体系（熊家良的博士学位论文有三大研究范畴或研究体系：小城文化研究、小城作家研究与“文学中的小城世界”研究，三大研究范畴或研究体系构成宏观层面的逻辑构架，这种逻辑构架有一定的理论覆盖面及局部研究的内在合理性，但暂时还不具有逻辑覆盖的完整性）；另一层面是以“零散研究”形式出现的核心板块构建，如赵冬梅等学者的小城“风情”研究、作品审美特征研究①，杨加印等学者的“小城镇世界”研究等，这些研究以构建逻辑板块的方式促进了整体逻辑框架的发育。

尽管“已有研究”取得了一定成就，但若以新时期小城镇叙事小说研究的实际需要为参照，“已有研究”的缺憾与不足显而易见。笔者认为最大的缺憾有三：

一是整体逻辑框架的营建尚未完成。限于有限的见闻，笔者至今仅看到熊家良、赵冬梅等学者进行了整体逻辑框架的营建的尝试，尽管具体的局部研究逻辑框架具有一定的系统性，但整体逻辑构架尚未形成，那些以构建逻辑板块的方式来营建逻辑构架的“零散研究”，在客观上未能共同勾勒出整体逻辑框架的雏形。一个发育成熟的逻辑体系应该具有较大的理论覆盖面，体系结构应该具有内在的合理性与科学性，构成体系的逻辑板块必须内涵充实，板块的宏观切分要合乎形式逻辑学的切分规则，而“已有研究”与此相距甚远。因为“现代文学”阶段小城镇叙事小说研究的整体逻辑框架营建尚未完成，还因为新时期小城镇叙事小说创作与先前创作的整体性差异——研究对象的差异，所以“已有研究”在整体逻辑框架方面为新时期小城镇叙事小说研究提供的借鉴并不太多。

二是逻辑板块的构建并未全部完成，已有逻辑板块的内涵还需充实。逻辑板块构建（切分）的缺憾存在于两个层面：①针对“现代文学”阶段小城镇叙事的“已有研究”并未彻底完成逻辑板块的构建或切分；②由于新时期小城镇叙事在叙事内容、叙事对象等方面与先前的小城镇叙事存在差异，新时期小城镇叙事还需开辟新的逻辑板块。已有逻辑板块的“外壳”已经基本成型，但板块的内涵还需充实。例如，在文化研究方面，人们习惯于泛泛地讨论小城镇的“风情”“风物”或风土人情，而对于小城镇的文

① 参见赵冬梅《小城故事：中国现代文学中的小城小说》，人民文学出版社，2006。该书中就设有“小城故事”“小城场景”“审美风格”“小城特性”等章节，笔者认为这些章节的论述内容并未构成一个具有较大理论覆盖面的逻辑体系。

化构成、文化特征等范畴很少涉及，在小城镇叙事小说的艺术特征研究中，所谓的“特征”在其他小说类型中甚至同时期的小说整体创作中也能见到，因为研究者没有分离出小城镇叙事小说独有的特征。导致已有逻辑板块内涵空虚的关键因素之一是：研究者将研究一般小说的方式方法用于研究小城镇叙事小说，将现代文学研究中的一般指涉转换为特殊指涉。例如，有学者认为“悲剧”与“诗意”是小城镇叙事小说美学层面的两极——茅盾的《霜叶红似二月花》《动摇》，沙汀的《淘金记》等呈现的是“悲剧”，沈从文的《边城》、萧红的《呼兰河传》、师陀的《果园城记》等展示的“诗意”，小城镇叙事小说的基本美学特征是“悲剧”与“诗意”的结合，但我们稍加思考就会发现这种美学格局似乎在同时期的乡村小说中也存在。许多作家对鲁迅小城镇叙事小说的文化批判的分析就是对鲁迅整体小说创作的文化批判的分析，这些分析并未将小城镇或小城镇文化当成独立的客体进行考察，没有析出小城镇或小城镇文化的独特个性。总之，由于“已有研究”的局限性，要构建新时期小城镇叙事小说的逻辑板块，还要做许多草创性的工作。

三是逻辑元素构建的完成也有待时日。因为“现代文学”阶段的小城镇叙事并未从“一般叙事”中剥离出来，所以对先前小城镇叙事的研究在很大程度上与“一般研究”交叉，对先前小城镇叙事的研究缺乏应有的独立性。例如，直接针对小城镇叙事研究的理论话语缺乏、部分核心概念的内涵与外延的含混、作品解读的欠缺等，这些问题的解决还需付出艰辛的劳动。总之，在逻辑元素构建方面，“已有研究”为新时期小城镇叙事小说研究提供的支撑也相当有限。

综上所述，因为研究对象的不同，加之“已有研究”在诸多方面无法提供支撑，所以新时期小城镇叙事小说研究必须做一些开创性的工作。

三　研究内容

本课题研究不可能也无意对新时期小城镇叙事小说创作进行全面覆盖，本课题整体研究设计的基本宗旨是：辟出几大板块，覆盖研究领域的重要部分，注重整体构架微观层面的系统性与局部的合理性。

本课题设置了三大研究板块。

第一板块是新时期小城镇叙事小说发生发展研究板块。这一板块主要研究新时期小城镇叙事小说的萌发与流变，力图勾勒出其发展轨迹及整体创作的轮廓。描述这一创作在不同阶段的发展概况与创作特色，以“现代文学”阶段的同类创作为参照，展现其总体的拓展与变化，观照“小城镇叙事”与“一般叙事”的关联，揭示“新时期小城镇叙事小说”的基本文体特征，是“流变发展”研究的核心内容。分析经济、政治、文化等多种因素对新时期小城镇叙事小说创作发展与嬗变的促进作用，也是这一板块的主要研究任务之一。

第二板块是叙事内容研究。这一板块主要研究新时期小城镇叙事小说创作的核心叙事内容及基本叙事方式。鉴于新时期小城镇叙事小说面对的具体社会现实及诸多历史因素对这一创作的影响，叙事内容研究在历史、文化、政治等三个层面展开，既考察叙事主体的叙事方式、叙事立场、叙事目的等文学范畴内的问题，又考察叙事主体从政治学、社会学、文化学等角度切入的思考与探究，揭示叙事主体的叙事行为客观上涉及的政治学、社会学、文化学问题以及达到的深度。这一研究板块在本课题整体研究中所占比例极大。

第三板块是叙事主体研究。限于篇幅，这一板块主要研究叙事主体的“叙事心态”，包括“叙事心态”形成的内因与外因、“叙事心态”对小城镇叙事的支撑作用与影响、“叙事心态”的表现形态等问题。

由于本课题具有交叉学科研究性质，针对小城镇自身的社会学研究、政治学研究、文化学研究（如小城镇文化结构研究、小城镇人格研究、小城镇行政与官场文化研究等）也在整体研究中占有相当大的份额，但这些研究分散或包含在上述三大研究板块之中。

四 研究方法

作为一种文学研究，本课题研究的基本立足点是文艺学、美学。叙事学是本课题研究的重要切入点，马克思主义哲学是本课题研究的方法论层面的指导。

因为小城镇是一种特殊的社会存在，所以文化学、社会学、政治学、民俗学等是文艺学、美学之外的重要理论工具，费孝通、孙立平等知名社会学家的研究成果将是本研究的重要理论凭借，辛秋水等在小城镇研究方面造诣较深的学者的相关理论将用于解决重要问题。后殖民理论、政治权利学说、新历史主义诗学等当代西方当代文化学、社会学、美学理论仅用于解决局部问题。

本课题研究无意对新时期小城镇叙事小说创作进行全面覆盖，在整体设计上采取了“点”“面”结合的办法：“面”——对整体创作概况与发展流变轨迹进行宏观描述；“点”——辟出几大板块，覆盖研究领域的重要部分，对关键问题进行专题研究。作为一种以叙事学为主要依据的文学研究，叙事主体研究、叙事客体研究、叙事模式研究、叙事修辞研究等应该处于本课题研究的核心位置，但由于整体研究的草创性，这些方面的研究暂时不能深入。

对于作为课题研究“最终成果”载体的专著的整体设计，笔者的基本原则是：尽量追求表述的朴实通俗，远离“包装”及华而不实的文风，摒弃“六经注我”式的理论资源运用方式，充分利用本土理论资源及已经本土化的外来理论资源。

第一章
流变发展

本章拟解决两大问题：梳理新时期小城镇叙事的发展与流变，以“现代文学”阶段的小城镇叙事为参照而观照新时期小城镇叙事小说创作的新格局、新气象，即考察小城镇叙事小说的宏观变化及整体发展的“最后结果”。

梳理小城镇叙事小说的发展流变和考察小城镇叙事小说发展的“最后结果”有着双重意义：既展示新时期小城镇叙事小说的发展与嬗变过程及整体创作概况，又解决一些理论层面的关键问题，如厘清小城镇叙事小说这一文体的萌发与演变、考察这一小说类型（亚类）的发生发展与现实的呼应关系、检视“已有研究”的偏颇等。

分期描述是人们在展示某种创作概况时常用的方式，但“分期”永远具有相对性，因为一种处于线性发展状态的事物，“期”与“期”的交界点是人为设定的，被人为切分板块的交界区域的本质属性是相同的。不过，板块与板块的核心部分是存在本质差异的——如果在大山区与大平原之间存在一个处于过渡位置的丘陵地带，那么体现大山区大平原各自显著地理特征的地域不是连接两者的丘陵地带，而是两者的腹地，因此对于新时期小城镇叙事小说创作的分区，我们关注的是两个板块的重心，即两个时段的“中期创作”。

新时期小城镇叙事小说创作的线性发展分为两个阶段：20 世纪 70 年代末至 80 年代末为前期，90 年代至今为后期。我们认为，前期是新时期小城镇叙事小说创作的复苏与扩张阶段，后期则是新时期小城镇叙事小说创作的勃兴与成熟阶段。

第一节　复苏与拓展

在“新时期”这一时段内，小城镇叙事小说经历了一个由复苏、扩张到勃发或成熟的发展过程。出于方便，我们分三个话题讨论新时期小城镇叙事的发展流变。

一　休眠与复苏

休眠，在此指小城镇叙事小说创作在“十七年”与“文化大革命”阶段的静止；复苏，指小城镇叙事小说创作在20世纪70年代末80年代初的“回归”或“复活”。

（一）静止：流脉中断

在“十七年”与“文化大革命”阶段，小城镇叙事小说创作基本上是静止的。我们可以从两个层面考察其静止状态。

从作家层面看，许多先前有过卓越成就的作家不再创作。众所周知，现代小城镇叙事小说创作的代表作家主要来自“京派”小说群体及受其影响的作家，由于种种原因，这些作家在新中国成立后不再创作或不再将小城镇作为观照对象。例如，新中国成立后，沈从文在中国历史博物馆和中国社会科学院历史研究所工作，主要从事中国古代历史研究，不再进行文学创作。新中国成立以后，师陀历任上海出版公司总编辑、上海电影剧本创作所编剧，后来专注于历史小说和历史剧的创作，剧本《西门豹》《伐竹记》和小说《西门豹的遭遇》等作品与《果园城记》在题材、主题、风格等方面完全不一样；师陀也写过反映现实生活的作品，如《前进曲》等描写老农民加入合作社的作品，但这些打上了鲜明时代印记的作品是与小城镇叙事小说完全不同的另外一种东西。在新中国成立后至逝世前这段时间内，废名也再没有写出类似于《浣衣母》《桥》之类的作品，尽管他认为“解放后我受了中国共产党的教育”，是中国共产党使他“顽夫廉，懦夫有立志”①。沙汀、张天翼、艾芜等是许多学者认定的“京派”小说群体之外的小城镇叙事小说代表作家，这些作家在“十七年”阶段

① 废名：《废名选集》，四川文艺出版社，1988，第748页。

的创作（如沙汀的《风浪》、艾芜的《雨》等作品）在指向、整体风格等方面与先前的创作完全不一样，他们在粉碎“四人帮”之后也没有恢复先前的创作。从以上简单讨论可以看出，“现代文学”阶段的小城镇叙事小说作家在新中国成立后没有延续先前的创作。

从作品层面看，在“十七年文学”阶段我们几乎看不到典型的小城镇叙事小说。在《在延安文艺座谈会上的讲话》的指导思想规范下，在特定时代不同时段的具体政治策略的引导下，在当时占统治地位的农村题材、革命历史题材、工业题材这三大小说题材中，小城镇很少作为叙述对象或具有独立地位的审美客体出现，因为《在延安文艺座谈会上的讲话》规定了中国文艺的基本发展方向与基本创作模式。阐释主流意识的哲学思想与政治观念或具体的既定政策，使小说家们忽略了作为审美对象而存在的小城镇的独立性与特殊性，因此，对“旧民主主义革命的失败与新民主主义革命的成功的必然性”“被压迫阶级的反抗斗争从自发到自觉、从弱小到强大的历史发展规律”“阶级斗争是社会演进的最直接动力”等“社会发展规律”或“历史法则”的演绎以及与具体政治任务的配合，彻底遮蔽了小城镇在“十七年”小说创作中的身影。例如，高云览的《小城春秋》并非正面描写“小城”生活，而是展示抗战全面爆发之际以吴坚为代表的地下党同以赵雄为代表的日伪敌特的斗争。在赵树理的《三里湾》、周立波的《山乡巨变》等直接反映新中国成立后社会现实的长篇小说中，小城镇仅仅作为一个模糊的背景而偶尔一现，在孙犁、李准、马烽、束为、王汶石、峻青、王愿坚、林斤澜、刘澍德、胡万春、陆文夫、刘绍棠等作家的短篇小说中，我们很难挑出一篇以小城镇生活为描写重心的作品。例如，眼下被部分评论家称道的“小城镇小说代表作”《小巷深处》（陆文夫），实际上展示的是苏州这一典型江南大都市的下层市民的凡俗生活。至于周而复的《上海的早晨》、李英儒的《野火春风斗古城》、欧阳山的《三家巷》等长篇小说则在背景设置、前景展示、创作指向等诸方面都与典型的小城镇叙事小说相去甚远。固然，在整个“十七年”阶段也有个别作家（如汪曾祺）曾经创作过通过小城镇生活展示而歌颂新时代的作品，但这种创作只是“凤毛麟角”。

20 世纪 60 年代中期之后，小城镇叙事小说创作进一步衰落。由于众所周知的原因，“文化大革命文学”几乎不关涉小城镇叙事。

考察一个时代的小说“选本”能在统计学层面说明问题——尽管选辑可能依据既定的标准或尺度进行了取舍。我们先看“汇编”。《人民文学》编辑部选编的《1949～1979年短篇小说选》（人民文学出版社，1979）收入了100多篇“十七年”阶段的各类小说，其中没有一篇小说以小城镇为描写对象。其中个别作品写到了小城镇，但作品的整体指向不是小城镇。例如，徐怀中的《卖酒女》写到了小镇生活，甚至在作品开头还饶有风趣地描写了景颇小镇的风情，但作品的描写重心是新旧社会两重天：旧社会的江湖医生让景颇人人财两空，新社会共产党派来的医生全心全意为景颇人服务，景颇“卖酒女”刀含梦不仅在“助理医生”的引导与帮助下改变了生活习惯，而且得到了甜蜜的爱情。在“地方汇编”中，涉及小城镇描写的作品可能多一些，但我们根本看不到传统意义上的小城镇叙事小说。例如，在上海十年文学选集编辑委员会编的《上海十年文学选集：短篇小说选（1949－1959）》（上册）（上海文艺出版社，1960）中，华标的《钟老板回店》描写了小城私营店铺的老板和职员，这让人们想到茅盾的《林家铺子》之类的作品，但作品表达的是“时代精神”：钟老板出于私利而欲违规出售纱线，有着新时代主人翁精神的店员宁愿不要提成，坚决阻止老板与投机倒把的商人进行交易，最后老板被迫放弃交易，“小城”仅仅是作品开头的模糊背景交代。显然，作品的整体描写与《林家铺子》之类的作品完全不同。我们再看“年编”与“专题选编”。无论是“国家选编”还是“地方选编”，我们都能从中看到作品描写与“时代精神”的对应，不同“年代”的作品有着不同的政治印记。例如，从《1959年安徽小小说选》[①]中，我们能感受到“大跃进”的热火朝天氛围，从《新人小说选》第1集[②]、《萌芽短篇小说选（1964）》[③]中我们不难窥见“文化大革命文学”描写的某些前奏已经显现，在这些作品中，我们甚至连小城镇的“背景”都难看到。很明显，在时代的激进浪潮的裹挟与种种不断涌现的政治思潮的冲击下，小城镇叙事小说描写已经荡然无存。在“文化大革命”阶段，在个别偶尔涉及小城镇的作品中，小城镇仅仅是遥远而模糊的“背景”。例

① 中国作家协会安徽分会编《1959年安徽小小说选》，安徽人民出版社，1960。

② 中国青年出版社编辑《新人小说选》第1集，中国青年出版社，1965。

③ 萌芽编辑部等编《萌芽短篇小说选（1964）》，人民文学出版社上海分社，1965。

如，1973 年出版的《在前进的道路上：短篇小说选》[1] 选辑小说 15 篇，其中仅有“工人”徐家福的《满师之后》1 篇涉及小城生活，作品通过青年工人在技术革新中的波折及技术革新的最后成功，展示了年轻一代在毛泽东思想指引下永远前进的大好形势，作品对确保“祖国红色江山千秋万代永不变色”等大问题进行了思考；1975 年出版的《新春集——新生事物短篇小说选》[2] 收录了 11 篇小说，其中仅有栗永的《回乡路上》1 篇涉及小镇，作品的基本内容是：响应党的号召回乡务农的小柱见证了乡镇的变化及“批林整风”对乡村发展的推动作用，尽管阶级敌人蠢蠢欲动，但最后人民公社的大车“在平坦的道路上奔驰”，小柱在斗争中不断成长。管中窥豹，略见一斑，上述两篇作品仅仅是“涉及”小城镇，其整体描写与“审视”小城镇本身毫无关系，作为模糊远景的小城镇只有通过认真“分辨”才能看到。总之，在考察选本时，我们没有发现传统意义上的小城镇叙事小说。

通过作家层面和作品层面的考察，我们可以暂时得出这样的结论：“十七年文学”与“文化大革命文学”都没有延续“现代文学”阶段的小城镇叙事小说创作。

（二）复苏：零星闪耀

休眠，并不意味着流脉彻底断绝。文学创作有其自身的发展规律，某种创作方法或风格并不会因为时代阻隔而彻底绝迹，创作方法或风格的传承有不同的方式。小城镇叙事小说创作的流脉在新时期得以传承，其表现方式之一是个别作家“重操旧业”。在此，我们有必要提到汪曾祺。

汪曾祺是沈从文的“嫡传弟子”，其创作深受“京派”作家的影响。在 20 世纪 40 年代，汪曾祺是重要的小城镇叙事小说作家之一，《异秉》（初版）、《鸡鸭名家》等作品引起了人们的注意。这些可以看成当时小城镇叙事小说创作的标志性作品。但新中国成立后情况发生了变化：他先后为《北京文艺》《民间文学》《说说唱唱》等杂志当编剧和编辑，在此期间将《儒林外史》中的《范进中举》以及《聊斋志异》中的《小翠》等作品改

---

① 《在前进的道路上：短篇小说选》，宁夏人民出版社，1973。原文献未直接标明选辑者。

② 《新春集——新生事物短篇小说选》，内蒙古人民出版社，1975。原文献未直接标明选辑者。

编为戏曲；被打成“右派”后，在运动的空隙中他出版了第二个作品集《羊舍的夜晚》，从宏观的层面看，他执笔的《沙家浜》也应该视为有价值的作品。尽管汪曾祺在此阶段仍然保持着清淡、优雅的文笔，但创作内容与创作指向完全发生了变化，亦即在“十七年”阶段汪曾祺也未能延续小城镇叙事小说创作。然而，与其他作家不同的是，进入新时期之后汪曾祺立即恢复了小城镇叙事小说创作。从70年代末至80年代初，汪曾祺写出了《受戒》《大淖记事》《徙》等一系列作品，在他的笔下出现了药店相公、饭店小二、米店老板、小摊贩、剃头佬、接生婆、车匠、锡匠、挑夫、更夫、地保、屠户等形形色色的小城镇底层人物。汪曾祺的创作再现了《邂逅集》的创作风格，如与政治保持一定距离、由衷地赞美劳动技艺及底层劳动者、寻求极平常的生活中的淡泊与宁静、兴趣盎然地描写民风民情与自然情趣等。从《大淖记事》等作品中，我们看到了《果园城记》的清淡纡徐、《边城》的舒缓与宁静、《桥》的闲适与淡远。从某种意义上说，汪曾祺延续了“京派”的小城镇叙事小说创作，“京派”小城镇叙事小说创作的基本风格在新时期得以弘扬。汪曾祺的创作与当时的主流创作形成鲜明的对比，他继承了“现代文学”阶段的小城镇叙事小说创作的流脉，这种继承就是小城镇叙事小说创作的复苏。

小城镇叙事小说创作的流脉虽然在新时期初期（20世纪70年代末80年代初）得以延续，但这股流脉是“细流”。我们可从两个方面看这一问题：汪曾祺对先前创作的继承是“特殊个案”，尽管稍后林斤澜、刘绍棠等作家的风格趋近汪曾祺，但这几位作家的创作不可能构成小城镇叙事小说的潮流；与当时占主导地位的“伤痕文学”“反思文学”等不断更替的汹涌大潮相较，小城镇叙事只能算是浸润前进的潜流，是一种边缘创作。在此我们还是以具体的数据说明上述两个问题。1978年出版的《短篇小说选（1977～1978）》[①] 中，共收录发表于1977～1978年的小说26篇，荒煤对于选集的整体构成作出了这样的评价：“揭露林彪、‘四人帮’的各种罪行，以及反映人民群众和‘四人帮’进行不同程度搏斗的作品有十多篇，约占三分之二。”“尽管题材是多样化的，主题却是单一的，或者说是集中的。这些作品共同的特点，是把仇恨集中在林彪、‘四人帮’身上，真实而深刻

① 人民文学出版社编辑部编《短篇小说选（1977～1978）》，人民文学出版社，1978。

地揭露了‘四人帮’令人发指的罪恶。”[①] 选集剩余的1/3是《满月儿》（贾平凹）之类的农村题材作品，这些作品在整体风格上都与汪曾祺的《受戒》或传统意义上的小城镇叙事小说相去甚远。《一九八〇年短篇小说选》[②] 选录了发表于1979年11月至1980年10月阶段的小说36篇，除汪曾祺的《黄油烙饼》外，主要作品为“反思文学”“改革文学”的代表作，如何士光的《乡场上》、张贤亮的《灵与肉》、蒋子龙的《一个工厂秘书的日记》等。1982年出版的“年选”《〈北京文学〉短篇小说选》[③] 共选入小说16篇，从整体上看，入选作品的主题开始多样化，但除汪曾祺的《大淖记事》外，其他作品均与小城镇叙事无关。在上面提及的选集中，我们看见了林斤澜、刘绍棠两位作家的作品，但这两位作家比较直接写小城镇的作品（如刘绍棠的《蒲柳人家》《花街》[④]）极少。例如，林斤澜的《肋巴条》写到了小镇干部在社会变革之际的惶惑与不作为，但整体描写的是靠山村农民在社会变革之际的敢作敢为。上述“统计数据”表明，在70年代末80年代初，小城镇叙事小说创作的作家极少，小城镇叙事小说在当时的整体创作中所占比例极小，尽管小城镇叙事小说创作的流脉在新时期初期得以延续，但与当时的主流创作相比，小城镇叙事小说创作的流脉是“细流”，小城镇叙事处于复苏阶段。

小城镇叙事小说创作的复苏是一个比较缓慢的过程。在20世纪70年代末80年代初，小城镇叙事小说创作可谓“零星闪耀”，直到80年代末90年代初才有“蔚为大观”的趋势。对于小城镇叙事小说创作“勃发”的讨论将在后面的相关章节中进行。

二　包孕与剥离

20世纪70年代末至80年代末是新时期小城镇叙事小说发育的重要阶段。小城镇叙事在此阶段发育的最大特点是小城镇叙事小说创作逐步从“一般叙

① 人民文学出版社编辑部编《短篇小说选（1977～1978）》，人民文学出版社，1978，第2～3页。

② 人民文学出版社编辑部编《一九八〇年短篇小说选》，人民文学出版社，1981。

③ 《北京文学》编辑部：《〈北京文学〉短篇小说选》，北京出版社，1982。

④ 刘绍棠的《花街》发表于1981年，这一作品描写的“花街”从严格意义上讲不是小镇，而是渔村。

事”中剥离出来，其独立性日益增大，其文体特征也随之逐渐彰显。

排除物质层面的因素，一种文体亚类或分支从包孕其的“母体”或“一般创作”中分出来，最关键的驱动力是这一文体亚类或分支文体自身的发育，即所谓瓜熟蒂落。考察小城镇叙事小说创作被“母体”或“一般创作”包孕的状态，既可了解小城镇叙事小说在“复苏”之后的发育进程，又可把握20世纪70年代末至80年代末这十来年的小城镇叙事小说创作概况。

（一）被包孕的小城镇叙事

除汪曾祺等个别作家的创作，在20世纪70年代末至80年代前半期这一时段内，小城镇叙事小说创作被不断更替的创作思潮和创作时尚所裹挟。

反思文学[①]在20世纪70年代末兴起，包孕小城镇叙事小说创作的第一个“母体”是反思文学，《小镇上的将军》与《芙蓉镇》是这一时段的标志性作品。

陈世旭的《小镇上的将军》发表在1979年创刊的杂志《十月》上。这一作品将对小镇人的描写置于前台，但文笔落脚处不是剃头佬、老裁缝等小镇人，而是小镇人眼中的将军。背着“叛徒”污名的将军的到来，在小镇激起重重波浪，小镇人对将军满怀猜疑，与将军保持着距离，但将军的一系列言行改变了小镇人的态度：将军关心人民疾苦，他巡视小镇后便提出种种合理化的治理建议，想帮助小镇摆脱穷困的面貌；将军刚直不阿，他敢冒犯镇上的“第一夫人”，去救助生病的农村孩子；将军贫贱不移、威武不屈，他一直以一个军人的标准来要求自己，所以出现在众人面前展现的总是军服笔挺，军纪谨严，而当一个士兵违反纪律时，他怒斥士兵；将军“位卑未敢忘忧国”，他时刻惦记着国家的富强，期待拨乱反正；将军富有情感，他在悼念总理之际泪流满面。于是，剃头佬等人凭直觉判断：“如果一个‘叛徒’以救人于危难为己任，而一个‘共产党员’却置人民于死地，那么他们的位置，不是正好应该掉换一下吗？”因此，“从来逆来顺受、庸庸碌碌的小百姓们”自觉地同将军站在一起，他们变了，“心灵深处的正义力量”被唤起，“这股力量，把他们自己传统的怯懦和自卑，打得粉碎”。作品以将军为重心而构建情节，在癞痢山盖房子（前奏）→将军到

① 此处的“反思文学”包括“伤痕文学”。

来（开始）→将军发火教育小战士和救孩子（发展）→将军和小镇上的人沉痛悼念总理，并与代表恶势力的镇长产生冲突（高潮）→将军去世（结尾），是作品故事情节的主线；从警惕、怀疑、观望到认可、同情、敬重，小镇人对待将军的情感变化是作品故事情节的副线。很明显，作品的主要创作指向是揭批“四人帮”：通过将军的刚直不阿、威武不屈来控诉“镇长本人和同他一起靠打、砸、抢上来的权贵们”的倒行逆施，来揭示一个是非颠倒的时代，尽管作品客观上描写了乡镇的风土人情，展示了小镇人特有的行为习惯与人格特征（如描写了山区小镇特有的信息传播方式，刻画了剃头佬、老裁缝等小城镇底层手艺人谨慎、精明而又善良、安分守己的个性，展示了小镇人特有的思维方式等）。很明显，小城镇叙事在《小镇上的将军》中并不处于主导地位，小城镇叙事被“政治反思”所包含。

古华的《芙蓉镇》的发表比《小镇上的将军》晚两年。小城镇叙事在这一作品中占有更大的比重。《芙蓉镇》一共四章，每一章专门写一年（1963年、1964年、1969年、1978年），作品以漂亮、勤劳的农村女性胡玉音的曲折人生为主线，描写了1963～1979年间我国湘南农村的社会风情，揭露了“左”倾思潮的危害，歌颂了党的十一届三中全会路线的胜利。作品基本情节如下：三年困难时期结束、农村经济开始复苏时，胡玉音在粮站主任谷燕山和大队党支部书记黎满庚的支持下，在镇上摆起了米豆腐摊子，生意兴隆；1964年春她用积攒的钱盖了一座楼房，落成时正值“四清”开始，因而楼房被“政治闯将”李国香和“运动根子”王秋赦作为走资本主义道路的罪证查封，胡玉音被打成“新富农”，丈夫黎桂桂自杀，黎满庚撤职，谷燕山被停职反省；接着“文化大革命”开始，胡玉音更是饱受屈辱，绝望中她得到“右派”秦书田的同情，两人结为“黑鬼夫妻”，在一个冬天的夜晚生下一个胖小子；党的十一届三中全会后，胡玉音摘掉了“富农”帽子，秦书田摘掉了“右派”和“坏分子”帽子回到了芙蓉镇，黎满庚恢复了职务，谷燕山当了镇长，生活又回到了正轨，而李国香转而控诉极“左”路线对自己的“迫害”，王秋赦发了疯，每天在街上游荡，凄凉地喊着“阶级斗争，一抓就灵”。古华创作《芙蓉镇》有两种追求：展示民俗民情与演绎政治理念，拿作者的话来说就是：“寓政治风云于风俗民情图画，借人物命运演乡村生活变迁，力求写出南国乡村的生活色彩和生活情调来。”① 因此，对于小城镇自身的描写在作品中占有较大比重。例如，第一章“山镇风俗画”开首就着意描绘小镇风情②。然而，《芙蓉镇》有意识地写小城镇，并不意味着古华已经拥有清晰的小城镇叙事意识。作家不可能超越历史，事实上“寓政治风云于风俗民情图画”这一叙事模式的重心还是展示“政治风云”，即“风俗民情图画”是叙事载体，小城镇叙事被“政治叙事”所包孕，“政治叙事”所占比重远远大于小城镇叙事。我们可以从两个方面看待这一问题。首先，作家的主观动机是叙述一段特定的历史。《芙蓉镇》创作于1980年，次年发表，1980年是乡村小说对历史进行“反思”的重要时期，拿古华的话来说是“人民在思考，党和国家在回顾，在总结新中国成立三十年来的经验教训。而粉碎‘四人帮’以来的文学呢，则早已经以其敏感的灵须，在触及、探究生活的也是艺术的重大课题了。”此时，“三中全会的路线、方针使我茅塞顿开，给了我一个认识论的高度，给了我重新认识、剖析自己所熟悉的湘南乡镇生活的勇气和胆魄”，因此作者决定从重新审视一个刚刚结束的时代，“尝试着把自己二十年来所熟悉的南方乡村里的人和事囊括、浓缩进一部作品里，寓政治风云于风俗民情图画，借人物命运演乡镇生活变迁”。很明显，作者的核心动机是“思考”“回顾”和“总结经验教训”，而不是描绘风俗民情图画。其次，作品的风俗民情图画描绘并非出自“文化叙事”的自觉，而是与作者的生活经历、生活积累密切相关。“五岭山脉北麓的一座小山村”的儿时生活在作者脑海里留下了深刻的记忆，也使他对乡村有着天然的依恋，所以他从乡村审视角度写小城镇，而他在一个深山小镇14年“下放”生活的积累，又为他描写小镇提供了丰富的积累：“山区小镇古老的青石板街，新造的红砖青瓦房，枝叶四

① 古华：《芙蓉镇》，人民文学出版社，1981。

② 作品的第一章这样描写古镇风情：“芙蓉镇坐落在湘、粤、桂三省交界的峡谷平坝里，古来为商旅歇宿、豪杰聚义、兵家必争的关隘要地。有一溪一河两条水路绕着镇子流过，流出镇口里把路远就汇合了，因而三面环水，是个狭长半岛似的地形。从镇里出发，往南过渡口，可下广东，往西去，过石拱桥，是一条通向广西的大路。”随后，作品又在不同地方展示小镇的万种风情，如四时八节“互赠吃食”“讲人缘”“满圩满街人成河”“万人集市”等。这种风情在不同的时代有不同的表现：在“大跃进”“文化大革命”阶段，小镇的圩场不像圩场，卖的尽是糠粑、蕨粉、葛根、土茯苓等，互赠吃食代之以“精神会餐”等新潮“习俗”，而在粉碎“四人帮”之后则是小镇上米行、肉行的木案板排成两长行，屠户们争相比膘肥、油厚、肉嫩、皮薄，事隔两年之后，小镇又发生了变化，如买肉的顾主抱怨案板上的猪肉“尽是肥冬瓜，精肉太少了”……

张的老核树，歪歪斜斜的吊脚楼都对我有着一种古朴的吸引力，一种历史的亲切感。居民们的升迁沉浮悲欢遭际，红白喜庆，鸡鸣犬吠也都历历在目，烂熟于心。”“也就是这一切，构成了我小说创作的生活基础和地方特色。”[①] 显然，作者在20世纪80年代初描写小镇是一种必然，也是一种偶然。因此，我们说，尽管古华有意识地写小镇，尽管与《小镇上的将军》相比，《芙蓉镇》的小城镇叙事所占比重增大，但作者对小城镇的描写不是出自自觉的小城镇叙事意识，《芙蓉镇》的小城镇叙事仍被“一般创作”（“反思小说”）所包孕。

包孕小城镇叙事小说创作的第二个“母体”是改革文学，贾平凹的《腊月·正月》（1984年）、资景文的《在石桥饭馆里》（1984年）等是这一时段的标志性作品[②]。《在石桥饭馆里》既写小镇风情，又写小镇人的精神面貌在改革开放中的变化。作品的开头是比较典型的小镇风物描写：“石桥镇地处N城的远郊，是个具有江南特色的水乡小镇市。镇前有一条通向城里的清水河，河上有一座年代久远的石拱桥……可容两条小乌篷船擦肩而过……”小镇人精神面貌的变化是通过对仇二由得过且过的乞丐变为自食其力的劳动者的描写来展示的。作品通过石桥饭馆里的食客的眼光见证了仇二的蜕变。在“文化大革命”阶段，因身体残疾、食量大等方面的原因，仇二不得不到石桥饭馆来寻食，“虽说讨来的都是残汤剩饭，但毕竟是些正经油水，把个仇二养得脑满肠肥”，但进入新时代之后，已经习惯乞讨为生的仇二仍然延续着先前的生活：“如果说十年前仇二来饭馆里乞讨，是为了填饱肚皮出于无奈的话，那么如今他已成了十足的懒汉，成了一条十足的寄生虫。”但是，公社齐书记的苦口婆心与循循善诱慢慢地改变了仇二。仇二慢慢地习惯了体力劳动，开始自劳自食，接着身后有了女人——人们最后一次看到仇二时，仇二衣帽整齐，满面春风，他带着自己的女人来补办结婚证及登门感谢齐书记。作品将仇二及小镇的变化归功于党的领导：“石

① 古华：《古华小说选》，四川文艺出版社，1986。古华在《冷水泡茶慢慢浓》一文中从“种子”“养分”“土壤”三个方面谈了《芙蓉镇》等作品的创作动因与创作依托。

② 尽管改革文学的重要代表作《乔厂长上任记》发表于1979年，但改革文学创作的高峰期是1983～1985年，《故土》（苏叔阳）、《花园街五号》（李国文）、《男人的风格》（张贤亮）、《新星》（柯云路）、《老人仓》（矫建）、《秋天的愤怒》（张炜）、《鲁班的子孙》（王润滋）、《腊月·正月》（贾平凹）等影响较大的“改革小说”都在这一时段问世。

桥镇早已变了模样。风火墙上的红字标语已被五颜六色的商业广告所取代。那些摩肩接踵前来赶集的四乡八村的农民，脸上的气色大都红润润的，腰包也是鼓鼓的。农民们说，这好财气是党的三中全会带来的。”从整体描写看，作品的重心是颂扬改革开放，而不是乡镇风情。

与《在石桥饭馆里》相比，《腊月·正月》有着更开阔的视野，因而整体描写在更大程度上指向小城镇。作品的小城镇叙事集中在两个方面。一是对社会转型之际的小镇文化格局变化的观照。韩玄子和王才这两个处于不同文化阶层的人物的冲突是贯穿作品的中心线索。韩玄子既是乡镇的精神文化权威，又是基层政权的代表，因此，他在小镇占有特殊的社会地位与文化地位；王才是一名十分普通的农民，是允许农民发家致富的新政策使他取得了一定的社会地位，他在人们心目中占据的地位日益扩张。韩玄子感到了来自王才的威胁，于是他开始扼制、打击王才，但在县委书记的支持下，王才在四皓镇的地位才最终确立。这些情节说明一个事实：“改革开放”造就了前所未有的经济格局，经济格局的变化引发了文化格局的变化，而文化格局的变化又带来了小镇人的相互关系、活动方式、行为角色、社会位置、文化取向的变化，因而人们在文化上的主动与被动、优势与劣势的关系出现了重新配置和位移。二是对小镇风俗人情的展示，如待嫁女儿“送路”宴请亲戚乡亲，正月间社火比赛人头攒动，狮子队“喝彩”热火朝天等。对四皓镇风物的描写尤其引人入胜：“走进镇街，一街两行的人家都在忙碌。街道是很低的，两边人家的房基却高，砖砌的台阶儿，一律墨染的开面板门。街面上的人得天独厚，全是兼农兼商，两栖手脚。房间十分拥挤，满是门和窗子，他们虽不及上海人的善于拥挤，但一切都习惯于向高空发展：家家有大立柜；木房改作二层砖楼，下开饭店、旅店、豆腐坊、粉条坊，上住小居老，一道铁丝在窗沿拴了，被子毯子也晾，裤衩尿布也挂。正是腊月天里，腊八已过，家家开张营业，或是筹备年货。有的将一切家什搬上街道，登高趴低地扫尘刷墙；有的在烟腾雾罩地做豆腐，酿米酒……”小城镇叙事在《腊月·正月》中占有较大比重，与作者“从民族学和风俗学入手”直接相关。然而，作家的整体描写并非指向小城镇，而是“从民族学和风俗学入手”，思考乡村变革中出现的许多问题：“比如对于土地的观念，对于道德的观念，老一辈农民和新一辈农民的差异，新一辈农民中又出现的新的差异等等；历史的进步会带来人们道德水准的下降、浮虚之风的繁衍吗？诚挚的人情是否只适应于闭塞的自然经济环境？社会朝现代的推移是否会导致古老而美好的伦理观念的解体……"① 显然，在《腊月·正月》中，小城镇叙事仍然被包孕在"一般创作"中，只不过与《芙蓉镇》等先前的作品相比，小城镇叙事在整体叙述中占有更大的比重。

由于小城镇自身在"改革开放"的时代背景中日新月异，所以许多作家从"改革开放"角度描写小城镇，但小城镇叙事与改革文学结合的"紧密程度"有一个由大到小的渐变过程。例如，从古华的《芙蓉镇》（1981年）、姜天民的《第九个售货亭》（1982年）到汤吉夫的《再会，小镇》（1984年）、陈宜浩的《洗衣妇的头版头条》（1985年），再到李贯通的《洞天》（1986年）、周大新的《香魂女》（1989年），直至邵振国的《远乡夫妇》（1995年），小城镇叙事与改革文学的距离逐步加大，直至最后"淡出"改革文学②。

包孕小城镇叙事小说创作的第三个"母体"是寻根文学③。寻根文学的文化指向对小城镇叙事的发展起到了巨大的推动作用，如使小城镇叙事拉开了与主流话语的距离、小城镇叙事在涉及小城镇描写的作品中所占比重更大等，但小城镇叙事仍被寻根文学所包孕。在此，我们主要以贾平凹在该阶段的创作来说明问题。贾平凹具有寻根文学色彩的作品存在于"商州系列"中，④ 小城镇叙事被"商州叙事"所包孕。在"商州系列"中，小城镇叙事以两种方式存在。一是小城镇被作为集合意象的"商州"所涵盖。在"商州系列"中，商州是一种特殊的存在——它既不是指具体的商洛县城，也不是指具体的乡镇，而是商洛"州城"、小镇和乡村的混合体，因

① 贾平凹：《腊月·正月（后记）》，《十月》1984年第6期。

② 然而，改革文学对小城镇叙事的影响是深远的。例如，在20世纪80年代初汤吉夫执著于用"改革开放"的眼光欣喜地看待小城镇的变化，先后写出了《在古师傅的小店里》《再会，小镇》等一系列作品；孙步康发表于1988年的《小镇风流》仍与"改革话语"关系密切；孙方友创作于21世纪初的部分直接观照小城镇的作品仍然带着改革文学的印记，陈世旭发表于2003年的《泥巴人》展示了"改革开放"对小镇发展的深远影响。

③ 尽管《受戒》《大淖记事》《蒲柳人家》等创作于20世纪70年代末80年代初的作品被指认是寻根文学的重要作品，但寻根文学创作的鼎盛期是80年代中期，这就意味着，尽管改革文学与寻根文学的创作在延续时段上部分重合，但寻根文学的鼎盛期迟于改革文学的鼎盛期。

④ 例如，季红真在谈到寻根文学的发展时说："贾平凹以他的《商州初录》占据了秦汉文化发祥地的陕西；郑义则以晋地为营盘；乌热尔图固守着东北密林中鄂温克人的帐篷……"参见季红真《忧郁的灵魂》，时代文艺出版社，1992，第36页。

此，贾平凹对小城镇的描写被包孕于城乡混合描写之中。例如，在《商州初录》中，商州既指“商州城”，又指包括山山水水在内的“商鞅封地”，小镇和乡村基本上没有被区别开来，“黑龙口”“桃冲”等地方的基本特色是“镇不镇乡不乡”。二是小城镇叙事被其他叙事板块整合。在贾平凹“商州系列”的整体描写中，有两大叙述板块：展示民风民情及其深层次的文化意蕴，观照特定时代人们的精神面貌变化；由于作家既定创作理念的限制，小城镇叙事被展示民风民情（包括深层次的文化意蕴）和观照特定时代人们的精神面貌变化这两大叙述板块“整合”。例如，《浮躁》中的“浮躁”既是一种“改革开放”阶段急功近利的“时代品格”，又是一种深层次的“民族心态”的外在表现。作者通过金狗、雷大空等人急功近利的所作所为隐喻一种时代风气，展示了“改革开放”之际出现的普遍精神病灶。与此同时，又以“州河”象征长江、黄河，象征华夏子孙和农耕文化积淀，象征农村社会和农民的心态及情绪，通过对州河上的静虚村、两岔镇、州城的描写，串联矮子画匠、麻子铁匠、乡村少女小水等底层人物，串联巩宝山、田有善、田中正等中上层人物，发掘“浮躁”这一时代情绪之后的深层次文化内涵，而对于两岔镇、州城等小城镇的描写则被展示民风民情和观照特定时代人们的精神面貌变化这两大叙事指向所涵盖。小城镇在《山镇夜店》《商州初录》《腊月·正月》《二月杏》以及长篇《商州》《浮躁》等20世纪80年代作品中的无足轻重，与在1991年发表的中篇《废都》（《人民文学》1991年第10期）中的主导地位形成鲜明的对比。总之，在贾平凹的小说中，尽管“文化寻根”使小城镇叙事的比重增大，但小城镇叙事仍被“一般叙事”所包孕。这种创作格局也存在于其他作家的作品中。例如，《沙灶遗风》（李杭育，1983年）描写了时代发展给小镇生活带来的变化，但作品的描写重心是“现代化”与传统的冲突及“改革开放”的积极影响；《古船》（张炜，1986年）① 集中展示了20世纪中国乡镇的生存苦难，但作品的核心指向是对“人性之恶”的文化思考。

寻根文学将小城镇叙事推到文化层面，使小城镇叙事具有更大的独立性，促进了小城镇叙事小说文体的成熟，但在寻根文学的鼎盛期，小城镇叙事仍然被寻根文学所包孕。

---

① 《古船》最早发表在《当代》1986年第5期增刊上。

考察小城镇叙事与三种文学思潮的关系，我们发现，直至20世纪80年代中期，小城镇叙事仍被“一般创作”所包孕，但在这一阶段内，小城镇叙事在“一般创作”中所占比例由小变大，在涉及小城镇描写的作品中，小城镇叙事所占比重逐步增大，这就意味着小城镇叙事正在从“一般叙事”中剥离。

虽然在20世纪70年代末至80年代中期这一阶段内，出现了与“主流创作”保持距离的小城镇叙事创作，如何立伟的《小城无故事》（1983年）、刘学林的《品茶》（1984年）、从维熙的《指甲花》（1986年）及汪曾祺、林斤澜等少数作家的作品，但这些作品数量极其有限，因而未能代表小城镇叙事创作的发展趋势。

（二）走向开放的空间

随着时间的推移，在20世纪80年代后半期这一时段内，小城镇叙事逐步从“一般叙事”中剥离出来，进入更加开阔的空间。这种变化有两大表现。

一是疏离主流话语。

如仅在“意识形态”范畴内考察，小城镇叙事与主流话语的疏离由多种因素促成。首先是“文化热”的促动。“文化热”拓宽了作家们的视野：“文化寻根”等思维方式将作家们的思维导向开阔的空间，西方文化思潮的涌入启迪了作家们的思维，为创作提供了新的思想资源，因此小城镇叙事获得了更大的独立性。其次是20世纪80年代后半期“自由主义思潮”兴起的影响。“自由主义思潮”的“泛滥”在客观上将小城镇叙事导向了开阔的叙事领域，作家们不再仅仅依托主流话语提供的“元话语”进行创作。再次是精英话语与主流话语的暂时疏离所致的影响。在对“改革话语”之承诺的质疑等多种因素的作用下，精英话语与主流话语的“交欢”告一段落，因此，精英话语开始进入一个更为开阔的言说空间，小城镇叙事也随之具有更大的自主性。小城镇叙事对主流话语疏离的最明显表现是叙述的“自由化”程度不断加大。在先前的创作中，被反思文学、改革文学包孕的小城镇叙事不断阐释主流话语自不用说，依托寻根文学的小城镇叙事尽管进入了文化层面，但仍与主流话语保持着密切的联系[①]，然而，在80年代

① 例如，由政治反思进入文化反思（如冯骥才的《高女人和她的矮丈夫》等），由改革开放的推陈出新诱发文化怀旧或文化依恋，是两种常见的叙事模式（如李杭育的《沙灶遗风》等）。

后半期，绝大多数小城镇叙事小说创作有着个人化、民间化的话语选择。例如，周大新、迟子建等作家在80年代后半期的小城镇叙事创作就与我们上面讨论的三种创作有着比较明显的区别。周大新80年代的创作虽然在一定程度上继承了改革文学的余绪，但其整体指向具有“多向性”，作者立足于历史文化的高度观照小镇人的昨天与今天，人们今天的生存方式及人们在世事激变阶段的精神历程，成为作家关注的重心。《泉涸》《家族》《紫雾》《老辙》《武家祠堂》《风水塔》《蝴蝶镇纪事》等创作于80年代后半期的作品涉及当时的许多现实问题。例如，《泉涸》涉及新一代农民“逃离”土地；《家族》是“一则文化寓言”①，作品展示了周氏家族在能够主宰自己的命运的情况下的心灵蜕变；《老辙》提出了一个发人深省的问题：费炳成是母亲被地主柳老七强暴后的产物，因此他在“野种”阴影的笼罩中长大，但自己一朝成为“费东家”便重蹈“老辙”，又将罪恶的黑手伸向生活困窘的姚盛芳；《紫雾》对小镇狭隘的复仇心理、小镇的文化构成、宗法文化在新的历史条件下对小镇生活的控制等问题进行了综合思考，这些作品从不同角度对柳镇人进行了观照，而柳镇或柳林镇是一个内涵丰富的文化符号。显然，周大新的小城镇叙事具有更大的独立性。迟子建是“60后”作家，由于年龄、生活经历等方面的原因，迟子建的小城镇叙事受主流话语的约束更小。从《北国一片苍茫》（1987年）、《鱼骨》（1988年）、《西林小教堂》（1988年）、《葫芦街头唱晚》（1988年）到《重温草莓》（1989年）、《小酒店初恋》（1989年），迟子建的笔下的北方小镇总是充满温情，小镇人的人性美、人情美是作者关注的重心，“时代”往往是小镇背后遥远而飘忽不定的远景。进入迟子建笔下绿色世界的人们，可以摸到北国大山的脉搏，能够感受到苍茫林海的气息，人与大自然既对立又亲和；迟子建习惯于通过儿童的眼光透视世界，即使是苦难与不幸也充满温馨（如《北极村童话》《沉睡的大固其固》《北国一片苍茫》等作品的描写）。显然，迟子建作品中的小城镇叙事与主流话语的联系更少。

值得人们注意的是“小城镇官场叙事”与主流意识亲和度的变化。小城镇官场叙事主要描写小城镇行政运作及揭示小城镇官场文化的禀赋。“小

① 李洋：《寓言：一束陨落的梦想——周大新的〈家族〉的意味》，《当代作家评论》1989年第2期。

城镇官场”是小城镇政体的民间称呼。按照传统的叙事方式，当时描写小城镇政体或小城镇“党政生活”的小城镇叙事理所当然地应该与主流话语亲和，但20世纪80年代末萌发的小城镇官场叙事却指向具有乡鄙气的官场文化及小城镇自身。例如，林和平的《乡长》与主流话语保持着一定距离。《乡长》中的乡长处于复杂的人际关系之中，为了稳住自己的阵脚和保住自己的职位，他费尽心思在貌合神离的田书记、乔副乡长等同僚之间周旋，舍命陪县委组织部苗部长喝酒，违背心愿地为贪污受贿的副乡长“设计”楼房装修与房间摆设，努力迎合社会现实，用多重面具包装自己……《乡长》从“民间”视点出发，揭示了基层政体的腐败及乡镇干部之间的尔虞我诈与钩心斗角，展现了人性的复杂，描写了底层农民生存的艰辛，这一作品的创作指向与90年代问世的《本乡有案》《年前年后》等在更宏阔视界中观照小城镇官场的作品有着一脉相承的东西。从“民间”视点出发观照小城镇官场，使本应该讲究“政治立场”的“政治叙事”具有民间性，是小城镇叙事疏离主流话语的典型表现。

在主流话语对文学仍然发挥重要规训作用的时代（如制约着小说创作的取材、立意等），小城镇叙事与主流话语保持距离，意味着小城镇叙事正在从“一般叙事”中剥离出来，具有了更大的独立性。

小城镇叙事走向开放空间的另一表现是疏离文学主潮。

在20世纪80年代末，文学虽然失去了“轰动效应”，呈现出边缘化的趋势，但新思潮还在不断涌现，例如，“新写实”在这一阶段勃发，“新历史主义”小说开始萌发，然而，与在20世纪80年代前半期的表现不同，小城镇叙事不再紧紧追随不断涌现的思潮。这一变化的具体表现是小城镇叙事在更大程度上指向小城镇自身。例如，尽管林和平的《乡长》、何申的《乡镇干部》、张宇的《家丑》等描写乡镇干部的作品带有“解构崇高”“还原生活本相”等“新写实”的基本创作倾向，但这些作品的小城镇叙事具有更大的独立性，即这些作品的描写重心落在观照乡镇“官场”上，如揭示乡镇“官场”人际关系的错综复杂、展现权术的诡谲、探究乡镇政治文化的禀赋、审视乡镇干部的“多重人格”等，乡镇自身是作者思考的对象。其整体创作风格与“新写实”的基本美学特色也有着一定差距。例如，这些作品的褒贬抑扬十分明显，与“新写实”的“感情的零度”思想呈现方式大不一样。在周大新的《家族》《紫雾》《老辙》《武家祠堂》《风水塔》《蝴蝶镇纪事》等小城镇叙事作品中，柳镇或柳林镇是作家关注的焦点，这些作品以其观照的集中性、思想的深刻性、倾向的明晰性，将自己与“新写实”区分开来。至于迟子建的《北国一片苍茫》《鱼骨》《小酒店初恋》等作品的叙述，由于作家的年龄、人生经历、思想禀赋等方面的原因，与“新写实”有着更大的差距，其叙述进入了更为开放的空间。

小城镇叙事小说创作在20世纪70年代末至80年代末这一阶段内的复苏与拓展为其在90年代的勃发奠定了基础。

三　勃发与成熟

20世纪90年代至今是小城镇叙事小说的勃发期与成熟期。

勃发，在此指蓬勃发展；成熟，在此指文体的“成型”或成熟。勃发有四种表现。

一是众多作家参与小城镇叙事小说创作，形成老、中、青作家齐头并进的趋势。汪曾祺、林斤澜等作家是老一辈小城镇叙事作家的中坚，这些作家在20世纪90年代仍然保持着强劲的创作势头。例如，汪曾祺在90年代创作了《卖眼镜的宝应人》《露水》《兽医》《迟开的玫瑰或胡闹》《尴尬》《辜家豆腐店的女儿》等一大批以小城镇为审视对象的作品，林斤澜在“矮凳桥风情”系列中又添新篇章。孙方友、何申、陈世旭、彭瑞高、周大新、关仁山等是中年阶层的代表作家。开阔的视野、深沉的思考，是这些作家的基本特点。孙方友的“小小说”在90年代就显现出自己独有的特色，仅收入《孙方友小小说选》（河南文艺出版社，1996）的作品就多达五十六篇。何申、彭瑞高、关仁山等作家的小城镇官场小说直指当下现实，陈世旭、周大新等作家的“历史叙事”也紧密关联现实。池莉、邵振国等中年阶层的“外围作家”的小城镇叙事作品也为90年代的小城镇叙事创作增添了光彩。池莉的《你是一条河》与邵振国的《远乡夫妇》是90年代小城镇叙事小说的力作。池莉立足于“沔水镇”、邵振国立足于西北小镇，演绎了一幕幕历史的、现实的小镇人生。值得人们注意的是，年轻的作家构成了强大阵营，迟子建、张国擎、王新军、张继、谭文峰、钟求是、薛舒、鲁敏、魏微等出生于20世纪60～70年代的作家为小城镇叙事创作带来了新气息。迟子建保持着80年代的创作势头，《洋铁铺子叮当响》《清水洗尘》《岸上的美奴》《灰街瓦云》《回溯七侠镇》等更直接审视小镇人生的作品带来了山野乡镇的清新，张国擎的古柳镇系列（包括《古镇逸事》《古柳一景》《煮火》等篇目）色彩斑斓，气象万千。王新军与张继在90年代的小城镇小说作品并不多，但《权利交易》《文化专干》《乡长故事》《黄坡秋景》《乡选》等作品是90年代小城镇叙事小说的力作。薛舒、鲁敏等出生于70年代的作家不断地用略带感伤的笔触书写自己心目中的小镇，《记忆刘湾》《小镇》《逝者的恩泽》《镜中姐妹》等作品从不同角度叙述小镇昨天的温馨与和谐。这批年轻的作家以其蓬勃的朝气、新颖的视角将自己的作品与前两类作家的作品区别开来。

二是题材的多样化。题材的多样化是小城镇叙事小说勃发的重要标志。题材的划分可以从不同角度进行，这就意味着我们可以从不同角度考察题材的多样性。

从"时间"角度可分出历史题材与现实题材。历史题材小城镇叙事小说书写"昨天"的小城镇。从整体创作上看，"历史"又可分为"远史"与"近史"。"远史"的取材范围一般在晚清至新中国成立前这一时段内，"近史"的取材范围为新中国成立后至20世纪70年代末。周大新的《左朱雀右白虎》《银饰》《向上的台阶》《第二十幕》与张国擎的《古柳一景》《煮火》等作品是"远史"的代表作。周大新同时在历史与现实题材两个领域内着笔，但其历史题材小说有更深沉的意蕴。周大新的小城镇叙事有两个背景：柳镇（或柳林镇）与南阳市。在《左朱雀右白虎》《向上的台阶》等以小镇为背景的作品中，叙事主要指向小镇人生百态。例如，《向上的台阶》描写了廖怀宝的畸形人生。廖怀宝很小便接受父亲的"教诲"，知道当了官就"等于上了天堂"，因此一旦机会出现，他便不惜一切代价毫不犹豫地抓住它，为了"做官"他放弃了自己的初恋情人，在"文化大革命"中为了保全自己的性命及东山再起将妻子拱手送人，在面临第三次婚姻时毫不犹豫地选择了虽然离过婚却有政治背景的夏小雨。《向上的台阶》通过对廖怀宝畸形人生的描写对小镇人的生存之道进行了考量，对小镇人格的消极面进行了观照。《第二十幕》[1]以南阳尚吉利丝绸厂的兴衰际遇为主线，在更广阔的时空背景下，生动地展现了南阳自清末至今的历史变迁，也展示了民族在一次次的颓败与灾难中艰难地走向工业化、现代化的百年沧桑。张国擎的《古柳一景》《煮火》等历史叙事作品也有着深广的历史内涵，在

① 周大新的《第二十幕》分上、中、下三卷，由人民文学出版社于1998年出版。

《古柳一景》等作品中，“古柳镇”是一个意指丰富的文化符号，也是历史与现代的契合点。90 年代的“远史叙述”是一块作家云集、作品密集的领地，许多作品的叙述背景是小城镇，但实际指向不是小城镇，如《银城故事》（李锐）、《米》（苏童）等，这一现象值得我们注意。“近史”题材有着更丰富的内容。陈世旭的创作具有标志性。从《镇长之死》《圣人余自悦正传》《遗产》《惊涛》《李芙蓉年谱》到《将军镇》，从土改、“三反五反”、入社、“四清”“大跃进”到红卫兵造反、农业学大寨，其创作在整体上再现了小镇（小城）在漫长历史时段中的变迁。从某种意义上说，1999 年出版的《将军镇》集前期小城镇叙事之大成，作品以近似于中国画散点透视的构思，以时间之流为经，以人物为纬，从插队知青、下放干部、“发配将军”，到工作组组长、大队书记、小镇镇长，从宣传队队长、民间艺人、酒店老板，到地区专员、政协委员、县委书记，作者以戏谑的笔调描画种种具有传奇色彩的人物，展示了充满悲喜剧的小镇凡俗人生。池莉的《你是一条河》、张国擎的《古镇逸事》等作品，也有着深沉的历史思考和丰富的文化内涵。当然，许多作家同时涉足“远史”和“近史”，许多作品横跨“远史”和“近史”。例如，汪曾祺、林斤澜等作家的小城镇叙事创作取材于不同时代，池莉的《青奴》《预谋杀人》取材于“远史”，而《你是一条河》演绎的是 1964 ~ 1989 年阶段的“当代”小镇人生。与历史题材更多地侧重于沉思历史和发掘文化内涵不同，现实题材在更大程度上指向当下。作家们对当下现实的态度不一，迟子建等作家展示现实的柔和与生活的温情，但大多数作家对现实持批判挑剔态度。作家们的批判与挑剔指向现实的不同方面。以何申为代表的小城镇官场小说创作是现实题材创作的中心板块，这些作品涉及一系列敏感的现实问题，其整体创作倾向鲜明，笔锋敏锐，思考深邃。有相当一部分作品展示小城镇在城市化过程中的变异。在阎连科涉及小城镇描写的作品中，小镇刘集是城市颓废道德、享乐文化、拜金主义向乡村渗透的“中转站”，因此刘集总是以负面形象出现：在《寻找土地》中，刘集人卖鸡蛋时用虎口框住鸡蛋的大头给人看，造成鸡蛋特大的假象，“我”的遗骨从部队运回来后，刘集人不肯施舍一块木板做棺木；在《乡村死亡报告》中，刘街人在一具无名尸首上大做文章，有人举着残肢与血衣拦路向过往司机募捐，有的在死者丧事上做文章，借办丧事之机捞东西。毕飞宇的《哺乳期的女人》表达了对现代化进程中的小镇文化生态的担忧。性爱电视剧与言情小说培育了小镇人的思维方式，于是七岁男孩旺旺对母爱与乳香的向往就与“性”发生了关联。毕飞宇通过对旺旺遭受“不白之冤”的描写表达了一种文化思考。邵振国的《远乡夫妇》揭示了“搞活经济”“改革开放”大背景中小镇人的精神变异。《分享艰难》（刘醒龙）、《大雪无乡》（关仁山）、《六神有主》（何申）等作品展现了乡镇政权在相对封闭的环境中对“经济”的屈从。有些创作熔铸或综合了“反思文学”“改革文学”“寻根文学”等出现在20世纪80年代的多种“文学”的思考，因而具有丰富的思想内涵。例如，何申的《热河大兵》《热河鸟人》《热河官僚》《热河傻妞》《热河会首》《热河儿郎》等“热河系列”小说，从文化角度探索热河人的精神品格，展示热河这座塞外古城的风土人情与世态习俗，从历史文化传承与现代精神道德濡染两个层面观照当代热河人的所作所为，作品具有开阔的视野和深厚的积淀。现实题材的小城镇叙事的指向具有多向性，在此不一一列举。现代题材的小城镇叙事具有强烈的批判性，同时也被打上了鲜明的时代印记。

从“社会层次”角度可划分出“官场题材”与“平民题材”。“官场题材”在20世纪90年代中期勃兴，是新世纪小城镇官场小说“火爆”的前奏。何申、彭瑞高、王新军、谭文峰、王清平、张继、毕四海等作家从不同角度对小城镇官场进行了描写，他们的作品或揭示官场权术的诡谲，或揭示乡镇行政的弊端，或展示小城镇官人的生存艰辛，或观照小城镇政治文化的底蕴，或从小城镇官场透视社会弊端，其整体创作倾向鲜明，视野开阔，笔锋敏锐，思考深邃。何申的《秘书长》《年前年后》《七品县令和办公室主任》《信访办主任》，彭瑞高的《本乡有案》《六神有主》《叫魂》等作品是在90年代产生了较大影响的小城镇叙事“官场小说”。值得注意的是，有些作家就是小城镇官场中人，亲身经历与耳闻目睹使他们的作品具有描写的丰富性、真实性与批判的深刻性。与官场题材描写“官人”生活不同，平民题材创作书写的是底层人生，表述的是小城镇平民的生活情趣与人生理想。平民题材创作也是小城镇叙事的大宗，参与的作家众多，创作丰富，其主题与指向无法一一列举。在众多作家中，迟子建与汪曾祺的作品令人瞩目。展示底层平民芜杂凡俗生活中的纯真，渲染清苦人生中的温情，是迟子建平民题材创作的基本特色。譬如，《洋铁铺叮当响》中的王有杰因既穷又矮而讨不到老婆，便谎称自己是吃商品粮的复员兵，骗得善良美丽的丽晶的爱情，接着因恐惧而逃走，但后来还是诚惶诚恐地带着歉疚之心回到了丽晶身边，承担自己应该承担的责任，而丽晶的父母则宽容了他们两个人，给了他们闲屋闲地和开修车铺的资本，让两个年轻人去过自己的小日子。《清水洗尘》通过对礼镇一户普通人家岁末洗澡过程的描写，展示了家庭成员之间的脉脉温情及底层贫民的相濡以沫，这种描写使清苦的生活放射出幸福的光辉。90 年代是汪曾祺小城镇叙事小说创作的又一个高峰期。书写底层平民的生存一直是汪曾祺小说的重要内容。展示底层平民生存的艰辛与尴尬，渲染底层人生的悲凉是汪曾祺 90 年代底层书写的基本特色，《卖眼镜的宝应人》《露水》《兽医》《迟开的玫瑰或胡闹》《尴尬》《辜家豆腐店的女儿》《小孃孃》《礼俗大全》《尴尬》《忧郁症》《子孙万代》《可有可无的人》《当代野人系列三篇》《吃饭》等作品都具有悲凉的底蕴，有人说这些作品隐含着作者的“挽歌情绪”①。总之，“官场题材”与“平民题材”这两种创作以其各自的丰富性展现了小城镇叙事小说创作在 90 年代的勃发。

从“价值”角度或创作功利性角度可划分出“休闲性题材”和“非休闲性题材”。从文学创作的一般规律看，有些题材自身的禀赋能决定创作的立意、指向与风格。“休闲性题材”是指那些具有闲适、“轻松”特质的题材，这些题材一般不涉及重大社会问题与尖锐的现实矛盾，题材本身决定了作品的“教”“乐”审美侧重，立足于这些题材的创作能满足社会的休闲审美需求。“非休闲性题材”是指那些涉及重大社会问题与尖锐现实矛盾的题材，题材的严肃性往往决定了作品的风格。“休闲性题材”20 世纪 90 年代陡然增多是小城镇叙事小说快速发育的显著标志，因此在此我们仅讨论“休闲性题材”创作。“休闲性题材”小城镇叙事以“历史叙事”居多，其中“野史”、趣闻、传说等占有相当大的比例，许多创作的篇名冠以“闲人”“逸事”“韵事”，作者一般以闲适的心态观照小城镇的凡俗人生，以戏谑的态度把玩小城镇的凡夫俗子。汪曾祺、林斤澜、孙方友是“休闲性题材”创作的代表作家。其中，孙方友的创作个性鲜明。《蚊刑》《女匪》《王典》《一笑了之》《水龙张三》等几十篇小说写“陈州”、“颍河镇”等

① 参见马慧珍《和谐掩映下的悲凉底蕴——论汪曾祺 20 世纪 90 年代小说的审美风格》，《郑州航空工业管理学院学报》2007 年第 4 期。

地的趣事、传说，语气舒徐，笔调幽默，话题轻松。例如，《蚊刑》中的贪官本着做官之道承受“蚊刑”而大难不死，其“人生哲理”令人既哭笑不得又拍案叫绝；在《女匪》中，富家独子被一伙女匪绑架，几天后富家带着钱款赎取，那孩子竟依恋女匪不愿回家，富家七姨太无奈，只好陪小男孩住在女匪群中；《王典》中的百货店伙计王典提醒老板注意防火，老板不听，后来果然失火，老板听信算卦人的分析，认为是王典的名字带来灾祸，于是居心不良地将王典介绍给自己的竞争对手，但竞争对手得到喜欢提建议的王典之后生意蒸蒸日上，王典也被提拔为副经理，老板闻之，懊恼不已。由于情节具有传奇性，语言风趣，话题轻松，这些作品具有休闲性的审美价值。当然，也有一些“休闲性题材”作品立足于现实生活。阎连科的《小镇蝴蝶铁翅膀》可以作为这一方面的代表作。在80年代，“休闲性题材”创作在小城镇小说创作中所占比例极小，因为仅有汪曾祺等个别作家在这一题材领域内耕耘，进入90年代之后，在大众文化的勃兴、审美文化的世俗化、社会审美需求的多样化等因素作用下，许多作家进入这一题材领域，“休闲性题材”小城镇叙事迅速扩张，因此，“休闲性题材”的勃兴是90年代小城镇叙事小说题材多样性的显著标志。

三是风格的多样化。小城镇叙事小说的风格可大致分为庄重、超逸、幽默等三个基本类别，若以“现代文学”阶段的创作为参照，新时期小城镇叙事小说风格的“拓展”表现为丰富、延展了超逸风格，张扬、开拓了幽默风格。“拓展”趋势在20世纪90年代中期就十分明显，小城镇叙事开始呈现出风格多样化的局面。风格多样化不仅仅表现为总体风格类型的多样，还表现为同一风格类型的分化或多样化。例如，汪曾祺、林斤澜、迟子建、孙方友等人的小城镇叙事都具有超逸特征，但超逸有着不同表现。汪曾祺的超逸表现为“曾经沧海”之后的顿悟与无为，林斤澜的超逸表现为面对世事的温和淡雅与从容不迫，但温和淡雅与从容不迫之中显现出幽深孤傲，迟子建的超逸表现为对人性弱点与生活芜杂的宽容，孙方友的超逸表现为与当下世事保持一定距离，在“远史”与“近史”中闲步；陈世旭与孙方友都有幽默天赋，但陈世旭的幽默是一种“黑色幽默”，在许多情况下表现为恶谑，而孙方友的幽默则表现为具有轻喜剧格调的揶揄与调侃。某一创作风格在“共时”平面上的多样化，是需要“创作数量”来支撑的，即只有在一定数量的作家参与创作、发表数量可观的作品的前提下，风格的多样化局面才可能形成，因此，90 年代小城镇叙事小说创作风格的多样化是小城镇叙事勃发的重要标志之一。

四是文体的成型，即新时期小城镇叙事小说已经从“一般小说”中分离出来，具有一个小说亚类的独立文体特征。对于这一问题的讨论在下一节中展开。

总而言之，众多作家参与小城镇叙事小说创作、题材的多样化、风格的多样化、文体的成型，是小城镇叙事小说创作勃发与成熟的主要表现，意味着小城镇叙事小说创作跨入了一个新的历史时段。

第二节　全新的格局

由于时代的变化、社会的发展（包括小城镇自身的发展）、文学自身的演变等方面的原因，新时期小城镇叙事小说在整体上发生了质的变化。若以“现代文学”阶段的小城镇叙事小说创作为参照，我们发现新时期小城镇叙事小说在整体上发生了变化，显现出前所未有的格局。以下三个方面的宏观变化值得我们注意。

一　文体的成型

经过复苏、发展、勃发等阶段之后，跨进 21 世纪的小城镇叙事小说进入了成熟阶段，而趋于成熟的重要标志即其文体的成型。在此，我们用对比方法阐明其文体发展概况。

（一）“现代文学”阶段小城镇叙事小说的文体发展概况

为了证明新时期小城镇叙事小说的文体在 21 世纪“成型”，我们很有必要考察小城镇叙事小说在进入新时期之前的文体发育进程或文体发育概况。由于小城镇叙事小说创作在“十七年”阶段与“文化大革命”阶段基本停止，所以我们将文体发育进程的考察范围圈定在“现代文学”阶段。

讨论小城镇叙事小说文体的发育进程涉及许多问题。

与“身体写作”“成长小说”“少年写作”等“写作倾向”或“题材侧重”不同，小城镇叙事小说是一种文体亚类或分支文体，因此，它必须有自己独特的文体特征，其发展必定遵循文体发育发展的一般规律。既然已经成为众多学者的研究对象，就表明小城镇叙事小说的萌发已经启动，已经具有一种文体或文体亚类的基本特征，但这并不意味着其文体发育在“现代文学”阶段已经完成，具有初步的文体特征与文体发育成熟是两回事。

对于一种成型文体（分支）的属性认定，可以使用不同的方式方法，可以从不同角度切入。童庆炳在“属概念”层面将文体分为语言、风格等四个层面①。对于属于文体亚类的小城镇叙事小说的文体考察，我们可以有更灵活的方法。借鉴前人的观点，结合具体的文体学法则，笔者拟出三项衡量小城镇叙事小说文体发育进程的核心标准：第一，在取材、立意或创作指向等方面是否有相对独立的个性；第二，是否已经拥有相对稳定的“核心作家”群体；第三，整体创作是否有特有的审美意识或创作心理作为支撑。下面我们从这三项指标出发，考察小城镇叙事小说在“现代文学”阶段的文体发育概况。

我们先看小城镇叙事小说在取材、立意或创作指向等方面是否有相对独立的个性。笔者在“绪论”中对小城镇叙事小说进行了定义，我们的定义客观上揭示了小城镇叙事小说在取材、立意或创作指向等方面的特征：“小城镇叙事小说以小城镇为叙事对象”阐明了小城镇叙事小说的取材特点，“记叙特定历史时段小城镇的变迁”“展示小城镇风情”“观照小城镇文化”等则是小城镇叙事小说的基本创作指向。从小城镇叙事小说取材与创作指向的基本特点出发，我们可将已被许多学者认定的代表作分为三大类。第一个大类是以小城镇为描写背景的作品，如《在酒楼上》《孤独者》等。从严格意义上讲，这类作品在取材与指向两个方面都与小城镇关系不大。例如，《在酒楼上》通过吕纬甫由敢想敢干的革命斗士到老气横秋的私塾教师的颓变，展示了缺乏韧性战斗精神的“五四”新知识分子的人生悲剧，小城在作品中仅仅是一个模糊的背景——如果将“背景”换为天津、上海等大都市，作品的整体立意与构思仍然成立，作品的整体指向是“新知识分子的悲剧性精神历程”，作品的立意在“一般意义”层面，而不是具体的小城镇社会或小城镇人生。因此，不能简单地将这类作品归入小城镇叙事小说。这类作品在人们认定的小城镇叙事小说中所占比例较大。第二个大类是以小城镇为叙事载体的作品，如《阿 Q 正传》《祥林嫂》《风波》《林

① 童庆炳主编《文艺理论教程》，高等教育出版社，1998，第 268～379 页。

家铺子》等。这类作品的取材是小城镇，但创作指向不完全是小城镇自身。例如，《阿Q正传》虽然描写的是鲁镇人生，但作品的指向是国民性：阿Q的“精神胜利法”是对我们民族个性的概括，其个性是我们民族个性的象征或缩影——《阿Q正传》《祥林嫂》等作品的主旨是“人的解放”，即救国必先救人、救人必先启蒙，这一立意的核心指向是解剖病态的国民精神，其批判的锋芒直指封建文明；茅盾的《林家铺子》以林家铺子的挣扎、倒闭折射出20世纪30年代初中国城乡经济概况及社会状况，如农民破产、商业萧条、金融萎缩、交通阻断、党棍横行、国难当头、社会动荡等，勾画了一幅民不聊生、城乡贫困化的真实图画，作品的取材虽是小城镇，但立意却指向“社会分析”，《林家铺子》是茅盾30年代“社会分析小说”系列作品之一。《阿Q正传》《林家铺子》等作品的取材是小城镇，但创作指向不完全是小城镇，关联小城镇的描写仅仅是一个平台，是作家表达宏阔思想意旨的平台，所以我们认为这类作品是小城镇叙事小说的外围创作。这类作品在人们认定的小城镇叙事小说中所占比例极大，从分类学角度对这些作品进行甄别是一件十分棘手的事情。事实上这类作品中有相当一部分应当剔除，如《倪焕之》《春阳》《为奴隶的母亲》等。笔者认为，出于不同的论证需要，学者们草率地将这些作品列入了小城镇叙事小说名单。第三个大类是以小城镇为直接审视对象的作品，如《边城》《果园城记》《异秉》（初版）等。这类作品的取材是小城镇，其创作指向也是小城镇。例如，《边城》展示的是边地小城和谐人生，《果园城记》展示的小城的静谧、懒散与芜杂，《异秉》将小镇底层平民的生存状况与精神世界作为观照对象，等等。这类作品鲜明地体现了小城镇叙事小说的基本文体特征，是“典型的小城镇叙事小说”，但这类作品数量极少，在“现代文学”阶段，这类作品主要出自“京派”作家之手①。从上面的简单考察中我们不难看出，在人们认定的已有作品中，第一个大类（以小城镇为描写背景的作品）与第二个大类（以小城镇为叙事载体的作品）在数量上占绝对优势，第三个大类（以小城镇为直接审视对象的作品）所占比例最小。这种状况说明

① 笔者认为，沙汀的《在其香居茶馆里》、柔石的《二月》、萧红的《呼兰河传》、王鲁彦的《黄金》等作品介于第二个大类与第三个大类之间，不能把这些作品视为典型的小城镇叙事小说。

了一个问题：具有鲜明文体特征的作品所占比例极小——剔除第一大类后，在已有作品中数量上处于绝对优势地位的是第二大类作品，而从文体演进角度看，这类作品由于在一定程度上被“一般创作”所包孕，所以在取材、立意或创作指向等方面的相对独立性较差。因此，我们有理由认定：在“现代文学”阶段，小城镇叙事小说在取材、立意或创作指向等方面还缺乏相对独立性。

我们再看小城镇叙事小说是否已经拥有相对稳定的“核心作家”群体。从作家构成层面看，一种成熟或成型的分支文体必定拥有一个支撑其创作的相对稳定的核心创作群体，而致力于一种文体写作的作家群体的出现，意味着一种文体的形成。判断一个相对稳定“核心作家”群体的形成，有这样几个基本标准：这个群体必须由一定数量的作家个体或“代表作家”构成，这些作家持续产出具有相近文体特征的作品，即“代表作家”必须有“系列作品”，这些作品有着比较鲜明的文体特征，是某类创作类型的核心部分。迄今为止，学者们已经开列了多达几十人的小城镇叙事小说代表作家名单，如沈从文、废名、师陀、鲁迅、茅盾、叶圣陶、王鲁彦、施蛰存、沙汀、张天翼、艾芜、李劼人、萧红等。撇开学者们的具体论述不谈，他们开列的长串作家名单似乎足以证明小城镇叙事小说文体的成熟。但稍加考察，我们就会发现：这些作家并不能构成小城镇叙事小说创作的“核心群体”。首先，小城镇叙事小说创作的“代表作家”人数极少。在现代作家范围内，致力于小城镇叙事小说创作的个体作家主要是“京派”作家，而考察“京派”作家的已有创作，我们仅能找出沈从文、师陀、废名、汪曾祺几人具有“代表作家”特征；在此范围之外，我们仅发现沙汀等极个别作家致力于小城镇叙事小说创作。因此，我们有理由认为，在“现代文学”阶段，小城镇叙事小说创作的“核心群体”并未形成，因为为数不多的几个“代表作家”不能被称为“群体”。偶尔写了一篇或几篇小城镇叙事小说的作家，绝对不能被视为致力于小城镇叙事小说创作的作家，将茅盾、王鲁彦、施蛰存等作家视为“代表作家”十分勉强。其次，我们要看“代表作家”产出的持续性及其创作文体特征的鲜明性。“持续产出”或创作的持续性实际上包括两个标准：产出的连续性与产出总量。笔者认为，在我们认定的“代表作家”范围内，师陀与沙汀的创作具有较大的持续性，其创作的小城镇叙事小说文体特征也比较明显。例如，师陀先后创作了《巫》

《百顺街》《酒徒》《城主》《刘爷列传》《三个小人物》《寒食节》《无望村的馆主》《果园城记》等大量以小城镇为审视对象的作品，与其他作家相比，师陀能更直接地审视小城镇；沙汀也有《在其香居茶馆里》、“三记”等一系列以展示小镇人生和审视“大后方”底层政权的作品。这两位作家的产出具有更大的连续性，小城镇叙事小说总数在他们整体创作中所占比例较大。被人们认定为“核心代表作家”的沈从文的产出持续性稍差一些。事实上沈从文创作中能称得上小城镇叙事小说的作品并不太多。《边城》《长河》《柏子》《大城中的小事情》等作品可以看做沈从文小城镇叙事小说创作的代表作，但这类作品在沈从文整体创作中所占比例不大，至于《旅店》《丈夫》等作品，从创作指向角度看，很难说是严格意义上的小城镇叙事小说，因为其文体特征介于乡村小说与小城镇叙事小说之间，从总体看沈从文的小城镇叙事小说创作掩映在乡村小说创作之间。在废名的创作中，像《浣衣母》之类具有典型小城镇叙事小说特征的作品很少，被人们反复称道的《桥》实际上写的是乡野与“镇郊”的“桃花源”，史家庄是农庄而不是城镇——“十年造桥”，作家潜心构建的是士大夫心中的世外桃源与儒雅人生，而不是凡俗的小城镇世界，《河上柳》《竹林的故事》的文体特征介于乡村小说与小城镇叙事小说之间。因此，废名小城镇叙事小说在产出持续性、文体特征鲜明程度两个方面都与师陀等人存在差距。通过上面的讨论我们可以看出，小城镇叙事小说创作的“核心作家”群体阵营不大，产出具有持续性的“代表作家”为数不多，部分作品的小城镇叙事小说文体特征不太鲜明。因此，我们认定：在“现代文学”阶段，相对稳定的“核心作家”群体还未形成。

最后，我们考察小城镇叙事小说的整体创作是否具备特有的审美意识作为支撑。

此处的审美意识，主要指创作意识，是一种包括社会心理、文化心态等关联社会学、伦理学、心理学的思想意识在内的创作意识。当代文学发展历史告诉我们，许多小说流派的出现或小说亚类的“成型”，都有特定的审美意识支撑，如“新写实”之于理想主义文化的解体与世俗文化的昌盛，新历史主义小说之于西方新历史主义诗学的引入及国内解构主义思潮的泛滥，生态小说之于环保主义理念的流行，农民工题材小说的精英创作与草根创作的不期而遇之于“构建和谐社会”“底层关怀”等理念的流行，等等。小城镇叙事小说也不例外。笔者认为，小城镇意识及在此基础上生成的小城镇叙事意识，是新时期小城镇叙事小说快速发育及在21世纪初基本“成型”的重要支撑①。作为创作意识的小城镇叙事意识有两重内涵：一是对作为叙事对象的小城镇的文化学、社会学、政治学认识及在此基础上产生的思想观念，二是创作主体对作为叙事对象的小城镇的特殊负载功能、意象功能、审美特征的认识。这两重内涵，就是两种支撑，就是这两种支撑使小城镇叙事小说创作在20世纪90年代快速发育，进而引起人们的注意，如认识到小城镇叙事小说有自己的文体特征，确认小城镇叙事小说是一种小说亚类，提出“小城文学”“小城镇小说”等批评概念，开始回顾“现代文学”阶段的小城镇叙事小说创作等。如果我们承认小城镇叙事小说的文体特征是在21世纪初基本完成这一事实，那么在此之前的时段就是小城镇叙事小说文体的发育阶段，亦即小城镇叙事小说文体的发育在此之前并未发育成熟。

在此，我们使用“反证法”来论证这一问题：“京派”小说作家是熊家良等学者认定的小城镇叙事小说的“代表作家”，如果沈从文等“代表作家”已经拥有清晰的小城镇叙事意识，那么小城镇应该进入作家们的视野，小城镇叙事小说的文体发育期应该在“现代文学”阶段基本完成。“京派”小说家的思想底蕴或深层次文化依托是传统的文化思想，如儒家的大同社会人文理想、天人合一理念、立身处世的入世与出世观念，道家的顺应自然理念、无为哲学、遁世思想，等等。从农耕文化立场出发，拒斥现代商业文明与工业化进程，这种文化底蕴决定了“京派”作家特有的乡村观照视角。正是这种特有的农耕文化立场决定了“京派”小说家的两种创作姿态：颂扬乡村与批判城市，因此，许多作家都有两类作品，这两类作品往往在创作情感、描写内容等方面形成对比，如沈从文的《边城》与《八骏图》，师陀的《果园城记》与《结婚》，废名的《李教授》《张先生和张太太》与《菱荡》《桥》，萧乾的《雨夕》与《篱下》，等等。笔者认为，“京派”小说家的创作只有乡村和大都市这两大描写对象，与当代小城镇叙事小说“代表作家”有意识地观照小城镇不同，“京派”作家的小城镇描写是

① 关于新时期小城镇叙事小说发展及在21世纪基本“成型”问题的展开讨论，将在本章的后半部分进行。

“乡村叙事”的延伸。——在他们的笔下，小城镇不是被批判的对象，小城镇往往同乡村一样和谐、宁静、温馨，被批判的对象是大都市，如在沈从文的《宋代表》《岚生与岚生太太》《绅士的太太》《八骏图》等作品中，北平是一个虚伪、胆小、怯懦、巧滑、纵欲、重利等“文明病”流行的地方，在师陀的长篇小说《结婚》中，大上海是造就形形色色畸形人、扭曲人性的“毁人炉”，在萧乾的《篱下》《矮檐》等作品中，城里人（主要是北平人）是势利虚伪的代名词。这种观照方式说明了一个十分关键的问题：“京派”小说只有乡村和大都市这两大描写对象，小城镇还暂时没有成为独立的审视对象进入“京派”作家的视野，亦即“京派”作家暂时还不拥有清晰的小城镇叙事意识。因为“京派”作家暂时还不拥有清晰的小城镇叙事意识，所以小城镇叙事小说的文体发育期在“现代文学”阶段尚未完成，我们前面的假设不能成立。

以上考察表明，在“现代文学”阶段，小城镇叙事在取材、立意或创作指向等方面还不具备相对独立的个性，小城镇叙事创作还未拥有相对稳定的“核心作家”群体，小城镇叙事整体创作还没有特有的审美意识或创作心理作为支撑。因此，我们认为，小城镇叙事小说的文体在“现代文学”阶段并未成型，亦即在进入新时期之前，小城镇叙事小说文体尚在发育之中。

（二）21 世纪小城镇叙事小说文体的成型

然而，经过几十年的发育，进入 21 世纪后，新时期小城镇叙事小说的文体基本成型，具有了自己独特的文体特征。在此我们还是立足于上面拟定的三个标准来考察小城镇叙事小说的文体成型及其文体特征。

一是众多以小城镇为直接审视对象的作品出现。

考量小城镇叙事小说在取材、立意或创作指向等方面是否有相对独立的个性，其重要标准是察看将小城镇作为直接审视对象的作品的多少，或察看将小城镇作为直接审视对象的作品在当时整体创作中所占比例有多大。进入 21 世纪后，将小城镇作为直接审视对象的作品继续增多，其创作总量在“共时总体创作”中所占比例不断增大。我们可以通过对具体题材的考察来说明问题。我们先看描写小城镇历史变迁的题材。在 20 世纪 80 年代至

90 年代这一阶段内，从“史”的角度观照小城镇发展与嬗变的作品并不太多[①]，但进入 21 世纪后，这一类作品急剧增加。例如，贾兴安的《阖岚镇沿革》、刘醒龙的《圣天门口》、张国擎的《古柳泽》等具有史诗性特征的作品描绘了小城镇的“线性”发展，李骏的《我那遥远的故乡小镇》、鲁敏的《镜中姐妹》、周遵琴的《小城家事》等作品则展示了小城镇在特定历史时代（新时期）的变化与发展，魏微的《大老郑的女人》、宋唯唯的《小镇风月》、朱辉的《穿着驴皮夹克的翔子》、曾楚桥的《规矩》、“与你同行”的《小城里的风流韵事儿》等作品则透视了小城镇在某一“共时平面”上的蜕变与发展。我们再看描写小城镇凡俗生活的题材。描写小城镇凡俗生活是 90 年代小城镇叙事的大宗，进入 21 世纪后这一题材范围内的作品急剧增加。凡俗生活，即“凡人”的世俗生活。21 世纪的小城镇叙事描写了小城镇世界不同阶层的风俗生活。“官人”的世俗生活自然仍然是凡俗生活描写的主要内容，但视野更加开阔，内涵更加丰富，透视更加深沉。例如，部分作品彻底脱离“宏大叙事”，进入“官人”的“私人空间”与凡俗生存。例如，嘉男的《小城秘密》（《当代小说》2007 年第 1 期）写“工作狂”郝市长的夫妻关系及他对待女人的态度，少木森的《小城师爷》（《厦门文学》2006 年第 9 期）塑造了当代“师爷”的形象——“幕僚”夏哈林在小县城官场中运筹帷幄，专门替大小官僚“出谋划策”，靠“耍嘴皮子”活得有滋有味，等等。小城镇知识分子的凡俗生活应该是比较新颖的描写内容，这一创作具有极大的丰富性。王方晨的《金乡大儒》、王清平的《守望官阶的女人》、陈大超的《小城狂人》《金山》展示了小城镇不同阶层知识分子的世俗生存与世俗人生理想。底层平民或贫民的世俗人生是小城镇世俗生活描写的最大板块。孙方友承接汪曾祺的笔法，成为新世纪描写小城镇底层小人物生活的主要作家，其“小镇人物”刻画了形形色色的底层人物，《马老四》《陈州烟火》《殷老二和他的女人》《吕家染坊》《刘家果铺》《刘老克》等上百篇作品展现了底层的人生百态，钟秀灵的《小城人物》、陈大超的《小城狂人》等作品也刻画了不同类型的底层人物，这一块

① 古华的《芙蓉镇》、池莉的《你是一条河》、周大新的《第二十幕》等作品可看做从“史”的角度观照小城镇发展与嬗变的代表作。陈世旭的作品“在整体上”再现了小镇或小城的变迁史，即众多作品在客观上勾勒了小镇或小城的变迁史。

显现出前所未有的色彩斑斓。总之，描写小城镇凡俗生活的作品数量激增，描写内容具有极大的丰富性。以上粗略考察充分说明，进入21世纪后，更多以小城镇为直接审视对象的作品问世，以小城镇为直接审视对象的作品在“共时总体创作”中所占比例不断增大。

二是已经拥有相对稳定的小城镇叙事“核心作家”群体。

前面我们已经谈到，一种分支文体的成熟，其重要标志之一是拥有一个支撑其创作的相对稳定的核心创作群体——致力于这一分支文体写作的作家群体的出现，意味着这一分支文体的成型；而判断一个相对稳定“核心作家”群体的形成的基本标准是这个群体必须由一定数量的作家个体或“代表作家”构成，这些作家必须有“系列作品”，这些作品有着比较鲜明的文体特征，是某类创作类型的核心部分。进入21世纪之后，小城镇叙事小说的作家群体已经形成——陈世旭、孙方友、何申、彭瑞高、王新军、张继、毕四海、薛舒、魏微等“核心作家”构成了小城镇叙事小说创作的中坚力量，这些作家有其各自的“系列作品”，其作品构成了小城镇叙事小说创作的核心部分。例如，孙方友“小镇人物”“陈州笔记”“颍河人物”等系列小说多达几百篇（不包括《衙门口儿》[①]《紫石街》等涉及小城镇描写的长篇小说），这些作品讲述的历史传说、奇人奇事，塑造的三教九流人物，描绘的民情风俗，皆出于河南的“陈州”“颍河”等小城小镇。何申的小城镇叙事有“热河系列”与小城镇官场系列两大板块，陈世旭的“小镇系列”包括《镇长》《将军镇》《李芙蓉年谱》《李八碗春秋》等中长篇，其中《将军镇》囊括了从《惊涛》《镇长之死》到《圣人余自悦正传》等一系列中短篇小说的叙述内容。彭瑞高的《本乡有案》《叫魂》《秋天备忘录》《六神有主》《竞聘》《理论科长》《少白头》《乡里老记》《县长没新闻》，张继的《埋伏》《黄坡秋景》《乡选》《买车》《集资》《一个乡长的来信》《卖官》《遍地羊群》，王新军的《好人王大业》《远去的麦香》《权力交易》《遍地羊群》《文化专干》《乡长故事》《乡干部下岗》《落叶飞翔》，毕四海的《大官小官》《选举》《乡官大小也有场》《“心理地形图”》《第二官场》等小城镇官场叙事系列构成了新时期小城镇叙事小说的重要板块，虽然这些“系列”中的个别作品指向“反腐”、政治改革等宏大命题，

① 长篇小说《衙门口儿》由现代出版社于2003年5月出版，随后被改变成24集电视连续剧。

但更多的作品指向小城镇自身，如“官人”的凡俗生活、小城镇人格、小镇文化构成及禀赋等[①]。总之，“核心作家”群体的形成及“核心作家”群体有各自的“系列作品”，标志着小城镇叙事小说文体的成型或成熟。

三是许多作家已经拥有清晰的小城镇意识。前面我们谈到，作为创作意识的小城镇叙事意识的获得有两个步骤：第一个步骤是小城镇的“第三种社会”特征的显现，第二个步骤是作家对小城镇的认识及在此基础上形成特定的审美意识，如作为叙事对象的小城镇的特殊负载功能、意象功能、审美特征的认识等。进入21世纪后，在城市化迅速推进的过程中，在城乡两极分化不断加剧的情况下，小城镇的“第三种社会”特征日趋明显，因而作家们对小城镇存在的特殊意义的认识不断深化，在此基础上形成的特定审美意识不断明晰，也因为如此，小城镇在作家们的视野中更加清晰，作家们的观照更直接地指向小城镇自身。何申在谈到“热河系列”的创作因由时说，是“热河小城”那有着丰厚文化底蕴的“独特的生活”吸引了他[②]，而“热河小城”在新时代的蜕变是驱使他书写热河的更大动因——时代的喧嚣正在惊扰“古城”，“古城的人口在膨胀，存之久远的心态在消失”，他为此忧心忡忡。他认为“古城”存在的价值之一是“她用自己的身形，告诫这里的人力戒浮躁，存留平和”。显然，何申认识到了“热河小城”存在的社会学、文化意义，而他的“热河系列”正是利用了“热河小城”的社会学、文化承载功能及其自身的隐喻意义，建构了两种基本叙事方式：一是通过某一人物的“历时表演”来展示热河人的文化品格，二是铺陈当代平民生活，通过生活细节描写展现热河人特有的精神风貌，揭示特定的历史文化精神在普通百姓身上的遗存。张国擎认识到了小镇或“古镇”与大都市及乡村的不同及其在工业时代或后工业时代的特殊价值。他说：“因为种种原因而留下来的旧有村镇，那小桥流水、安逸舒适、与世无争，还有如画般的美景，令对现代化生活产生厌烦的人们百看不厌。他们走进去，流连忘返，大有返璞归真之感。”因此，“古镇”在他的笔下是一种文化符号，是承载他对历史反思和对现实批判的载体，他在90年代创作

① 在上面所列举的作品中，包括少数发表于20世纪90年代的作品。

② 《从“乡镇干部系列”到“热河系列”——何申访谈》，金羊网，http://www.ycwb.com/gb/content/2003-04/02/content_511220.htm，最后访问日期：2003年4月2日。

了《古镇逸事》《古柳一景》《煮火》《青云寺》等中篇，进入21世纪后创作了集前期创作之大成的长篇《古柳泽》，在这些作品中，“古镇”既是被观照的客体，又是叙事平台。由于历史的演进使小城镇的“中介性”日益明显，许多作家认识到了小城镇的中庸品格。因此，他们既揭示小城镇的“中间性”，又利用小城镇连接城市与乡村、串通传统与现代的“中介”作用，以承载自己的现实批判与现实思考。例如，彭瑞高、王新军、张继等作家的乡镇官场描写既揭示乡镇官人的凡俗人生、观照乡镇文化，又由乡镇官场透视社会弊端。赵月斌的《我是秃子》、“与你同行”的《小城里的风流韵事儿》、宋唯唯的《小镇风月》等作品既揭示小城镇在文化、人格等方面的中庸禀赋，又立足于小城镇透视工业化、城市化大背景中整个世风民性的退行性蜕变。淡化小城镇的承载功能，把玩、“鉴赏”小城镇，是创作主体对小城镇存在的特殊意义认识的不断深化及特定的审美意识形成的主要标志。把玩、“鉴赏”小城镇有着不同的表现。在孙方友的作品中，主要表现为以闲适的心态观照小城镇的凡俗人生，以戏谑的态度把玩小城镇的凡夫俗子，以恬淡的心境描绘小城镇的风土人情。余小偶的《小城女人》《小城男人》等作品则淡化功利指向，调侃当代小城年轻一代的生存方式，以漫画笔法勾勒“小城人格”。总之，拥有清晰的小城镇意识，有特定的审美意识支撑，更直接地观照小城镇自身，是小城镇叙事小说文体成型或成熟的重要表现。

总而言之，众多以小城镇为直接审视对象的作品的出现、小城镇叙事小说拥有相对稳定的“核心作家”群体、许多作家已经获得清晰的小城镇意识，这一切都意味着小城镇叙事小说文体的成型或成熟，标着着小城镇叙事小说进入了成熟阶段。

二　内容的更新

文变染乎世情，兴废系乎时序，时代与现实生活发生了变化，小城镇叙事小说的叙事内容也发生了变化。从总体上看，启蒙与救亡是“现代文学”阶段小城镇叙事小说的核心叙述指向或“母题”；时过境迁，救亡叙述指向基本不再存在，启蒙叙述也被边缘化。以“现代文学”阶段小城镇叙事小说的核心叙述内容为参照，我们发现新时期小城镇叙事小说内容的更新有两种状况。

首先是“新增”叙事内容，即新时期小城镇叙事小说的部分叙述内容为“现代文学”阶段小城镇叙事小说所没有。在此仅列举三项“新增”叙事内容。一是官场叙事。官场叙事将“小城”和“小镇”作为叙事对象或叙事载体，或透视当代官场文化，或解析小城镇政治文化的构成，或展示“主流权力”与“地方权力”的掣肘，或揭示时弊。这类创作既不同于《在其香居茶馆里》之类描写地方基层政权的创作，也不同于《霜月红似二月花》之类的“社会分析小说”。这类作品展示的是新时代的“新现实”与“新问题”。在这些作品中，小城镇既是被审视的对象，又是叙事平台。《小城秘密》《小城师爷》《年前年后》《无根令》《人在乡镇》《女乡长》《乡干部老秦》《乡镇合一》《秋天备忘录》《本乡有案》《叫魂》《六神有主》《多事之村》《镇长》《救灾记》《乡选》《一个乡长的来信》《大雪无乡》《分享艰难》《乡长故事》等作品是这一方面的代表作。二是历史反思。历史反思不是一般的“怀旧”，而是对特定历史现实进行政治学、社会学、文化学反思，如《阖岚镇沿革》对与“元历史”相关的重大历史事件与政治运动的反思，《古船》对土地改革运动中的“斗争”行为的反思，《镇长》《芙蓉镇》等作品对“四清”“反右”等政治运动的反思，《李芙蓉年谱》等作品对“文化大革命”的荒诞的展示。这种反思或揭示历史的荒诞及“非理性”，或解析“元话语”的内在逻辑，或展示“被现代化”民众或被启蒙对象对“元话语”的拒斥与误读。在这些作品中，小城镇（尤其是小镇）以其特有的文化禀赋与“表现性”承载了前所未有的丰富叙事内容。叶圣陶写于1928年的《倪焕之》回顾了从辛亥革命到第一次国内革命战争时期的历史，萧红的《呼兰河传》感伤地忆写家乡的小城，但展示历史、回顾往事与反思历史（特别是反思特定的历史）是两回事，因此，反思历史是典型的“新增”叙事内容。三是书写变迁史。书写变迁史的重心是观照当下小城镇在“现代化”进程中的历史变迁。这种书写与《边城》（沈从文）、《黄金》（王鲁彦）等“现代文学”阶段的小城镇叙事小说的最大区别是：书写小城镇在城市化急剧推进过程中的变迁，将小城镇作为直接观照的对象。例如，姜天民的《小城里的年轻人》（长江文艺出版社，1984）展示了“小城里的年轻人”在时代激变之际的“与时俱进”；孙步康的《小镇风流》（广西人民出版社，1988）描写“经济大潮”袭来之际小镇人的义利选择及两种力量的较量；邵振国的《远乡夫妇》（《当代》1995年第3

期）展现物质功利在经济急剧变化阶段在小镇人的灵魂上烙上的印记；鲁敏的《镜中姐妹》（《十月》2003 年第 4 期）通过对小县城教师家庭（普通市民家庭）的五个女儿的描写，展示了社会转型之际小城凡夫俗子的不同生存方式；曾楚桥的《规矩》（《芙蓉》2007 年第 4 期）、《幸福咒》（《收获》2007 年第 6 期）再现了经济发达的南方小镇暴发后的轻狂与不仁；周遵琴的《小城家事》（《彝良文学》2008 年第 4 期）以“十七年”阶段的小城生活为参照，满怀欣喜地书写眼下的生活变化；魏微的《大老郑的女人》（《山东文学》2009 年第 9 期）写小城日新月异之际的道德颓变。从严格意义上讲，这些作品的书写内容与《黄金》等作品完全不同，其创作指向也与《黄金》等作品不尽相同。

其次是“拓展”叙事内容，即新时期小城镇叙事小说的部分叙述在“现代文学”阶段小城镇叙事小说奠定的基础上拓展或延伸。笔者认为，有两个方面的“拓展幅度”较大。一是把玩人物。把玩人物主要是把玩底层人物。把玩，是一种融戏谑、鉴赏、考量、批判于一体的叙事形态。把玩人物的作品在“现代文学”阶段的小城镇叙事小说创作中占有一定份额，废名的《桥》、师陀的《果园城记》中的部分篇目、汪曾祺的《异秉》（初版）等早期创作是这类作品的代表作，但由于时代的原因，这类创作并未得到长足发展，在时过境迁的今天，这类创作得以尽情张扬。由于文化立场、价值取向、审美情趣等方面的差异，“拓展”朝向与方式各不相同。例如，汪曾祺、林斤澜等作家以淡雅轻松的笔触展示底层人物的淳朴、善良与诚信；孙方友的笔下出现了形形色色的手工业劳动者，作者既端庄地展示人物的政治与善良，又善意地调侃人性的弱点；陈世旭玩弄诸多时代弄潮儿于股掌之间，其戏谑滑稽的笔墨之中蕴涵着深刻的理性批判与历史反思；钟秀灵的《小城人物》等作品讴歌低微而善良的小人物，再现小城昨日的古朴与纯洁……在这些作品中，形形色色的小城镇人物构成一道道醒目的人文景观。与先前的类似创作相比，新时期的人物把玩的视野更加开阔，人物类型更加丰富，作家的文化透视更加深邃，戏谑、调侃等“玩”的成分所占比重更大。二是审视小城镇文化。以先前的类似创作为参照，新时期小城镇叙事小说的小城镇文化审视拓展的最明显表现是：直接将小城镇文化作为观照对象的作品更多，出现了“专攻”小城镇文化的作家，因为观照小城镇文化的理论凭借日益丰富——不断更替的文学思潮、文化思潮与社会理念、政治思潮为小城镇叙事提供了种种支撑。《古船》《小城女人》《小城男人》《守望官阶的女人》《古柳一景》《镇长之死》《李八碗春秋》等作品，或考量小城镇的人格，或审视小城镇的文化构成，或观照小城镇在文化急剧转型之际的蜕变，其审视深度、审视范围、审视专注程度与先前的类似创作有着明显的区别。事实上，先前的小城镇叙事将小城镇文化作为直接观照对象的作品并不太多，甚至部分已被认定的代表作的叙事重心并非完全落在小城镇之上。例如，《边城》等作品的创作指向是展示“一种优美、健康、自然，而又不悖乎人性的人生形式”，“用文字，在一切有关陆续失去意义，本身亦因死亡而毫无意义时，使生命之光，煜煜照人，如烛如金”——记叙社会和人性中美好的正在消失的东西，通过这些东西引导民族文化朝向健康的道路发展。在《果园城记》中，师陀的确将小城当做观照对象，“有意把这小城写成中国一切小城的代表”①，展示了小城生活中的诸多“悖论”，对宗法文化等进行了较为深刻的审视，但作品承载更多的是作家独特的审美体验，如对往昔生活的怀念，对北方故乡的顾盼，对具有原始意味的农耕生活的依恋等；至于《林家铺子》（茅盾）等负载社会学内涵的作品，其创作指向不再是小城镇自身。

内容的更新，既受到了社会生活发展变化的促动，又是小城镇叙事小说自身流变发展的结果。

三 风格的拓展

为了方便讨论，我们在此粗略地将小城镇叙事小说的风格分为三个基本类别：庄重、超逸、幽默。庄重，在此有端正、整肃、正统、端庄之意，具有沉郁、凝重、刚健等格调的小城镇叙事小说应该归入这一类别。超逸在此有超凡脱俗、飘逸洒脱之意，具有淡泊、平淡、舒徐等格调的小城镇叙事小说可列入此类；幽默，在此有风趣、滑稽之意，具有戏谑、诙谐等格调的小城镇叙事小说可列入此类。风格的拓展，在此主要指新时期小城镇叙事小说对“现代文学”阶段小城镇叙事小说风格的丰富与张扬。两相比照，我们发现，新时期小城镇叙事小说的风格拓展主要表现在超逸与幽默两个类别上：丰富、延展了超逸风格，张扬、开拓了幽默风格。

① 师陀：《果园城记》，解放军文艺出版社，2002。

受民族危难、政治急剧动荡等因素的制约，在20世纪初至40年代这一阶段内，庄重是小城镇叙事小说创作的主流格调，而超逸风格仅在一定范围内存在——主要在“京派”小说创作范围内存在，如《边城》等作品显露出从容与淡泊，《果园城记》等作品的风格则是舒徐平淡。进入新时期后，时过境迁，在和平安定的创作环境中，超逸风格得到长足的发展。同文化的分化意味着文化的演进与变迁一样，某种风格的发展与张扬往往通过分化的形式表现出来。在新时期，打上了传统印记的超逸风格分为多个“亚类”，即超逸风格有多种表现形态。例如，在汪曾祺的小城镇小说中，淡泊之中透出明净、静谧与儒雅；林斤澜的小城镇叙事小说也具有淡泊格调，但林斤澜的淡泊之中显出幽深孤峭，例如“矮凳桥风情”系列中的代表作《溪鳗》《丫头她妈》《袁相舟》等作品的平和冲淡中显露出幽秘怪诞。与汪曾祺、林斤澜等作家的淡泊略有区别，孙方友的超逸主要表现为平和：其创作指向在入世与出世之间，作品的平和格调表现为高蹈之际的反顾尘世，以一种温和沉静的态度对待尘世的纷扰与喧嚣。“打上了传统印记的超逸风格”实际上是指“传统型超逸风格”。“传统型超逸风格”在此有两重含义：一是指新时期的超逸风格与“现代文学”阶段的超逸风格有着承接或传承关系，二是指新时期的超逸风格与道家的无为思想、儒家的宁静致远、淡泊明志等处世修身理念有着内在关联。与“传统型超逸风格”相对的是“现代型超逸风格”，诸多现实因素促成了这种风格类型。“传统型超逸风格”的载体主要是展示人情美、人性美、人与自然的和谐美的作品（如汪曾祺的《大淖记事》《岁寒三友》《晚饭花》《故里三陈》）和发掘生活情趣、怀旧、记写逸闻趣事（如孙方友的《马老四》《陈州烟火》《吕家鱼行》《刘家果铺》）的作品，作品书写内容的基本属性往往决定了作品的格调，与此相反，“现代型超逸风格”的载体往往是针砭时弊、展示人性之恶、揭示历史荒诞的作品，因此，“现代型超逸风格”主要表现为面对纷扰、弊端乃至邪恶之际的旷达、宽容、冷静。例如，魏微的《大老郑的女人》处变不惊，以一种从容淡定的语气讲述小城世风的蜕变，作家面对一种冲击传统伦理道德的畸形“职业”显现出宽容大度；孙方友的《蚊刑》《猫王》等作品事实上是有感而发，具有明显的现实针对性，但作品的批判深藏于讽喻之中，整体叙述语气平和，情趣盎然，字里行间显现出作家“长将冷眼观螃蟹，看你横行到几时”的从容与豁达；陈世旭反思“当代史”的作品的基本风格是幽默，但幽默之中显现出平和淡定，作者在揭示历史的荒诞或“非理性”时显露出达观与恬淡。新时期小城镇叙事小说超逸风格的分化不仅带来了风格的多样化，而且使具有淡泊、平淡、舒徐格调的作品所占比重逐步增大。

新时期超逸风格的发展有着多种驱动力与复杂的原因。文化分化、审美需求多样化、社会环境逐步宽松、理论资源日益丰富、文学的边缘化及文学审美功能的转化等，是促使新时期超逸风格分化或发展的重要因素。其中，最关键的因素是审美需求的促动：现实生存竞争激烈导致审美接受主体寻求精神松弛与灵魂抚慰，社会生产力不断提高带来特殊的“休闲”审美需求，社会道德的退行性蜕变激发社会对美好人性的渴望，而具有淡泊、平淡、舒徐格调的作品迎合了特定的审美需求。当然，小城镇自身文化学、社会学、美学等层面的中间性或中庸性也为超逸风格的审美质素的凝结提供了必不可少的条件。——超逸，是超脱现实与凡俗之后的飘逸与潇洒。生活在一个日益世俗化、竞争无处不在的世界中，要真正“超凡脱俗”如同一个人试图提着自己的头离开地球一样困难，超逸风格形成的关键是作家要有超凡脱俗的心灵，因为文学的基本功能之一就是陶冶人的情操和建构人文理想。应该说，新时期部分具有超逸风格的作品，塑造了理想的审美境界，在浮躁喧嚣中找出一隅宁静，为凡夫俗子提供了一片消减烦热的荫凉。

幽默风格在此是指小城镇叙事小说具有的滑稽、诙谐、戏谑格调。从严格意义上讲，新时期小城镇叙事小说的幽默风格与“现代文学”阶段的相关作品没有多少承接关系，因为在“现代文学”阶段的小城镇叙事小说中，幽默还没有形成一种独立的风格形态，这一风格形态还被包容于其他风格形态中。例如，在汪曾祺的《异秉》（初版）中我们能体会到揶揄与调侃，沈从文的《绅士太太》《八骏图》等作品使用了反讽手法，等等。进入新时期之后，幽默风格的发展经历了20世纪80年代的雏形、90年代的发展与21世纪初的定型等阶段。同任何一种定型的风格形态一样，新时期小城镇叙事小说的幽默也有不同的格调与表达方式。陈世旭主要使用反讽、揶揄、欲擒故纵等手法构成幽默，其作品的幽默质素既在语言层面凝结，又在情节层面集汇，展示小镇人物荒诞的言行和使用具有反讽意味的叙述语言，是他进行幽默建构的主要手段。例如，在《镇长》中，在“省革委会主任”意欲借“教育青年”之名奸污上海女知青这一事件中，作者设计了瘌痢头镇长出于保护知青与“省革委会”主任虚与委蛇、上海知青自以为是、“省革委会”主任愤然离开等滑稽情节，而人物语言与叙述语言充满反讽、悖论。滑稽荒诞的情节与充满反讽的语言是构成陈世旭小说幽默风格的关键要素。孙方友也有一部分作品具有幽默风味，但孙方友的幽默主要来自情节设计。例如，在短篇小说《刘老克》中，鳏夫刘老克被错误地定为国民党的“少将军需”而受到街坊的尊敬，由原来草一样低贱的“老干”变为“老克爷”，成为街上的头面人物——队长有了想不通的事儿，也开始向“老克爷”请教了，谁家娶媳妇，也开始偷偷请“老克爷”上坐了，但随后公安局澄清真正的“少将军需”另有其人，街坊大怒，遭到唾弃的“老克爷”马上回复到“老干”的位置，而刘老克则大呼冤枉，反复申明自己是真正的“阶级敌人”，作品整体叙述语言平实质朴，叙述不动声色，但荒诞的情节揭示了民间意识与主流意识的错位及民间话语与主流话语的隔膜，进而构成了一种意蕴深沉的荒诞性幽默。《小城女人》等作品主要通过揶揄手法取得幽默效果，《墙上的父亲》（鲁敏）使用反讽、调侃、揶揄等手法展示了一个小城“无父”家庭的生存艰辛，使“正剧”具有滑稽色彩……幽默风格给新时期小城镇叙事小说带来了无穷的魅力。新时期小城镇叙事小说幽默风格的形成是多种因素作用的结果，其中一个因素起到了关键性作用：审美时尚的驱动。——人们要求电视广告赏心悦目，期待政治要员的演讲幽默风趣，要求解惑授业者寓教于乐，当“快乐接受”成为一种普遍性的“接受期待”时，在审美文化于大众文化兴盛的背景中日趋世俗化之际，幽默风格在以审美为主旨的文学创作中生成是理所当然的事情。

风格的拓展使小城镇叙事小说能与其他类型的小说并驾齐驱，在新时期文坛上占有一席之地，使小城镇叙事小说在文坛上产生了比在“现代文学”阶段更大的影响。

此外，意蕴的深化也是新时期小城镇叙事小说宏观发展变化的表现之一。

总之，文体的成型、内容的更新、风格的拓展，使小城镇叙事小说创作显现出前所未有的新格局、新气象，这种新格局、新气象是小城镇叙事小说发展几十年后的结果。

** ** ** ** **

从复苏、发展、勃发到“成熟”，新时期小城镇叙事小说的发育历经30多年，最终成为一种具有独立个性和鲜明文体特征的小说亚类。如今，小城镇叙事小说已经成为文坛上的一道亮丽的风景线。

第二章
历史叙事

在此，我们粗略地将新时期小城镇叙事的内容分为三大板块：历史叙事、文化叙事、政治叙事。历史叙事侧重于从“史”的角度描写小城镇，文化叙事将小城镇纳入文化观照的视阈中，政治叙事侧重于从政治学角度审视小城镇。尽管三种叙事的外延相交，但每一种叙事的重心都很明显。

历史叙事在此是指以小城镇为叙事对象或叙事平台的历史讲述。从“叙事姿态”角度看，新时期小城镇叙事小说的历史叙事可以分为三个层面：展示与反思、解构与重建、把玩与调侃。在新时期，叙述历史的小说有多种类型，但小城镇叙事的历史讲述有其独特个性。

第一节　展示与反思

展示小城镇的历史，是新时期小城镇叙事小说的主要内容，但与历史展示相伴的是历史反思。展示的历史，是小城镇的历史变迁与小城镇人的生存史，而历史反思则从不同的立场与视角出发，反思立场往往决定作家们对“史”的选择。新时期小城镇叙事小说从不同的立场出发进行历史展示与反思。

一　出自国家立场的展示与反思

出自国家立场的展示与反思，在此是指小城镇叙事主体依傍主流意识的元话语或“元历史”，解读小城镇的历史变迁与小城镇人的生存史，并通过小城镇的历史变迁与小城镇人的生存史演绎“元历史”，按照主流意识认定的思维模式考评特定的历史。

《芙蓉镇》等作品采用的是国家话语立场。“寓政治风云于风俗民情图画，借人物命运演乡镇生活变迁”①，这一创作宗旨决定了作品的叙述重心与叙事方式。小说一共四章，每一章写一年，而每一年都代表着一个特殊的年代——1963 年、1964 年、1969 年、1978 年这四个年份在中华人民共和国历史上有着特殊意义。作品有两条历史演绎线索：一条是小镇经济发展史，另一条是胡玉音的生存史。小镇的经济经历了兴盛→衰落→兴盛三个阶段。导致小镇经济由盛而衰的因素是“四清”的开始，致使小镇经济复苏的因素是“文化大革命”的结束与李国香、王秋赦等推行极“左”路线的“坏人”倒台。小镇的兴衰与李国香、王秋赦这两个人物的得势与失势密切关联：李国香带领工作组进驻小镇是小镇经济衰退的前奏，小镇经济随着李国香的“工作”深入而持续衰退，王秋赦指挥民兵打击“投机倒把”，带领“治安人员”查缴“违禁”物品，小镇经济在此人趾高气扬之际跌入低谷；而随着李国香、王秋赦等人被历史清算，小镇经济迅速恢复。当然，小镇经济的兴衰主要是通过胡玉音命运的沉浮而展示的。政策的调整与经济的复苏给胡玉音带来了好运。在粮站主任谷燕山和大队党支部书记黎满庚的支持下，胡玉音的米豆腐生意兴隆，她聚集了一定财富，买地新建楼房，日子过得很是红火，而“四清”的到来与“文化大革命”的爆发将她推进了人生的低谷。李国香给她“算剥削账”是她厄运的开端，随着阶级斗争的弦越绷越紧，她不仅被戴上“新富农”的帽子，而且失去了丈夫。她以戴罪之身扫大街，与右派分子秦秋田同病相怜产生爱情，不料因“非法同居”而双双被判徒刑，因为认为李国香、王秋赦等品行败坏的人认定秦、李二人的“非法同居”是“对无产阶级专政的猖狂反扑”。“文化大革命”结束后，李国香、王秋赦等曾经给小镇带来灾难的人得到历史的清算，在小镇经济复苏之际，秦秋田的“右派”问题平反，胡玉音历经磨难之后重新过上安稳的生活。很明显，《芙蓉镇》从国家话语立场出发审视小镇的发展史及小镇平民命运的浮沉史，即从“国家”给定的“历史结论”出发展示小镇的动乱史及发掘动乱史形成的原因，同时，按照国家话语逻辑解释当前经济的复苏与兴盛。作品的整体描写隐含着这样一种逻辑

① 古华：《芙蓉镇》，人民文学出版社，1981，第 212 页。

思维：是王秋赦和李国香二人里应外合及杨高民的幕后指导，把芙蓉镇推进了苦难的深渊，是政治狂人李国香的专制与政治疯人王秋赦的蒙昧给小镇制造了苦难，小镇经济在1963～1978年的衰败与这两个人的道德缺陷与人格畸形密切相关。

从严格意义上讲，小镇动乱史形成的深层因素是时代的失误，但古华对深层因素加以屏蔽，根据国家话语逻辑解释小镇动乱史的成因，其具体措施是将国家意志或国家权力与“群众”的冲突转化为“个人”与“个人”的冲突，进而将处于强势位置的“个人”描绘为有道德缺陷的个体。——作家在大前提上承认极“左”路线给芙蓉镇带来了灾难，但具体的冲突描写却并不展示“平民意愿”和国家意志的对立，而是将胡玉音等小人物与国家意志的冲突转化为一般生活意义上的冲突或“纯粹”的人与人冲突。例如，胡玉音与李国香面对面的直接冲突不是因为“算剥削账”等政治事件而爆发，而是围绕“非法同居”这一生活事件而展开；李国香要惩罚秦、胡二人，并非真正是因为秦、胡二人的“非法同居”是“对无产阶级专政的猖狂反扑”，而是因为秦、胡二人破坏了她与王秋赦私通的兴致，因此当胡玉音当众影射他们二人的丑事时，李国香气急败坏地命令民兵“把富农婆的衣服剥光，把她的两个奶子用铁丝穿起来”。搁置或剥去代表国家意志或行使国家权力的“个人”的国家属性，将李国香们还原为“凡人”，进而将他们侏儒化、丑化，使他们成为有道德缺陷的人或急于满足自己的卑劣私欲的人，于是，李国香们的人格缺陷与道德过失就成了小镇动乱史形成的深层次原因。

事实上，《芙蓉镇》采用了当时颇为流行的一种“叙事策略”。宋文坛在阐释“伤痕、反思小说”与主流话语的亲密“互动关系”时，客观地揭示了这种“叙事策略”对特定历史的处理方式：

> 在对“文化大革命”性质的指认中，“主流”话语把“文化大革命”定性为“无政府主义的内乱”“封建主义的复辟”，是一段不堪回首的“浩劫”和“历史的空白”。按照这一指认，“一小撮”开历史倒车的跳梁小丑被指控为是这段“空白”历史的肇事者，他们道德败坏、无恶不作，应被钉在历史的耻辱柱上……随着“群小”的覆灭，人们轻松地告别了停滞的历史时间，重新开始了属于“现代”的生活，历

史便由此接续，“新时期”便由此展开①。

采用国家话语立场的小城镇叙事作品主要出现在新时期早期。正如我们在绪论中所言，在这一阶段，叙事主体对小城镇的观照，往往被包含于其他宏阔的观照之中。进入 20 世纪 90 年代之后，这类作品逐渐减少。当然，这类作品的叙事重心随着国家话语中心的变化而变化。例如，周遵琴的《小城家事》（《彝良文学》2008 年第 4 期）的叙述重心对应“改革开放 30 年成就巨大”等主流话语，作品以“十七年”阶段的小城生活为参照，使用“新旧对比”的手法展示进入新时期的小城在吃、穿、住、行诸方面的“日新月异”，尤其是进入 21 世纪后的小城的快速“现代化”。显然，依傍与“改革开放”关联的主流话语，作者用艺术的手法对主流意识的元话语进行了演绎。

二　出自精英立场的展示与反思

精英，一般指“精选出来的少数”或“优秀人物”，此处的“精英”特指“文学精英”；立场，指叙事主体的立足点或视角。精英立场是文学精英观照社会、人生的立场。视天下为己任，注重人文构建，是当代文学精英立场的主要表现。精英立场决定了小城镇叙事主体对历史的展示与反思，选取特定的历史“时段”，从特定角度看待历史，以特定的价值标准评判历史，是小城镇叙事主体精英立场的具体表现。从整体上看，小城镇叙事主体一般选取中国“现代史”作为观照对象，让小城镇的演进史与国家现代史进程吻合，小城镇的演进史是国家现代史进程的缩影；从精英视角出发，叙事主体立足于小城镇的“小历史”对国家“大历史”作出个人化的阐释与评判。

《古船》《镜中姐妹》等作品的历史展示与反思出自精英话语立场。

张炜的《古船》立足于洼狸镇近 60 年的兴衰史，通过对隋、赵、李三大家族的荣辱沉浮的描写，对一段有着特殊文化内涵的历史进行了反思。在作品中，三大家族在小镇历史舞台上扮演不同的文化角色，承载着作家

① 宋文坛：《历史叙述的“默契”与“偏离”——对“伤痕、反思”小说与“主流”话语关系的考察》，《东北师范大学学报》2010 年第 2 期。

多方位的审视与多层面的思考。三大家族的历史活动演绎了洼狸镇的动乱史：政权更迭之际的血腥拉锯争夺，“土改”阶段的残酷斗争，“大跃进”阶段的浮躁与亢奋，“大跃进”之后的萧条与死寂，“文化大革命”期间的人性沦丧，新时期有钱的暴发户与有权的新贵们的躁动……出于深沉的人道主义情怀，作家用悲悯的眼光俯瞰洼狸镇的动荡与苦难，精英话语特有的语言与语法，对具有隐喻意义的洼狸镇历史作出了不同于元话语的阐释，表达了自己的人文理想。吴培显这样评论《古船》的人道主义思想与人文理想：

> 《古船》的人道主义理想，其实是一种泛悲悯主义；其人道主义理想的目标，即消除人类的“苦难”；其目标实现的途径和方式，就是张扬一种道德自觉和道德自我完善的“内圣”原则，就是要自外其身于私欲的诱惑，遏制和消除“争夺”欲望和“外王”的事功欲念，并寄希望于具有朴素的外在表现和淳厚的内心质地的少私寡欲的“道德人”的出现①。

吴培显的评论准确地揭示了《古船》的指向及作家的价值立场。出于精英话语立场，作家从人道主义角度出发审视洼狸镇的历史，从而展现了大千世界的风起云涌、天翻地覆，作家同情弱者、鞭挞暴虐，对摧枯拉朽、改天换地的暴力革命作出了另一番解释。也是出于精英话语立场，作家对洼狸镇的“出路”进行了艰辛的探索。张炜谴责赵多多与赵炳的暴虐、凶残与贪欲，否定隋见素的复仇主义与功利追求，让隋抱朴终日坐在“沉默的老磨屋”中的老木凳上，背对外部的喧嚣世界，冥思苦想，期求从历史的迷雾中寻觅某种道德理想。作品中有一个具有典型性的情节：接受了道家思想与儒家观念的隋抱朴反复研读《共产党宣言》，感悟其内在深沉意蕴，不断反思小镇的苦难史与隋氏家族兴衰史。这是一个具有隐喻意味的情节。隋抱朴反复研读、感悟《共产党宣言》与反思历史的目的，就是想为洼狸镇“寻找出路”，即找出小镇的权力分配与物质分配的合理方式方

① 吴培显：《英雄主义—人道主义—文化人格主义——从〈红旗谱〉〈古船〉〈白鹿原〉看当代“家庭叙事”的演进及得失》，《中国文学研究》2002年第2期。

法，避免“后一辈人再去糊糊涂涂流血”。这一情节设计表明，作者企图“中和”外来的暴力革命思想与本土的无为、淡泊、守成思想，在两者之间整合出一条“出路”，探寻“有产者”与“无产者”和平共处的良方。在“有产者”这一方面，作者通过隋抱朴的言行表达了一种朦胧的人道主义理想：“有产者”不要“自己抱紧金子，谁也不给”，要有“内圣”式的自我省悟之力，要不断进行自觉的道德内省和人格的自我完善，要有“原罪”意识。显然，作者的思考与理想不乏天真之处，但就在天真之处体现了作者的精英情怀。

值得注意的是，演绎小城镇的演进史而铺陈国家现代史进程，并不是《古船》的全部叙事内容，因为对小城镇自身的观照也是《古船》历史叙述的核心内容，如观照小镇的文化人格，展示“国家权力”与具有农耕底蕴的小镇宗法权力的亲和与对立，展示宗法权力在小镇的运作方式，探究乡镇文化的农耕性，等等。

从精英立场出发的人文观照，在张炜的小说中一直存在。《刺猬歌》（人民文学出版社，2010）也以小城镇为叙事平台，融家族命运变迁与小镇的历史变迁于一体，从革命战争、“大跃进”“文化大革命”、改革开放直到当下，作品演绎了小镇近百年的历史风云。作者的落笔处是棘窝镇，但观照的是百年中国。从政界到经济领域，从知识文化阶层到社会，作品整体显露出深刻的社会忧虑和危机意识，对生态问题的关注和对现代性的反思，在作品的整体叙述中占有很大比例，能源危机、空气污染、土地沙化、水质污染等由“现代化”所致的问题是作者关注的重心。

如果说《古船》《刺猬歌》等作品演绎的是小镇的“通史”的话，那么，鲁敏的《镜中姐妹》（《十月》2003 年第 4 期）、魏微的《大老郑的女人》[①] 等作品描述的则是小城的“断代史”。《镜中姐妹》通过对一个小县城教师家庭五个女儿的凡俗人生的描写，展示了社会转型之际小城以世风人情为主体的历史变迁。在作品中，生在小城长在小城的父亲母亲有着传统的生存方式与传统的价值观，他们务实、谨小慎微、保守，如重男轻女、追慕虚荣、讲究实惠等，但五个女儿在时代风潮的熏陶与裹挟之下，其人生观和价值观与他们完全不同。五个女儿的人生经历大致如下：

---

① 该作发表于《人民文学》2003 年第 4 期，2005 年获第三届鲁迅文学奖优秀短篇小说奖。

春华（老大）：因嫁如意郎君及风光体面的婚事而春风得意，争气的肚皮又为自己的生活增添光彩，但丈夫随着权力的增大而恣肆妄为，像当下的许多有权有势的官员那样倾心于婚外异性，于是春华陷入了精神痛苦的深渊，在维护自尊和顾及儿子的幸福这两者之间艰难徘徊……

秋实（老二）：有过风光的大学生活——被众多男性大学生追求，但最终“务实”地嫁给有钱而粗俗的商人；有钱的商人婚后一改先前的唯唯诺诺与阿谀奉承，因而秋实经常在娘家闷声不响地抽烟，这一事实表明秋实的婚姻并不幸福……

双胞胎姊妹大双、小双（老三、老四）：两姐妹受时代风气的影响，在读高二时就倾心于漂亮而聪明的男生“笛子”，姐妹二人经常为争夺该男生发生纠葛，最后小双因误解“笛子”的爱心表达而自杀，而大双则由于自责而放弃学业，最后随便择人出嫁，远赴西藏，不再回家……

小五（老五）：由于目睹先前姐姐们的经历与人生结局，小五对传统意味的恋爱与人生不再认真，只认可时髦的价值观，她随波逐流地生活，尽情地消费青春……

姐妹五人的年龄阶梯排列，她们的成长史与婚恋史折射出小城近 30 年的凡俗生存史与道德嬗变史：不仅映照出小城在世风激变之际的浮嚣人生，映照出社会转型对小城生活方式、价值观等的影响，而且反映了小城的中庸文化品格。

在老大春华的青春萌动期，“现代观念”通过电影电视传播，首先冲击春华们心灵的是男女之情。作品这样写道：

早恋，这把地下野火在 20 世纪 80 年代末的县城中学烧得非常旺盛，那时候，《上海滩》《血疑》《陈真》和《射雕英雄传》等电视连续剧在电视台里热播，那些台词、那种真情、男女主角的拥抱以及流传广泛的主题歌一下子成了青春期孩子们最刺激的情感启蒙，他们像河蚌一样对严肃而保守的父母辈紧紧封锁着内心无处排遣的激动，但那种幼稚而率真的激情却像蚌肉一样软弱细腻，一个来自后排的眼神、一件新换的有肥皂味的白衬衫、一头刚刚洗过还在滴水的头发，就足以让敏感多情的孩子们身不由己了，他们像中了魔咒似的被卷入隐秘的狂热里，小心翼翼地通过极其隐秘的方式互相传递并增长着彼此的爱慕之心。

显然，在20世纪80年代，给小城带来冲击的是“性”。而进入90年代之后，冲击小城的是“钱”。作者通过老二秋实的眼睛见证了时代的转换：

秋实在1992年就当上了内科的副主任。当然，得承认，她在这四年的表现基本符合大多数人的道德规范——与此同时，这四年，社会的道德约束力也在逐渐放松。人们从报上可以看到，在南方的一些城市，第三者、包二奶、小蜜之类的已成了屡见不鲜的社会新闻，一些号称滋阴壮阳的药丸或口服液之类更是堂而皇之地出现在整版广告栏内。但那只是在南方或者是一些大的城市，对省内县城这样不大不小的地方而言，道德的是非标准就显得有点尴尬：太左了吧，年轻人嗤之以鼻、置之不理，太右了吧，中年以上的人又会大叹世风日下……在20世纪90年代中期，人们对金钱的渴望甚至远远超过了对性自由的向往。那句名言在一夜之间传遍大江南北，人人引为人生信条：“钱不是万能的，但没有钱是万万不能的。”第一批富起来的大款们以暴发户的勇气竭尽张扬之能事，刺激着大批还没富起来的人以更大的热情投身铜臭泛滥的商海大潮。

如果说与秋实、大双小双们青春期相伴的是小县城的“现代”的话，那么，与小五的青春期相伴的则是小城的“后现代”。在这一阶段，“知识”或文凭在更大程度上决定一个人的社会地位与物质收益，因此小五拼命考上了名校；由于社会进一步开放或堕落，小五进入了“后现代”的生存空间。在小五眼中，恋爱过于“传统”以致显得做作：“小五想，有什么呢，她什么没见过？她见过姐姐们因为好看而被人夸得垂下眼皮，见过姐姐们因为第二天要穿新衣服而激动得夜里爬起来看钟，见过姐姐们带回来的那些被夹在作业本里的约会小纸条儿……有什么呢，一切都被姐姐们在她面前活灵活现地演绎过了，她在做观众的同时也就体验过了，青春期在她这里，还有什么令人激动的新鲜事儿呢？”而结婚，在她看来，简直是一种“可笑又可怕”的累赘：“结婚有什么意义？想想三个姐姐，她们谁有勇气大声地说她们结婚过得很幸福？像春华那样千挑万选也罢，像大双那样随便嫁了也罢，像秋实那样体验丰富了再嫁也罢，全是殊途同归，总会导致彼此的厌倦，要么在厌倦中窒息着苟活，要么在厌倦中背叛逃离。”于是，小五成为小城中的后现代女性。

不过，小县城并未因为小五们进入“后现代”而终止继续蜕变的脚步，事实上小县城还在“日新月异”：“事实上，很快，小五就要过时了，因为又一批更年轻更冷酷更没有心肝的又成长起来。”

五个女儿的凡俗人生透视了社会转型之际小城的历史巨变，也赋予了《镜中姐妹》丰富的社会内涵。作家鲁敏不瘟不火，洞若观火，她似乎以旁观者的身份俯瞰芸芸众生，俯瞰小城凡俗人生舞台上你方唱罢我登场的世俗表演，调侃越来越“没有心肝”的社会。实际上，这种俯瞰出自一种精英情怀，即作家以一种精英情怀审视小城精神世界的蜕变，观照传统价值体系的分崩离析与理想主义的消解。青年，是时代精神的风向标和晴雨表，鲁敏对四个时段的年轻人的价值取向加以审视，表达了一种精神救赎的欲望，在时代喧嚣躁动、世风日下之际，对于人性放纵，对于物欲与性欲的肆虐及拜金主义、享乐主义盛行，作家流露出一种文化层面的焦虑。

作为青年女性作家，鲁敏写自己熟悉的年轻女性及通过这些女性的凡俗人生来反映时代变迁有着某种必然性。值得注意的是，作家还通过这些女性所经历的男性来折射时代的弊端——这些男性，无论是企业家、政府官员，还是白领精英，都不是值得肯定的角色。例如，春华的丈夫陈善材是政府官员，秋实的丈夫周传德是知名企业家，他们的名字听起来敦厚诚实，但“名不副实”，因为“善材”不善，“传德”无德，被大双与小双苦恋、小双为之殉情的白领精英笛子，看起来风流倜傥，一表人才，似乎是能为纯情贡献一切的情种，但事实上他想同时占有大双、小双姐妹。《镜中姐妹》对小城的嬗变史进行了无情的嘲弄，但嘲弄中隐含着对当代人的终极关怀，对生活的终极意义与终极价值的探求，而作家的这种精英情怀与20世纪初勃兴的文化守成思潮有着深层次的关联。

魏微的《大老郑的女人》写小城20世纪80年代以来的风习演变，其主题、价值取向等与《镜中姐妹》相似。

“精英立场”与“国家立场”有重合之处，但“精英立场”具有更大的民间性和“人文性”。

三 出自平民立场的展示与反思

出自平民立场的小城镇历史叙事有着独特的个性。立足于国家立场的历史展示与历史反思，依傍的是国家话语，其叙事显现出宏大叙事格调与正剧风格；出自精英立场的历史展示与历史反思处处显露急切的人文建构欲望，其终极驱动力是以天下为己任的历史使命感，其整体创作指向崇高的精神追求。出自平民立场的历史展示与历史反思则与前两者不同，它认可民间的现实主义和实用主义价值取向，赞同小城镇底层平民的庸常生存，它展示小城镇底层平民的凡俗生存史，但规避精英理念，拒绝阐释主流话语，整体叙事不演绎艰深的理念，不承载宏阔的时代意识；与演绎国家话语相反，出自平民立场的历史展示与历史反思，在许多情况下站在民间立场上看待主流文化，如对近现代史进行“民间解读”，对当代重大历史事件有意加以误读等。因此，从某种意义上说，出自平民立场的历史展示与历史反思，在整体上更直接地指向小城镇自身——小城镇的生存史与变迁史。

《你是一条河》等作品的历史展示与历史反思出自平民立场。

池莉的《你是一条河》从平民立场出发，展示了底层平民辣辣的凡俗生存史，并通过辣辣的凡俗生存史演绎了小镇几十年的变迁史。作品的叙事始于1964年11月，终于1989年夏天，通过辣辣这一凡俗人物的坎坷人生及其小叔子、八个儿女的不同归宿，演示了特定历史时期小镇市民的生存历史与凡俗人生，让读者见证了以“四清”“文化大革命”、粉碎“四人帮”、改革开放、“严打”、深化改革等政治运动为标志的不同时段的沔水镇，展现了一个远离城市而又与乡村有着间隔的平原小镇几十年的人世变迁。同古华的《芙蓉镇》一样，《你是一条河》也通过一个女人起伏跌宕的命运来展示时代的变迁，同样以“四清”为叙事起点而展示小镇几十年的变迁，但《芙蓉镇》的着眼点是政治风云对底层平民的生存的干预，是

“政治路线”的正误对平民生活所产生的不同影响，而《你是一条河》的着眼点是底层平民的生存智慧与生存韧性，是平原小镇自身的生存史与小镇的世俗文化品格。

在《你是一条河》中，“四清”“文化大革命”、粉碎“四人帮”等政治运动和政治风潮是人物活动的背景，尽管这些政治运动和政治风潮影响着沔水镇的变迁与人物的命运，但辣辣或沔水镇人有自己的活法：“沔水镇是个古老的镇子。青砖黑布瓦的民宅蜘蛛网样密密层层盘旋着。大街上掀起多大的风波被吹到民宅深处也是些些微微有点飘动头发罢了。”

辣辣的一切生命活动都是为了她及她的儿女们的生存。1961 年一场火灾把辣辣变成了 30 岁的寡妇，自杀未遂后，她从痛苦绝望中挣扎着站立起来，毅然担负起支撑家庭的重任。对于母亲辣辣来说，“最让人操心的事还是怎么活下去，怎样才能活好一些”，如何不让八个孩子饿死。她组织孩子们剁莲子、搓麻绳、拣猪毛以自救，让一家人活下来。迫于生计，作为女人与寡妇，辣辣不惜作出最大的牺牲，以身体为资本，扮演不同的性爱角色，先后与几个男人发生肉体关系。在“自然灾害”肆虐的年代，她为了得到 15 斤大米和 1 棵包菜，以自己的身体与粮店的老李进行交换，以至于生下双胞胎私生子。在“文化大革命”期间，“家庭工业”瘫痪，为了生存，她与“血头”老朱有染。而在此期间，她拒绝了向她求婚的鳏夫们，尤其是拒绝了小叔子的虔诚，因为有着文人的文弱与迂酸的小叔子不能给她带来生存所需的柴米油盐。为了生存，被女儿冬儿低看，她无法顾及。粉碎“四人帮”之后，生活开始在辣辣面前展示光明，但困窘的生活给几个儿女留下了种种生理或心理疾患，辣辣在艰难操持一个大家庭的吃喝拉撒之际，又开始处理关联儿女的种种麻烦。得屋患上“青春幻想性精神病”、社员犯事被“严打”、冬儿因仇恨母亲离家后不再归家、贵子莫名其妙地怀孕不得不仓促嫁人、咬金恋上情敌的女儿、四清悄悄出走——辣辣疲于应付，顾此失彼。或夭折，或成功，或失败，或因祸得福，或犯事获罪，在子女们得到了各自应得的归宿之后，辣辣也走完了自己的生活之路，完成了自己平凡的使命，在 55 岁之际合上了双眼。

不展示伟大的母爱，没有演绎某种崇高的精神，也没有宣讲某一正统的理念，作品仅仅描写了一位粗俗不堪、信奉现世主义的母亲，这位母亲以她刚毅的性格、粗鄙的智慧和小镇人特有的精明与狡黠，在艰难的岁月里养活了一家人，应付了层出不穷的龌龊与芜杂。然而，这就是沔水镇，这就是平原小镇的庸常生存之道，辣辣是庸常之辈，是庸常的沔水镇的化身：灵姑虽骗钱，但善解人意，不乏善良与正直，粮站老李乘人之危，但知晓进退，不乏耿直与爱心，血站老朱虽有意敛财，但为人厚道真诚，不强人所难……这些人在某些方面与辣辣有着共同之处，就是此类庸常之辈构成了江汉平原上的沔水镇。小镇上的辣辣们没有可以载入史册的丰功伟绩，也没有不齿的劣迹，他们没有高尚的追求，也没有为非作歹的恶意，活着，是他们人生的全部要义，与韧性生存相伴的坚韧、刚毅的人性的价值，远远大于他们物理生命的延伸。进入 20 世纪 80 年代之后，沔水镇的根本属性并未发生质的变化。尽管沔水镇的外貌发生了翻天覆地的变化：辣辣的老屋被推土机推倒，地基上修建了十八层楼的中外合资商场，辣辣等“市民”住进了楼房，沔水镇有了“国际娱乐中心”，行政级别由县变为了市，十字路口装了红绿灯，有了威风凛凛的交通警察，但咬金等年轻的一辈仍然重复着老一辈的芜杂生活，生活在新时代的老一辈仍然行进在旧有的小镇生活轨迹中。例如，咬金是最早留职停薪闯社会的那批“有识之士”，“他无数次来往于广州、深圳和武汉之间，什么生意都做，只要能赚钱，其间自然免不了上当吃亏，拘留所也进了两三次”，他同他的父亲一样，也对镇上的漂亮女人兴趣浓厚；灵姑仍然生意兴隆，善意的欺骗使她有资本盖起五层楼的楼房；老李成了有头有脸的干部，有资格在交通堵塞的大街上指手画脚。简而言之，辣辣之类的庸常之辈顽强地生存着，犹如一条挡不住拦不断的河流，历史堤岸的夹击，礁岩与山谷的阻隔，都不能阻止它前行；然而，它不是“青山遮不住，毕竟东流去”的大江，而是一条蜿蜒行进、永不干涸、永不停息的小河，一条富有生命力的生活之河。

显然，从底层平面的价值立场出发，作者认可一种庸常的生活，赞美的是底层平民的生存智慧与生存韧性，肯定一种“好死不如赖活着”的生存哲学，或者“冷也好热也好活着就好”的生存理念。与此同时，作者展示了一种世俗的小镇人格——一种有别于乡村人格或城市人格的凡俗人格。展示之中不乏反思或思考，但是，由于规避精英理念，整体叙事不演绎艰深的理念，不承载宏阔的时代意识，反思或思考的深度与广度十分有限。

孙方友与陈世旭的历史叙事的作品也出自平民立场。例如，孙方友的“小镇人物”系列勾勒了小镇人的凡俗生存史与小镇由土改、合作化、“大跃进”“文化大革命”“拨乱反正”等历史节点构成的变迁史。“小镇人物”系列没有《你是一条河》等作品的线性结构，但“系列”用众多零散的篇章或“点”组成了小镇历史演进的线性轨迹。例如，《刘家果铺》《刘大肚子》《曾家膏药》《张老师》《刘老克》《绍投递》等作品展示了土改至“文化大革命”阶段的小镇风云变幻和不同政治风潮对小镇生活的冲击。当然，更多作品展示了小镇人的价值观、小镇人的脾性、小镇人的基本生存方式。例如，小镇人有自己的“面子”：《方老太》中的方老太因不再“富态”而影响自己在街坊邻居中的威信，最后远离小镇，不再回乡；《张老师》中爱好面塑的张老师因被污蔑偷窃面粉，在拘留结束之日觉得“无颜见江东父老”，投井自杀；《绍投递》中勤勤恳恳工作的绍投递因袒护妻子偷玉米棒子而被民兵抓去游街，觉得无颜面对熟人而自杀。小镇人有自己的自尊与道德底线：在《坏瓜》中，与人私通的瓦儿因被有着捉奸嗜好的坏瓜捉奸而自尽，而坏瓜则因内疚而自杀谢罪；《吕家鱼行》中的吕老大被人误解，自怨自责而死。小镇人执著或者“冥顽不化”：《刘家果铺》中的刘连财拒不加入供销社“联营”，最后郁郁而死，带着上百个刘记月饼模子躺进棺材；在《曾家膏药》中，在合作化风潮席卷神州大地之际，曾广济奋力抵制取消曾家膏药，他拖着小辫子到处告状，被批斗时死不低头，被关进大牢后进行绝食斗争，直至死在牢中。小镇人有着特定的生存智慧与现世主义价值选择：《黄氏面条儿铺》展示了小市民忍辱负重、能屈能伸的现世生存哲学；《吕家染房》中染布匠吕老三以特殊的方式维护了家庭的尊严，淡化“戴绿帽子”的羞辱。同《你是一条河》一样，作者对历史进行了反思，但整体的叙述重心是展示，即展示小镇的凡俗人生与小镇在特定历史时段的演变。

当然，有些出自平民立场展示历史与反思历史的小城镇叙事作品有着深层的反思，如刘醒龙的《圣天门口》、周大新的《向上的台阶》、贾兴安的《阖岚镇沿革》等，但这些作品的叙事重心不在底层凡俗生存，所以我们在其他地方讨论这些作品的历史反思。

第二节　审视与建构

展示历史主要是展示历史的演进。新时期小城镇叙事小说展示历史演进主要在两个方面落笔：展示小城镇的变迁史和小城镇平民的生存史，而小城镇叙事小说历史叙事的审视与建构，既指向小城镇自身，又延伸至小城镇之外的开阔空间。

小城镇，是一个连接城市与乡村、传统与现代的“节点”，因而它成为文学叙事的重要载体，它有着巨大的美学、社会学、文化学“容量”。因此，观照小城镇历史，让小城镇的变迁史负载特定的社会学、文化学内涵，成为许多作家的选择。

历史叙事是一种编码过程。编码，有着内在的语法与逻辑。从总体上看，在新中国成立后至新时期初期这一阶段，我国小说创作的历史叙事在本质上是国家意识形态控制的元历史叙事——一系列元话语对历史叙事进行了规约，或者说元话语成为元历史的主要言说内容。阶级斗争的社会矛盾认识法则、社会发展动力的阶级斗争驱动论、社会演进的劳动人民动力论、暴力革命与被压迫阶级翻身的内在关联、中国社会各阶级的本质属性认定、被压迫阶级的反抗斗争从自发到自觉、旧民主主义革命的失败与新民主主义革命的成功的必然性、“新旧社会两重天”的意识形态决定论、农村“集体化”的历史必然性等，是元话语的基本范畴。这些范畴决定了历史叙事的范围、取材与语法，亦即这些范畴决定了历史叙事编码的方式方法。然而，进入 20 世纪 90 年代之后，在话语空间的不断拓展、思想的解放、新历史主义思潮与解构主义思潮的冲击等多种因素的作用下，历史叙事的编码进入了全新的空间。出于种种“个性化”的叙事语法，以元话语为对照，表达“另类”的历史认知，成为 90 年代以来小城镇叙事小说创作的亮点。在此，我们仅讨论小城镇历史叙事的两种审视与建构类型。

一　演绎小城镇发展史而解构元话语

有学者认为，历史逻辑是“客观事物发展的连续性规律”①。笔者认为，历史逻辑即体现了社会发展或历史演进的必然性与合理性的内在规律，或者说是已经发生的一系列历史事件或者历史演进的内在秩序性、合理性、规律性。历史逻辑是一种客观存在，但作为文本的历史所蕴涵的逻辑并不是一种客观存在。因为，作为文本的历史是一种已发生事件或情节的编码组合，是一种文本叙述，而叙述可以依据不同的“语法”进行，甚至加入

① 陈和钦：《感受历史逻辑》，江西人民出版社，2006，第 3 页。

种种认知诱导，因此作为文本的历史在一定程度上总是具有主观性，主观性体现的是文本制作者或编码者认定的历史逻辑，这种历史逻辑是文本制作者或编码者对客观历史事件进行记忆、感觉、想象、思考之后的结果，即历史认知的结果。

在“另类”的历史认知被允许表达或允许存在之后，小城镇成为小说家们表达“另类”历史认知、演示具有主观色彩的历史逻辑的重要平台。小城镇叙事演示历史逻辑的主要手段是演绎或构建小城镇的发展史，贾兴安的《阖岚镇沿革》是这一方面的代表作。

中篇小说《阖岚镇沿革》（《钟山》2003年第2期）塑造了田家辉这一忍辱负重、深谋远虑、仁厚爱人的民间能人形象，展示了深山小镇的生成史与发达史，表达了作者独特的历史认知，进行了另类的历史话语建构。

阖岚镇的前身是太行山深处的一个小村。1913年，乡党们在村街墙根晒太阳的时候，腿有残疾的田家辉挑豆腐到30里外的县城去卖，卖豆腐攒下的钱成了田家辉事业发达的原始积累。他用赚下的第一笔钱在城里买下杂货铺“集倡玉”，当上了掌柜，雇请村中的“半傻子”小臭当小伙计。田家辉的商业经营不断盈利，几年后，他用经营杂货铺所得利润，一口气开办了洋布行、皮货栈、油漆店三个门市和一个钱庄、一个当铺，很快成为县城里数得上的大老板之一。他将赚下的钱拿回家乡修桥修路，既打通了小山村与县城的通道，使深山的农副产品能外运，又为乡亲们提供了“就业”机会。从1916年开始，田家辉开始修建“田氏庄园”。至抗战前夕，具有典型民国初期建筑风格的城堡式建筑群雄踞于深山小村，小镇的规模已经出现。在歉收之年，田家辉为了养活乡亲，继续施工，先后翻修了公庙、修建了“义学堂”。此后，“田家辉从城里挣来的钱，源源不断地投入到山沟沟里那庞大的建筑群上。田家辉盖房子，养了全村人，生生在村中及邻村造就出了一批批石匠、木匠、砖瓦匠、花匠、画匠。房子盖好后，仍养活着全村及四周沟沟寨寨的许多人”。也因此，“渐渐地，阖岚形成了逢三小集，逢六大集的集市”。“民国27年，阖岚始称镇。阖岚镇从街南田家口至街北山垭嘴，街衢上星罗棋布，全是店铺。阖岚成了远近闻名的繁华之乡。”抗日战争初期，由于阖岚镇入口的地势险要，阖岚镇成了占领区的大后方，流亡的县政府、县党部机关及县保安团都住进了阖岚镇。随后，田家辉凭借自己的宽仁与智慧维持了阖岚镇的稳定与繁荣。田家辉组织村中的青壮年植树治山，保持了水土，美化了环境。儿子打猎误伤少年郭子义，田家辉赔礼赔钱，忍辱负重，以德报怨，用十几年的工夫感化郭子义，赢来自己在土改时的安全及全镇有钱人的平安。也因为田家辉的善良与仁厚，“田家大院”在“文化大革命”等政治风潮中躲过冲击，阖岚镇的经济维持了稳定，这些为阖岚镇在新时期的再度繁荣奠定了基础。1993 年，阖岚镇成立了镇工农贸联合开发企业集团，下设饮料厂、罐头厂、食品厂、食用菌基地……阖岚镇成了全县甚至全市改革开放的一面旗帜；2002 年，阖岚镇成为“全省第一个亿元乡镇”，“比城市还城市”：与田氏庄园相伴的是“度假村”别墅，居民新规划的小区一律是二层独楼独院，镇里有商厦、超市、宾馆、酒家、歌舞厅、美容院、洗头房、加油站，镇里上了几十个花岗岩开发加工中心，产品供不应求，大批民工拥进阖岚镇，镇区昼夜喧嚣，西山炮声隆隆，街上游人摩肩接踵……

作者“综合”了编年史与人物志两种表述方式，从 1913 年开始，到 2002 年为止，作者将阖岚镇 90 年的“沿革”分为 10 个时间段，以时间为经、以事件为纬，叙述了阖岚镇的产生和发展——时代的演进或阖岚镇的演变是经，田家辉及其后代的所作所为是事件或纬。作品有两条线索：一条线索是阖岚镇的产生和发展，另一条线索是田家辉的所作所为及其后续影响。作者通过阖岚镇的产生和发展以及田家辉的所作所为及其后续影响，表述了自己的历史认知，建构了一种历史逻辑，对体现着主流话语的元历史所包含的元话语进行了解构。作品对元话语的解构主要表现在以下几个方面：

首先，作品的历史叙事解构了经典的阶级剥削论。田家辉是地主兼资本家，但作品的描写表明田家辉不是剥削者。田家辉的原始积累来自他自己辛勤的劳动，拿村人的话来说，阖岚镇是田家辉“一拐一瘸担着豆腐担子生生挑出来的”，田家辉在别人在墙根晒太阳的时候创造了财富，阖岚镇的产生和发展来自田家辉的劳动与智慧；田家辉在致富的同时“带富”了村人，阖岚镇的“发展壮大”就是明证。土改时，工作组“划成分”无从下手，因为“这里太富裕了，几乎家家有瓦屋有砖房，户户有土地有山林。按照当时的政策，村里百分之九十的家庭都要划为地主或富农成分”。当然，这些地主或富农也没有剥削别人：“阖岚镇绝大部分的家庭都有房有地还有果园，这都是从前田家辉当镇长时发动大家辛辛苦苦挣来的。”镇上也有穷人，但这穷人的贫穷与剥削无关，因为他们是“给地也不种的流氓无赖”，就是“天生耍懒，油瓶倒了也不扶的游手好闲之辈”。

其次，作品的历史叙事对经典阶级对立理论进行了解构。在阖岚镇，既没有封建主义的奴役剥削，也没有资本主义的剩余价值榨取，有的是有产者对无产者的救助与施舍，两者不仅没有产生水火不相容的生死对立，反而生发出经济层面的“双赢”：田家辉雇小臭挑豆腐，最后把一个笨汉改造成为管家和镇长，田家辉成为地主的过程也是阖岚镇产生和发展的过程，是大批“贫农”变为“地主”的过程。正如一个“揭发者”在批斗大会上所说：“说实话，田家辉啊，你比我们谁受的罪都大，费的心都多。旱了你放粮，涝了你赈灾，为了让村里人吃上饭，你不停地修院盖房，生生养了咱一村人，你这个田老爷，不是自封的，是我们愿意叫的啊。”甚至田家辉的纳妾也体现着贫富两个阶级的鱼水之欢：“第一房小妾是个要饭的姑娘，躺在田家大门口的雪窝里差一点冻死”，第三房小妾也是穷人家的姑娘，当时“瘦得皮包骨头，蜡黄脸，还不停地咳嗽……正趴在村街上的一棵大榆树旁呻吟”，田家辉老婆出于“救她一命”的目的而要求田家辉收留这个病入膏肓的女孩；与经典戏剧《白毛女》中为富不仁的地主恶霸强占民女不同，四里八乡想改变命运的穷户都与田家辉“纠缠”，要把女儿送进田家。正是因为田家辉的仁慈，在土改工作队遣散小妾之际，两个年轻的小妾哭得要死要活，她们质问工作队队长，说：“田老爷对我们恩重如山，如今为什么棒打鸳鸯?”还有，田家主人与佣仆的关系不是施舍与被施舍关系，因为，“来田家当丫环或仆人的，大多是外乡的孤儿，没有家，当初是田家发善心才将其收留下来的”。就是因为有产者与无产者的“共生”与“双赢”，土改期间在国内普遍实施的土改模式在阖岚镇行不通，“文化大革命”期间在国内通行的收租院“阶级教育”套路在阖岚镇不能施展。

再次，作品的历史叙事解构了经典的中国社会各阶级本质属性认定学说。作者通过对阖岚镇的产生和发展以及田家辉的所作所为及其后续影响的陈述，颠覆了财富即罪恶、有产者即恶人等经典理论。拥有偌大一片庄园和几百公顷土地、果园，还有县城的五家店铺及房产，田家辉是大地主，是资本家，但他不是恶人，他的道德禀赋与人格特征并不符合经典阶级分析哲学理论所认定的阶级共性。作品的描写告诉读者，田家辉是富有爱心、普施恩惠的仁义之士。除了正面描写田家辉的乐善好施与仁义宽厚之外，作品还用烘云托月的手法渲染了他的仁厚。例如，“县革委”的“班子”成员主持田家辉的批斗会，但“批斗大会变成了他有生以来最大规模的评功摆好大会，歌功颂德大会……会场群情激昂，大家纷纷登台慷慨陈词……散会后，戏台上，戏园子里，甚至整个田家大院的角角落落，到处胡乱堆放了鸡蛋、猪肉、烧鸡、白条鸡、油饼、煎饼、饼干、香油、大枣、苹果等不计其数、各式各样的食物。镇里清理时，拉出了七马车。这些东西，都是村里和邻村的人们带给田家辉的礼品”。显然，作品的描写背离了“富人＝坏人＝反革命＝反面形象”的推理公式。此外，属于富有阶级的田家辉的政治立场也相当模糊：有儿子在国民党部队当官，也有儿子在八路军中当大干部，他自己还掩护中央领导通过封锁线。作品还通过阖岚镇的人事变迁颠覆了“穷人＝好人＝革命者＝正面形象”等典型思维模式。土改时，阖岚镇的中农、贫农是有事不干的“懒人”，这些人“天生要懒”，是油瓶倒了也不扶的游手好闲之辈，连土改干部都恨他们，因为工作组找他们谈话要分给他们地种时，“他们掉头就走，比野兔跑得还快”。

《阖岚镇沿革》的历史叙事比较直露地表达了作者的建构欲望。应该说，作者拆解的是元历史所包含的多种主流话语，这些主流话语一度是不容置疑的元话语。作者有着强烈的建构欲望，但建构的重心不太明晰：劳动能致富、智慧能生财、仁厚可载德等主旨似乎兼而有之，作者演绎了一种略显含混的历史逻辑。

建构小镇的发展史、变迁史，杜撰一个商人的成功神话，塑造一个置身于滚滚红尘之中的圣人，使之承载个性化的历史认知，作品在艺术层面是比较成功的，但在意蕴层面有一个不小的漏洞：田家辉在家乡广施仁义，普降甘霖，“生生”造出一个阖岚镇，其钱财来自何处？毫无疑问，来自商业利润！这一答案的给出，引出了一系列问题。人们会问：商业利益的获取是否可以避免剥削或剩余价值榨取？是否会引发阶级对立？其商业经营是否可以违背价值规律？如果不能违背价值规律，那么我们怎样看待作者对待资本的态度？田家辉在家乡的施舍与仁慈是否能用于商业竞争？商业场中的田家辉是否还是慈眉善目的仁君？即使《阖岚镇沿革》陈述的是历史事实，但这一个案是否具有典型意义？如果作家不能给出合理的答案，那么作家的颠覆就面临着被颠覆的危险。

然而，小说本身就是一种虚构，深究某种创作缺陷并无太大意义。事实上，构建小城镇的发展史、变迁史，以表达个性化的历史认知和演绎作者认定的历史逻辑，已经成为一种创造潮流。例如，周大新的《第二十幕》（人民文学出版社，2002）将尚氏家族的兴衰史与南阳城的变迁史融为一体，通过描写尚氏家族对祖传丝织业的振兴，表达了作者对民族工业发展内驱力的理解；陈世旭的《将军镇》系列中的“人物传记”展示了小镇从土改至新时期的政治嬗变过程，表达了自己对当代政治风潮流变的解读……

二　展示小城镇历史风云而评判历史

小城镇有着巨大的社会学与文化学“容量”，展示小城镇历史风云而评判历史，是小城镇叙事小说的重要内容之一。

展示小城镇历史风云而评判历史，可以从不同角度切入，可以有不同的评价重心。从文化社会学角度切入，展示小城镇近现代乃至当代政治风潮，以元话语的核心价值观为参照而评价历史，是20世纪90年代以来具有倾向性的创作。在这些作品中，小城镇既是作者评价历史的平台，又是作者审视的对象。刘醒龙的《圣天门口》、李锐的《旧址》、陈世旭的《将军镇》等长篇小说是这方面的代表作。

《圣天门口》（人民文学出版社，2005）展示了大别山区一个叫“天门口”的小镇的历史风云。作为观照对象，作者梳理了小镇雪、杭两个家族的恩怨史、斗争史及小镇的风俗史。作为一种叙事平台，作品从“家”或“镇”到“国”，“家”与“国”的历史命运交织，展示了从20世纪初至80年代60多年间的政治风云与历史变迁，对近现代及当代的革命史进行了评价。——这60多年的政治风云与历史变迁包括辛亥革命后的军阀混战、大革命时期国民党的“事变”、土地革命、红军长征、共产党内部的肃反、国共合作、抗日战争、新中国成立初期的政治运动和“文化大革命”等一系列对历史演进产生影响的事件或运动。

雪、杭两家的恩怨情仇与天门口的风云变幻是小说的基本情节。雪家的雪大爹、雪大奶、梅外公、梅外婆、雪茄、雪柠、雪蓝、雪鱿、柳子墨等人物像是善的隐喻，而杭家的杭大爹、杭天甲、杭九枫等人物则是暴力的象征。与两者的对立相对应的是影响历史演进的社会政治力量的对立，如以傅朗西、阿彩等为代表的共产党与以马鹞子、王参议、冯旅长等为代表的国民党的矛盾对立，共产党内部的路线斗争，执政后的共产党与民众之间的矛盾冲突等。作品的描写表明，对立或冲突意味着杀戮。小说花费了大量笔墨渲染小镇上的杀戮。推翻清朝后军阀的杀戮，国民革命军对善良百姓的杀戮是小镇杀戮的前奏，而傅朗西进入天门口之后杀戮进入高潮："革命"以一个精心设计的杀戮连环圈套开始，接着是穷人暴动杀富人，富人"反水"杀穷人，"独立大队"与"自卫队"对杀，革命阵营内部"肃反"的互杀……作品中的一段描写具有隐喻意义：

> 一场大战在即，河滩上从早到晚都有人在进行战斗演习。想起来，最早马鷂子带人在这里演习时，自卫队员们一律喊着："预备——杀！"马鷂子逃走了，由傅朗西等人组织起来的独立大队将操练口号变为："一、二、杀！"多年后，当初的人差不多都死了，由一省指挥的这些也跟着叫红卫兵的人，将已经短得不能再短的过程全省了，直截了当地高喊："杀！杀！杀！"

操练口号的变化熔铸了丰富的历史内涵：由慢节奏的"预备——杀"到快节奏的"杀！杀！杀"，意味着杀戮频率的加快和暴力的不断升级。

历史的结局耐人寻味。杀戮或暴力的策划者与参与者几乎无一幸存，连逃过死劫的傅朗西最终也在"文化大革命"中死于非命。

作品对天门口小镇杀戮的描写隐含着历史评价，评价从多个层面展开。首先，作者着意渲染杀戮的残酷与惨烈，有意暴露暴力的策划者与参与者的偏激，作品对杀戮的渲染颠覆了革命的神圣和崇高，谴责了过激行为对革命理想本身的偏离。其次，作者通过人物的反思对某些过激行为进行批判。小镇的革命导师傅朗西的所作所为使自己的妻子紫玉背离自己，遁入空门，因而他开始反省，说："这么多年，自己实在是错误地运用着理想，错误地编织着梦想……革命可以做文章，可以雅致，可以温良恭俭让，可以不用采取一个阶级推翻另一个阶级的暴力行动。"革命者邓巡视员也对暴力进行反思："这二十年，革命的成分越来越少，暴力的因素愈演愈烈……革命是必要的，也是必须的，不革命中国必将灭亡。但革命的手段也要合乎人伦道德，如果因袭李自成、洪秀全等无所不用其极的方式，中国只会灭亡得更快。"笔者认为，这些人物的反思实际上表达的是作者自己的观点。再次，作品对天门口小镇杀戮的描写是为了提供一种比照，以反衬暴力行为的非理性与不人道。这种比照是雪家的博爱、仁慈、大度与善良。温文儒雅，世代读书，其家庭成员受到两种思想的影响：传统的儒家思想与外来的基督精神。雪家乐善好施：雪大爹为了拯救阿彩的父亲，不惜散尽家财，为穷人施粥，为独立大队无偿提供粮食。雪家反对以暴力方式征服人或“改造”人，反对以恶抗恶，而是强调以仁爱感化人，对人进行精神救赎。梅外公认为：“任何暴力的胜利最终仍要回到暴力上来……革政不如革心。”梅外婆也认为：“很多时候，宽容对别人的征服力要远远大于惩罚，哪怕只有一点点的体现，也能改变大局，使我们越走越远，越站越高。惩罚正好相反，只能使人的心眼一天天地变小，变成鼠目寸光。”为了扼制杀戮，雪家用免除地租和赠送租地的方式吸引杀戮者远离杀戮，甚至以德报怨。作者以雪家的仁义与善良反衬两种类型的暴力：一是反衬杭家的“民间暴力”。杭家是民间暴力的象征，这一家族的男性彪悍蛮勇，作家以雪家的仁义与善良反衬杭家的残忍、暴戾、蛮横。二是反衬“官方”某些暴力行为的惨烈、决绝与非人性。以仁义与善良反衬暴力行为的非理性与不人道，隐含着作者的价值取舍。

当然，任何评价都有潜在或显在的评价标准。正如梅外婆所说：“用人的眼光去看，普天之下全是人。用畜生的眼光去看，普天之下全是畜生。”作者的历史评价隐含着两大基本标准。一是人性标准。这是一种把人当人看，以“人”的准则衡量人、规范人的人道主义标准。梅外婆的“看人”观点集中体现了作者的“人性观”：人不是动物，要用人性约束人的行为，用人道主义标准去对待人，要摒弃人性中的兽性。二是泛爱精神。从作品对雪家的“大善”的渲染看，作家的泛爱精神有两个源头：一是儒家的仁爱观念，二是基督教的博爱精神。对雪家乐善好施、以德报怨等行为的赞赏以及对杭九枫、马鹞子等嗜血人物的反感与贬斥，表明作家论定功过是非的标准是儒家的“仁者爱人”观念，而对雪家救赎精神的赞美、对梅外婆等人所持的“福音”观念的渲染、对天门口小小教堂在腥风血雨中特殊作用的描绘，表明作家认可了基督教的博爱精神，以基督教的核心价值观权衡历史。

文学作品的历史评价都意味着拆解，同时也隐含着历史建构，即提供一种应有的“历史合理性”，从而表达自己的人文理想。王学川认为，历史评价是主体根据人的需要对历史客体（包括历史人物、历史事件、历史现象等）作出价值判断。“历史评价合理性的理想模型是，它必须能够体现合规律性与合目的性的统一，合乎人情与合乎理性的统一，合价值性与合工具性的统一。”① 王学川所说的“历史评价合理性的理想模型”，是对历史进行合理评价或科学评价的最佳模式，但从另一方面看，这种“理想模型”实际上就是对人的历史行为的一种理想期待或评价标准——尽管线性延伸的历史具有不可逆性。这种理想期待的基本内容是：人的行为要做到对真的现实追求（“合规律性”）与对善的现实追求（“合目的性”）的统一，理性与非理性的统一，人实现目的的有效性、可行性（“合价值性”）必须符合人和社会的根本利益及有利于人和社会的生存发展（“合工具性”）。如果用这种评价标准或“理想期待”来衡量天门口暴力行为的策划者与参与者的“历史行为”，我们就会发现：他们的“历史行为”只看重对善或功利的现实追求，而忽略了对“真”和“美”的追求，只考虑达到目的的方式方法或途径，而完全不顾这些途径或手段的实施是否合乎社会演进的价值理性，他们以“情”主事，放纵野性，不受理性的约束。作品就是通过揭示暴力行为的策划者与参与者“历史行为”与“理想模式”或“理想期待”的背离，表达了自己的人文理想。

《圣天门口》是演绎小镇历史风云而评价历史的代表作。这里的“历史”，既有小镇自身的变迁史，也有时代的演变史。就时代的演变史而言，《圣天门口》的历史叙述指向“革命历史”。谈到革命历史叙述，人们马上会想到《枣树的故事》《故乡天下黄花》等新历史主义小说，会想到新历史主义小说对《红旗谱》等“红色经典”的革命叙事的逆反，同时也会想到部分新历史主义小说作家历史虚无主义的偏激，但笔者认为，《圣天门口》并不属于新历史主义小说，也不是新历史主义小说创作的余脉。若仅就小城镇叙事题材而言，《圣天门口》同《古船》② 等作品一样，归属于另一创作流脉——比较理性地观照革命历史、比较客观地评价革命历史的创作流脉。当然，《圣天门口》的历史评价也存在偏激与缺陷，如抽取部分时段的具体内容，将部分革命历史抽象化，有时把局部现象或个别现象等同于整

① 王学川：《论历史评价的合理性》，《理论与现代化》2007 年第 2 期。

② 《古船》是一部“多主题”、多指向的长篇小说，这一作品对历史的展示与反思包含着深沉而客观的历史评价。

体现象，等等。

李锐的《旧址》（上海文艺出版社，1993）通过描绘李氏家族诸多人物的心灵轨迹，展示了银城从解放战争到改革开放阶段的风云变幻，同《圣天门口》一样，作品从人性或人道主义角度出发，对包括“文化大革命”在内的“革命斗争”的极端因素或非理性行为进行了观照。如果将《圣天门口》看成观照“现代革命历史”的代表作，那么陈世旭的《将军镇》（上海文艺出版社，1999）就是审视“当代革命历史”的代表作。尽管《将军镇》尽情调侃小镇人物，以戏谑的态度对待当代政治风云，是“把玩历史”的代表作，但其调侃与戏谑之中隐含着客观而深沉的历史评价，因此，这一作品也是评价历史的代表作。在此我们对这一作品的历史评价暂不展开讨论。

解构元话语与评判历史，两种叙事的外延有着逻辑相交，但两者的叙事重心或侧重点是不一样的：前者着重元话语的解构，后者着重于历史的评判。

演绎小城镇发展史而解构元话语，展示小城镇历史风云而评判历史，仅是小城镇叙事小说历史叙事的审视与建构的部分内容，事实上，反思多种现代性、借古讽今等也是审视与建构的关键内容，限于篇幅，笔者暂不一一展开讨论。

在上述两种叙事范式中，小城镇既是叙事平台，又是被观照的对象。作为叙事平台，叙事主体主要以小城镇为镜像映照社会与时代，作为观照对象，叙事主体利用小城镇的中介性、中间性来标识历史演进的时间与空间。此时，叙事主体事实上融合了两种历史：小城镇的“小历史”与时代及整个社会的“大历史”。

第三节 把玩与戏谑

把玩，一般指握在手中赏玩；戏谑，是指用诙谐有趣的话开玩笑。把玩与戏谑，在此指以达观闲适的心态考究、品评历史，对历史进行调侃、玩味、嘲弄。

把玩，具有极强的现实针对性。因为“现当代史”与现实有着千丝万缕的联系，所以小城镇历史叙事的把玩集中在“现当代史”这一块。由于

“现当代史”范围内的“革命史”与现实有着不可分割的因果关联，所以“革命史”的描写方面成为历史叙事的重心，其中当代“革命史”成为叙事的“重中之重”，是叙事主体把玩的重要对象。因此，我们在此主要讨论历史叙事对当代“革命史”的把玩。

把玩当代“革命史”，对叙事主体的“综合素质”有着较高的要求：除开需要立足于历史制高点、睿智的思考等“基本条件”外，作者还需要一定的人生阅历，尤其是对“革命史”的亲历与体验，因此，陈世旭①、孙方友②等有着丰富人生阅历、对当代“革命史”有所亲历的作家的小城镇叙事创作，就理所当然地成为历史把玩的代表作。

陈世旭、孙方友等作家的历史把玩集中在三个层面。

一　调侃时代的荒诞

关于荒诞，有多个义项，在此主要取其荒唐荒谬、不符合一般情理、虚妄等修辞学层面的义项，词义撷取并不上升至荒诞美学或存在主义哲学层面。

时代的荒诞，是指在特定历史时段内，一个群体、一个阶层乃至一个民族的行为显现出来的荒唐、不合常理、虚妄。这种行为是一种时代行为：发生在特定的时代背景中，对外界刺激的反应有着共同的时代特征，“言”与“行”由共同的思维方式、认知方式及价值理念支撑，而思维方式、认知方式、价值理念等东西被打上了特定的时代印记。

---

① 陈世旭，男，1948 年生，1977 年调县文化馆从事群众文化工作，1979 年创作小说《小镇上的将军》，获全国第二届优秀短篇小说奖，一举成名。1985 年当选中国作协理事，2000 年当选中国作协主席团委员，现任江西省作家协会主席，江西省文联主席。其作品屡屡获奖，如《惊涛》获全国第四届优秀短篇小说奖，《马车》获全国 1987 ~ 1988 年优秀小说奖，《镇长之死》获首届鲁迅文学奖等。至今已出版长篇小说多部，中短篇小说集及散文集多部，《小镇上的将军》《镇长之死》《李芙蓉年谱》《李八碗春秋》等中短篇小说是其描写小城镇的代表作，长篇小说《将军镇》集陈世旭小城镇描写之大成。

② 孙方友，男，1950 年生，河南淮阳县新站镇人。1978 年参加工作，历任淮阳县新站乡文化站站长，淮阳县文联秘书，河南省文化厅干部，《传奇故事》杂志编辑，现为河南文学院专业作家。1978 年开始，在《人民文学》《收获》《钟山》《花城》《大家》《中国作家》等刊物发表作品，已出版长篇小说多部，中短篇小说集二十多部，电视剧《鬼谷子》《工钱》《衙门口》等近 100 集，计 600 多万字。作品曾获“飞天奖”、首届金麻雀奖、首届吴承恩奖等各种报刊文学奖 70 余次。有 50 多篇作品被译成英、法、日、俄、捷克、土耳其等文字。“陈州笔记”系列与“小镇人物”系列为其集中描写小城镇的作品。

对时代荒诞的玩味，需要达观、宽容与沉静，尤其是对当代“革命史”的玩味。陈世旭等人的历史把玩就是出自达观、宽容与沉静。玩味时代荒诞主要表现为揶揄和嘲弄时代行为的非理性。

长篇小说《将军镇》中的部分篇章与中篇小说《李芙蓉年谱》对“文化大革命”阶段非理性的行政举措进行了尽情的揶揄，调侃了时代的偏激与乖张。

在《将军镇》的第一章“小丁”中，陈世旭肆意嘲弄了“省革委会”的“三百例”决策及小镇的响应举措。“盛世修史”，在国内外形势“一片大好而不是小好”的形势下，“省革委会”主任下令把“无产阶级文化大革命”的伟大胜利成果用文字一篇一篇记录下来，编成一部书，简称“三百例”。每例写成一篇文章，“二百九十九例不行，三百零一例也不行。减之一分太瘦，增之一分太肥。每篇限于一千五百字，长了是裹脚布，短了是卫生巾”。作品中有这样一段侧面揶揄“三百例”的话：

> 号令既出，全省风云雷动，上下为之色变。各级各地层层发动，层层组织，层层推荐，层层筛选，全力以赴争取候选资格，以进入省城参加最后会战。一时间，干部们相逢于道，不问“吃了没有”，而问“上了没有”，“上”就是上“三百例”。下级有事找领导，领导先问：“是不是上三百例的事？是，就来汇报；不是，不要找我。”领导衡量下级工作，只有一个标准，能不能上“三百例”。能，提拔重用；不能，累死也枉然。

“省革委会”头头及其下属们出于“文化大革命”时期的思维方式与认知能力，把形式化的文字游戏当成功在千秋的经国大业，把一桩毫无实际意义的事情做得惊天动地，赋予一项毫无价值的活动以重大历史意义，作者对此进行了尽情的嘲弄。

小镇领导为了上“三百例”，在“题材”上出新，决定在省委规定的“八字头上一口塘”上做文章。所谓“八字头上一口塘”，就是在两条山丘的上方拦坝筑水库，水库下边的田垄中间修机耕道，先前田垄中间的村庄全部拆迁到山丘脚下去，建成像军队营房一样整齐的新村，简称“八字头上一口塘”。小镇位于平原，不能像丘陵地带那样修水库，因此，“在平地大搞八字头上一口塘，是全省、全国的典型，世界上都是奇迹”。“县革委会”主任进行了战前动员：“将来世界革命成功了，我们把红旗插到美国去，也要在美国大搞八字头上一口塘的。英国、法国、德国、苏联，都要搞！其他亚、非、拉更不用谈。不要看我们小镇巴掌大一块地方，创造了这样的奇迹，意义重大，事关世界前途和人类命运。井冈山当年的革命火种也很小，如今不是早已燎原了么。”“县革委会”主任一席话把小镇领导说得热血沸腾，小镇领导与“三百例”写作小组成员“直觉得全世界、全人类以及亿万年的历史重任都落到自己的肩头，有些喘不过气来”。接着，拆迁与重建的浩大工程开始了，然而，对于小镇平民来说，这一工程无疑是一场前所未有的浩劫与灾难。显然，作者调侃了小镇人的夜郎自大，揶揄了小镇领导人怀着良好动机而劳民伤财的种种举措。

《李芙蓉年谱》嘲弄了特定时代的价值逻辑与思维方式。地区行署“专员”出于报答早年革命时期的恩人，指令手下工作人员把救命恩人的后人李芙蓉提拔起来。专署和县政府的干部们决定通过“树典型”的方式使李芙蓉“脱颖而出”。正在水田插秧的李芙蓉被人叫回家，干部们反复启发她“谈思想认识”，紧张慌乱的李芙蓉突然看见大门上已经开始缺角的春联，便脱口念出“站在家门口，望到天安门”，干部们齐声叫好，高度赞扬她的革命胸怀。接着干部们又在“三把米”上做文章——在启发李芙蓉之前，干部搜集到一条信息：小镇每年粮食闹春荒，但李芙蓉家的米饭总能吃得接上新谷，这跟李芙蓉做饭下米有关，因而干部们要求李芙蓉介绍经验。作品描写了李芙蓉的经验：

> 李芙蓉的经验很简单，每次量好了米，下锅前又临时抓出几把。
>
> “几把?”干部们迅速地在本子上记着，突然停下，笔尖还啄在本子上。
>
> “三把吧。”李芙蓉翻翻眼睛，搓了一下开始结壳的泥脚。

李芙蓉的“经验”很快上了省报，为了度过春荒的求生存举措被提到了政治认识高度：“这条经验正式见报时标题是《节约三把米，打倒帝修反》。”在干部们的启发与指导下，李芙蓉后来的“讲用”稿里，“每一把米又分别有自己的任务：一把打倒帝国主义；一把打倒修正主义；一把打倒各国反动派”。“典型”树起来了，李芙蓉先是上县，然后是越过专署上省介绍经验，然后又直接从省里去了北京。从北京回来的时候，就再不是先前的“黄毛”了，而是小镇的镇长了。在后来的工作中，“三把米”的政治意蕴被进一步发掘：

> 春耕的时候，她就发动“三兜粪”活动，让镇上的机关、商店、企事业单位、学校的广大干群，每天利用早晚捡三兜粪送到镇外的李八碗各生产队；冬季搞水利的时候，就组织“三块石”活动，形式同“三兜粪”一样，每人每天给水利工地送三块石头。至于为何一定是“三兜”“三块”，这是因为：一，习惯使然；二，写材料方便：“贡献‘三兜粪’（或三块石），打倒帝修反。”这些经验都很快在全县、全专区乃至全省推广。李芙蓉的工作能力因此获得了很高的评价。

干部们指鹿为马，“点石成金”，李芙蓉鸡变凤凰，干部们弄虚作假、借题发挥的认真态度（“干部们迅速地在本子上记着，突然停下，笔尖还啄在本子上”），“三把米”与革命伟业挂钩，李芙蓉对“三把米”内涵的不断充实，这些滑稽的情节令人忍俊不禁。作家嘲弄了一个特定时代的价值体系的紊乱，揭示了一种扭曲的价值推导逻辑或价值认知方式的滑稽可笑。

李芙蓉仕途的大起大落更直接地揭示了时代的非理性因素。

李芙蓉小名叫“黄毛”，因家庭经济困难，她长期营养不良，“像一片黄菜叶子”，“头上几根稀稀黄毛，扎一把辫子也不如别人扎两根辫子一根粗”。她的全部生活内容就是劳作：“从田里归来，要割柴，要做饭……夜夜熬到鸡叫，第二天又上工”，她的存在没有任何特殊价值，“世上多一根黄毛不为多，少一根黄毛也绝不为少”。然而，“专员”的一句话改变了她的命运，“黄毛”一夜之间变为镇长。随后，她在“专员”与“省革委会”主任这两股政治势力之间取舍，在“批林批孔”“评《水浒》批宋江”“反击右倾翻案风”等政治运动中沉浮，官大至县委书记、省委委员，官小至镇长，甚至被削职为民，她始终没有弄明白谁是谁非、谁对谁错。她的懵懂来自两个方面。一是她不识字，写字“比差一点要了她的命的难产还难”，所以她不能了解权力争斗的内幕，也无法理解运动涨落的根本原因，她只有“小镇人的尺寸”，这个“尺寸”无法衡量大千世界谁是谁非。二是在权力较量与运动更替中她多半作为一种工具被人利用：起初，“专员”重用李芙蓉，以显自己有伯乐之贤，而“省革委会”主任在打倒“专员”后重用李芙蓉则标志着“无产阶级文化大革命”“夺权”的伟大胜利，“省革委会”主任在“反击右倾翻案风”中再次起用李芙蓉，是因为李芙蓉的“出击”具有更大的政治冲击力。所以，在权力较量的尘埃落定之际和运动“过时”之后，李芙蓉失去了其“使用价值”，淡出了历史舞台。李芙蓉的“崛起”与“淡出”具有喜剧性，李芙蓉在官场的沉浮也具有喜剧性，这两种喜剧性都揭示了特定时代的非理性：人，是社会的细胞，人的活动铸就历史，是历史演进的动力，人的活动，可能遵从社会发展规律或符合一般情理，也可能违背社会发展规律或不符合一般情理，而违背社会发展规律或不符合一般情理，正是特定时代的非理性的具体表现。李芙蓉的“崛起”“淡出”及政治生命的大起大落表明：在社会政治范围内，人们的行为违背社会政治的演进的基本规律，违背政治运作的基本法则，就会扰乱历史的线性演进，致使历史充满悖论，历史逻辑显现出紊乱。

作者还通过李芙蓉的凄凉晚景反衬一个刚刚结束的时代的非理性和宣告理性时代的到来。李芙蓉有过叱咤风云的时代，但李芙蓉的时代必然会终结。在“拨乱反正”之际，李芙蓉受到“清查”，最后陪伴丈夫回到了李八碗。随后李芙蓉被人们慢慢遗忘：“偶有人说起镇上的往事，提到李芙蓉，感觉就跟说三国人物差不多。”然而，就在李芙蓉心如死灰之际，她的生命之河中又掀起了小小的浪花。曾经在小镇当过“知青”的小吴成为省城的专业作家，为了寻找写作素材找到了李芙蓉，李芙蓉误认为自己的人生再次出现转机。带着满身的酸臭，被人从酱菜场叫回来与小吴见面时，李芙蓉“半天才哽哽咽咽地喃出来”：“感谢上级，感谢省里，还记得我。”然而，小吴没有带来改变她命运的任何契机，仅仅出于好奇想见她一面，但小吴离开时，她不愿放开小吴的手。小吴的造访，“鼓起了李芙蓉的勇气”，她决定到县上去找县委。“县委大院大部分已经搬空，只有单身宿舍楼的阳台上还晾着些零散的衣物”，物是人非，就在李芙蓉彷徨之际，忽然从已经破损的玻璃门里涌出一群人来，他们一路谈笑风生，“走过李芙蓉身边的时候一点也没有对她在意”，李芙蓉急了，失声喊：“我是李芙蓉。”那群人先是用好奇的眼神看她，“像是看一具突然出土的古俑”，随后钻进各自的小轿车中，“车队咝咝响着，很安静有序地迤逦驶出县委大院”，将李芙蓉遗留在破旧的县委大院中。李芙蓉晚景的凄凉及人生的没落，与先前的红红火火形成鲜明的对比。李芙蓉政治命运的大起大落是一段波澜起伏、充满躁动与喧嚣的历史的缩影，而其政治生命的结束及被时代抛弃，则是一个非理性时代结束的象征，新时代的“安静有序”反衬出一个刚刚逝去时代的嘈杂与喧嚣。

李芙蓉在政治舞台上的表演几乎全是喜剧。作者以戏谑的笔墨书写了李芙蓉的人生，通过调侃李芙蓉的人生而调侃一段特殊的历史。对于历史的调侃，作者使用了两种方法：设置荒诞离奇的情节和使用滑稽幽默的语言。从草民之贱到镇长之尊，李芙蓉的地位变化有着《连升三级》[①] 中张好古地位变化的传奇性，而李芙蓉在“具体工作”中错说当真（如作报告信口而言，处理民事纠纷按照“成分”高低判定是非等），在你方唱罢我登场的“文化大革命”政治舞台上无所适从、动辄得咎，其政治表演由“大起”开头以“大落”结尾，这些情节充满喜剧性，作者通过李芙蓉的“喜剧人生”嘲弄了历史的荒诞。滑稽幽默的语言体现了一个“玩”字。作者不瘟不火，以一种达观的态度对待历史的荒诞，或以夸张而风趣的语言调侃“时代行为”的荒诞，或以冷静深沉的文字“戏说”人物的滑稽。例如，干部们启发李芙蓉谈“思想认识”，李芙蓉谈到做饭“抓米”时，干部们似乎看到了“思想火花”，急切地问“几把”，“迅速地在本子上记着”的笔突然停了下来，“笔尖还啄在本子上”，一个“啄”字凸显了干部们喜出望外、如获至宝的心理，也就是这个“啄”字，凸显了干部们高度认真办一件荒唐事的滑稽，从而凸显了一个时代的荒唐。作者生动地描写了被时代抛弃的李芙蓉的可笑，进而调侃了一个时代的荒诞。

孙方友的“小镇人物”系列中也有许多作品把玩时代的荒诞。《关学亮》是这一方面的代表作。关学亮是文学爱好者，因崇拜浩然等作家，他不仅熟读《金光大道》等作品，还将自己的笔名改为“浩荡”。因为出身于地主家庭，他期望自己能在文学创作上找到一条人生出路。为了得到学习

① 《连升三级》是著名相声表演艺术家刘宝瑞在新中国成立以后的代表作之一。这一节目深受欢迎，成为刘宝瑞的保留节目。该节目 1982 年曾被选进初级中学语文课本，并被译成英、法、日三种文字介绍到国外。

资料，关学亮就讨好邮政人员，每天帮投递员上袋下袋接邮车。有一次，小镇邮递员不小心丢了一个邮袋，关学亮理所当然地成为“侦破对象”。“群专指挥部”绷紧了阶级斗争的弦，认为是阶级敌人有预谋的破坏。民兵们上关家去搜查，虽没搜出丢失的邮袋，却搜出了关学亮正在创作的长篇小说《银色之路》。“群专指挥部”的“笔杆子”对笔名为“浩荡”的《银色之路》进行了解读：“用小说反党是一大发明，不信你们看他起的这个小说名“银色之路”，为什么叫“银色之路”？人家称社会主义是“金光大道”，这关什么亮为什么偏偏改为“银色之路”？金光为阳光，银色为月色。阳光代表白天，月色象征黑夜。他的意思就是我们的社会主义不是阳光大道，而是在黑暗中乱撞。再看他的笔名，浩荡，荡，古有《荡寇志》，日本鬼子有‘大扫荡’，他为什么要‘荡’？荡谁？荡共产党吗？想想他的爷爷和两个伯父都死在共产党的枪口下，他还能荡谁？”面对“群专指挥部”的分析，关学亮目瞪口呆，有嘴说不清，说不清的后果自然就是“触及灵魂”，“关学亮虽然能经得住皮肉之苦，但理想的破灭却使他产生了绝望”。当天夜里，他就用烂玻璃割断了动脉，死在了“群专指挥部”里。《关学亮》也把玩了时代的荒诞，与《李芙蓉年谱》等作品不同的是《关学亮》的把玩之中隐含着同情无辜者的心酸。当然，作家们还站在历史制高点，调侃了包括“当下史”在内的当代史。陈世旭《将军镇》中的《三委员》等篇章可作为这一方面的代表作。“文化大革命”阶段的洪艺兵因为“海外关系”而畏畏缩缩，见人就点头哈腰，但“拨乱反正”之后一切发生了变化。洪艺兵因为是“台属”，先后被选为镇政协委员和县政协委员，名字恢复为本名“洪一鸣”，原来的勤杂工一跃成为镇文化站站长，原来的领导郑风成为他的下属，经常接受洪艺兵的批评。现在，人们眼中的洪艺兵是这样：“依旧是高大但富态了；依旧是多礼但自信了；依旧是谦和但让你觉出居高临下了；依旧是不失节制但明显不再卑微了；衣着依旧得体但质地和式样绝对今非昔比；头发依旧一丝不乱但因为焗了油染了色而闪闪发亮；眼镜依旧戴着但镜架换成了金丝边……总之，舞台还是那个舞台，场景变换了；演员还是那个演员，角色变换了。”洪艺兵“现在是镇上的士绅”，他单独用膳，吃着根据健康食谱配方制作的菜肴，住独门独户的别墅小院，穿西服，戴金丝眼镜，拿镇上人的话来说，“他忘记他当初是个什么东西了”。“世事如棋局局新”，洪艺兵在其人生道路上“前恭后倨”，“政策”

决定着洪艺兵的人生。立足于“共时平面”看，洪艺兵的人生并无怪异之处，他先前的低贱与现在的高贵似乎都具有历史合理性，但从“历时”的角度看，其人生充满荒诞与悖论，“时代”给人的感觉是“今是昨非”和缺乏“操持”。——这，正是作者调侃和嘲弄的地方。

二　戏谑民众的蒙昧

陈世旭、孙方友的历史叙事小说都饶有兴趣地对小镇（而不是小城）民众的蒙昧进行了把玩。其把玩主要集中在两个层面。

（一）嘲弄民众与主流话语的隔阂

从严格意义上讲，无论是被精英群体鼓吹的精英话语，还是在当代生活中处于统治地位的主流话语，都与小城镇底层民众有着隔膜。尤其是特定时段的主流话语，与小镇民众的隔阂更大。这有着两方面的原因。首先是特定历史时期主流话语自身属性的原因。我们可以从两个方面讨论这一问题。一是以马克思主义暴力革命理论为基础的主流话语与本土“民间话语”的巨大差异。由于封建社会的长期存在，中国社会的“差序格局”“礼治秩序”“无为政治”“名实的分离”等“乡土中国”[①] 特有的文化禀赋对主流话语所隐含的革命现代性有着本能的拒斥。二是主流话语的快速流传使民众难以在短时间内接受或消化：从“土改”到“文化大革命”，政治运动一波接着一波，每一次政治运动都携带着前所未有的主题与关键词，这些主题与关键词伴随着暴风骤雨般的运动席地而来，令忙于生计、为衣食奔波的底层民众应接不暇——少量话语被民众囫囵吞枣地吸纳，而更多话语仅作为模糊的概念留存在民众的“印象”之中。其次是小镇的文化局限。与小城相比，小镇的“乡土中国”特色更为明显，因而有着更多文化局限。陈世旭谈到小镇时说过这样一段话：“它的每一扇被年深月久的风吹日晒弄得灰白斑驳的门窗，都掩蔽着一个冰凉沁人散着霉烂气息的神秘堂奥。你走进那些巷陌，便是走近历史的某一线索。你推动那些门扇，便是掀翻史书的某一册页。”[②] 小镇的文化禀赋与文化局限决定了小镇民众对主流话语的隔阂。

---

① 关于“乡土中国”禀赋的讨论可参见费孝通《乡土中国》，观察社，1948，第22~53页。

② 陈世旭：《将军镇》，上海文艺出版社，1999。

因此，陈世旭、孙方友的历史叙事对民众与主流话语的隔阂的调侃，是一种双重的把玩，即既把玩主流话语的浮躁与激动，又把玩民众的封闭与无知。

孙方友的《刘老克》调侃了小镇人对“文化大革命”话语内涵的隔阂。

刘老克在小镇上地位低下。导致他地位低下的原因有三：一是他长相干瘦——“是那种皮包骨头埋在粮食堆里也吃不胖的人物”，因而人们送他外号“老干”；二是他从小失去父亲，随母亲嫁到颍河镇，成为“带肚子”（即“拖油瓶”）；三是他命运不济：二十大几才同一个瘸女人结婚，那女人为他生了一男一女，不料在刘老克60岁那一年，儿子死了老伴儿也死了，人们认为他苦人苦命，命贱。然而，“老干”也有“发涨”的时候。“清理阶级队伍”[①] 那一年，从兰州过来一份敌伪档案，上面有刘老克的大名，官衔是少校军需。镇上“群专指挥部”的民兵们把刘老克押送进县城，在县城关了两个多月又放了回来，说是刘老克虽然曾经当过国民党的少校军需，但并没有进行新的破坏活动，最后定为“划而不戴”的坏分子，即“坏分子帽子一旁搁着，先不戴，以观后效，如若不老实，立刻就划为敌我矛盾”。虽然刘老克是“划而不戴”的“准坏人”，但人们看他的目光一下变了，过去喊他“老干”的人开始喊他“老克爷”了，队长有了想不通的事儿，也开始向“老克爷”请教了，谁家娶媳妇，也开始偷偷请“老克爷”上坐了。为什么？——“人家当过少校军需，见过世面”。不料第二年春天，从县上来了两个人，专程到东街开了个群众会，说是真正的少校军需刘老克不是这一个，而是镇东刘村的刘老克。这一下，人们发觉受了愚弄，大梦初醒般的愤怒目光直射刘老克。刘老克看到问题的严重性，“忽”地站了起来，上前拉住了县上来人的手，大声疾呼道：“你们这是冤枉我呀，我可真当过少校军需呀！”县上人觉得很奇怪，问：“你怎么争当阶级敌人呢？你说你是少校军需，你把军需的‘需’字写出来让我

① 在1968年发动的清理阶级队伍运动中，各地采用“军管会”和进驻“工宣队”的方式，对在“文化大革命”初期以各种名义，各种方式揪出来的地主、富农、反革命、特务、叛徒、走资派、漏网右派、国民党“残渣余孽”，进行了一次大清查。尽管在运动开始时，中共中央已强调“要进行深入细致的调查研究工作”“区别两类性质不同的矛盾”，尽管在运动中仍不断指示“注意政策，打击面要窄”，但这场运动仍制造了不少冤假错案，在局部地区甚至出现随意处置“阶级敌人”的情况。

看一看。”刘老克不认几个字，一下傻了眼。众人都朝刘老克吐口水，骂道：“熊样儿，还想当少校军需哩！”从此，刘老克在人们心目中又变成了一钱不值的“老干”。

显然，在“文化大革命”初期，刘老克与小镇人还没有深刻理解“阶级斗争”的实际内涵，还没有认识到“清理阶级队伍”的残酷。在刘老克看来，是“阶级敌人”这一“头衔”给他带来了尊贵与地位，使“老干”变为“老克爷”，因此他感谢“清理阶级队伍”，他“争当阶级敌人”；但他根本不知道，如果真正被定为“阶级敌人”，在将来的日子里，他将经历何种磨难，将面临什么样的灭顶之灾。在小镇人看来，刘老克当过少校军需，“见过世面”，是小镇上的大人物，少校军需就是“官”，至于是国民党的少校军需还是共产党的“少校军需”，在他们看来并不重要，重要的是他曾经当过官见过世面，是与自己不同等级的人物，因而应该受到尊重。然而，他们根本不知道，对于当时“阶级斗争”而言，遗留在大陆的国民党“少校军需”意味着什么——因为真正的“国民党残渣余孽”是“清理阶级队伍”的主要对象，是清理对象中的“重中之重”，他们更不知道，对于“阶级斗争”而言，“清理阶级队伍”的“意义”有多么重大。刘老克与小镇人以他们特有的思维逻辑与认知能力对“阶级斗争”进行了民间解读，被传统思维左右的认知方式与认知能力屏蔽了他们对“清理阶级队伍”的实质及残酷性的认识。很明显，作者调侃了官方话语与民间话语的错位，戏弄了民间认知在主流话语面前的懵懂。作者的调侃与戏弄充分体现了一个“玩”字。作者首先把玩的是刘老克的懵懂：只顾眼前，不知将来，身临深渊而不自知——刘老克“看到问题的严重性”之后“忽”地站了起来，大声疾呼“你们这是冤枉我呀，我可真当过少校军需呀”，这些言行构成了一种滑稽的黑色幽默，其中“冤枉”二字意味无穷。其次，作者把玩了小镇人的懵懂：他们身处“运动”之中，但对时代主题与政治运动的内涵一无所知，一句“熊样儿，还想当少校军需哩”，恶作剧地嘲弄了民众的价值判断准则与价值逻辑，调侃了其价值判断准则和价值逻辑与主流话语的错位，同时也袒露了作者的“搞笑”心理。再次，作者玩味了一段历史的喧嚣与浮躁。

小镇民众在不断更替的政治运动面前的惶惑与懵懂，被陈世旭反复嘲弄。《将军镇》是这一方面的代表作。因为出身“有问题”，洪艺兵在政治上格外“谨慎”，讲究“原则性”，但“谨慎”与讲究“原则性”反而给他惹了麻烦。“那一年林彪出了事”，满天下已经沸沸扬扬了，但洪艺兵是绝对非礼勿视、非礼勿听的，从不参与这类私底下的七嘴八舌，他的消息也就很闭塞。那天，他打杂的剧团加餐，喝酒前，他照例先后祝福两位领袖。本来“敬祝”的热潮已经过去了，洪艺兵却仍然“恭敬如仪”，但这一回，他却犯了大忌。洪艺兵“敬祝”一个已有“反党叛国”定论的人，小镇剧团领导刘宗吾吓坏了，慌忙上报镇领导。为了消除自己的政治责任，也是为了保护这个没有劣迹的年轻人，镇领导授意刘宗吾找个理由把事情掩盖过去。刘宗吾找洪艺兵谈话，说：“要是上面来人问你那天聚餐的情况，你就说你喝醉了，说过什么话都不记得了。”洪艺兵深感困惑，说：“那天我没有说什么，就是给大家敬酒前先敬祝了毛主席，又敬祝了林副主席，当时我还滴酒未沾呢。”镇领导十分着急，专门指派精明的政工干部开导他。政工干部给他安置了台阶：“那天你肯定喝醉了，说过什么肯定忘记了。”洪艺兵却更焦急，更严肃地反复声明：“我给大家敬酒之前根本没有喝酒，不先敬祝毛主席他老人家，再敬祝林副主席他老人家，我怎么能先喝酒呢？”“不管你怎么给他挖沟，他的水就是不往那儿流”，严正声明自己为林副统帅祝福时滴酒未沾，于是洪艺兵的言行被上纲上线，很快提升到政治高度，毫无疑问，他受到了严厉的惩罚。

“文化大革命”阶段是一个“政治事件”频发的阶段，与政治事件相伴的往往是“路线”的调整与改变，因此政治事件的频发导致“路线”多变，而民众往往在不断变更的“路线”面前莫衷一是，作者善意地调侃了小镇底层民众在“路线”变更之际的惶惑与困窘，即把玩民众在不断更替的政治运动面前的懵懂。从某种意义上说，对于暴风骤雨般的政治运动，底层民众的敬畏远远多于理解，因此，洪艺兵在政治上“谨慎”和讲究“原则性”是一种必然。但是，在比较特殊的“林彪事件”面前，“谨慎”和讲究“原则性”反而害了洪艺兵——出于自我保护的“谨慎”和讲究“原则性”反而招来祸殃。洪艺兵的言行充满悖论，具有反讽意味，这种悖论是历史的悖论，其言行的荒谬折射的是一段充满悖论的历史的荒谬。因此，作者调侃洪艺兵就是调侃历史。对于洪艺兵的把玩，作者紧扣了一个“包袱”：一个在政治上“谨慎”和讲究“原则性”的人，南辕北辙，事与愿违，反因“谨慎”和讲究“原则性”而获罪，一个把生存安全放在第一位的人决绝地拒绝别人提供的安全。——众领导给洪艺兵设置了台阶，以酒醉头脑发昏为其开脱，但洪艺兵无法理解领导的暗示，给台阶不下，讲究“原则性”认死理，坚定宣称：“第一自己没有喝酒，头脑清醒，第二包括林副统帅在内的两位领袖没有喝酒，他自己不可能先喝酒。”“包袱”的荒诞，充分体现了一个“玩”字。

（二）戏谑被时代蒙蔽所致的蒙昧

被时代蒙蔽所致的蒙昧，是一种“当代蒙昧”，这种蒙昧与特定的现实有着更直接的联系。在此，被时代蒙蔽所致的蒙昧，特指小镇人因政治因素所致的蒙昧。前面已经谈到，小镇不同于小城，小镇“村头城尾”的地域位置决定了其文化禀赋。在政治决定一切的时代，“时代”促成了小镇人的蒙昧。陈世旭的创作对小镇人的蒙昧的调侃比较集中。

首先，陈世旭调侃了小镇人的思维方式。时代赋予小镇人特定的思维方式。从整体上看，在政治主宰一切、政治意识渗透进每一个社会细胞的时代，时代在政治层面提供了占主导地位的思维模式，如特定的认知立场、认知方式、逻辑判断方式以及用于认知与判断的基本概念——有着特殊政治内涵的关键词。比城市人狭窄而又比乡村人开阔的视野，决定了小镇人特定的思维方式。在特定时代里，小镇人习惯于从政治角度判断是非及人性的善恶，陈世旭对此进行了嘲弄。《镇长之死》或《将军镇》[①] 是这一方面的代表作。

瘌痢镇长是一个集天使与魔鬼于一身的人物。“文化大革命”期间，瘌痢镇长大红大紫，权力无限，“文化大革命”结束后小镇人对其进行清算，但小镇人从时代培育的思维方式出发，忽略了瘌痢镇长“魔鬼”的一面，对其“天使”的一面进行了歪曲的解读。——“文化大革命”结束了，但“文化大革命”培育的思维方式与斗争方式并未结束！

人们首先在“播音员事件”上做文章。“省革委会”主任习惯于带着大队人马到底层视察，每到一处总要找漂亮的“小鬼”单独“进行革命教育”。来到小镇，宝刀不老的“省革委会”主任发现小镇播音员十分漂亮，要求瘌痢镇长把“小鬼”约来“进行革命教育”，但瘌痢镇长自己承担天大

---

① 《将军镇》集陈世旭描写小镇的中短篇小说之大成，《将军镇》中的“镇长”部分萃取了中篇小说《镇长》或《镇长之死》的核心部分。

的风险，制造一封“祖母病危”的加急电报救上海知青于虎口，不知内情的上海知青乘坐瘌痢镇长安排的货车连夜返回上海。最后，“省革委会”主任则含怒离开小镇。几年后，有着共同思维方式的小镇人就“播音员事件”作出了不同的理解。镇邮电所所长首先批判镇长专横。当时，瘌痢镇长口授假电报时他想问事情真相，镇长说：“你莫管，照记就是，记了，亲自送到播音员手上，不准再对别人说这回事，你要误了事，我法办你。”现在邮电所所长愤怒控诉：“那时候，这个臭癞痢在镇上一手遮天，我给他吓住了。今天终于可以伸张正义，水落石出了。”小镇专案组从“播音员事件”中看出了男女私情，想从瘌痢镇长冒着风险保护播音员这一事实中找到瘌痢镇长的新罪证，但被不知内情的播音员打消了计划，因为已经出人头地的播音员自以为是地认为：“这个乡下人样子难看死了，心肠倒蛮好的，我这样一个上海女子，能不让男人喜欢么？而且是那样丑的一个外省乡下人！”另外一些政治嗅觉敏感的人在“播音员事件”中有了重大发现：瘌痢镇长同林彪、“省革委会”主任、“县革委会”主任是串通好了谋反，“省革委会”主任大搞“八字头上一口塘”，是战略工事的一部分，他那回来小镇，主要是来看地形的，计划在小镇修一个地下指挥所，那天晚上说住下又突然撤走，就是为了保密。这种思路一公布，大家无比痛恨，义愤填膺，人们愤怒声讨：“一个臭癞痢当初能那么不可一世，原来竟有这样的背景！”

既然瘌痢镇长不是好人，那么他的许多生活细节也受到审查。瘌痢镇长虽然在政治上激进，但生活十分简朴，为政清廉，平时吃肉总吃便宜的猪头肉，但在小镇人看来，专吃猪头肉也是瘌痢镇长在“文化大革命”阶段的罪行之一。镇食品站站长对此进行了揭发：“你当个镇长，专搞特殊化，回回买肉，瘦的不要，肥的不要，专要猪头肉。镇上一个月才供应几头猪？一头猪有几两猪头肉？你回回只要猪头肉，别个吃什么？”镇食品站站长将问题提到政治高度，上纲上线：“要是让你这样的人篡党夺权的阴谋得逞，劳动人民不重吃二遍苦，重受二茬罪，才怪哩……我们是一千个不答应，一万个不答应的！”

受时代“思维定式”的影响，小镇人对瘌痢镇长真正的恶行视而不见，而视其善行为恶行，并对善行上纲上线，这种“批斗”必然逻辑混乱，漏洞百出。调侃小镇人特定的思维方式，陈世旭仍然把握住了一个“玩”字，仍在情节的荒诞与语言的幽默两个方面做文章。

在调侃小镇人特定的思维方式时，作者不时添加一些搞笑成分。例如，面对众人的指控，瘌痢镇长以退为进，不时对指控人进行反击，办公室主任给他说得恼羞成怒，突然声嘶力竭地喊：“你作威作福的时代一去不复返了。到如今你还敢强辩，你有几个脑袋！”镇长低了头，咕哝说：“我有几个脑袋！我要有几个脑袋，还会要这个癞痢头么？”虽然是咕哝，但声音大家都听得见，不由哄笑起来。主持人赶紧抓起话筒喊“严肃些，严肃些”，却自己也终于忍不住笑了。这些描写既机智又诙谐，具有一种特殊的美学韵味。这些描写本身构成一种反讽，这种反讽既调侃了批斗与指控的荒谬，又揭示了小镇人思维的非理性，进而戏谑了一段特殊的历史。

其次，陈世旭调侃了小镇人的价值意识。时代赋予小镇人特定的价值意识。价值意识是客观存在的价值与价值关系在人的心理上的反映。价值意识是人的一种比较特殊的意识，与一般的思维形式不同的地方在于它具有指导人们进行价值判断和价值选择的特性①。在政治主宰一切、政治意识渗透进每一个社会细胞的时代，时代决定了社会实践主体从政治出发认定客观对象的“有用性”。小镇综合了城市的现代质素与乡村的传统质素，因而小镇人对客观对象“有用性”的认定有其特有的个性。

在一个重精神价值轻物质消费、以政治尺度衡量人的一切的年代，人们的价值追求与价值实现欲望有其历史特殊性。有些价值追求与价值实现欲望，无论是在当时还是在现在，都是高尚的、纯洁的、合乎历史发展规律的，这些价值追求与价值实现欲望造就了许多高不可及的人格范本与永远的精神丰碑，但有些价值追求与价值实现欲望仅仅在当时的文化生态中具有历史合理性，这种合理性是瞬时或共时的，因此，这些具有瞬时或共时合理性的价值追求与价值实现欲望在今天受到审视，甚至受到嘲弄。陈世旭等作家调侃了这些由特定时代价值追求与价值实现欲望所决定的精神追求及与之相关的价值认定。小镇“文化人”是陈世旭“捉弄”的对象。陈世旭主要拿他们的文艺创作说事。

---

① 价值意识的形成要经过比较复杂的过程：人的心理生理机制根据自己的特殊需要，在不同的“文化场”“行为场”、文化环境、情境和生活细节中吸取文化世界的价值和意义，并通过思维、理解、体验、联想、想象、了悟等自我组织和调节活动把它内化、整合为价值意识。

艾老是小镇小学的吃农业粮的教师，但他是小镇文化界的名人。艾老之所以成为艾老，是因为他在“文化大革命”前创作了反映激烈阶级斗争的剧本《废井》。《废井》给艾老带来美誉，他把剧本当成传家宝珍藏，终于使事业有传诸后世的机会。传诸后世的机会与艾老被抽调到县上去写“文化大革命”巨大成果“三百例”有关。被人称为“小冯”的县委宣传组冯组长也是文学爱好者，冯组长关注艾老及其剧本《废井》，并非惺惺惜惺惺，而是他自己也是有远大文学抱负的人。——他忽然觉悟诗歌创作是雕虫小技，只有写大戏才是正宗，因此他下决心做剧作家，发誓要写一部样板戏出来。他调来艾老的剧本，与艾老商谈修改思路。冯组长高屋建瓴地提出修改意见：“爱情应该改成阶级情，像革命现代舞剧《白毛女》那样杜绝大春和喜儿发生两性关系的一切可能；‘叛徒’的现行职务应该是‘走资派’。这样，走资派就有了阶级根源；全剧的时代背景应该改为‘炮打司令部’。另外，剧名也要改，原来叫《废井》，不好，应该改为《红井》……”艾老佩服得五体投地，老泪纵横，觉得生平大志即将实现。后来县剧团把《红井》搬上了舞台，编剧署名是“工农兵集体创作”，但“执笔”只有冯组长一个人的名字。应邀观摩首演的艾老当时一下就在座位上瘫下去，回去卧床吐了好长日子的血。这回卧床吐血，使他明显“身体不合格”，“失去了由赤脚老师转正为公办老师的机会——这原是小冯预先许诺过的”。从此，艾老走上了漫长的告状之路，他要夺回耗费了自己毕生心血的剧本的著作权。但是，没有任何部门受理他的投诉，因为他那个剧本并没有正式发表过，也就没有发生署名纠纷的文字依据。此时，冯组长已经成为地委宣传口的重要领导，此人在“改革开放”时代背景中如鱼得水，已经不知担任过多少名人著作的“总主编”或“总顾问”，担任过许多获奖影视剧的“总策划”或“总监制”，他对艾老的上访发出这样的感叹：“看不出来，一个人老也老了，还这么犟，这么有进取心。那剧本就算是你一个人写的，又能怎样呢。”冯组长的话不无道理，因为，20 世纪 80 年代的人们对 60 年代的事情仅仅是一个模糊的记忆，艾老即使争回了著作权，也没有任何意义了：一是当地早没有了剧团；二是即使有，那本子也没人要。

历史对艾老进行了多重愚弄。第一，当时的价值取向诱导他去干一件在今天看来并无多大价值的事情；第二，艾老的劳动成果被“合理”剥夺——艾老的创作成果在当时的价值体系中显现出价值，但艾老不是成果的受益者，艾老的创作即使不被“小冯”强占，也会因自己的“工商业主”出身而功归于他人；第三，以“政治理想”为终极取向价值的时代一去不返，曾经占据统治地位的价值意识已经边缘化，因而艾老的创作及其为“著作权”的奔走呼号变得毫无意义。应该说，这些都是历史或时代的过失，但从另一方面看，是艾老自身的蒙昧造就了自己的悲剧。首先，他忠诚于时代，从《废井》到《红井》，创作指向从“阶级斗争”到“炮打司令部”，他在时代政治潮流后面亦步亦趋，耗费了毕生精力去从事一项近于荒唐的事业，他的创作成果即使不被别人占有，也会因时代步入正轨而一文不值。其次，“成就大业”的亢奋使他放松了警惕，以致劳动成果被别人占有，他连起码的、暂时性的精神安慰都未得到。再次，时过境迁，他仍然偏执于过时的价值观，为了“著作权”四处奔走呼号。艾老蒙昧的人生是一场悲剧，同时也是一场喜剧，因为蒙昧使他的人生充满荒诞与滑稽，因为历史同他开了一个天大的玩笑——一个持续了几十年的玩笑。作者调侃艾老的蒙昧，抓住了三个“搞笑点”：一是嘲弄《废井》的情节与内涵，二是嘲弄艾老面对《红井》写作思路的亢奋与骚动，三是嘲弄艾老争夺“著作权”的愚昧。当然，作者最终调侃的是一个时代的价值取向与价值意识。

艾老的蒙昧是被时代蒙蔽所致的蒙昧。从严格意义上讲，这种蒙昧与当事人的智商高低和判断正误并无太大联系，因此这种蒙昧不仅仅发生在艾老身上，还发生在小镇其他人身上，甚至发生在县城的文人与领导干部身上。

三　调侃畸形的人格与变异的人性

荣格认为：“一切文化运作的终结都是人格。”特殊的“文化运作”会造就特殊的文化人格及人性，而特殊的文化人格及人性有可能是畸形的。在中国当代特定的历史时段出现了畸形的人格与人性。展示那个特定历史时段内的畸形的人格与变异的人性，曾是“伤痕文学”“反思文学”的重要描写内容之一，但陈世旭与孙方友对畸形的人格与变异的人性的描写与先前有所不同。其差异主要表现在两个方面。一是描写侧重点不同。在先前的创作中，人格的畸形与人性的变异主要发生在悲剧性人物身上，而在陈世旭与孙方友的小城镇叙事小说中，人格的畸形与人性的变异既发生在悲剧性人物身上也发生在喜剧性人物身上，在某种程度上说，更多地发生在喜剧性人物身上；在先前的创作中，受迫害者或被压抑压制对象的人格畸形与人性变异与政治高压或政治迫害有着直接关联，而在陈世旭与孙方友的创作中，人格畸形与人性变异不完全是因为政治高压环境或政治迫害，而是在时代环境中的“自然”质变，是变异主体内化时代精神后的人格自我塑造或人性调整。二是创作态度不同。在“伤痕文学”与“反思文学”中，同人格畸形与人性变异展示相伴的是控诉、激动、悲愤、仇恨，而陈世旭与孙方友的创作则淡化了控诉与批判，少了激动与悲愤，取而代之的是超然与恬淡，由于能入乎其中、出乎其外，作家能站在历史制高点上超然地把玩人物，高屋建瓴地审视那一段特殊的历史，他们屏蔽历史的残酷与血腥，以喜剧的笔墨写悲剧。

从整体上看，陈世旭乐于调侃变异的人格，而孙方友则长于把玩变异的人性。

（一）把玩变异的人格

陈世旭塑造了一系列具有不同人格缺陷的人物，如李芙蓉、胡月兰、洪艺兵、瘌痢镇长、殷道严等。一个畸形的时代必然会造就某种具有典型意义的畸形人格。陈世旭刻意把玩的是具有典型意义的“双重人格”，因此洪艺兵、瘌痢镇长等具有“双重人格”的人物身上就堆满了笑料。

洪艺兵的“双重人格”是“贱民人格”和“暴君人格”。

在社会上，洪艺兵展现其“贱民人格”。父亲带着年轻漂亮的“婊子”去了台湾，抛下洪艺兵和母亲，同时也给洪艺兵留下一段他无法向“革命群众”说清楚道明白的历史，“革命群众”给他的政治定位是“出身有问题”，但他画主席像写标语的才能又被“革命群众”看好，因此他幸运地成为没有正式编制的镇文化站“费用工”——进镇文化站的人必须根红苗正，“进去的人，都要查三代。洪艺兵能进去，差不多是个奇迹”。糟糕的政治出身与优厚的社会待遇使他受宠若惊，同时也让他觉得生活如履薄冰。自我保护意识使他低调做人，自认贱民。作品这样描写洪艺兵的为人处世：

> 洪艺兵……一旦见到人，就永远是点头哈腰微笑。他戴着近视眼镜，有时眼镜被水汽蒙住了，看不清，但只要见到人影，他就点头哈腰微笑。即使从一个正在破口骂街的泼妇身边走过，他也无一例外地

点头哈腰微笑向她致敬。别人跟他说话，他也永远是无比荣幸地点头哈腰微笑，不管别人说什么，他自己听清没听清，他的回答永远是“是的，对的，是是是，对对对……”有时候别人向他问路，或打听什么事，他也这样点头哈腰微笑地“咿咿唔唔”。别人就以为他在敷衍，难免不高兴。他一旦发觉，马上就大惊失色，连连顿足捶胸，恨自己耽误了革命同志的大事，痛心疾首得让对方不知所措……

然而，在家庭中，洪艺兵不再“点头哈腰微笑”，其“贱民人格”无影无踪，而“暴君人格”暴露无遗。洪艺兵施暴的对象是其妻子李月娥。“李月娥买东西时被短少了斤两，李月娥淘米时不小心倾出了米粒，李月娥对财政支出和粮食库存拮据状况的抱怨等等，都可以是战争的导火线。而一旦战争爆发，洪艺兵便毫无节制绝不手软。”战争的小高潮是摔东西：“李月娥摔的是洗衣板之类；洪艺兵摔的是有极大反响声的水瓶碗碟。李月娥于是就绝望而恐惧地悲号：我摔的都是摔不烂的东西，你怎么能摔水瓶呢？你怎么能摔碗呢？你真是心狠手辣！你真的不想过了么？”战争的大高潮是揍人：“有天半夜，从他家里传出惊动半条街的吵闹声，那个夜晚，他把李月娥打得死去活来。原因很简单：李月娥起来小解，弄醒了他的梦。而他当时梦见的是自己刚刚在一张堆满了巨大的红烧肉块的桌子边坐下来。”但是，洪艺兵的施暴并未引发革命群众的干涉。这有两个原因。一是李月娥曾经是不可一世、“举县无人敢近”的人物——她强行与李欣结婚，结婚后“县革委会”干事李欣一家不堪其骚扰，最后“举家逃亡，另择他居，任她鸠占鹊巢”，因此革命群众觉得洪艺兵打李月娥十分解恨。二是李月娥两次荒唐的“婚姻”带来两个孩子，孩子的养育给饭量特大的洪艺兵的生存造成危机，洪艺兵成为被怜悯的对象。

在家庭范围之外，洪艺兵的暴君人格只有在吃东西时略有显露：“他平时谦恭卑微、低三下四，但一到吃饭的时候他的面部就现出了咄咄逼人的凶猛甚至狰狞，眼睛闪闪发亮，牙骨强而有力地格格作响。”下乡演出吃肉时又是一番景象：

最激动人心的是那些用巨大的瓦盆盛出的实实在在的大块肥肉。出于一贯的谨慎，他不敢抢先，极力控制住自己有节制的动作，以至于全身微微颤抖。但一旦行动，便极有效率，完全是一种“鲸吞”。一顿饭将完未完，别人将走未走的时候，他便往往失去最后的耐力，迫不及待地问：“你们不要了吧?”得到肯定的答复后，他便猛扑上去以风卷残云之势用自己的舌头把桌上的所有碗盘盆钵清理个一干二净。

此时，洪艺兵显现出的是暴君的贪婪——面对物质享受的贪婪，一种本能性的人格本真。

洪艺兵的双重人格与时代密切相关。特定的政治氛围使洪艺兵内敛谨慎，在众人面前唯唯诺诺，低三下四，而家庭的私密性与伦理性所提供的自由空间与安全感又使他能够展现自己的本性，发泄被压抑的本能，妻子的短处与痛处在一定程度上成为他展现本性、发泄本能的屏障。

癞痢镇长的双重人格是“天使人格”与“魔鬼人格”的同在。“天使人格”是癞痢镇长人格健康的一面，而“魔鬼人格”则是癞痢镇长人格严重畸形的一面。

癞痢镇长的“天使人格”主要表现为同情弱者，言而有信，本性善良，其“魔鬼人格”主要表现为横蛮粗暴，做事刻毒、工于心计。

充分体现其两种人格同在的事例是“强拆事件”。大搞“八字头上一口塘”的时候，癞痢镇长想抢头功，率先动手拆房移民，寡妇的房子处于最前沿，首当其冲。寡妇是新寡，男人害病，没有钱住医院，在家里拖了几个月死了，给寡妇留下了六个儿子，最小的还在怀里吃奶，最大的刚刚能挑起一担粪，丧夫的悲痛与房子被拆的痛惜使寡妇豁出命来阻止拆房，癞痢镇长赶赴现场，命令民兵强行拖走寡妇，同她的大儿子一道绑缚于仓库的大柱上，用步枪威吓意欲反抗的热血青年，在人们迟疑之际，他示意推土机开始作业，寡妇的茅草屋瞬间被推土机轧成了一堆渣土。“一村人一哄而散，晓得是再没有理可讲了，都回去抢自家的东西。想让这样一个哈巴癞痢发善心，除非日头从西边出来。”此时的癞痢镇长是十足的魔鬼。到了晚上，他又悄悄地摸到仓库里跪在地上向寡妇赔罪，解释他这样做的理由，任凭寡妇把带着浓血腥臭的痰唾在脸上，承诺给寡妇盖新房和接济几个“兄弟”直到他们长大。此后，癞痢镇长不仅兑现承诺，按月偷偷给寡妇送粮，直到“那个吃奶的儿子都上队放了牛”，还帮助一个儿子当上了兵。——自古救急不救穷，镇长出于善良的本性救助了寡妇一家。此时的瘌痢镇长变成了天使。

另一充分体现其两种人格同在的事例是“夺权事件”。在“文化大革命”中脱颖而出的瘌痢镇长来到小镇任职，小镇人根本看不起这个癞痢头，认为“这样一个人来做镇长，实在是对全镇的一种欺负”，作为地头蛇的副镇长更是想马上挤走瘌痢镇长，继续独霸一方。瘌痢镇长召开了“两级干部会”，把全镇下属各单位的负责人都集中到镇里的祠堂里。起初，大家觉得新鲜，报到的当天夜里，一屋子男女嘻嘻哈哈，荤素笑话不断，但第二天起来大家都大惊失色，因为不知从何时起，祠堂外布了岗哨，真枪实弹的民兵不准一个人进出。屋子里的几只摇把电话也都摇不出声音，明显是有意切断了线。这时瘌痢镇长带着两个高大的带枪的民兵出现了，他威严地宣布：“老子今日就是来专政的。你们这帮家伙，共产党叫你们当干部，你们一件好事不做，不是扒灰就是作奸。把男人轰出去上水利，自己就去糟蹋人家的老婆女儿，这回我让你们自己交代，交代一个出去一个。一日不交代，一日不准出这祠堂门；一辈子不交代我就让他坐穿牢底。”顿时，大小干部，人人自危：“夜里，有人做噩梦，从地铺上跳起来，鬼哭狼嚎。值夜的民兵，哗哗地拉动枪栓，又压抑下去。”不出三天，所有的人都书面交代了自己的错误或“罪行”。此时的瘌痢镇长专横霸道，狠毒凶残，是灾星，是典型的魔鬼。许多作奸犯科的事实捏在镇长手中，这些事情若抖搂出来，根据当时上纲上线的有罪推定逻辑和普遍的“惩罚力度”，部分人可能要掉脑袋，另一部分人的政治前途要夭折。然而，镇长并未将“交代”上交。除了独霸一方的副镇长外，其他当事人只要承诺“要跟路线，不要跟人”，瘌痢镇长就“当了各人的面烧了各人的材料”，并保证既往不咎，与下属们一一“握手言和”。除了玩弄权术这一点，此时的瘌痢镇长变得仁慈厚道、胸怀开阔，他是善人，是天使。

“天使”与“魔鬼”能够在瘌痢镇长身上统一，也与时代密切相关。镇长来自大山之中，也许山里人的淳朴与善良铸就了其“天使”人格，所以他在把寡妇当成杀鸡儆猴的猴之后又接济寡妇一家，在用逼供的方式得到下属的“交代”之后又一一烧掉，在大会上作报告时敢于当众问秘书“赤裸裸”是不是念“赤果果”，甚至他的车祸凶死也与他的善良有关，因为他把安全的位置让给了女社员。时代造就了他的“魔鬼人格”。他放牛放到十几岁才去上小学，上了没有几年，家里没有口粮了，就又回去种田。在一个支持“新事物”的时代，他居然敢办学：“一个人当校长、当老师——当老师又教语文、又教算术、又教画画、又教体育——当伙头、当打钟的。”当了几年老师，“教出些什么桃李自然是天晓得，倒是他自己出了名，被调到公社做干部”。“文化大革命”的到来使他如鱼得水，他那个公社造反最早，司令自然是他，“把公社机关所有的公章用麻绳串成一串，当裤腰带系在腰上”。“十个瘌痢九个哈”，“哈”即刁泼野蛮，瘌痢镇长的刁泼野蛮是时代赋予的——瘌痢镇长的刁泼野蛮与敢闯敢斗、大破大立的时代精神有着某种源流关系：瘌痢镇长还是“公社干部”时在小县内率先造反，造反时大权独揽，当镇长后在推行“八字头上一口塘”时“领风气之先”。这种“敢为天下先”的“哈劲”实质上是一种破坏精神，这种精神无疑是时代赋予的，而强拆民房、指使民兵拖拽和捆绑护卫家园的户主、强行拘禁下属、对下属进行逼供等暴力行为是非法的，但这些非法行为在当时被罩在“革命”“斗争”等耀眼的时代光环中，因而在当时的政治氛围中具有不可置疑的合法性。因此，从某种意义上说，瘌痢镇长的“哈劲”是时代培养的，而“哈劲”正是他“魔鬼人格”的根本属性。

在此，二重人格是一种病态人格。作者对小镇人的病态人格进行了把玩。把玩主要在两个层面进行。一是病态人格的时代性与地域性层面。由病态人格所决定的人物言行显得乖戾、滑稽，而这些乖戾、滑稽的言行既与时代氛围相关，又与小镇特有的文化格局与文化禀赋有关。例如，从地域性角度看，小镇人特有的精细与聪明告诉洪艺兵什么时候应该装孙子什么时候应该做老爷，告诉瘌痢镇长在推行“八字头上一口塘”时使用杀一儆百及“当面打嘴背后赔罪”的策略，而小镇人由小农根性所决定的文化局限又限定了洪艺兵和瘌痢镇长只能使用这些“小聪明”，而不可能有其他雄才大略。从时代性角度看，是时代的政治环境与政治氛围决定了人物的人格分裂，构成了洪艺兵压抑本性与宣泄本能的冲突，带来瘌痢镇长顺应时代精神与良善本性的冲突。在时代性与地域性这两者中，作者紧扣时代性——时代性是动态因素，地域性是静态因素，动态因素直接促成人物的乖戾、滑稽言行，而静态因素则仅仅是一个条件或背景，作者刻意渲染动态因素所致的喜剧性。二是病态人格的二元张力层面。通过渲染、夸张、对比等艺术手法，作者让真善美与假恶丑这两大范畴内的人格元既对比鲜明又界限模糊，如愚昧与文明、邪恶与善良、正义与非正义、合理与不合理、愚蠢与聪明等人格元即泾渭分明又边界交叉，从而构成邪恶与善良并存、暴戾与柔顺同在、君临与臣服交替等人格悖论，而人格悖论带来的喜剧性、传奇性凝聚成叙事的幽默质素。

当然，对二重病态人格的把玩最终指向的是历史或一个特定的历史时段。作者的把玩承载着反思：反思重在揭示时代价值体系本身内在的价值冲突，以及新生的激进价值意识与传统价值意识的冲突，进而展示时代的荒谬与喧嚣。

（二）调侃变异的人性

人性即在一定社会制度和一定历史条件下形成的人的本性。变异的人性，即受所处社会环境影响而发生畸变的人性。畸变的人性有多种类型，但在特定历史时段内，某种特定的“社会环境影响”会导致畸变人性类型具有集中性或侧重性。在社会急剧转型、政治风云多变的阶段，特定的政治环境往往决定某些特定的畸变人性类型。小镇有其自身的地域特征与文化禀赋，因而，受地域特征与文化禀赋的影响，具有时代性或典型性的畸变人性类型在小镇空间内又会生发出亚类。孙方友的“小镇系列”以把玩的态度展示了两种畸形的人性亚类。

《打手》（《收获》2004 年第 2 期）调侃了一种退化的人性——向动物性蜕变的人性。人性向动物性的蜕变是退行性的。人性，是人之所以为人的根本属性，这一根本属性将人与动物区分开来。在一个特殊的时代，特殊的社会环境与特殊的政治氛围使人性异化，以致人性向动物性蜕变。人之所以为人，是因为人有人的思想、人的行为，这些构成了人类社会与人类文明，人类社会与人类文明规定了人的基本地位与人的基本权利，如人的生存权、人的尊严等。但是，向动物性蜕变的人性或动物性的复活，蔑视人的生存权，践踏人的尊严。《打手》淡化了历史的残酷，调侃了向动物性蜕变的人性。

袁四成为打手得力于父亲在土改阶段的“言传身教”。“文化大革命”爆发时，袁四二十几岁，是远近闻名的打手。每当斗争会开到高潮时，袁四开始上场，大喝一声，把批斗对象当靶子，左右开弓打上一阵，被打者至少要断掉几根肋骨，因此，“袁四的名声很快就传开，周围几个县的造反派都来相请”。袁四也打上了瘾，几天没“活”就手痒。因为父亲打人使用毒招，名声极坏，所以袁四打人很讲究“职业道德”。袁四曾多次公开声明，他不是他爹袁甲，而是新社会长大的新一代，打人也要讲个水平和档次。袁四说他打人只用手，别的什么也不用。在许多场合下，袁四都主动要求观众验证双手："先向众人扬起两只手，以示自己没带什么凶器。"袁四觉得这种验证既能证明自己的诚实与光明正大，又能凸显自己技艺的高超。袁四最辉煌的业绩是制服女局长。被"揪出来"的女局长因为长得很漂亮，造反派批斗她时"下不了手"。县里的造反头头给文化局的造反派下了死命令，一定要拿下这个女局长。无奈之下，"文化局的狗头军师就向领导献计，请来袁四打开新局面"。斗争会未开之前，造反派担心袁四看到女局长的漂亮容颜也下不去手，便给女局长来了个女扮男装。不料造反派内部的一个看守平常就暗恋女局长，生怕这回被借来的打手打坏了，就偷偷在女局长的棉袄里扎了十几颗钉子。那钉子一寸多长，全是尖儿朝外，似露非露，心想只要那打手一用力，钉子就会扎得他手痛，提醒他手下留情，就是不留情也会减弱他的掌力，保护女局长别伤了美腰。袁四被领进批斗会场时已有几分醉意，他打着酒嗝儿到了台上，先向众人扬起两只手，以示自己没带什么凶器，然后挽起衣袖，扬起双掌开始拍打女局长，只听他大吼一声，然后就听到女局长凄厉的惨叫声，一下就倒了下去。原来袁四手上的老茧根本不在乎小铁钉，"女局长棉袄内暗藏的钉子全被袁四拍进了肉里，一颗扎住了肾，女局长第二天就一命呜呼了"。"文化大革命"结束后，女局长的案子追究了那个偷偷在女局长棉衣内藏钉的人，而对袁四却不予怪罪。办案的人说："若对袁四这种人定罪，面太广，打击面也太大。再说，钉子带钉帽，怎能倒钉进人体内？不合逻辑嘛！"现在，躲过惩罚的袁四正颐养天年："袁四现在已年近古稀，身体倍儿棒，而且每天坚持练掌。公路上的大柳树一棵接一棵焦梢，不久就干枯了……"

作品展示了袁四畸变的人性。首先，袁四违背人伦，践踏人的尊严，将人当做没有生命的物体和"作用对象"。在袁四眼中，活生生的人就同公路旁的柳树一样，是一种能满足他练功需要的体育器材或"靶子"，因此他用双掌"拍打"把人打死打残而无半点恻隐之心。由于人成为一种被打杀的对象，他无视人的"形体美"，看不到人的形体具有的"形式美"，对女性"生命的美丽"视而不见——因有"生活作风"问题，女局长可能不具有"内容美"或"社会美"，但具有"形式美"或"生命的美丽"，因而其他人性未泯的打手怜香惜玉，不愿"暴殄天物"，但袁四却能毫不怜惜地毁灭“形式美”或“生命的美丽”。其次，袁四有着畸形的价值实现欲望，一种兽性的价值观。他追求杀人技艺的精湛，将杀人技艺的提高作为实现人生价值的途径，追求杀人的“德艺双馨”。——双掌打人甚至成为他的爱好，几天不打人就“技痒”，以致时过境迁后拿路旁的树干出气，导致公路上的大柳树一棵接一棵地焦梢干枯。

作品通过展示畸形的人性而展示了一段荒诞的历史。在此，我们至少可以看到这样的荒诞事实：时代的“需求”造就了一种职业的需求——对“打手”的需求，“打手”具有双重含义——既是一双具有特殊“功力”或“功能”的手，又是一种应运而生的职业；一个曾经以打人杀人为乐和为业的人居然能免受惩罚，安然生活，颐养天年。当然，与展示相伴的是把玩。作者淡化或屏蔽了历史的血腥而突出“小镇奇人”的传奇性。作者紧扣这样几个“荒诞点”而展开叙述：一是时代造就打人这样一种民间职业，而且能子承父业。二是一个人性泯灭的职业打手居然还讲究“职业道德”。三是以打人杀人为乐和为业的人几天没“活”就手痒——“技痒”。四是因时代变化，以打人杀人为乐和为业的人“失业后”，拿树干出气，以致“公路上的大柳树一棵接一棵焦梢，不久就干枯了”。很明显，这样几个“荒诞点”是历史把玩与历史反思的接合点。

孙方友的《雷老昆》（《收获》2006 年第 3 期）展示了另外一种变异的人性。

雷老昆的祖上是远近闻名的富户，到雷老昆手中，家道衰落，但土改还是落下一顶地主帽子，被拉去“陪斩”，又落下小便失禁的毛病。“文化大革命”开始那年，雷老昆已年过花甲，但由于属“地富反坏右”之列，仍要下大田干活，接受改造。每逢开会，还被拉到台上亮相。有一回，造反派斗争一个地主婆，让其陪斗。他看到“革命群众”先让那地主婆“坐飞机”，然后揪她的头发，头发带着血丝，一缕缕地被揪下来，“寒”得雷老昆又尿了裤子。为了躲避“血光之灾”，雷老昆不但自己剃了光头，还叫老伴与儿子剃了光头。想到“坐飞机”的残酷，雷老昆未雨绸缪，命令两个儿子配合他练习“坐飞机”，儿子们下不了手，他就找来木棍，架在自己肩上，将双臂缠在上边“练”，每次总是“顿觉五脏六腑全都挪了位，双目里金星乱冒，差点儿背过气去”。全家剃光头，雷老昆每天练“坐飞机”，被邻居胡二旦发现并告发，造反派作出判断：这雷老昆心中肯定有鬼，要不，为何要时刻准备着挨斗？是不是家中的浮财在土改时没挖净？是不是与台湾有什么联系？如此一上纲上线，阶级斗争的目光一下就亮了许多，当天就准备召开批斗大会，不但要将雷老昆揪上台，而且要揪出他的全家，要他们交代出浮财和手枪，要他们交代出电台和密码，从中寻找出阶级斗争的新动向！好心人将召开批斗大会的消息告诉了雷老昆。雷老昆一听，顿时眼睛里放出光芒，用极有预见性的目光望了望老伴和两个儿子，骄傲地说："怎么样，我就知道有这么一天！"说完后，他命全家人不准吃饭，要加紧练习"坐飞机"，并说："这叫临阵磨枪，不快也光！"接着还背了一段毛主席语录："毛主席教导我们说，不打无准备之仗！"一家人在雷老昆的指挥下一直练到半夜，仍不见有人来揪他们。雷老昆显得迫不及待，仿佛是第一次参加战斗的新兵，心中又紧张又激动，耐不住地在院里来回"走柳儿"。一会儿将大门拉开一道缝儿朝外窥视，一会儿又像狗一样将耳朵贴在地上听声音。由于造反派有了新的革命任务，斗争雷老昆的事儿就搁浅了。那时候已近午夜，老伴儿和两个儿子熬不住，都和衣而卧了。唯有雷老昆，毫无睡意，满脑子全是批斗会上的情景，想象着造反派们揪他头发揪不住的尴尬，让他坐飞机他胜似闲庭信步，禁不住暗自得意。由于这种稳操胜券的心理作怪，他越发渴望那一刻早一点到来，最后索性将大门洞开，将室内的灯点亮，一副迎接批斗的得意之色。然而，他没有等来造反派。就这样一直挨到东方发亮，他再也按捺不住了，仰天大喊："我早已准备好了……你们为什么不来斗我呀！"不想憋在心中已久的话一经喊出，脑袋一下胀大，失去了控制："似长堤崩溃一般，一泻千里，好生痛快！而且越喊越想喊，越喊越不能自已——他从东街喊到西街，又从西街喊到东街，声音越喊越凄厉，直喊得一镇恐怖。"

《雷老昆》讲述了一个荒诞而又真实的故事。故事的荒诞在于时代的荒诞和雷老昆行为的荒诞——时代的荒诞导致雷老昆行为的荒诞，故事的真实在于展示了在特定环境中雷老昆由人格扭曲到人性变异的过程。土改"陪斩"是雷老昆人格变异的开端，"文化大革命"的到来促使雷老昆的病态人格快速形成。从人格心理学角度看，在政治高压下，雷老昆患上了"被迫害妄想症"，由此又变为"受虐狂"。现代精神病学认为，"被迫害妄想症"是一种"偏执性精神病"，其主要症状是坚信自己受到迫害、欺骗、跟踪、下毒、诽谤或阴谋对待等，总认为有个别人或个别团伙要加害于他，每天都感到痛苦不堪，常常抓住一些极为脆弱的事实充当蓄意谋害他的证据，迫使他作出荒谬的举动，病人往往会变得极度谨慎和处处防备，时常将相关的人纳入自己妄想的世界中。此时，雷老昆的人格已经扭曲，其人格已经畸变为偏执人格。在政治高压下，雷老昆惶惶不可终日，担心“坐飞机”、揪头发等酷刑落到自己头上，因而产生了“被迫害妄想”。继而，雷老昆对可能到来的酷刑产生“应激反应”[①]，“未雨绸缪”，积极进行“适应性”准备——进行“坐飞机”的“耐力训练”，而“坐飞机”的“耐力训练”就是自虐，期待造反派快来批斗自己事实上就是期待“受虐”。事实上雷老昆最后变成了“受虐狂”[②]——在自虐中得到“运筹帷幄”的精神满足，在自虐中获得未卜先知的成就感。偏执人格，导致雷老昆人性的扭曲，雷老昆的人性是一种严重畸变的人性——人性有其自然属性与社会属性两个层面[③]，雷老昆的言行在两个层面都与正常人的言行相悖。

作者通过雷老昆的荒诞言行展示了雷老昆畸变的人性，进而展示了时代的荒谬与喧嚣——包括对人的“残酷斗争”，对人的“生存权”的随意践踏，离奇的政治逻辑推理等，而对时代荒谬与喧嚣的展示又隐含着对当时极“左”路线的反思。然而，展示与反思在“把玩”中完成。作者以喜剧的笔墨写了一曲人生悲剧，从而使一个悲剧中充满笑料。例如，雷老昆为了避免头发带着血丝被人拔下而用镰刀剃光头，为了能够忍受“坐飞机”苦痛而进行“适应性训练”，在被批斗之前背诵毛主席语录，期待造反派尽快批斗自己等，这些情节滑稽荒诞，引人发笑，尽管这些笑料可能使读者笑过之后心中发酸。

---

① 在医学范围内，应激反应，指机体突然受到强烈有害的刺激（如创伤、手术、饥饿等）时，通过下丘脑引起血中促肾上腺皮质激素浓度迅速升高，糖皮质激素大量分泌。在社会学、心理学等学科范围内，应激反应是指机体在各种内外环境因素及社会、心理因素刺激下所出现的全身性非特异性适应反应。刺激因素称为应激原。应激是在出乎意料的紧迫与危险情况下引起的高速而高度紧张的情绪状态。应激的最直接表现即精神紧张。

② “受虐狂”这一概念于1880年由德国的精神医学家克拉夫多·恩比古提出。克拉夫多·恩比古认为“受虐”是“受虐狂”患者的“性嗜好”之一。“受虐狂”别名为被虐性欲，“受虐狂”患者在性活动中需要性对象的咬、打、撕、拧和辱骂，要求接受形形色色中的惩罚，遭受痛苦和羞辱能激起患者的性兴奋和获得性满足。

③ 刘良贵的专著《人性与导向：人性的形成机制探讨》（中国地质大学出版社，2009，第7～10页）对这一问题进行了探讨。刘良贵认为，人的生物属性与社会属性的对立统一构成了人性，生物属性来自亲缘遗传，固化在人的智慧系统中；社会属性来自人类的精神遗传，取决于人文环境。

孙方友以把玩的态度展示了两种畸形的人性亚类。对退化的人性与扭曲的人性的形成，时代因素是关键，但地域因素也发挥了一定的作用。例如，也许只有小镇人才会将“打手”当成五行八作中的“行”与“作”，或当成三教九流中的一“流”，才会以手艺人或小工商业者的商业心态“从业”，如讲究商业诚信或“职业道德”等；只有比乡村开阔、比大都市狭窄的小镇“文化视野”才能赋予雷老昆“预见性”与“小聪明”，从而干出一些滑稽荒诞的事情。

弗洛姆认为，社会性格是一个社会中绝大多数成员所具有的基本性格结构，是一个群体在共同的处境下和在共同的生活方式和基本实践活动基础上形成的①。畸形的人格与人性不是“绝大多数成员所具有的基本性格结构”，但如果畸形的人格与人性在整体“社会性格”中占有一定比例，那么畸形的人格与人性一定与“共同的处境”“共同的生活方式”“基本实践活动基础”等密切相关。历史之所以可以把玩，是因为历史有可把玩之处，而畸形的人格与人性正是可以把玩的东西。作家们正是通过把玩畸形的人格与人性而观照一个时代的谬误与荒唐。当然，并不是所有的历史都可把玩——中国的“现当代史”，尤其是“革命史”，是富含许多把玩之处的历史时段，所以小城镇叙事小说的历史把玩主要集中在“现当代”这一历史时段。

第四节　“历史叙事”的叙事特征

在新时期的文学创作中，时代决定了以历史为叙述对象的小说类型的多样性，同时也决定了其叙述内容的丰富性，但小城镇叙事的历史叙事在众语喧哗的历史讲述中占有一席之地，其历史讲述具有独特性。

我们认为，新时期小城镇叙事的“历史叙事”是一种比较特殊的历史叙述，因此，与小城镇叙事的“历史叙事”相比，其他类型的历史叙述就是“一般历史叙述”了。我们认为，新时期的“一般历史叙述”主要有历史小说、新历史主义小说和新革命历史小说等类型，此外，部分具有“断代史”特征的“伤痕小说”“反思小说”也可归入“一般历史叙述”。若以

① 郑雪主编《人格心理学》，暨南大学出版社，2001，第163页。

“一般历史叙述”为参照，我们发现新时期小城镇叙事的“历史叙事”有以下两大特征。

一 紧扣小城镇发展史

许多因素决定了新时期小城镇“历史叙事”的外延与“一般历史叙事”的外延的交叉与重合。例如，在小城镇叙事的早期发育阶段，《芙蓉镇》《小镇上的将军》等作品的历史叙事被“伤痕文学”“反思文学”包含，从而显现出鲜明的反思色彩，20 世纪 90 年代风行一时的“新历史主义小说”的思维方式与表现手法影响了整个时代的创作，小城镇的历史叙事与新历史主义小说的历史讲述有着某些方面的相似性，等等。然而，无论是以小城镇历史为直接叙事对象，还是以小城镇历史为叙事平台，小城镇叙事的历史叙事都有着区别于“一般历史叙事”的内涵，即新时期小城镇叙事小说的历史叙事紧扣小城镇自身的变迁史与小城镇的凡俗生存史。在此，我们以“新历史主义小说”等三种小说类型为参照来说明新时期小城镇叙事的基本特征。

（一）小城镇“历史叙事”与“新历史主义小说”

《阖岚镇沿革》《圣天门口》及陈世旭的“将军镇系列”等小城镇“历史叙事”的代表作都具有与《故乡天下黄花》《相会在 K 市》《半边营》等“新历史主义小说”代表作相似的叙事行为。《阖岚镇沿革》“解构”经典的阶级剥削论、“质疑”经典的中国社会各阶级本质属性认定学说，比较直露地表达了作者的建构欲望。《圣天门口》有着一系列“颠覆”行为，如通过对杀戮的渲染而质疑革命的神圣和崇高，通过对部分革命者的反思而批判时代的偏激等。部分人物的言论直接表达了作者的“颠覆意识”。例如，说书人常天亮说：“说书说了这么多年，我才明白，一代代汉民族的兴衰，只不过将一段段的历史，换上不同衣衫一次次地重演。”杭九枫认为，革命或权力的更替就是打扑克：“管他什么革命，其实都是打扑克牌，前一盘打完了，就要重新洗一次牌。”华小于记载的言论则更露骨：“朝代的更替是统治者的事而已，许多人都是为了自己当权而去革命，绝不是为了革命而革命，但他们打的旗号却是解黎民于倒悬，拯黎民于水火。”“将军镇系列”调侃了 1949 年以来的种种运动，嘲弄了曾经被人们奉为圭臬的种种价值意识。显然，这些“颠覆”叙事行为与“新历史主义小说”的叙事行为没有什么差别。然而，在核心叙事指向上两者有着明确的分界线：《故乡天下黄花》《相会在K市》《半边营》等“新历史主义小说”的终极指向与全部目的是消解关联“元话语”的“大写历史”和建构“个性化”的“小历史”，而《阖岚镇沿革》等作品的历史叙事则不同：无论是立足于小城镇历史而评判社会历史，还是以小城镇历史折射中国近现代历史进程，“历史叙事”都紧扣小城镇自身的发展史。

《圣天门口》展示了中国长达60多年的政治风云与历史变迁——包括土地革命、红军长征、国共合作、抗日战争、新中国成立初期的政治运动和“文化大革命”等一系列事件或运动，但其展示立足于天门口小镇自身的发展，雪、杭两个家族的恩怨史、斗争史及小镇的风俗史是文本“历史叙事”的重心，文本叙事的基本策略是由“家”（“镇”）及“国”，“家”“国”交融以致两者的历史命运交织。

《阖岚镇沿革》的“历史叙事”虽然演绎了中国社会1913～2002年的历史风云与社会变革，在解构“元历史”与“元话语”之中建构了自己的历史逻辑，但文本叙述的重心是阖岚镇长达90年的“沿革”，即阖岚镇的产生和发展以及主人公田家辉的所作所为及其后续影响。从某种意义上说，作者是在建构小镇的变迁史和杜撰一个商人的成功神话之际，“附带”表达了自己的历史认知。

陈世旭的“将军镇系列”带有“新历史主义”色彩，但从某种意义上说，作者是在调侃小镇的凡俗人生、通过一系列凡俗生活“节点”构建小镇的发展史与生存史之际，“顺便”对某些“元话语”言说进行了颠覆，如对作为一代人精神支撑的价值信仰的调侃，嘲弄特定时代人们的某些精神追求，等等，作者在调侃与嘲弄之中再现了时代风云。很明显，陈世旭的历史叙述也是紧扣小城镇历史自身的，从某种程度上说，他对历史风云的展示及对历史的评判，并非刻意为之。

总之，新时期小城镇的历史叙事与“新历史主义小说”的历史讲述有着明显不同。

（二）小城镇“历史叙事”与“历史小说”

“历史小说”有约定俗成的内涵与外延，是一种以历史人物和历史事件为描写内容、具有史诗性宏大叙事风格的小说，即传统意义上以历史为题材的小说，《李自成》《星星草》《风萧萧》《九月菊》《太平天国》《少年天子》《白门柳》《乾隆皇帝》《张居正》《曾国藩》《张之洞》《辛亥风云录》《皖南事变》等描写历史人物和历史事件的长篇为其代表作。事实上，小城镇的“历史叙事”与“历史小说”的历史讲述的相似性极小，两者的相同之处仅在于：两者都讲述历史，两者在20世纪90年代的历史讲述都带有“新历史主义”倾向，两种讲述在一定范围内存在时间上的重合。因此，以“历史小说”的历史讲述为比照，新时期小城镇叙事的历史叙事的独特性十分鲜明：无论是刻画重要历史人物还是描写重大历史事件，“历史小说”的历史讲述都以恢弘的历史时空为直接表述对象，而小城镇叙事的历史叙事则以叙述小城镇的变迁史及小城镇居民的凡俗生存史为主，部分作品立足于小城镇观照天下社会，展示了时代风云。例如，《芙蓉镇》对中国几十年“政治风云”的演绎，附着于作品对山镇芙蓉镇历史变迁的讲述；《你是一条河》《镜中姐妹》等作品在描写小镇小城凡夫俗子的生存史之际，客观上展示了一个农业大国在特定时段的社会变迁史。《阖岚镇沿革》《圣天门口》等小城镇叙事作品仅仅因为其“新历史主义倾向”而与《白门柳》《乾隆皇帝》《张居正》等“历史小说”存在可比性，除此之外，前者在讲述内容、讲述方式等诸多方面与后者完全不同。

很明显，新时期小城镇的“历史叙事”与“新历史主义小说”的历史讲述有着显著区别。

（三）“历史叙事”与“新革命历史小说”

所谓“新革命历史小说”，是指出现在20世纪80年代之后，相对于“十七年”阶段的《红岩》《红日》《红旗谱》《青春之歌》《林海雪原》《野火春风斗古城》等“革命历史小说”而言的历史小说类型，《日出东方》《长征》《我是太阳》《亮剑》《历史的天空》等长篇小说为“新革命历史小说”的代表作。小城镇叙事小说的“历史叙事”与“新革命历史小说”的叙述有着更明显的区别。两者的外延交叉仅在“革命史”部分：“新革命历史小说”把20~40年代这一时间段内的革命史实作为讲述对象，小城镇的“历史叙事”也涉及这一讲述内容。然而，两者的讲述指向不同，对待“革命史”的态度不完全一样。

刘复生认为，在“体制扶持下”，革命历史文学资源再度复活，“新革命历史小说”应运而生，它在形式上延续了先前的革命意识形态，强调了改革开放以来现实秩序的“合法起源”①。很明显，颂扬革命或革命历史，强调革命行为的必要性及历史意义，“新革命历史小说”的历史讲述有着双重创作指向：既证明良好现实社会秩序与“革命史”的因果关联，又证明现实社会秩序存在的合理性与必然性。小城镇叙事的“革命史”讲述的指向几乎完全与“新革命历史小说”不同：无论是立足于小城镇历史评判“革命史”，还是以小城镇历史折射“革命史”进程，小城镇“历史叙事”都密切关联小城镇自身的变迁史与生存史。例如，《古船》展示了新中国成立前夕的革命进程，如土地改革、镇压反革命分子、清算有产者等，但这种展示密切关联的是“革命”对洼狸镇历史变迁的影响，而不是革命进程本身。在《圣天门口》中，新民主主义意义上的“革命史”是“革命演义”的一部分，尽管作品通过小镇的历史变迁演绎了风起云涌的“革命史”，但“革命”对小镇生活的影响和对小镇变迁史的影响是作品的叙述重心，亦即《古船》《圣天门口》等作品将革命对小城镇的“影响史”放在重要的位置。

叙述内容的不同决定了叙事态度的差异。《古船》《圣天门口》等作品对待“革命史”的态度与《日出东方》《长征》等“新革命历史小说”对待“革命史”的态度迥异：与前者对革命或革命历史的颂扬与赞美不同，后者在更多的情况下对“革命史”持审慎态度，部分作品甚至以调侃、戏谑的态度对待“革命史”。

总而言之，小城镇叙事小说的“历史叙事”立足于小城镇讲述历史，即其历史讲述关联小城镇自身——关联小城镇自身的文化学、社会学、政治学、地理学等属性，小城镇的发展史与生存史、小城镇的凡俗生活、小城镇的人格、小城镇的文化品格等是小城镇叙事小说“历史叙事”的重要内容。在一个社会发生急剧变化的时代，小城镇的变迁史必然与政治事件、时代风云紧密关联，因而小城镇叙事小说的“历史叙事”必然会讲述历史进程中的政治斗争、社会变革，但其“历史叙事”有着特定的历史内容，其讲述始终关联小城镇自身。

---

① 刘复生：《蜕变中的历史复现——从“革命历史小说”到“新革命历史小说”》，《文学评论》2006年第6期。

二　选取特定的历史时段

新时期小城镇“历史叙事”的叙事特征还表现在叙事时段的选取上，即历史时段的选取具有独特性。我们可从两个层面讨论这一问题。

（一）“宏观时段”选取的独特性

小城镇叙事小说的“历史叙事”选择了特定的“宏观时段”。所谓“宏观时段”，在此是指小城镇“历史叙事”中的历史事件或故事情节在总体上集中分布的时间范围。除孙方友的“陈州系列”，小城镇“历史叙事”的“宏观时段”基本上限定在20世纪。这一时段，是中国社会急剧转型的时段——由传统的农业社会向前工业社会或工业社会转型。“转型”的主要表征是不同属性文化的融会与冲突，如传统文化与现代文化抵触、本土文化与外来文化交融、乡土文化与城市文化交融等；此外，政治的急剧变革也是“转型”的重要表征。“转型”与小城镇及文学发生了两个方面的关联。首先，小城镇因其自身的历史变化与特殊性而显现出独特的社会学意义与美学意义，于是20世纪小城镇引发部分作家的关注，成为文学的直接叙述对象。其次，小城镇显现出前所未有的负载作用与隐喻作用。前面我们已经谈到，作为叙事空间，介于城乡之间的小城或小镇以其特有的物理属性与文化属性昭示着“乡土中国”的物质文明与精神文明在时间维度上的质变与量变，及其在既定历史时段所达到的程度；作为一种叙事时间，小城镇以其自身发展的线性轨迹标识一个东方农业大国的文明演进史。因此，20世纪的小城镇成为具有特殊承载作用或“表现性”的载体，书写小城镇历史而演绎时代风云成为一种叙事手法，“历史叙事”应运而生。“转型”使小城镇与文学发生了特殊关联，同时也决定了小城镇“历史叙事”的“宏观时段”的选取。

特定“宏观时段”的选取，意味着小城镇“历史叙事”将自己与“历史小说”“新历史主义小说”和“新革命历史小说”区别开来。从总体上看，除《金瓯缺》等少数作品外，大多数“历史小说”的“宏观时段”都定在明清两代，“新革命历史小说”的史实取自1921～1949年这一特定时段内，“新历史主义小说”的核心叙事内容也分布在1921～1949年这一时段内，叙事主体特定的叙事动机、叙事指向等因素决定了这些小说类型的时段选取。很明显，特定的历史现实促成了叙事主体的审美意识，而特定的审美意识又决定了叙事主体选取特定的“宏观时段”，小城镇的“历史叙事”在“宏观时段”选取层面表现出自己的独特性。

（二）“微观时段”选取的独特性

小城镇叙事“历史叙事”的“微观时段”选取也有自己的特点：分散性。所谓“微观时段”，在此是指具体单个作品对历史时段的具体“断代”选择，即对具体历史“节点”的选取。“新革命历史小说”“新历史主义小说”的“微观时段”选取具有可比性，所以，在此我们以这两种小说的“微观时段”选取来说明小城镇叙事“历史叙事”的“微观时段”选取的分散性。

“新革命历史小说”主要选取新民主主义革命进程中重大事件发生的时段或历史转折期。例如，邓一光的《我是太阳》展示红军老战士关山林的革命英雄主义气概，其基本立足点是1946～1949年的解放战争；黄亚洲的长篇小说《日出东方》为了展现20世纪初中国共产党的成立以及中国共产党人为寻求救国真理所走过的艰难旅程，选取了五四运动爆发至1928年毛泽东与朱德在井冈山会师这一“节点”。很明显，“新革命历史小说”的“微观时段”选取具有一定的集中性。尽管“新历史主义小说”取材广泛，其“微观时段”的选取不像“新革命历史小说”那样集中①，但以革命历史小说为“前文本”② 的基本取材方式和整体叙事的解构动机决定了其“微观时段”选取的相对集中，即“新历史主义小说”的“微观时段”选取，也是新民主主义革命进程中重大事件发生的时段或历史转折期——《相会在K市》《迷舟》《大年》《灵旗》《国殇》《半边营》等作品的历史时段选取都是如此。

小城镇叙事“历史叙事”的“微观时段”选取，并不具有“新革命历史小说”和“新历史主义小说”的集中性。从整体上看，部分通过小城镇历史折射中国历史进程的作品的“微观时段”截取，与“新历史主义小说”

① 例如，《故乡相处流传》《我的帝王生涯》等作品的故事发生在古代，《米》《妻妾成群》等作品的“微观时段”是近现代，而《故乡天下黄花》的叙事跨越民国初年、抗日战争、土改、“文化大革命”等多个时段。

② 刘川鄂与王贵平认为：“新历史主义小说以革命历史小说为‘前文本’，从历史观、文学观和叙事话语等多个层面‘解构’了有关历史和有关历史写作的观念。”参见刘川鄂、王贵平《新历史主义小说的解构及其限度》，《文艺研究》2007年第7期。

“新革命历史小说”的“微观时段”截取存在一定的相似之处，如《阖岚镇沿革》《圣天门口》等小城镇叙事作品的“微观时段”选取与《故乡天下黄花》等作品具有某种相似性，但更多作品的“微观时段”选取显现出自己的独特性：“微观时段”的分布在“宏观时段”范围内呈“自然分布”状态，叙事主体的“节点”选择在客观上显现出随机性、多样性与自由性。陈世旭《将军镇》叙述的“微观时段”选取落在“当代”，20 世纪 60～80 年代是其历史叙述的重心。孙方友“小镇系列”的“微观时段”纵贯“现当代”，汪曾祺的历史叙述的重心落在民国初年至新中国诞生这一时段内，薛舒、魏微、鲁敏等年轻作家的历史叙述实际上是“当下史”，例如鲁敏的《镜中姐妹》、魏微的《大老郑的女人》等作品讲述的是小城在“改革开放”之后的历史变迁，叙事主体截取了 80～90 年代这一历史时段。很明显，小城镇“历史叙事”的“微观时段”选取因人而异，因作品而异，不像“新革命历史小说”和“新历史主义小说”具有相对集中性。——关注小城镇自身演进和小城镇的凡俗生存史决定了小城镇叙事“历史叙事”的“微观时段”选取的随机性、多样性与自由性。

** ** ** **

在新时期的文学创作中，叙述历史的小说形式多样，内容繁杂，我们认定其中部分作品是“历史叙事”的“小城镇叙事小说”，并不是因为这些作品涉及小城镇生活描写，而是因为这些作品将小城镇自身作为观照对象——以小城镇为“叙述”对象或以小城镇为“叙述”平台。同时，还因为这些作品揭示了小城镇社会学、文化学等层面的特殊属性，从而使小城镇成为具有特殊审美内涵的审美对象。

本章的整体结构没有严格遵循逻辑切分的“同一律”。显然，“展示与反思”“审视与建构”“把玩与戏谑”这三节属于“叙事内容”逻辑层次，而第四节“‘历史叙事’的叙事特征”出自“叙事特征”切分标准；为了充分说明问题及整体论证的连贯性，我们将逻辑切分的严密性放到了次要位置。

第三章 政治叙事

政治，是一个内涵驳杂的概念，古今中外的学者从不同角度对它进行了定义。例如，中国古代圣人孔子说："政者，正也。子帅以正，孰敢不正？"① 先秦法家思想集大成者韩非认为，政治就是用权，就是"集势以胜众，任法以齐民，因术以御群"的事务。在西方，文艺复兴时期的意大利思想家马基雅维里认为："政治是夺取权力、掌握权力的必要方法的总和。"② 德国当代社会学家马克斯·韦伯认为："'政治'意指力求分享权力或力求影响权力的分配。"③ 列宁曾先后指出："政治是经济的集中表现。"④"政治就是各阶级之间的斗争。"⑤ 中国民主革命的先行者孙中山曾从"管理"角度定义政治："政治两字的意思，浅而言之，政就是众人之事，治就是管理，管理众人的事便是政治。有管理众人之事的力量，便是政权。"⑥ 在此，鉴于新时期小城镇叙事小说的创作实际，笔者采用周平的定义。周平在总结前人对政治的各种定义基础上给出自己的定义："政治是公共权力的运作，以及人们围绕公共权力展开的各种活动和结成的各种关系。"⑦ 周平从三个方面去阐释政治。第一，公共权力是政治的本质和核心内容，社会的政治现象或者说政治领域，是与公共权力有机地联系在一起的，没有

---

① 《论语·颜渊》。

② 周平主编《政治学导论》，云南大学出版社，2007，第 6 页。

③ 马克斯·韦伯：《经济与社会》，林荣远译，商务印书馆，1997，第 731 页。

④ 《列宁全集》第 40 卷，人民出版社，1984，第 279 页。

⑤ 《列宁全集》第 4 卷，人民出版社，1984，第 308 页。

⑥ 《孙中山选集》，人民出版社，1981，第 692 ~ 693 页。

⑦ 周平主编《政治学导论》：云南大学出版社，2007，第 8 页。

公共权力也就没有政治。第二，人们必然要围绕公共权力开展活动：人们不仅以个体的形式开展活动，也会结成一定的组织，如组成政党、政治社团等，还会形成一定的集团，如阶级、民族等，以团体或集团的形式开展活动，在这些活动中，最根本的是人们围绕国家政治展开的活动，并因此而形成各种各样的政治角色。在这些政治角色中，有的是个体的，如公民、官员、政治家，有的是集团和群体的，如阶级、政党、民族、国家等。这些政治角色的活动，无外乎掌握政权、控制政权、参与政权、影响政权等。第三，在公共权力的运作中以及人们围绕公共权力开展活动的过程中，必然形成各种各样的政治关系。在社会生活中，人们形成了千丝万缕的联系，即社会关系。社会关系像一张无形的大网，把社会成员连接在一起。人们围绕公共权力开展活动时所结成的社会关系，就是政治关系①。笔者认为，周平对“政治”含义的界定比较科学，其界定的广义性使“政治”这一概念具有较大的覆盖面，因而有利于我们把握小城镇叙事小说的政治叙事。

政治叙事，在此是指以小城镇为叙事对象或叙事平台的政治讲述，政治的外延限定在“管理”“公共空间”“法律”等层面。由于对政治外延的限定，在此“政治讲述”有着特定的内涵。首先，我们要将“革命叙事”排除在小城镇叙事的“政治讲述”之外。“革命叙事”有着丰富的内容，但无论是阐释元话语还是解构元话语，“革命叙事”总是关联传统意义上的“阶级斗争”“路线斗争”等政治范畴（如意识形态、政党利益等），而对于小城镇叙事小说在这方面的创作，我们已大致归入“历史叙事”，故在此不再纳入。因此，关联“管理”“公共空间”“法律”等范畴的“政治讲述”成为我们观照的重心。其次，我们的“政治讲述”与流行的“反腐小说”“官场小说”也有区别。“政治讲述”的外延与“反腐小说”“官场小说”的外延有交叉，但小城镇叙事小说“政治讲述”的创作指向与“反腐小说”“官场小说”的创作指向不同，核心叙述内容不同。小城镇叙事小说的“政治讲述”虽然描写了“跑官”“买官”等官场腐败现象，披露了官员的贪污受贿行为，揭示了官场的阴暗诡谲，但其整体创作是从政治学、社会学等角度观照小城镇或立足于小城镇看社会，主要叙述小城镇空间内发生的事件，主要展示小城镇空间内“官人”们的生活，以考察小城镇政

① 参见周平主编《政治学导论》，云南大学出版社，2007，第8～9页。

权的运作、属性等为旨归，这些都与“反腐小说”“官场小说”的叙述有着明显区别——“反腐小说”将正义战胜邪恶作为基本叙事模式，以揭露腐败和反对腐败为取向，“官场小说”将官场权力斗争、官人宦海沉浮作为主要描写内容，以揭露官场内幕、披露官场黑暗腐败为旨归，因此，《本乡有案》《女乡长》等涉及地方政府官员腐败描写的作品不同于《天网》《抉择》《国家干部》《大雪无痕》《苍天在上》《绝对权力》《至高利益》《中国制造》《国家公诉》等“反腐小说”，《一个乡长的来信》《乡镇合一》《选举》等描写小城镇官场风云诡谲的作品不同于《国画》《梅次故事》《沧浪之水》《跑官》《买官》《机关滋味》《机关之路》等“官场小说”。许多作家之所以反复写小城镇政权或小城镇官场，就是因为对小城镇本身感兴趣。例如，何申曾说：“我写关于乡镇干部的作品已经有些年了！但我至今没有腻烦！原因是发生在乡镇干部当中的故事实在太多了！而且新鲜的故事层出不穷。”① 当然，作家们对小城镇政权或官场感兴趣，还因为小城镇政权或官场自身的特征。在传统中国的政权结构中，“王权止于县政”，国家政权的官僚体系与地方的行政结构及威权作用方式呈现出明显的二元区分，但作为一个传统的农业大国，现代化的升华并未彻底改变这种二元区分状况：“小城”（县城）政权运作仍然有着较大的自主性，而靠近“精英自治”的乡村的乡镇政权则有着更大的独立性与自主性，因此，小城镇政权或官场因其自身特征而受到特定叙事主体的关注是理所当然的事。

在此还需要说明，审视当代小城镇政权的存在与运作的作品，是我们的观照重心：在时间层面，我们关注的是“当下”，在对象层面我们关注的是的“政权”。这一研究重心的确定，出于三个方面的考虑。首先，无论从哪一个层面来理解“政治”，政权都是“政治”的核心。朱光磊认为，任何时候，政治的根本问题都是政权问题，这是正确把握政治概念的一个必要前提②。事实上，小城镇叙事小说的政治叙事也是以政权为核心的，如描写权力的争夺、展示地方政权的运作、考察地方政权的构成等。因此，我们认定政权是“政治”的核心，政治叙事的落脚点是“政权叙事”，既扣住了问题的关键，体现了文艺学考察的集中性与针对性，又切合创作实际。其

① 何申：《农民与作家心中的“丁满贵”》，《领导科学》2004年第17期。

② 朱光磊：《政治学基础》，首都经济贸易大学出版社，2007，第5页。

次，是因为有大量的创作观照当代小城镇政权，反映了深广的社会内容。由于社会急剧转型、中西文化交融、现代与传统冲突、城市化迅速推进、国家优先发展小城镇战略的实施等方面的原因，小城镇政权的存在、运作、变化、发展成为小城镇日常生活的焦点及许多社会矛盾的集结点。文学是现实生活的反映，因此作家们将小城镇政权的存在、运作、变化、发展当成重要的描写对象。从20世纪末至今这段时间内，在小城镇政权描写这一领域内出现了“百人千篇”的创作阵容——何申、彭瑞高、陈世旭、孙方友、张继、王新军、王祥夫、毕四海、向本贵、谭文峰等知名作家都有自己观照小城镇政权的系列作品；刘醒龙、阎连科、关仁山、阿宁、李佩甫、刘玉堂、田东照、薛友津、陈良、林和平、陈玉龙、叶明山、阎刚、侯发山、相裕亭、王渊平等作家都有审视当下小城镇政权的力作。例如，阿宁的《无根令》、陈良的《中国乡官》、刘醒龙的《分享艰难》、阎刚的《乡选》、王渊平的《乡镇干部》等作品或观照小城镇政权的权力结构，或展示小城镇政权的艰难运作，或观照政府官员在小城镇这一特定空间内的生存境况，这些作品深刻而全面地反映了社会现实，在当下文坛上产生了巨大影响。因为有大量作品从小城镇政权切入来反映当下深广的社会内容，所以我们要将观照当代小城镇政权作为“政治叙事”层面的主要研究对象，这种选择具有重要的文学意义与社会学意义。再次，与大都市相比，小城镇是一个相对封闭的空间，从某种意义上说，小城镇政权是国家政权的浓缩或象征。因此，集中考察当代或“当下”作家对小城镇政权的描写，既能比较深刻地揭示小城镇叙事小说这一文学类型的创作现状，又能从社会学、文化学等层面比较深入地了解现代化进程中的小城镇及与之相关的当下现实。

我们还要特别说明的是，“小镇”的政权运作是“政治叙事”中的“重中之重”，即在“小城镇政权叙事”考察中，“小镇政权叙事”是核心。这是因为：第一，在观照小城镇政权的创作中，大多数作品是直接观照“小镇”政权的运作与生存的；第二，“天高皇帝远”，与小城相比，“小镇”政权在政治层面有着更大的独立性、封闭性与完整性，在某种程度上说，“小镇”政权是国家政权的浓缩，因此，将描写“小镇”政权的作品定为政治叙事文本考察的“重中之重”，既有文艺学考察的集约性与针对性，又有政治学、社会学、文化学考察的集中性与深刻性。

针对小城镇叙事小说政治叙事的实际，本章从两个层面讨论小城镇叙事小说的政治叙事。

第一节　审视小城镇的权力运作

小城镇的权力运作，即小城镇政治权力的运行和操作。小城镇叙事小说的政治叙事对小城镇政治权力的运行和操作的观照，主要集中在以下两个层面。

一　考察权力结构

（一）展示权力的构成

小城镇政权的权力结构，是指小城镇权力单位在运作过程中的结构关系。作家们从不同角度展示了小城镇权力的内在结构及权力的运作方式。

权力的“对立统一”既是一种结构方式，又是一种运作方式。展示权力的“内部”抵牾是小城镇叙事的核心板块。小城镇是一个相对封闭的物理空间，其封闭性促成了小城镇政权运作的复杂性。权力的制衡与反制衡、权利的分配与争夺，是小城镇政权运作的“常态”。

作家们在“行政”与“组织”的冲突上着墨最多。

“行政”在此主要是指县乡（镇）政府的一把手或“行政负责人”，“组织”在此主要是指县乡（镇）党组织的一把手或“党总支书记”。在此我们主要讨论乡镇层面的“行政”与“组织”的“对立统一”。在新时期关涉当下乡镇权力描写的小说中，“行政”与“组织”的抵牾是一个不断出新的创作主题。在乡镇这一封闭的空间内，在中国特殊的国情和历史背景中，乡镇党委书记与乡镇长之间的权力角逐复杂而微妙。从某种程度上说，两者的“对立”远远多于“统一”。两者的“对立”主要由两大因素促成。一是“一元化领导”与“法人行政”的冲突。乡镇党委书记和乡镇长分属基层“党”“政”主要负责人，“党领导一切”，书记无疑是一把手，在宏观决策方面往往是书记说了算，但乡镇长又是法人代表，在许多事务的具体执行及任务的最后落实方面，往往乡镇长有着最终签署权，因此，这两种权力常常构成宏观与微观、总体与局部的冲突。二是“党政分家”与“工作混同”的冲突。现代化的“科层式”管理，强调党政分开，不能以党代政，但乡镇工作狭小的工作平台与工作难度在客观上要“党”与“政”同时参与，“分享艰难”，因此“理论”上的区分与“实践”上的混同构成冲突，“党”与“政”在实际工作中产生权力的掣肘与角力。因此，乡镇权力中的“行政”与“组织”构成了动态的权力结构模式，这种结构模式“转换”成为小说创作中的二元叙事模式。

“行政”与“组织”对立的二元叙事模式成为许多小城镇叙事作品的整体结构模式。彭瑞高的《沉默与结局》的基本故事情节是乡党委书记与乡长的冲突。在清河乡“乡镇合一”之际，乡长杨际生联合乡党委副书记胡菊枚，谋划整垮乡党委书记陆子宗。他们指派刚来的女大学生去照顾陆子宗身体虚弱的母亲，期待“女子能怀上陆子宗的孩子”，但最终鸡飞蛋打，机关算尽，反被陆子宗抓住政敌策划高考作弊的把柄，将杨、胡二人送进监狱。在关仁山的《大雪无乡》中，新上任的镇长陈凤珍与老资格的镇党委书记宋鹤年展开了一轮又一轮的较量，最后陈凤珍打开工作局面，乡镇官场权力的角逐发生明显倾斜，宋鹤年调任县信访办主任，陈凤珍则接任镇党委书记。以“行政”与“组织”的二元对立贯穿全篇的作品，在小城镇叙事的政治叙事中比比皆是，如张继的《遍地羊群》中外来党委书记白朝生与本土镇长文远之间的较量、向本贵的《乡村档案》中顾家好和李冬明之间的冲突、彭瑞高的《大选》中乡党委书记田增寿与副乡长胡怀忠围绕乡长选举而展开的周旋等。在这些作品中，乡党委书记与乡长的冲突构成作品的基本故事情节。

“行政”与“组织”对立的二元叙事模式在更多作品中构成重要的局部情节，如刘醒龙的《分享艰难》中孔太平与赵卫东的对峙、王新军的《乡长故事》中老刘与吕龙的较量、彭瑞高的《乡镇合一》中高玉鸣与董海鸥的角逐、何申的《乡镇干部》中杜满仓与支秀杰的斗法等。在这些作品中，构成局部情节的二元对立也展示出乡镇政权的整体动态结构。

与“行政”和“组织”二元对立相伴的是小城镇政权板块或势力单位的此消彼长和动态组合。在王新军的《乡长故事》中，新乡长吕龙与老党委书记的较量改变了沙湾乡政府的权力结构。为了“开展工作”，下派锻炼的吕龙首先“拉拢”乡政府的“闲散力量”为己所用，如给小车司机两条香烟，许诺提拔乡政府刘会计等。这些举措为吕龙彻底击败老刘发挥了关键作用——小车司机在关键时候提供老刘在县政府的活动踪迹，刘会计透露老刘挪用和贪污乡镇多笔款项的事实。接着是分裂老刘的权力阵营，如“感化”杨安，在确定副乡长人选的时候，使杨安感激吕龙，怨恨自己追随多年的刘书记。第三步是削弱老刘的权力阵营，如撤换老刘的助手税务所刘所长。第四步是利用财务审查拿捏下属们的软处，控制全乡的村干部，架空老刘。最后，老刘成为孤家寡人，吕龙控制了乡政府全局。在《大雪无乡》《遍地羊群》《女乡长》《分享艰难》等作品中，权力格局也发生了类似的变化。何申的《乡镇干部》则展示了权力冲突的另一种结果：党委书记杜满与乡长支秀杰的较量导致全乡权力板块的大洗牌，原有的权力格局被打破，“权力单位”被迫进行重新组合。

“经济权”与政权的抗衡是权力抵牾描写的另一板块。

随着时代的变化，“经济”（或资本）获得了与“政治”抗衡的力量，于是政权与“经济权”的抵牾成为小城镇叙事的对象之一。经济权在此不是指经济、法律等范畴内的“经济权利”① 或人们一般所说的“权力”②，而是指在小城镇这一特定的地域空间与文化环境中，经济或资本所获得的发展自己、影响周边的能力，以及运作的特权③。

进入新时期之后，由于国家的“工作重心”由阶级斗争等意识形态领域内的运作转向经济建设，政治与经济的关系发生了奇妙的变化。在小城镇这一特殊的空间内，政治与经济构成了比较复杂的关系，“经济权”在一定范围内影响政权的运作，是两者关系复杂的主要表现。作家们的描写表明：两者是“对立统一”的关系，但“经济权”无论是与政权“合谋”还是与政权“对立”，都会影响小城镇政权的运作。

（1）两者的“合谋”影响小城镇的政权运作。当国家决策者认定经济发展的快慢关联着历史演进或现代化进程的快慢之后，经济或资本就成为

---

① 经济权利是指经济法主体依经济法律、法规的规定或约定而享有为或不为一定行为，或者要求他人为或不为一定行为的权利。其含义有三层：其一，经济权利主体可以凭借这种资格，依法按照自己的意志，为或不为一定经济行为，以实现自己的利益和要求；其二，经济权利主体可以凭借这种资格，依据经济法律、法规、合同、协议的规定，要求经济义务主体为或不为一定经济行为，以实现自己的利益和要求；其三，当经济义务主体不依法或不依约履行合同时，经济权利主体可以凭借这种资格要求有关国家机关强制其履行或采取相应的补救措施，以保护和实现自己的利益。

② 权力，一般是指国家机关代表国家或公共利益以国家的强制力为支撑而从事一定的行为并对一定的人或物产生实际影响的能力。

③ 特权，在此指主体可以针对某一客体采取其想采取的行为的权利。

了时代的宠儿。随之，经济发展成为干部业绩考核的核心指标——我们目前的情况是“层层下达经济增长的指标，片面地将经济增长速度作为衡量政府官员的基本标准”①，因此，地方政权与当地经济或资本的结盟成为可能：在小城镇这一相对封闭的“基层空间”内，政治与经济有着某种天然的亲和力——县乡（镇）政府官员因经济发展而获得政绩，资本或商人则从政府官员那里获得订单或经济运作优惠条件（如免税、低息贷款等，甚至获得超越法规、法律的“豁免权”）。由于有这种互利关系的存在，县乡（镇）权力的运作会顾及经济的运作，而经济则因为自己的特殊地位而获得种种特权，这两者都会影响地方政权的运作。刘醒龙的《分享艰难》是讲述地方政权与经济合谋的代表作。由于共同的利益，镇党委书记孔太平与养殖场经理洪塔山结成了同盟。作品中有这样一段叙述：

> 现在镇里的财政收入很大一部分来源于这座养殖场。所以孔太平对养殖场格外重视，多次在镇里各种重要场合上申明，要像保护大熊猫一样保护养殖场。实际上，这座养殖场也关系到他自己今后的命运。回县城工作只是早晚的问题，关键是回去后上面给他安排一个什么位置，这才是至关重要的。小镇里政治上是出不了什么大问题的，考核标准最过硬的是经济，经济上去了就是一好百好。

因为“洪塔山的养殖场提供的税收占全镇财政收入的百分之五十以上”，所以孔太平要“保护”养殖场，而保护养殖场就是保护洪塔山。孔太平不仅为养殖场的运作提供种种方便，还“有意让他当上县人大代表，并且争取当上省人大代表”，但最关键的是在政令与法规面前“灵活机动”，袒护和纵容洪塔山。洪塔山的客户们在养殖场“集体嫖娼”被抓，孔太平亲自出面请求派出所黄所长高抬贵手放人；洪塔山借跑业务为名，经常在外面用公款嫖妓，县公安局准备立案侦查，孔太平就通过关系将基层干部们的联名举报信从档案中拿出来销毁；洪塔山强奸了孔太平的表妹田毛毛，孔太平忍痛做通舅舅的工作，放弃起诉洪塔山。毫无疑问，洪塔山在西河镇享有种种特权，不仅“党委政府都是围着他转”，即使触犯法律，都能在

---

① 孙立平：《关注 90 年代中期以来中国社会的新变化》，《社会科学论坛》2004 年第 1 期。

党委的“保护”下免受法律惩罚，而孔太平之所以要袒护洪塔山，是因为“养殖场一垮，全镇财政一瘫痪，自己的政治前途也就终结了”。显然，洪塔山享受的种种特权是“经济”带来的。当然，作为“结盟”的一方，洪塔山也“分享艰难”：他不仅为西河镇提供法定的财政支撑，还因“知恩图报”而提供额外的资助，如动员外来客户为泥石流灾区重建捐款，为筹措教师工资而卖掉自己的轿车等。显然，无论是出于公心，还是为了私利，孔太平与洪塔山的结盟都影响到西河镇政权的运作。这种状况也存在于其他作品中。例如，在关仁山的《大雪无乡》中，陈凤珍与宋鹤年都围着“农民企业家”潘老五转，潘老五的存在影响着福镇经济的运作。而福镇经济的运作牵动着福镇政权的运作；在张继的《乡选》中，小庙乡党委书记刘春明是一把手，但在“大圣桃业饮料果脯公司”经理赵宏昌面前明显底气不足，关键时候还得看赵宏昌的脸色。

（2）两者的对立也影响小城镇的政权运作。在部分作家的笔下，“经济权”与政权的对立主要表现为“经济权”对政权运作的干预。在小城镇这一特别空间内，“经济权”对政权运作的干预有着多种方式。《六神有主》（彭瑞高）、《大雪无乡》（关仁山）、《无根令》（阿宁）等作品是描写“经济权”干预政权运作的代表作。

在《六神有主》中，“经济权”以不同方式对政权运作进行干预。

首先，企业家们凭借经济实力在乡镇政权外围与镇政府对峙。分管文教的包镇长请求龙广大等企业主捐款修葺校舍，龙广大等企业主提出一个苛刻的条件：将乡中学重点班“刘胡兰班”“雷锋班”等换成以龙广大等企业主姓名命名的班级。龙广大等企业主最终如愿以偿。重点班的名称更换给镇政府带来巨大压力：改名扩大了龙广大等企业主的政治影响，标明了龙广大等企业主的政治地位，使镇政府感到了一个“竞争对手”的存在，改名带来了巨大的政治冲击波，在乡民们质疑的目光下，在主流媒体与上级党委的批评声中，镇政府陷入了尴尬的境地。其次，企业家们意欲参政。龙广大、马伯生、丁老冬、杨四清等“土财主”或坐名车，或包养大学生，或在夜总会等休闲场所一掷千金，在小镇上几乎是为所欲为，但总觉得“究竟还缺一样东西”，即“还缺点说话的分量”，于是他们就产生了“花钱弄个位子坐坐”的想法。他们拿30万元捐款与镇党委讨价还价，还花费大笔银子拉选票，得到了镇人大代表的位置。他们利用“经济手段”直接干预政治运作。龙广大故意把捐款划到乡政府账号上，而不是划到乡教委独立的账号上，“让教委跟政府抢去，书记跟乡长争去，副职跟正职夺去”。在关仁山的《大雪无乡》中，只要涉及福镇的经济运作，都是粗鲁的潘经理说了算，“党”与“政”都是“丫环带钥匙当家做不了主”，“按常规，潘经理应是在镇党委镇政府领导下进行工作，眼下却啥都倒过来了”。在《无根令》中，天华毛纺集团总经理贡天华不仅操纵着小辛庄乡政府的行政运作，还干预县政府的人事变动。为了让儿子贡存义当上乡党委书记，贡天华打通了从乡到省的层层关节，而贡天华帮助儿子抢夺乡政府一把手位置的动机，就是希望通过控制乡政府的方式，为贡天华家族的十几家企业的运作创造更佳的环境。

当然，在许多情况下，两者的“联合”与“对立”是结合在一起的。《大雪无乡》中福镇农工商联合公司总经理潘老五以强大的经济实力影响着镇政府的运作。他“伺候了几任书记镇长”，福镇的厂长们都是潘老五一手提拔的，别人很难插手，镇长陈凤珍对厂长们发号施令也都是通过潘老五进行。他通过那只“看不见的手”左右着福镇的政局，他曾当着吴副镇长坦言：“吴老弟，不是跟你吹牛，福镇的事都在你老哥手心攥着呢！顺我者昌，逆我者亡。”在陈凤珍推行乡镇企业股份制改造之际，他可以是动力，也可以是阻力。《无根令》中的贡天华凭借自己的经济实力，对县里的重要干部“打”“拉”结合，他可以把他讨厌的干部挤走，但又给被挤走的人一个较好的归宿。——贡天华曾对县委书记李智说：“不是我吹，咱们县经我手送出去的干部，少说也有七八个人。原先的庞书记、曹书记，他们怎么当正副专员？我贡天华没白让人办过事！”

权力板块的结合也是权力存在或运作的一般形式。小城镇是一个相对独立封闭的空间，因而权力板块的联合或“合谋”在这一空间内有着特殊表现，作家们耗费许多笔墨描写了不同层次权力板块的纵向结合，即“前台”与“背景”的结合。

小城镇叙事小说的政治叙事展示了这样一种事实：许多权力运作都有政治背景或上级权力作为支撑。在此我们使用修辞学的指代手法，将在小城镇空间内运作的政权称为“前台”，将在小城镇空间外支撑小城镇政权运作的权力称为“背景”。

对于小镇的政治权力而言，县级政治权力是“背景”，对于县级政治权力而言，地市级与省级政治权力是“背景”。“前台”与“背景”的“互动”是政治叙事的重要内容之一。作家们花费了许多笔墨描写两者的“互动”。两者的“互动”生发出许许多多故事，故事负载着丰富的社会内容。在这一叙事范围内，作家们对这两个方面的描写构成了政治叙事的重要内容。

一是“互动”关联的产生。

在作家们的笔下，“互动”关联的产生有两种方式。

干部的“垂直任命”是“互动”关联产生的主要途径。当下，基层政府官员的产生主要来自上级行政部门的垂直任命。知名作家何申曾说：“如今乡镇一把手！好像几乎都是从县里派下来的！而不是当地老百姓自己选的。”[①] 垂直任命制是与推选制相对的官员生成方式。垂直任命带来了下级对上级负责、上级可直接掌控下级的行政运作特点。在关仁山的《大雪无乡》中，福镇政府的主要干部都与县政府的主要干部有着“直线关联”。镇长陈凤珍是由宗县长“推荐”、县委指派下乡的，而镇党委书记宋鹤年则与县委组织部的贺部长关系密切，因为宋书记是部队转业干部，与贺部长是连队战友，宋鹤年能在福镇担任党委书记与贺部长的帮助直接相关。在王新军的《乡长故事》中，“我”（吕龙）主动要求下乡锻炼，“我”的行动得到县委何书记的支持，“那天他专门派车送我去南山，上车时还用手拍了拍我的肩膀”，后来“我”在何书记的支持下顺利当选沙湾乡乡长，人们都知道“我在县里有人，这人就是何书记”。

“背景”寻求是“互动”关联产生的另一途径。“朝中无人不做官”，许多“前台”为了升官或做官而积极寻求“背景”。在张继的《一个乡长的来信》中，从草根阶层脱颖而出的孙中右当了副乡长，为了在乡政府站稳脚跟和继续往上爬，他挖空心思在县政府内寻找靠山。听说孙县长爱好收藏古董，就从祖坟中挖出宝贝献给孙县长，孙县长很快就与孙中右建立了工作上的指导与被指导关系和宗族上的上下辈关系。在毕四海的《乡官大小也有场》中，龙门镇能人丁镇三身兼镇长助理和龙门镇红木集团经理二职，高档红木家具帮助他取得县委组织部周副部长的信任，两个人建立了牢固的上下级关系。在当下的时代背景中，如有强大的经济后盾，“前台”

① 何申：《农民与作家心中的“丁满贵”》，《领导科学》2004 年第 17 期。

可能找到多重“背景”。在阿宁的《无根令》中，小辛庄副乡长贡存义由于有父亲的天华毛纺集团作后盾，不仅在县、地区行署两级找到了“背景”，还与省委刘书记拉上了关系——刘书记来天华毛纺集团视察，在贡家只吃了一顿廉价的野菜饺子，但贡家却说这顿饺子花了5万元。

二是“互动”的方式。

作家们告诉读者，“互动”的基本方式是：“前台”寻求“背景”支撑，“背景”牵制“前台”运作。在《大雪无乡》中，镇长陈凤珍推行股份制改革时，镇党委书记宋鹤年从中作梗，陈凤珍马上到宗县长那里寻求支持，宗县长“给她吃了定心丸”。面对新镇长咄咄逼人的气势，宋鹤年强化自己与老战友县委组织部贺部长的关系，依托贺部长（“背景”）与陈凤珍较量。最后宗县长亲自下乡考察，高度肯定陈凤珍的工作，陈凤珍在权力场中取得绝对优势，老宋黯然退场。在刘醒龙的《分享艰难》中，镇长赵卫东有县委肖副书记作为“背景”，他敢于与镇党委书记孔太平较量，如在财政方面不与孔太平合作，在养殖场的许多方面给孔太平出难题，散布孔太平要调回县里当局长的消息等。在《一个乡长的来信》中，与孙县长建立了双重关系的孙中右，在孙县长的帮助下击败其他对手，顺利当选乡长：孙县长既做“上面的事”，又指导他“下面的工作你还要多做一些”，加之选举之日亲临现场，“那天他帮我把气氛造得很足，临走的时候还在乡政府门前和我合了一张影，这情景把人大代表们的眼睛都照绿了”。在某些情况下，“背景”对“前台”的牵制可能变为控制。在《无根令》中，在县委书记李智准备调整小辛庄领导班子时，省委副书记夫人陈爱兰打来电话，“建议”将小辛庄副乡长贡存义提升为乡党委书记。在李智犹豫不决时，陈爱兰又打来电话暗示：如果将贡存义提升为书记，你的前途一片光明。李智经过细致走访调查，发现许多问题，决定不提升贡存义，此时陈爱兰打电话婉转发出最后通牒。在“互动”过程中，位于权力落差下位的“前台”总是处于被支配地位，但被支配的“前台”有时会对“背景”发生“反作用”。在毕四海的《乡官大小也有场》中，镇党委书记龙世雄上调，空缺的位置成为两个势力单位争夺的焦点：县委黎书记、龙世雄力举镇长助理丁镇三，而县委组织部周副部长等人看好工作踏实、为人正派的云志中镇长。在大局落定之际，县委收到群众揭发丁镇三嫖娼、行贿、引资作弊的举报信，黎书记为了自身的安全决定让丁镇三暂时担任另一个乡的党委副书记"过渡一下"，但给了黎书记好处的丁镇三有恃无恐，直接到书记办公室要官，最后黎书记不得不让步。在许多情况下，在干部调整之际，乡镇干部往往是上级领导手中的吊线木偶，但"乡官大小也有场"，在此乡官的"小场"战胜了县官的"大场"，"前台"颠覆了"背景"的控制。

（二）叙事依傍与思考

在展示小城镇权力构成之际，叙事主体进行着思考。思考从不同的角度切入，有着不同的精神依傍。

迎合主旋律、阐释某些主流话语，是展示权力冲突的主要指向之一。《大雪无乡》塑造了思想开放、大公无私、为民谋利的陈凤珍这一女强人形象，作品通过陈凤珍"权利单位"的彻底胜利，肯定了"深化改革开放"的必要性和切实发展乡镇经济的重要性，强调了构建和谐社会对乡镇经济的重要意义。显然，作家的精神依傍是20世纪90年代出现的主流话语，对特定时代的"政治主题"进行了阐释。有些思考是从主流话语之"政治改革"角度切入的。例如，描写"党"与"政"的掣肘与角力，展示"前台"与"背景"的互动，体现的是叙事主体出自"政治改革"话语的政治理想。

不可否认，更多的作品通过政权争夺或权力冲突的描写而寄予了深沉的政治学、社会学、文化学反思，有些作品表面上迎合主流话语，而实际上则是对主流话语的某些言说提出质疑，表达了对现行行政体制的非议。

出自精英意识的政治理想是展示权力构成的重要支撑。首先，平等、民主、公正、正义等普遍抽象的政治价值观念驱使作家针砭时弊和挑剔政治运作的弊端。例如，张继的《遍地羊群》、彭瑞高的《大选》等作品针砭时弊，揭示了小城镇空间内政权的非规范性运作。正是出于特定的精英政治理想，叙事主体表达了对当下小城镇的行政运作的忧虑。例如，作家们对于政权与"经济权"的"互动"关系的描写带着"隐忧"（如对当下县乡基层干部政绩考核"经济一票否决制"的质疑，对经济或资本在小城镇这一封闭空间内的特权的疑虑，对"钱权结合"的担忧等）。这些方面尽管有着一定的思想局限，但作家们的思考在整体上有着不可低估的启迪性与穿透力。值得注意的是，由于特定政治理想的支撑，有些描写微言大义，作家使用了"春秋笔法"，委婉地表达了自己的思考。其次，作家们间接表达了对行政运作规范化的渴望。确立科学的权力制约机制和监督机制，削弱过于集中的权力构成，建立权力制衡的操作机制，使权力操作能够走上规范化、程序化的健康之路，在此基础上建立权力的监督机制，对权力的程序化、法律化操作实施有效的监督，是许多作家的政治期待。

部分作品的叙事体现出明显的民间立场。在《乡长故事》中，作品通过吕龙权力板块绝对优势地位的确立，塑造了一个有勇有谋的“清官”形象，这一形象的塑造熔铸了质朴的民本思想，表达了略显天真的民间理想。《一个乡长的来信》的叙事主体站在“平民”立场上睥睨一位“官人”的升迁，以恶谑的态度宣泄了一种“民间愤懑”。

当然，部分作品的思想深度是“无意得之”。例如，对于政权与经济权的“互动”及“经济权”与政权的抗衡的展示，达到了一种“历史的深度”，而叙事主体主观上并未意识到这种“历史的深度”。政权与经济权的“互动”及“经济权”与政权的抗衡，实际上是小城镇范围内权力结构在新形势下的变化。袁祖社认为，中国改革开放过程中发生的一个最引人注目的变化是：国家失去了为社会成员提供资源和机会的唯一源泉的地位，而“社会”正在成为一个相对独立的提供资源和机会的源泉。这种变化之所以发生，从根本上说，取决于“自由流动资源”和“自由活动空间”的出现，而这两者的出现，则是改革开放的直接结果①。所谓“国家失去了为社会成员提供资源和机会的唯一源泉的地位”，主要是指国家失去了部分控制生产资料和生活资料的权利。罗萍、张建设等学者指出，新中国成立后，政府通过社会主义改造、合作化和集体化、人民公社运动等步骤，实现了对社会资源的垄断，从而实现了对社会权力的垄断，形成了民众单向依赖政府的小城镇社区权力结构。其具体表现是：归并农业生产资料实现对村民的控制，垄断工业生产资料实现对居民的控制，改造商业资本实现对社会资源流通的控制，统管生活资料实现对社区生活的控制。政府对生产资料的垄断与对生活资料的垄断合二为一，对社会资源的垄断与对行政权力的垄断合二为一，后者分别以前者为基础，形成了民众与社会资源的分离和依赖政府权力的社区权力结构②。但在改革开放过程中，政府逐步放松了对生

① 袁祖社：《权力与自由：市民社会的人学考察》，中国社会科学出版社，2001，第126页。

② 罗萍、张建设：《转型社会小城镇社区权力结构变迁研究——以团风镇社区为个案》，《武钢职工大学学报》2001年第2期。

产资料的垄断与对生活资料的垄断，因而出现了“自由流动资源”和“自由活动空间”，于是部分社会资源的控制权转入乡镇企业家的手中，而资本本身的特权及基层政府对经济的主动亲和，使企业家拥有了可以与基层政权联姻的资本及与基层政权抗衡的能力，从而导致基层权力的结构及运作发生变化。部分作家可能不太愿意看到这种权力结构的变化，但他们的描写在客观上展示了一个农业大国向工业化社会迈进途中的一种历史现实，这种展示具有重要的文学意义与文化社会学意义。

二 观照行政运作困境

“行政”在此是指行政主体在其活动过程中所进行的各种组织、控制、协调、监督等活动的总称。在“政治叙事”中，由于种种原因，小城镇行政运作困境的存在几乎是一种“常态”，这种“常态”被众多作家所关注。笔者根据作家们的描写，将小城镇行政运作困境分为三种类型。

（一）结构性困境

结构性困境在此指社会结构与经济结构所导致的困境，社会结构与经济结构是小城镇行政运作困境生成的“外因”，也是导致小城镇政权运作艰难的主要原因。

除东南沿海部分经济发达的地区外，内地大多数地区的小城镇行政运作都不同程度地面临着经济困难，在一个经济决定一切的时代，经济困难给小城镇行政运作带来种种障碍。小城镇行政运转困难是20世纪80年代以来“政治叙事”的重要内容之一。从小城镇叙事的整体叙说看，“小镇”的行政运转困难远远大于“小城”的行政运转困难，作家们对前者的描写远远多于后者——写“小镇”行政运转困难的作品与写“小城”行政运转困难的作品的比例约为8:2。

“小镇”行政运转困难与农业不景气有着直接相关，而农业不景气又与我国的社会结构与经济结构紧密关联。新中国成立后，计划经济体制凭借其强大的中央集权力量，强制性地规定农民的产业活动空间，限制乃至取消农村非农产业的自然发展，于是，在20世纪50年代初至70年代末这段时间内，中国城乡分工泾渭分明：农村从事种植业，城市进行工业产品的生产，因而最终形成了城乡分离的“二元经济社会结构”①。在“二元经济社会结构”形成的过程中，国家还实施了一系列不利于农业发展的策略，如优先发展重工业，出于赶超型的现代化战略需要而最大限度地抽取农村劳动剩余用于城市工业化的原始积累，制定隔离城乡、偏袒城市的户籍制度等。孙立平把这种由“政策”所致的二元社会结构称为“行政主导型的二元结构”②。应该说，在20世纪80年代中期之前，“二元经济社会结构”格局是导致农业不景气的关键因素。其后，“市场主导型的二元结构”格局的出现是农业不景气的核心因素。孙立平认为，在新型的经济运作环境中，城市和农村之间的联系越来越少，城市对于农村的依赖性越来越小，城市越来越和国际市场联系在一起并成为一个体系，而农村越来越成为这个体系中一个多余的甚至多少有些负担的部分，农业在经济体系中处于弱势地位，成为一个不盈利的产业③。孙立平还依托美国著名未来学家托夫勒的“三次浪潮”理论指出，人类文明发展经历了农业文明、工业文明、新技术革命三次浪潮，现在中国的大多数城市已经跃进到工业文明阶段，部分城市进入新技术革命阶段，但农业还停留在农业文明阶段：“一个家庭就是一个生产单位，耕种着很小的一块土地，从中收获的农副产品，自己要消费掉相当大的一部分，能够出售的部分非常有限，他们渴望越来越高级的工业品或更为高级的‘第三次浪潮’技术生产出来的产品，但由于收入的微薄，对于这些产品只能是渴望而已。”④很明显，特定的社会结构与经济结构决定了农村的地位，历史的因素与现实的因素决定了农业的萎缩，而这些又决定了距离农村农业更近的小城镇行政运作的艰难。社会学家们从理论层面阐释这一现实，而作家们则从艺术层面展示这一现实。

从20世纪80年代开始，在小城镇叙事小说创作范围内出现了许多与“穷”相关的作品，例如，仅何申一人就发表了《穷县》《穷乡》《穷人》

① 李佐军的著作《中国的根本问题——九亿农民何处去》（中国发展出版社，2000，第46～47页）对这一问题进行了深入讨论。

② 孙立平在其论文《对社会二元结构的新认识》（《学习月刊》2007年第1期）中说：“在改革开放之前，或在改革开放之初，存在的是行政主导型的二元结构，这种二元结构最大的特征是由一系列行政制度安排来构成的，比如说户籍制度、主副食品的供给制度、就业制度、教育制度、社会保障制度等等。”

③ 孙立平：《关注90年代中期以来中国社会的新变化》，《社会科学论坛》2004年第1期。

④ 孙立平：《关注90年代中期以来中国社会的新变化》，《社会科学论坛》2004年第1期。

等“穷字”系列，在《穷县》中县委书记郑德海面临的困境是：县长傅桂英开发项目被骗50万元，企业不景气，财政空虚，老干部因工资迟发及医疗费报销不了要上街游行，工厂倒闭的职工在县委大院请愿要求喝粥……小说尽情渲染了穷县面对困境时的无奈、困惑与挣扎。穷，是小城镇行政运作艰难的外在表现。小城镇行政运作艰难通过许多“日常工作”表现出来。

首先是征收。征收，是小城镇行政工作的核心。何申的《乡镇干部》中有这样一句话：“农村工作两大难，计划生育加敛钱。”“敛钱”这一工作比较全面地展现了小城镇行政运作因贫穷所致的艰难，同时在某种程度上也展示了艰难与征收的内在关联。作家们的描写表明，农业的不景气使征收工作变得十分艰难，也因为农业的不景气，小城镇行政自身的运转困难，而这种困难又使小城镇政府强化征收。韦晓光的《事犹未了》（《十月》2000年第1期）是通过描写征收工作艰难而展示小城镇行政运作困境的代表作。因为县上“机构人员还爆米花样爆出来”，吃皇粮的人寅吃卯粮，一个季度工资没着落，而全县4000万元年财政收入，有1/3来自农林特产税，如果不收农林特产税，全县机关单位就不能正常运转，陶县长决定“穷县收穷税”。收到指令后吴乡长不得不拿山头村开刀。在吴乡长和乡文书的威压与恐吓下，代理村长大米交出了一头肥猪。但是，土秀才文星找到了国家颁发的免税减负文件，因而大米带着人去夺猪。吴乡长拒绝归还肥猪，大米和文星到县里上访。尽管吴乡长到县里给许多部门打了“预防针”，但人大金主任还是不顾县长求情，出面干预。最后，县长采取了一个折中的办法平息事件：所收税款不退还，县里以扶贫名义给山头乡2500元扶贫款。县乡两级政府巧立名目征收农林特产税实属无奈之举，而山头乡拒交农林特产税也事出有因——金主任到山头乡进行了实地考察，考察方式是看盐罐；农户经济情况是“三三开”：“三分之一过上温饱（盐罐满）；三分之一半温饱半贫困（有半罐盐）；三分之一还在贫困线（盐只够盖了底）。”自然，一个连吃盐都有困难的村子，是无法顺利上缴的，无论征收是否合法。因此，从某种意义上说，山头村120户人家的贫困直接影响着县乡两级政府的行政运作。征收，是许多政治叙事作品的重要描写内容，而乡镇干部下乡牵猪赶牛、抬箱拖柜，农户喝药上吊则是部分作品中常见的情节。固然，机构臃肿、人员超编及国家拨款有限，是县乡两级政府强化征收的主要原因，但地方经济不景气是基层政府强化征收的主要原因，而地方经济不景气主要是农业不景气；农业不景气不仅使征收工作困难重重，而且还引发了一系列难以调和的矛盾，如“干群”关系紧张、县乡两级行政抵牾、行政机制与监督机制产生冲突等。

其次是筹款。筹款不是征收，而是为了支付某种支出而想方设法筹集款项。作家们主要通过对两种筹款的描写来展示小城镇行政运作的困境。

一是向上级相关部门伸手要钱。乡镇干部向县上相关部门要钱，是许多作品中的核心情节。在薛友津的《穷乡书记》中，党委书记赖崇明为了改变莲花乡的贫穷面貌，决定发展渔业，而从事渔业生产就得投资。为了弄到三百来亩水面的鱼苗款，他四处筹钱。先是和县水利局赖局长攀扯“本家兄弟”关系，为了40万元的拨款绞尽脑汁。请赖局长吃饭，由于乡政府赊欠酒店几万元饭钱，赖崇明不得不掏出给父亲看病的钱招待客人，听说赖局长“专吃牛鞭和羊蛋”，马上掏钱叫人去买牛鞭和羊蛋，赖局长要求小姐陪酒陪唱，赖书记马上叫来自己年轻漂亮的下属。接着找到县信用联社一把手曾宪民回忆同学友谊，最终感动曾宪民，曾宪民担当风险贷给穷乡40万元。在筹措鱼苗款之际，为了解决教师的工资问题，赖崇明不得不低价出售两辆封存的汽车，但买主的转账付款被农业银行扣留，因为前任书记在农行贷款200万元分文未还，于是赖书记不得不放下乡党委书记的架子，为了教师工资和欠缺的鱼苗款去找湖西村书记借钱。为了筹款，赖崇明四处奔走，焦头烂额。在何申的《女乡长》中，新上任的乡长孙桂英为了筹齐50万元“村村通”水泥路修建款，东奔西走，在县里找关系。她花费几千元买古董送给有关领导，买名牌西装送给“敲边鼓”的人，请提供信息的人喝酒吃饭，孙桂英在男朋友陆小林的帮助下费尽许多周折，最后贷到了50万元修建款，但就在此时，在县委工作的陆小林提出和她分手，尽管他们相恋多年，因为陆小林无法接受一个整天东奔西跑、无暇顾及儿女之情的女人。属于“小城”的县级行政的“上级”是地区行署和省政府，因此县级领导经常到地区行署和省政府的相关部门去筹款。《赴任》（李康美）中的县委书记任希奎，为了解决久拖未决的全县教师工资的发放问题，带着癌症病历与化验单到省里去化缘，凭借一大沓化验单和司机声泪俱下的恳求，省财政厅拨给他150万元。

在作家们笔下，小城镇政府筹款的另一种方式是本地筹集。在刘醒龙的《分享艰难》中，镇派出所为了改善办公条件，以“抓赌”的方式向镇上个体户筹款，为了按时收齐罚款，派出所黄所长请求镇党委书记孔太平帮忙，孔太平借机督促个体户把罚款交到镇政府，决定使用这30万元罚款给教师发工资。听到罚款被他人控制，气急败坏的黄所长命令民警在镇政府会计前往银行的路上堵截，但镇政府的“眼线”迅速通报镇政府，罚款安全存入银行。最后，孔太平拉来媒体，迫使黄所长在记者的闪光灯下接受罚款被转移的现实，部分罚款最终用于补发拖欠几个月的教师工资。在彭瑞高的《六神有主》中，为了筹集改造已经成为危房的校舍的款项，乡党委书记与管文教的副乡长费尽心思与龙广大等暴发户周旋，为了得到捐款，他们不得不接受企业主们提出的种种苛刻条件。

在特殊的时代背景中，小城镇政府的筹款本身就是一个艰难的行政运作过程，同时，这个过程又展示了小城镇行政整体运作的艰难。

第三是小城镇政府自身的经济困境，即自身的生存艰辛。在许多作家笔下，摆脱小城镇行政因经济困难所致的自身运作困境，也成为一种“日常工作”。在薛友津的《穷乡书记》中，由于经济拮据，乡党委书记赖崇明被乡政府的自身运转困境所困扰。乡机关已经五个月没发工资了，干部们开始叫苦。乡政府欠着镇上酒店的钱，“穷乡怕客来”，面对来自县上的客人，赖崇明往往束手无策。他把给父亲治病的钱拿出来请了客，父亲动手术时他不得不厚着脸皮求人。请客的时候，看着客人好酒喝了一瓶又一瓶，好烟抽了一包又一包，他心疼万分。最要命的是农业银行逼着还贷。赖崇明正准备骑自行车下乡视察，突然看见农行的小车出现在乡镇府大院门口，他慌忙小偷似的躲进一间小房，叫秘书把门反锁。刘副行长“坐催立等”，赖崇明在小房中躲了几个小时，小便拉了一痰盂。乡镇干部自身的生存窘况也是行政运作艰难的具体表现之一。《花瓶镇》中的乡干部一到下午就都匆匆地往自己家里赶，第二天十点钟才回到乡政府来，因为几个月没发工资，他们没钱在食堂开伙吃饭，靠老婆养着。在向本贵的《这方水土》中，茅垭乡的几个主要干部都面临不同的“经济危机”：刘书记七十几岁的老母亲过生日，他拿不出钱买礼物，就向王副乡长借，王副乡长身上也是身无分文，因为他家里最后的五元钱拿去给做计划生育手术的农村妇女买卫生纸了，而这五元钱是女儿一周的生活费。在何申的《乡长丁满贵》中，丁满贵每月工资仅800多元，而他两个上中学的儿子每年学费就得13000多元，老婆单位又倒闭破产，所以即使是放假也节省路费而不回家，甚至还想打工挣钱为家减负。由于办公经费不足，许多乡镇政府的办公条件极差。作家们笔下的乡镇政府办公室往往破旧不堪。在陈世旭的《救灾记》中，镇政府会议室是这样一副模样：镇政府的会议室里的塑料花不仅毁了颜色，还积着厚厚的尘垢，胶合板的桌面已经到处起皮了，桌子四周的座位五花八门，有靠背椅，有长条凳，坐上去一律是摇摇晃晃的，唯一像样些的是上座主持人位置的一把皮转椅，不过皮子也老化了，上面有好几处翻起的破口，还有烟头烧出的黑洞；窗外的大树挡住了光线，会议室白天也要开灯，而那些挂满了蜘蛛网的灯却没有几盏是亮得了的。

“政治叙事”对结构性困境的展示蕴涵着作家们多方面的思考与关注。对“三农问题”的关注，是《分享艰难》《穷乡书记》《救灾记》等众多作品的主要指向。作家们展示了农业作为一种产业所处的危险境地，展示了农村在现代化与城市化进程中的不利地位。与此相关，作家们表达了对“小镇”行政的隐忧。由于与农村、农民、农业存在千丝万缕的联系，“小镇”行政在结构性困境的泥潭中陷得更深，因此，“小镇”行政运作的稳定性、规范性和作为一种职业的乡镇干部的生存状态，成为作家们的忧思所在。当然，最关键的是作家们通过对小城镇结构性行政运作困境的描写，展现了种种时弊，针砭了行政运转中的钱权交易及在权力落差中生成的腐败现象。作家们几乎都写到了把握经济权的上级长官以权谋私：你给我好处，我给你拨款，滥用职权，钱权交易是许多作品的中心情节。利用权力落差，群体性地发“贫困财”也是作家们关注的焦点——在张继的《乡长故事》中，沙湾乡出产名贵补肾中药锁阳，锁阳成为开启拨款之门的钥匙：“沙湾人民”负责“银行同志们的肾”，银行则对沙湾干部的拨款要求有所回应。银行干部王春不无调侃地对吕乡长说：“兄弟，缺钱吱一声，只要你关心行长的肾，行长自然就会关心你们沙湾的发展，什么是贷款？不就是行长一个条子嘛。”乡镇干部为了讨好一般的上级干部或县级权威部门的普通机关职员，故意在牌桌上输钱，双方都心照不宣。总之，对小城镇行政运作的结构性困境的展示蕴涵着作家们深沉的忧患意识。

（二）政绩性困境

政绩性困境是因小城镇政府主要领导人追求“政绩”所致的行政运作困境。由于“小镇”干部是典型的“基层干部”，脱离“基层”进入县城是许多乡镇主要领导人的愿望，因而“小镇”主要领导人创造“政绩”的欲望远远强于“小城”主要领导人，所以，在此我们主要讨论“小镇”的政绩性困境。

在大多数情况下，政绩性困境是前任领导造成的，即前任主要领导因追求政绩，造成接任领导的工作困境及整个政体的运作艰难。西部作家王新军在《闲话〈乡长故事〉》中说了这样一段具有经典意味的话：“乡上的主要领导是换得相当频繁的。一般两三年一换，最多四五年就得挪窝儿。新官一上任，便着手抓自己任期内的政绩，或者修一条‘豆腐渣’路，或者盖一座富丽堂皇的办公楼，或者建一个还没开始生产就已经濒临倒闭的小工厂，然后走人。于是，乡下就有了‘一年摸底细，二年抓政绩，三年拍屁股’这样的顺口溜。乡镇的领导走马灯似的换，遗留下来的问题越来越多，乡财政的亏空越积越大，这一届推给下一届，届届如此……”① “乡镇的领导走马灯似的换……届届如此”，这几句话传递了这样一个信息：主要领导不顾经济后果、不顾民众利益“抓政绩”，不是个别现象，也不是一时一地存在的现象，而是普遍现象和长期存在的现象。从20世纪80年代末至今，至少有几十部作品涉及小城镇干部“抓政绩”牟利。

困境之“困”来自两个方面。

一是前任留下的烂摊子无法收拾。在向本贵的《花瓶镇》中，花瓶镇乡前任党委书记宋光旦“年年都有新思路，年年都有新招数，年年都有说的，年年都有看的，年年都有总结”，最后因“辉煌”的政绩而荣升常务副县长。但是，离开花瓶镇之后他留下的几项“政绩工程”却不再辉煌：费尽心思建设的巨大集贸市场由于人口数量偏少和市场不畅，不仅没给农民带来收入，反而带来经济负担，农民叫苦不迭；花费百万元巨资打造的度假村却因位置偏僻而荒废，度假村成为牧羊人和羊群的天堂；鼓励农民贷款集资兴建的饭店酒店一条街因流动人口太少而闲置，农民血本无归；180亩良田抛荒，领导们勾勒的开发区宏图成为梦想，农民却因失地而更加贫困。新书记伍运来走马上任不久就陷入巨大的危机之中，因为前任留下的“政绩工程”成为脱不下来的湿布衫——农贸市场、酒店、度假村等东西卖不了，拆不得，转不动。因此，花瓶镇镇政府的行政运作陷入了进退两难

① 王新军：《闲话〈乡长故事〉》，《领导科学》2002年第19期。

的境地。同样，在关仁山的《大雪无乡》中，镇长陈凤珍和整个镇政府都被前任留下的烂摊子所困扰。前任好大喜功，追求政绩，筹建了钢厂、玛钢厂、铁厂、瓷厂、鞋厂、高频焊管厂、塑料厂等一系列工厂，到陈凤珍接手时，这些工厂都难以为继：塑料厂成为一个无法收拾的烂摊子，玛钢厂是条大老虎，“停产一天只赔一辆夏利，开工一天可就得赔一台桑塔纳”，许多工厂的产品卖不出去，而赊购原料的债主住在镇上讨债……最后，陈凤珍作出决定，玛钢厂等盲目上马的工厂关闭，剩下的工厂实行股份制，镇委干部分别“包厂”。

二是前任的挥霍留下的财政空缺无法填补。在薛友今的《穷乡书记》中，前任书记追求政绩匆匆建了一个纺纱厂，由于产品没有销路，工人解散，厂房闲置，设备生锈，书记高升，但200多万元的贷款落在了“穷乡书记”身上，赖崇明整天提心吊胆，担心被银行讨债人堵住。在张继的《遍地羊群》中，八沟镇党委书记白朝生找来一个早已因技术落后被市场淘汰的灯泡厂，投入大量经费筹建，但生产的灯泡一只也卖不出去，而转产还需100多万元，本乡本土的文远镇长面对灯泡厂束手无策。在关仁山的《大雪无乡》中，玛钢厂的筹建动用了基金会储户的存款，面对储户的讨要，镇长陈凤珍为了“堵基金会的窟窿”，不得不向银行求救，但银行行长却说：“你们还欠几百万贷款呢。”

政绩性困境是政治叙事的主要内容之一，值得人们注意的是许多书记的“政绩工程”都是“害民工程”，如史生荣《空缺》中的吴书记、刘醒龙《路上有雪》中的冯书记、张继《遍地羊群》中的白书记、向本贵《花瓶镇》中的宋书记、阙迪伟《一亩二分地》中的某书记等乡镇党委书记，都在自己的任上搞了害民工程，都以牺牲国家利益和人民利益为代价当上了副县长，都给后任留下了麻烦①。当然，也许许多“后任”也会为了自己的升迁给“后后任”制造困境！

作家们对小城镇政绩性困境的展示也涉及对一系列问题的思考，如对当下部分行政领导的职业道德与品格的审视，对基层政权公信力的关注，对当下行政干部的督导机制与考核机制的审视，等等。但作家们更关心的

① 陈成才：《以官为本的官员形象——近十年小说官员形象分析》，《广西大学学报》2002年第4期。

是“经济政绩的合法性”问题。“经济政绩”在此是指行政运作在经济层面的成绩或绩效。“合法性”是指社会和民众对政治权力的认可程度，这种“认可程度”在行政领导对社会进行统治或管理时生成。作家们对“经济政绩合法性”问题的思考主要集中在两个层面。一是对“唯政绩主义”和“唯经济指标”行政的观照。“唯政绩主义”只看重经济政绩绩效而忽略社会绩效与政治绩效，“唯经济指标”行政只顾当前不顾将来，只重视统计数据而不顾及实际绩效。为了政绩而乱摊派，搞劳民伤财的“形象工程”，只图眼前经济发展而无限制地掠夺自然资源，为了经济指标而破坏生态平衡，虚报统计数据，欺上瞒下等是“唯政绩主义”和“唯经济指标”行政的一贯行为。我们上面讨论的《大雪无乡》《中国乡官》《恍惚远行》等作品是针砭“唯政绩主义”和“唯经济指标”行政的代表作。二是对政绩考核问责制的质疑。作家们的描写有两个“质疑点”：谁来问责，被问责者应该承担什么责任。宋玖林在谈到公共行政的合法性时说：“问责制的核心，不是责任，而是谁来问责，因为谁是问责的主体就决定着应负责任者的处理结果。行政对象问行政行为主体的责，才能使行政行为主体应负的责任落到实处，而且，由行政组织内部的高层来问低层的责，那高层或更高层的责是不能深推的。在这种自上而下的治理模式背后，维护的必然有公共行政人员的特权。”① 谁来问责，关系到被问责者对谁负责，如果民众或“行政对象”没有问责权，那么被问责者只对上级负责，而民众或“行政对象”的利益肯定会被忽略；被问责者应该承担什么责任，关系到被问责者行政时的行为模式，如果他不必为自己的行政后果承担太大责任的话，那么他很可能把自己的利益放在第一位。当然，作家们的思考还涉及一些更深层次的问题，在此我们暂不讨论。

（三）体制性困境

体制性困境是由现行干部任免、升迁、监察、考核及行政科层结构等行政体制局限所致的行政运作困境。体制性困境是一种“复合困境”，即诸多因素构成了体制性困境，但其中两种因素起着主导作用。

一是内耗因素。内耗，在此是指小城镇干部互相掣肘、互相拆台等行为所致的“能量消耗”，这种“能量消耗”往往造成行政群体人心涣散、帮

---

① 宋玖林：《公共行政的合法性危机及其出路》，《湖南科技学院学报》2006 年第 2 期。

派对立、军心不齐的局面，从而使具体任务难以落实，整体工作陷入被动。主要领导相互牵制、钩心斗角是“能量消耗”的基本表现。在孙方友的《狗祸》中，颍河乡的一把手已经上调，由陈流乡长暂时主持全乡工作，由于一把手位置暂时空缺及乡领导最后班子分工未定，陈流乡长、管政工的海连水书记、管计划生育和政法的赵新华三人关系微妙。陈流乡长到专业户黄孬家喝酒被狗咬的消息很快被反映到县委书记那里，县委书记在扩大会议上以调侃方式批评了“狗咬事件”，陈流带着沮丧回到乡里。赵新华迅速前来表示忠心，并暗示可能是海连水在县委书记面前使坏，于是陈流当即决定把海连水的官职抹掉，“让他尝尝厉害”。但是就在此时海连水挑帘进来，直接挑明自己与“狗咬事件”无关。为了“牵着”海连水，陈流邀海连水一道下乡视察，但就在此时他接到县委书记秘书打来的警告电话，要他“把人弄回来”，原来黄孬带着一帮人上访，正在县委大门口为陈流歌功颂德。显然，有人借黄孬之手使出了置陈流于死地的杀手锏，而蒙在鼓里的黄孬完全是出于“保护陈书记”的目的才带人上访的，因为有人电话敦促他知恩图报。由于三个人的所有精力用于明争暗斗，眼前工作拖拖拉拉，下年的“工作的初步设想”被搁置。“脚下使绊”也是“能量内耗”的重要表现。在薛友津的《穷乡书记》中，在赖书记为了鱼苗款和拖欠的教师工资四处告贷之际，对赖书记心存疑虑的张乡长做了许多小动作：在县里状告赖崇明不经调查贸然开发鱼塘，向农业银行透露小车出售的消息，农民因开挖鱼塘而聚众到乡政府闹事，这些事件可能都与张乡长有关。小城镇“行政内耗”是政治叙事的核心情节，是许多作品中的重要事件。例如，彭瑞高的《本乡有案》、张继的《一个乡长的来信》与《乡选》、向本贵的长篇小说《乡村档案》等作品都有典型的“行政内耗”描写，“行政内耗”使乡镇行政运作陷于艰难的境地。

二是腐败因素。腐败，一般指人的思想陈腐或行为堕落，在此指官场腐败，即行政官员贪赃枉法、营私舞弊、生活腐化等。小城镇是一个相对封闭的地域空间，行政官员的腐败带来经济困窘，激化社会矛盾、败坏行政群体或基层政权形象，而这些都会使行政运作陷入困境。陈良的长篇小说《中国乡官》比较集中地描写了腐败所致的行政运作困境。大王乡原来的一把手是刘实怀，此人为了升迁，既搞“形象工程”，又走“上层路线”，留下狼藉的声名和一堆烂账后当了县委副书记。乡长王长生是有大学文凭的知识分子型干部，此人没有半点“为人民服务”的精神，他的全部精力放在升官上。他效仿刘实怀走上层路线，不仅为政治利益而离婚、再婚，依托裙带关系乞求高官，而且在县委副书记、组织部部长谢营身上长期下工夫，做足了献媚取悦的文章。当大王乡一把手的位置空缺出来时，他全神贯注地“跑官”。而乡镇企业家李大奎不仅凭借财力挤进公务员队伍，当上乡人大主席，而且觊觎大王乡一把手的位置。他以大王集团的经济实力为后盾，大打经济牌，以强大的经济实力参与了大王乡最高权力之争，同时以金钱开道，长期向县委书记李爱国、副书记刘实怀行贿，与这两个人结成一个吃喝嫖赌的腐败团伙和利益共同体，以期实现自己的政治野心。上下勾结，群体腐败，使大王乡的行政运转陷入了困境。大王乡的各项工作都似乱麻一堆，剪不断、理还乱，而乡民王虎在乡政府自焚、双岭峰农民阻拦施工、农民上访闹事等与腐败有关的偏激事件更使乡政府陷入尴尬境地。在王新军的《乡长故事》中，新上任的乡长发现，一个没有什么作为的山区“小乡”竟然有近100万元的“窟窿”，而这个“窟窿”主要是乡党委书记老刘等人的贪污挪用造成的。乡干部已经有三个月没有发工资了，教师们的工资也欠着，新乡长面临的首要任务就是为乡政府这台“汽车”的运转“找油”。在何申的《女乡长》中，马营子乡新上任的乡长孙桂英面临的最棘手的事是一起经济纠纷：小工头“大头蒜”垫款修建了乡医院大楼，三年过去了，还拿不到工程款。原来乡人大杨主席掌控着一切：“老杨控制乡内所有工程；杨主席不仅手里有公司，还掌握着乡财政上另一个账号。”杨主席的营私舞弊使新乡长陷入了行政工作与情感的双重危机中。

从表面上看，对体制性困境的展示，针砭了时弊，对现行的干部任命、升迁、监察、考核等体制方面的问题进行了思考，但事实上作家们的笔触指向了许多更深层次的政治问题。

上面我们分别讨论了三种类型的行政运作困境，事实上这三种困境是交织在一起的。一般情况是：结构性困境是小城镇行政运作的“大背景”，政绩性困境与体制性困境往往同时存在。例如，在《中国乡官》《乡村档案》《穷乡书记》《大雪无乡》等众多作品中，这三种行政困境同时存在。运作困境的“复合性”体现的是作家们思考的“综合性”。“综合性”思考涉及小城镇政权这一“公共领域”内的许多深沉、复杂而又敏感的问题。例如，农业在当下整体产业结构中处于弱势地位，农业的弱势地位决定了小城镇行政运作艰难的“大背景”，但小城镇政权的基层性决定了其行政的自主性，这种自主性使小城镇政权在一定程度上保留了其传统的“盈利型经纪”[①] 角色——承受了困境，但又利用着困境，制造着困境。因此，小城镇政权在特殊的时空背景中扮演着身份复杂的角色。对复杂现实的揭示及对深层次问题的思考，正是小城镇叙事小说“政治叙事”的价值所在。

第二节　观照小城镇官本位

官场，《现代汉语词典》是这样解释的：“官场，指官吏阶层及其活动范围。”显然，这是一种出自当代主流立场而又带有民间性的解释，因为官员并不完全等同于“行政人员”或“干部”，而官场也与“政界”或“行政圈子”等概念有所区别。笔者在此粗略地将官场定义为当代从政人员构成的场域及从政人员的世俗性活动。——官场在此有两个层面的含义：一是指当代从政人员构成的职业性阶层或官僚性集团，二是指行政人员的庸常生存或“非庄重性”、非崇高性行政运作。本位，是指事物的根本或者源头，在金融领域，是指开始造币时的硬币所用金属的成色和每个硬币应有的法定重量，“金本位”指的是以黄金为本位货币的一种货币制度，即以黄金为单一价值尺度去衡量其他商品的价值。“官本位”这一概念以“金本位”为依托而生成。官本位一词最早出现于20世纪80年代，其意思是把是否为官、官职大小当成一种核心的社会价值尺度去衡量个人的社会地位和价值，就像以黄金为单一价值尺度去衡量其他商品价值一样。小城镇是一个相对封闭的地域空间，因此官本位在这个特殊空间内有着特殊的表现，小城镇叙事小说的“政治叙事”从不同角度对小城镇官场官本位进行了观照，出于集中讨论的需要，本节仅讨论新时期小城镇叙事小说对官本位意识的观照和对官本位行政的透视。

① 郭亮的《权力的社会文化逻辑——兼论乡镇政权的政治文化生态建设》（《华中师范大学研究生学报》2006年第4期）对这一问题进行了比较深入的讨论。郭亮认为，由于传统的和现实的原因，地方政权在行使公共权力之际（如分配公共资源、传递国家信息等），在一定范围内为自身谋利，就像经纪人提供商业服务时“提成”一样。

一　审视官本位意识

小城镇官本位意识有着自己的特殊性，小城镇叙事主体从不同层面对其进行了审视。

（一）考察官本位意识的价值内涵

在作家们的笔下，官本位意识有着特定的价值内涵，这种价值内涵的核心是以当官来衡量人的生存价值，将当官看成人生理想和人生奋斗目标。作家们的整体描写表明，官本位意识的特定价值内涵使小城镇官本位意识成为一种生命力极强的社会意识。在“政治叙事”中，小城镇官本位意识特定的价值内涵外化为两种世俗欲望：当官欲望和当大官欲望。

当官欲望的内核是怎样由“平民”变为“官”。在作家们的笔下，不少“平民”在当官欲望的驱使下变成了“官”。

在周大新《向上的台阶》中，瘳怀宝演绎了由“民”到“官”的过程。

廖怀宝家几辈人都以在街上代人写柬帖状纸为生，在祖父与父亲的启蒙教育下，廖怀宝对当官产生了朦胧的兴趣。土地改革前夕，共产党人戴化章给廖家带来福音。出于新政权构建的需要，戴化章动员廖怀宝当柳林镇政府秘书：“你知道镇政府的文书是什么？用一句旧话，就是官！”这句话起了决定性的作用。“中国所有的老百姓都知道这个字的含义。”瘳怀宝产生了当官的信念：“一种要改变自己穷困生活的潜在愿望使他本能地觉得，不应该丢掉这个机会。”廖怀宝开始“当官”：“那架手摇的直通县上的电话就由他守着，铃声一响，他便恭敬、肃然地拿起听筒，把县上的通知、通报什么的用毛笔在本子上工工整整记下，然后呈送镇长。遇到有人来找镇长办事而镇长不在时，他便抻抻衣襟很庄重很严肃地出面接待，而且开口说话前必学戴镇长的样子，先咳嗽两声，然后再开腔。”他知道，文书是个很勉强的“芝麻官”，要当一个真正的官，关键要把镇长摆平，因此在心里暗暗发誓：“一定要干得让镇长满意！”他发挥写柬帖状纸练就的看人眼神面色行事的本事，察言观色揣摩戴镇长的心态，“做得让对方满意”：“戴镇长喜欢发表演讲，怀宝就暗示镇上的中学校长多请戴镇长去给学生们讲话；戴镇长喜欢读史书，怀宝就去镇上早先的几个富户家搜罗古书；戴镇长喜欢让自己的讲话家喻户晓，怀宝就常用粉笔把自己记录下的镇长讲话抄在镇政府门前的黑板上。在生活上，怀宝对镇长也照顾得颇周到，早上起来，他总要把洗脸水给戴镇长打好；晚上睡前，又总是把戴镇长的被子抻开；每逢开会，戴镇长刚在座位上坐下，怀宝便把他的茶杯泡了茶放到了他的面前；过节时怀宝家包了饺子，他也总要给戴镇长端来一碗，一来二去，戴镇长就越发喜欢怀宝。”利用清算地主及工商业主的机会，他接近了自己梦寐以求的裴家小姐姁姁，姁姁的美貌与气质使他神魂颠倒。在阶级斗争的高压下他征服了姁姁。在占有姁姁之后他信誓旦旦地对姁姁说："我要娶你做老婆!"两家开始筹办婚事，但知道消息的戴镇长提醒他："姁姁出生于剥削家庭，会影响你担任副镇长。""娶姁姁和当副镇长，两样东西都是他渴求的，如今生生要他丢掉一样，丢哪样他都不舍。"廖怀宝陷入了惶恐之中。他在两难中煎熬，彻夜未眠，天亮时做了一个梦："一叠巨大的台阶竖在眼前，台阶顶端隐约可见放有一把椅子，椅子闪着耀眼的金光，椅子上放着一身缀满饰物的衣服，一个空洞而巨大的声音正对站在台阶底部的他叫：孩子，上吧……"天亮后父亲又对他进行开导："有了一个做官的机会再白白放弃?""天下漂亮姑娘多的是"，放弃裴姁姁之后可能还有"刘姁姁张姁姁"。最后，他与父亲廖老七达成共识，由父亲去退亲。廖老七把一切都推到了"政府"身上："政府里不让咱两家结亲，说要是结了亲，怀宝就错了立场，就不能再在镇政府干了！要挨处分!"抛弃姁姁后不久，廖怀宝当上了副镇长，成了正儿八经的"官"。

在张继的《一个乡长的来信》中，"我"（孙中右）有着更强的当官欲望。由于时代的原因，其"成功"之路比廖怀宝更艰难。儿时的"理想"与长大后遭遇的不公，使"我"将当乡长作为人生的奋斗目标。"我"通过考试由农民变成了在乡政府写通讯报道的宣传员。宣传员距离乡长很远，但"我"意志坚定："从我的办公室到乡长的办公室只有二十多米，很近，不过我知道通向乡长的路是艰苦的、曲折的、漫长的，但我的信心像一只打足了气的皮球，用一根手指轻轻一点就能弹起多高。我也相信毛主席他老人家说过的话：世上无难事，只要肯登攀。""我"的第一步是当上秘书，"乡里的干部大都是从党政办公室秘书这个位置上提拔起来的，所以当不当秘书对今后当不当乡长至关重要"。要当上秘书，就得提高宣传稿的使用率，于是"我"一方面强迫自己每天写十篇"让领导高兴"的新闻稿，另一方面到报社"做工作"——拿老婆的一亩芝麻和两亩绿豆作牺牲，偷偷摸摸地给报社的编辑和记者送绿豆香油。同时，还得讨一把手喜欢，充分利用王乡长和宗乡长的矛盾："我一方面胡编了几条罪状向县里写了几封告宗书记的匿名信，另一方面接二连三地给王乡长个人写了几篇新闻稿件。"最后"我如愿以偿做了秘书"。此时，"我"离乡长只有一步之遥了，"为了早日登上乡长的宝座，我给自己制定了详细的工作计划和近期远期目标。我分析了一下形势，认为第一步要做的就是和乡主要领导搞好关系"。"我"花费了全部精力讨好一把手王长水。例如，"我"把他的一些嗜好一条条地记在了本子上，尽量满足他的需要。"比如，他喜欢吸烟，嘴上一天到晚不闲着，我做办公室秘书的正好管着乡政府的日常支出呢，就隔三差五地给他送上一条，他喜欢吃猪耳朵，我几乎每天都安排伙房的大师傅给他炒一盘"，他喜欢贪点小便宜，家里大事小事日常花销都要弄一张发票来，"我"总是设法替他报销。"终于，我在做了三年秘书之后，于一九八九年三月二十日做了平淡乡的副乡长。"

当大官欲望是官本位价值意识的更深层次。当官本位意识成为一种核心价值意识之后，其他价值意识自然退居精神世界的边缘，于是在当大官欲望的驱使下，小城镇的"官人"们会置道德、良心、人情于不顾。

在《向上的台阶》中，廖怀宝为了保住官位和把官做大，先后抛弃了人情与良心。为了当上副镇长，廖怀宝抛弃了自己曾经占有的姁姁，在"文化大革命"中为了保住官位，将妻子晋莓拱手让给造反派头头蒙辛，为了继续往上爬，面临第三次婚姻时他选择了一个寡妇，因为这个寡妇的哥哥是省委书记的秘书——在廖怀宝眼中，爱情、婚姻与女人都是他在官阶上攀登的垫脚石。在"向上的台阶"中，廖怀宝不断地出卖良心。为了当上副县长，廖怀宝强行开办 7000 人就餐的大食堂：他先指挥人买大锅、砌大灶、把 7000 人就餐的食堂建好，其后组建一支拿枪的民兵队伍，开始挨家挨户收小锅、收粮食。凡藏锅、藏粮不交的，便抓起来集中"教育"。大食堂的开办是后来柳镇饿死人的重要原因之一。为了保住官位和继续往上爬，他把因虚报粮食亩产量而饿死人的罪责推给发小好友双耿，让双耿充当替罪羊去坐牢，而他则因"坚持正确路线"登上正县长的宝座……

在《一个乡长的来信》中，"我"为了往上爬而不惜出卖人格。"我"接受了王乡长"当官必须先做狗"的理论，信奉"做了狗中狗，方为人上人"的当官原则，处处"做狗"。王乡长的宠物狗走丢了，"我"带着妻子满山遍野寻找，导致妻子流产。为了讨好乡长，“我”到处搜集“反动言论”，向乡长打小报告。为了高攀县长孙晋正，“我”谎称与县长同宗，还开挖自家高祖坟墓，把祖宗的陪葬品拿去赢取县长的欢心。“我”的初恋情人小改的女儿被强奸，强奸犯的姑父是县委组织部的何部长，“我”昧了良心涂改嫌疑犯的出生年龄使其免于法律严惩，结果是小改的女儿自杀，小改发疯，但涂改年龄为“我”进城铺平了道路。

在民间，“想当官”是一种贬斥性的人格攻击话语，但这一攻击性的民间话语在官人们的心目中并不具有贬斥意味。在王新军的《远去的麦香》中，官人对“跑官”作出了这样的阐释：“现在，在领导眼里，那些经常找着跑着要官的，反而成了好干部了。人家为啥跑呀，不就是积极要求上进吗？这有什么错。跑官要官的另一种解释就是自己跑着要工作干，为领导分忧，给组织解难，给自己肩膀上压担子。”很明显，在小城镇官场这一特定场域内，官本位意识成为一种核心价值观，想当官和想当大官成为一种人生理想或人生奋斗目标，人格尊严、道德、良心、爱情、友谊等人间美好的东西在部分官人心目中往往变得一钱不值。小城镇官人们为了把官做大，可以忍辱负重、“卧薪尝胆”，可以奴颜婢膝……

（二）观照官本位意识的现实基础

对于小城镇的官本位意识，作家们的描写与社会学家们的研究有所不同——社会学家们关注现实与历史两个方面的因素，而作家们则专注于官本位意识形成的现实因素。作家们集中发掘了两种现实因素。

一是小城镇“前官人”们的“翻身”欲望。

“翻身”欲望，是彻底改变当前社会地位或生存境况的欲望。在中国这个农耕底蕴深厚的国度内，对于处于社会底层的“平民”而言，“发财”与做官是两条理论上的“翻身”途径。但是，从某种意义上说，通过做官而“翻身”比“暴发”而“翻身”更容易一些，能更彻底地改变命运，因此当官成为许多期待“翻身”而又“一穷二白”的平民的首选。尤其是对于那些遭遇社会不公的小城镇“白丁”而言，当官成为他们雪耻泄恨的最终期待。“政治叙事”描写了“翻身”欲望与官本位意识的种种内在关联。

在《向上的台阶》中，廖怀宝之所以坚决要做官，关键因素之一是因为其祖父、父亲及他本人都有着改变家族社会地位和摆脱遭受欺凌处境的强烈愿望。廖怀宝的父亲廖老七替镇公所所长写了一副喜联，但镇公所的人因不识字取走了一副挽联，所长当即告到了县法院，廖老七再三出庭辩解，法院仍判廖家赔款30块大洋，可怜廖老七四处喊冤，终因原告是镇公所所长而未得改判，廖家只好卖了两间房子把款赔上。廖老七因此气病在床，无权的痛苦使他在床上整整躺了一年。廖老七病好起床时含泪对儿子廖怀宝叹道：还是你爷爷说得对，只要有一点门路就去当官，这世道只有当了官才能不受欺负。廖老七的话在廖怀宝心中埋下了做官的种子，而共产党领导的土改则为种子发芽提供了条件。

在《一个乡长的来信》中，促使“我”（孙中右）破釜沉舟痛下决心当官的原因是“乘车事件”。为了搭王长水乡长的便车到市里去送宣传稿，“我”早早地钻进了小车，“正当我如醉如痴的时候，乡里分管政法的许书记和分管农业的柳副乡长也上了车”，他们是到城里看人妖表演的，接着王长水乡长带着儿子来了，他们是进城逛街的。接下来的事使“我”终生难忘，作品中有这样一段描写：

> 王乡长到车前哟了一声，说：“坐满了。”顿了一下又说：“得下来一个，太挤了。”没有人点我的名字，更没有人叫我下去。但一种前所未有的自卑感却在我的身体里奔腾弥漫，我终于被淹没了。我坐不住了。我知道下车的应该是我，我打开车门，无声地从车上下来了。然后站在那里目送“伏尔加”发动，起步，由慢到快驶出乡政府。
>
> 我在乡政府的花坛前站立了许久，我一遍又一遍地想：我是第一个上车的，可下车的却是我。我的眼睛模糊了，有泪水涌上我的眼睑……

“我”感受到人格与尊严被随意践踏的痛苦，于是，“从那一天开始我就一门心思全力以赴、不择手段千方百计地向乡长那个位置挺进了”。“官场是一架机器，每个官人就是这架机器上的一个部件，或者是一枚螺丝。也就从这一天起，我成了这架机器上的一枚螺丝，机器在高速旋转，我也在高速旋转。我被某种惯性推揉着，挤压着，也制造着惯性，后来也与这架机器旋转成一部分了。”

很明显，是彻底改变社会地位或生存境况的欲望使当官意识变为小城镇“前官人”们的一种情结，乃至一种信仰。

当然，作家们也展示了历史因素对小城镇“前官人”们的作用：由于封建意识的残余、等级观念的存在，由于社会分层的客观存在及阶层差异日趋明显，小城镇平民即使“暴发”了，也不能与官人们平起平坐，因为“经济权力”在许多情况下仍然受制于“行政权力”，所以人们拼命往仕途上挤。作家们的描写具有高度的真实性。

二是当官的丰厚回报对小城镇“前官人”们的诱惑。由于种种原因，当官是一种回报极高的职业。作家们通过形象的描写，揭示了一本万利或无本获利的回报与小城镇官本位意识之间的联系。

在《向上的台阶》中，廖怀宝当上官后，精神的馈赠与物质的回报滚滚而来，廖怀宝及家人都沐浴在当官的幸福中。“街上的人都已知道怀宝在政府里做事，平日见他时，眼里就多了不少恭敬和畏怯，怀宝发现后心里就很舒服。”一天晚上，廖老七正坐在太师椅上品茶，忽见东街的刘顺神色慌张地提一个竹篮进院来，到他面前扑通一声就跪了下去，请求“廖老哥”帮忙，把他划为“下中农”——“过去，都是他朝别人下跪，当年为那场笔墨官司，他曾跪求过多少人呀……他心里感受到了一阵从未有过的满足：我廖家到底也可以让人求了!”那晚刘顺临走时，把竹篮里装的礼物掏了出来：三斤白糖，一斤洋碱，一丈五尺花洋布，一小坛黄酒，一包信阳毛尖茶，五盒大舞台牌香烟。“廖老七看着那些礼物，嘴上说着何必破费，心里却着实又惊又喜：送这么多东西啊!”当上副镇长之后，廖怀宝家人的身份都发生了变化：“镇上新成立的粮管所所长跑到家里，请廖老七去当了会计；供销社的经理让廖怀宝的妈妈去当了仓库保管员；识字不多的妹妹，也被请到镇办小学教书。”更使廖怀宝意外的是，副镇长这个职务给他自身带来的东西是如此之多：“先不说镇上人对他的那份敬畏，不说大姑娘小媳妇们对他的那份献媚，单说生活上的那份舒适吧，早上起来，镇政府食堂的厨子已把饭菜送到了他的床前；上午开会，椅子、茶水也早有人摆好；后晌要是去稍远一点的地方检查工作，镇政府的那辆马车就会立刻套好在门口等着。这些对于从小受人白眼遭人欺负、饥一顿饱一顿的怀宝来说，真等于上了天堂。”廖怀宝深有感慨：“爹说得没错，有了官果然就有了一切!”而廖老七则叮嘱廖怀宝：“今后啥东西都可以丢，唯有这官不能丢!懂吗？丢了别的，只要你是个官，还都会再弄来……”廖怀宝由文书到副镇长，再由副镇长到镇长、副县长、县长，随着官位的升高，利益与权力也越来越多，因此他在心底感谢父亲的教诲：“我想要什么，便都可以得到。爹，你说得对，一个人只要有了官位，他就会拥有一切……”

在作家们的笔下，小城镇“独立王国”中的官人们的地位高上，“合理”的“额外收入”十分可观。刘明恒的《干部打工记》这样描述了一位穷乡书记的待遇：

> 原来当着乡党委书记，虽说在穷乡，也算是呼风唤雨、独霸一方、说一不二的角儿。谁见了他不敬他三分，不畏他三分。出入有专车，不说前呼后拥，也有两三个随从拎包端杯打前站。接待客人都是自己说了算，成百上千元，大手一挥就开支了，玩味啊！人家接待他，他都是座上宾，皇帝老儿，都围着他转。那种感觉真惬意，让人至高无上，飘飘欲仙，自然而然就滋生出那样一种见人高一等的傲气，也就是人们常说的官味儿……烟酒什么的用不着自己掏钱，逢年过节也有些人送红包、土特产什么的……

在孙方友的《郑乡长》中，郑乡长比较廉洁，他仅抽了公家几包烟，但算起账来花费总数也相当可观：“当了乡长之后，烟应也娇贵起来，除去硬盒红塔山，别的什么烟一抽就头晕。硬盒红塔山每盒十二元，老郑一天抽四盒就是五十元。一月一千五，一年一万八，郑直同志当了十五年乡长，合起来光抽烟一项已近三十万元！”

当然，小城镇官员人们“不合理”的“额外收入”就无法估算了，但谋求非法收入是少数腐败分子的所作所为。

由于官越大好处越多，所以有些官人设法把官做大。《一个乡长的来信》中的“我”之所以不惜一切代价往上爬，是因为他看到了在“天高皇帝远”的小城镇小官与大官在方方面面的区别。在王新军的《远去的麦香》中，市林业局副局长王宏伟年年预定上游村五个果园的全部苹果，给市里头头脑脑“进贡”，因为想往上爬就得得到领导的赏识：“林业局工作做得好，好在哪儿？新技术推广得好，又用什么来说明？要在不同的时期把不同时令的林果产品送到领导家里让领导亲自品尝，这比请领导下来检查更能说明问题……你累死累活干上一辈子，领导不认可你，你永远没指望。”

作家们对小城镇官本位意识的现实基础有着清醒的认识。王新军在创作《乡长故事》后讲过这样一段话："小说中的人物都是我所熟悉的……有一些人总想着把自己的官当大，一切都只是为了升官。我们的社会'官本位'思想还特别严重，于是有了形形色色的为官者。我写《乡长故事》，就是想揭示一些基层政权中存在的普遍现象。"[①] 正因为"有一些人总想着把自己的官当大，一切都只是为了升官"是"基层政权中普遍存在的现象"，所以作家们格外关注小城镇的官本位思想。

小城镇官本位意识有其独特性，其独特性由多种因素决定。在大都市与乡村这两者之间，小城镇官本位意识与乡村有着更多的联系。由于靠近乡村及与乡村千丝万缕的联系，传统文化与乡土文化的糟粕更多地残留在小城镇官本位意识中，两种文化的负面影响对小城镇官本位意识的作用力度更大，这些因素决定了小城镇官本位意识与大都市官本位意识的不同。小城镇是一个相对封闭、相对独立的空间，"天高皇帝远"及靠近乡村，使小城镇官本位意识有着更适宜的生存土壤，小城镇官本位意识在小城镇空间内有着更大的自由度，进而决定了官本位意识在小城镇的普遍存在及官本位意识在小城镇的顽强生命力。之所以有众多作家关注小城镇官本位意识，就是因为作家们发现了小城镇官本位意识的独特性。

二　透视官本位行政

广义的"行政"一般是指一定的社会组织在其活动过程中所进行的各种组织、控制、协调、监督等特定手段发生作用的活动的总称。我们常说的"行政"是指政府部门执掌政权和行使其管理职责。官本位行政，在此是指以"长官"为中心而进行行政运作，以当官、升官和官的利益为指向而履行管理职责。从20世纪80年代中期开始，官本位行政被许多作家关注。小城镇叙事主体的关注有两大指向。

（一）审视对上负责的行政模式

行政对上负责，是指官人们在执行政务时唯上是听、唯长官是从的责任承担方式。现行干部管理体制的垂直任命制导致了对上负责的行政模式或行为方式。我国市场经济转轨之后，社会经济发展很快，但是总体来看，政治体制改革滞后，特别是干部管理体制和计划经济相比，没有太大的改

① 王新军：《闲话〈乡长故事〉》，《领导科学》2002年第6期。

变，其中最典型的就是沿袭了计划经济的垂直任命制，给对上负责行政模式的形成提供了条件。王新军、张继、周大新、关仁山、孙方友、薛友津等一大批作家从不同角度观照了对上负责的行政模式。

对上负责的行政方式有着大致相同的表现。

《向上的台阶》中廖怀宝的行为具有典型性。廖怀宝接任柳镇镇长后摸准了政界里的一条规律：你就必须尽早摸准上级的意图，摸准后你就回来赶紧把它变为现实，不管下边有多少怨言，你都要尽快办，办到其他村镇的前头。为了及时摸准上级的意图，他除了常到县上去见见戴化章县长之外，还同县委办公室和县政府办公室的两个主任交上了朋友，每次去县上开会，他都要给他们带点芝麻、香油一类的柳镇土特产品去他们家里看看，这样他们就常常把刚刚听到的动态性消息及时告诉他。在“浮夸风”盛行的年代，在虚报粮食亩产量之前，他有些犹豫，但考虑到“让上面高兴”，他马上就想通了：“这样造假，至多是引起农民不高兴。其他引来的后果都是高兴，专区的干部高兴，省里的干部高兴，农民不高兴有什么不得了的？他们至多不过是三几人凑在一起嘀咕嘀咕罢了，他们不敢对造假的干部怎么着了。干部是上级任命的，只要上级高兴就成！农民们嘀咕的多了，可以吓唬！一般的农民都经不起吓唬，用‘右派’‘反革命’‘反三面红旗’这样的帽子稍稍一吓，他们就会闭嘴，就会老老实实，甚至还会替你掩护……”当然，造假的后果不仅仅是农民不高兴，而是按照亩产5700斤卖光粮食，许多农民被饿死。

在张继的《一个乡长的来信》中，唯上是听的“我”干了许多坑害农民的事。县里说为了争取秋收秋种的主动，要求各乡镇提早做好玉米地的工作，“我”明知玉米还青着，早收一天就多减一分产，但为了“让上面高兴”和保住乡长位置，“我”马上行动，“把农机站的十几辆拖拉机集中起来，机头上绑一根铁棍，到玉米地里去推去扎”。上级说公路沿线的土地是县里的脸，来来往往的各级各地领导都能看见，要搞得横平竖直，整齐划一，成方成块，“我”就在全乡大搞畦田化，只要是靠近公路边的土地，不管能不能浇上水，都要打畦田。浇不上水的地块打畦田毫无用处，但“我”颁布晚打畦田2天罚款50元、晚打畦田3天罚款100元的政令，最后，劳民伤财的“畦田化”得以实施。

作家们揭示了对上负责行政模式的共同点：行政责任人以“上级”的

好恶行事，让上级长官满意或“高兴”是官人们所追求的行政效果，为了上级长官的满意或“高兴”，官人们可以牺牲行政对象的利益。

为何要对上负责？作家们分析了对上负责的行政行为普遍存在的原因。

首先，因为上级的“高兴”与否决定官人们的前途。在《向上的台阶》中，戴化章由镇长到地区行署专员，廖怀宝步步跟进。廖怀宝从镇文书到县长，要么是戴化章直接提拔，要么是他建议任命，于是，成为县长的廖怀宝“越来越意识到戴专员对自己的重要”，因此“吃透戴专员的心思”就显得十分重要，因为“自己工作的好坏，应该以戴专员是否满意高兴为标准，他不满意高兴，你做得再多也是白搭”。为了让领导知道自己做了什么，除了直接与领导接触之外，他还格外注意宣传自己：“怀宝和省各新闻单位驻地区的记者们以及地区的报纸、电台、电视台的记者们关系都处得很好，这样就保证了自己作出的任何一点成绩甚至一个举措，都能随时宣传出去。”因为他知道，工作成绩再大，不宣传出去让上级领导知道也是白干。虚报粮食亩产量时，他明知后果严重，但他清醒地看到了“造假虚夸”的好处：“上了报，出了名，今后可能会更快地晋升。”

其次，对上负责与否直接关系到官人们政绩评价的好坏。作家们的描写展示了这样一种客观事实：官人对上级意旨执行的不同忠实程度会产生不同的后果。《一个乡长的来信》中“我”的两种行政行为带来两种不同的后果。麦子还没有收割，下了一场刚刚打湿地皮的毛毛雨，但市政府却召开电话会议要求各县各乡镇迅速行动起来掀起麦田套种良种玉米的高潮，“我”出于保护农民的目的，只将公路沿线的地块套了套，并且套种的是普通玉米，孙县长知道内幕后亲自把“我”叫到县里狠狠骂了一顿：“要不是看着你刚干乡长没经验我就撤了你。”从此，“让上面高兴”与是否对己有利成为“我”的行动原则。把全乡公路沿线的玉米都给轧倒了，“把老百姓给整苦了”，但“我”因全乡秋收秋种工作的速度而在县里夺了一面奖旗。“我”搞变相集资建起了学校，老百姓怨声载道，但“我”得到了县上的赏识，因而变相集资的“经验”被普遍推广，事迹上了报纸。在刘明恒的《干部打工记》中，朱天福与王超群一同到南方去搞“生存体验”，两位乡镇干部对待县委书记牛杰的态度不一样，结局也不一样。王超群一心“为两年后的任用和提拔增加些筹码”，不断向牛书记汇报工作，不断向牛书记提供材料与佐证，证明牛书记选派干部打工举措的正确性，因而深得牛书记赏识。尽管他躲在邻县亲戚家里打牌喝酒，但他成了远山县打工干部的楷模，先是作为典型频频在报刊和电视上亮相，后来又陪同牛书记上了在国内收视率极高的“有话就说”专访电视节目，被列为重点提拔对象。朱天福在商海中摸爬滚打，不仅练就了胆量，学到了知识，还为远山县引进了能帮助农民脱贫的黄姜项目，但因为他将全部精力投进工作，与牛书记联系很少，所以牛书记对他的成就及黄姜项目毫无兴趣，连接听他的电话的工夫都没有，最后被“边缘化”。

（二）观照官本位行政的长官意志

小城镇官本位行政的另一表现是长官意志。所谓长官意志是指在行政运作过程中“领导”或“首席官员”的主观意志。“政治叙事”着重描写了官本位行政的两种表现。

一是上级可凭自己的喜好决定下级的行政职务及职务任免。

作家们的许多描写表明，在小城镇这一特殊的封闭空间内，上下级之间不是双向互动运行的关系，而是下级完全隶属于上级，一切听命于上级，上级可以根据自己的主观判断对下级的职务进行任免。阎刚的《乡选》是这一方面的代表作。李实厚原是下坪乡管农业的副乡长，因为为人踏实憨厚，办事讲究原则，被县组织部分管干部的杨副部长“安排”到农技站搞他的老本行。三年后县人大干部文华到下坪乡去推行“两推一选”，在文化的支持下，有技术有能力、人品好的李厚实成为最有实力的乡长候选人，但这一选举形势引起了上下的恐慌与一致反对。乡党委书记胡振清与县委、县人大达成共识，要求“文化”拿下李厚实的选举资格：县组织部王部长暗示李厚实不能当乡长，县人大吴主任暗示只要不让李厚实参加选举，“文化”回县后就可升官，胡振清则捅破窗户纸直陈李厚实当选之后的利害。随后，县委组织部出于“爱护干部”的考虑，给李厚实换了一个“好的工作环境”，把他调到大塘乡工作，但他去大塘乡报到时无人接待，最后他只好辞职下海，在下坪乡开一家庄稼诊所。其他作品也有类似的描写。在彭瑞高的《竞聘》中，宣传科科长于大渊不听县委宣传部部长龙巨声的“招呼”，把县里乱收费的一组数据捅给了省报记者，龙巨声一箭双雕，借竞聘之名挤掉于大渊，让与他关系暧昧的柳桂花当了宣传科科长。在田东照的《买官》中，城关镇党委书记陈晓南遭遇了升官的尴尬：陈晓南煞费苦心，历尽千辛，与市委书记赵凯拉上了关系，如愿以偿地得到了副县长的任命书，但就在任职文件下达之际，赵凯调离，接任市委书记的是原市长，而原市长因与赵凯一直不和而对陈晓南十分反感，因此陈晓南的任职被搁置起来。

二是小城镇长官在行政过程中随心所欲，为所欲为。

何申的《救灾记》写到了一位为所欲为的长官宋财火。宋财火是石门镇镇长，在石门镇他是独霸一方的皇帝。宋财火每天早上都要喝炊事员老彭单独给他做的汤，“汤是清蒸的，蒸得烂熟，香气扑鼻”，汤的主要成分是肉饼、墨鱼、蛋、枸杞、桂圆。在党、政、人大、政协、纪检、武装六套班子向省救灾工作组汇报的会议上，由于工作组成员官职不高，宋财火将这些人根本不放在眼里。他先是在会议主持人的汇报声中自顾自地喝汤，救灾工作组组长老秦建议他等会再喝，他指桑骂槐地回敬老秦。接着开始打电话。他一时窃窃私语，喜形于色，手舞足蹈，一时哈哈大笑，旁若无人。作者虽然没有直接描写宋财火在具体行政工作中的表现，但对其“生活细节”的描写具有极强的暗示性与隐喻性：从宋财火享受特权和在庄重场合随心所欲等表现中，可以想象此人在行政工作中的颐指气使与任意行事。在彭瑞高的《叫魂》中，副乡长卫守一的为所欲为有着更多“实际行为”。因掌管着“经济开发”的权力，卫守一在自己的权力影响范围内随心所欲。卫守一一当权就学开车，别人学驾驶要交四五千元钱，而他利用某种交换关系，半个铜板也没付。学会开车后，他向乡里搞房地产开发的马城公司“借车”，公司老板汪双喜也不在乎，他不仅乐意借车给卫守一，还通过卫守一给乡里干部“发劳务费”，“一般干部三五百，乡长们则有千八百”。卫守一掌控着土地审批的权力，因而汪双喜对卫守一的回报格外丰厚，卫守一出事后，清理遗物的人仅在其抽屉里就取出 8 万元现金。显然，卫守一在许多方面都很“随意”。

小城镇行政的长官意志，是一种在特殊环境中的“自由意志”，也是一种行政运作方式。作家们对小城镇行政长官意志的描写，寄托着深沉的思考。有些思考，是显性的，如对当下行政体制的思考、对社会民主进程的观照等。有些思考是隐性的——作家们仅仅展示现实，而不对现实或现象进行任何评点。小城镇是一个相对封闭独立的空间，作家们的隐性思考涉及一系列这一特殊空间内的紧迫现实问题，如：乡镇行政具有人治性，小城镇官员个人意志凌驾于公共权力之上，小城镇官员在政治资源和社会资源占有方面具有特殊性，基层政府对社会公共财富有自由支配权，基层首席行政官员垄断政治权力，小城镇存在行政权力高于法律地位的“权大于法”现象，等等。

小城镇行政对上负责与行政的长官意志，仅仅是小城镇官本位行政表现的两个方面。叙事主体对小城镇官本位行政的观照可以被切分为两个层面：一是对小城镇官本位行政方式的展示或考察，二是对小城镇官本位行政这一现象本身的思考。两个层面的思考又显现出双重性：既审视具有普遍性的社会问题，又观照小城镇自身，如小城镇的文化个性、小城镇行政的个性特征等。对于这一问题的展开讨论将在后面进行。

在此，我们有必要说明，本节的讨论主要集中在“政治叙事”对当下小城镇官本位的描写与观照上面，而关于作家们对小城镇官本位形成的历史因素的审视的讨论，我们进行了简化。事实上，历史与传统也是当下小城镇官本位形成的重要因素。宿玥在谈及官本位的历史渊源时说：

> “官本位”思想是中国几千年封建社会政治文化的产物……中国封建社会行政组织发展成为庞大精密的官僚体系，这既促成了“官本位”思想的根深蒂固，也是“官本位”思想反作用力的最好体现。在封建社会，王侯将相，官分九品，整个社会纳入国家行政系统的控制之下，所有的人和部门都位列不同等级，之间有着明确的上下级关系，并最终服从最高的统一的行政控制，可以说整个社会就是等级一座森严的金字塔。在以自然经济为主、排斥商品经济的小农社会，广大农民实现向上流动的唯一途径就是考取功名，进而做官，正所谓“万般皆下品，唯有读书高”，“十年寒窗无人问，一朝成名天下知”。做了官之后呢？封妻荫子、光宗耀祖，甚至祖坟也会冒青烟，好似当了官则最终目的已经达成，终极价值已经实现……①

① 宿玥：《“官本位”思想对公务员依法行政的消极影响及纠正》，《党政干部学刊》2010年第5期。

这段话直接说明了官本位与传统政治文化的关系，间接说明了小城镇行政官本位在政治和经济两个层面与历史的关联——农耕经济的封闭性及封建社会森严的等级制度促使农民向官僚阶层“流动”，使农民产生农耕性的崇官敬官意识，“王权止于县政”，“县政”等地方政权或“官场”更多地受到农耕生活与农耕意识的影响，从而使地方政权或“官场”具有“王权”所稀有的民间性等特点。殊途同归，周大新等作家通过形象描写表达了与政治学家相同的思考。例如，在周大新的《向上的台阶》中，廖怀宝的官本位意识主要来自其父亲廖老七的全面培育，而廖老七对官的认识、向往及对为官之道的了解又与廖怀宝的爷爷的人生感受密切相关，例如，廖怀宝的爷爷临终前告诫子孙“要想法子做官”，“人世上做啥都不如做官”，只要做了官，就有了名誉、房子、女人、钱财。当然，廖老七官本位意识的生成更多地来自“历史”。廖老七的“成分”虽然是半农民半市民，但他“读过不少古书”，古书开阔了他的视野，他要结束家族几代无人做官的历史。后来，他把古籍中的为官之道概括出来，找出历史上仕途曲折的大官们的做官经验，“指导”廖怀宝做官，尤其是在关键的时候结合具体“史实”为廖怀宝“支招”，指出当官对廖怀宝及家族而言的绝对重要性，告诉他怎样保官、升官。

** ** ** **

限于本专著的容量或篇幅，本章“政治叙事”仅讨论了“审视小城镇的权力运作”与“观照官场文化”两个问题。事实上，“政治叙事”在小城镇行政的本质属性揭示方面花了许多笔墨，但我们没有对这一问题设置专节展开讨论，因此，我们有必要在此对作家们的审视进行简单扫描。“政治叙事”集中展示了小城镇行政的自为性、粗鄙性与农耕性。作家们的描写表明，小城镇行政的自为性主要表现为行政的灵活性、自由性。《穷县》（何申）、《一县之长》（何申）、《干部打工记》（刘明恒）、《镇长》（陈世旭）、《六神有主》（彭瑞高）、《大雪无乡》（关仁山）等作品的描写表明，小城镇行政长官在行政过程中一般都善于随机应变，以事为本，有时甚至随心所欲。粗鄙性主要表现为小城镇行政主体的村野甚至粗俗。粗鄙性在乡镇政权中的表现尤为明显：天高皇帝远，乡镇政权是国家政权延伸的末梢，其行政运作在某些情况下可以忽略或超越既定的行政规范，会出现所谓“正式权力的非正式运作”状况①。例如，在陈世旭的《镇长》中，瘌痢头镇长使用了“流氓手段”对付下属和政敌；在李伯勇的《恍惚远行》中，乡镇干部经常借助“警力”落实行政指令；在韦晓光的《事犹未了》中，县乡两级行政的税费征收经常采用非常规措施。农耕性主要表现为小城镇行政主体的乡土性、农民性。远离经济、政治文化中心以及几千年的农耕文化积淀等因素决定了小城镇政权的乡土性和农民性。作家们的整体描写表明，小城镇政权已经被人格化，即小城镇政权被赋予了人格特征。小城镇一端连接大都市，一端伸入乡土社会，由于种种原因，小城镇政权被赋予了种种乡土人格。例如，从整体印象上看，乡镇政权显现为品格“中性”的农民形象，而县政权则给人“乡村精英”的感觉；从“形象分类”角度看，在刘醒龙的《分享艰难》、关仁山的《大雪无乡》、张继的《黄坡秋景》、何申的《穷县》《乡长丁满贵》、向本贵的《这方水土》、薛友津的《穷乡书记》、乔典运的《乡醉》等作品中，小城镇长官给人的印象是一位为筹措衣食四处奔走、负重踽踽独行的乡村父亲；在张继的《遍地羊群》、彭瑞高的《本乡有案》《叫魂》《沉默与结局》《乡镇合一》、周大新的《向上的台阶》、何申《乡镇干部》、田东照《买官》、孙方友的《狗祸》等作品中，小城镇行政主体的言行显现出明显的小农人格特征；而在何申的《女乡长》《年前年后》、林和平的《乡长》、王新军的《乡长故事》等作品中，“乡长”是一位身体壮硕、有勇有谋的中年农民……从总体上看，乡土中国“礼俗世界”的熏染与农耕生活的浸润，使小城镇行政主体身上带有深深的乡土印记。

“政治叙事”从政治学、社会学等角度切入，展示了丰富的社会内涵，但其缺憾也是显而易见的。笔者认为，“政治叙事”最大的缺憾是描写的主观性和描写的理想化成分。李宁宁在评论刘胜财的“官场小说”时指出，作家们对官场秘籍的描写充满了民间想象，“偷税漏税”“招商引资”“政绩工程……既是老百姓关注和热议的话题，也常常会在老百姓的想象中，产出种种光怪陆离的官场故事”。写“官场小说”的作家主要有两种人：一种

① 孙立平、郭于华的《软硬兼施：正式权力非正式运用的过程分析——华北镇订购粮收购的个案研究》［《清华社会学评论（2000 年卷）》，鹭江出版社，2000］一文对这一问题进行了深入讨论。

是专业作家，一种是曾在官场混过一段时间的官员半路出家写小说，而这两种人根本不可能写出官场的真正内幕和“秘籍”：“专业作家对官场的了解一知半解，隔靴搔痒能有多少技术含量？至于那些半路出家的官员，他们都是官场上的失败者或者说是不适应者——如果他们在官场上如鱼得水，怎么可能改行写小说呢？”我们认为，小城镇叙事小说的“政治叙事”不同于“官场小说”，但“政治叙事”的叙事主体同“官场小说”作家一样，对小城镇官场的了解有着无法克服的局限。尽管许多“政治叙事”的叙事主体对小城镇政权有着一定的了解，但他们毕竟没有融入小城镇官场，毕竟像陈良这样既是“官人”又是作家的人太少，即使像何申、陈世旭等对基层政权有着比较深入了解的作家，他们所看到的也更多的是官场表面现象，因而他们也在很大程度上依傍有限的现实材料进行创作。例如，陈世旭的“小镇系列”中的许多篇目真实地描写了乡镇官场，但他熟悉的是20世纪80年代的官场，而对当下官场并不大了解，因此他对当下官场的描写在很大程度上出于想象。对小城镇官场的“民间想象”导致部分描写的“理想化”。例如，部分作品有着光明的尾巴，“艰难”的化解往往出于作家的一厢情愿；权谋情节设置具有明显的故事性或传奇性，叙事主体往往依据自己的主观思维逻辑决定故事结局，权谋的运用充满戏剧性，等等。

我们还得说明，出于讨论的集中，本章采取了“只抓重点，不及其余”的方法。

第四章
文化叙事

“文化叙事”，在此指新时期小城镇叙事小说从文化角度切入的文化审视、文化观照、文化考察、文化透视、文化批判等叙事行为。新时期是一个“文化意识”特别“发达”的时期，“文化意识”的“发达”与小城镇自身的文化禀赋，决定了小城镇叙事“文化叙事”内涵的丰富性，但本章仅讨论小城镇叙事对小城镇社会群体的文化观照和对小城镇风情风物的展示。这般设计，出于两个方面的考虑：一是因为篇幅有限，为了便于集中讨论，只讨论两个问题；二是对小城镇社会群体的文化观照和对小城镇风情风物的展示，是新时期小城镇叙事的核心内容。

第一节　观照小城镇社会群体

文学即“人学”——表达的是人的思想、人的情感，描写的是人生、人性以及由人构成的社会。小城镇社会是一个有别于乡村社会和城市社会的社会空间，其文化社会学、文化政治学、文化地理学等层面的个性特征决定了其“居民”或社会群体的特殊禀赋。就是这种特殊禀赋吸引了小城镇叙事主体的兴趣，作家们从不同角度描写了小城镇社会群体，揭示了不同社会群体的不同文化特征。从“身份”的角度看，“文化叙事”集中描写了以下社会群体，考察了其文化禀赋。

一 小城镇工商业者群体及其文化

汪广松认为："在城市生活的居民，基本上依靠商业和手工业谋生。"① 这就意味着工商业者是小城镇人口中的主要部分，因此，小城镇工商业者成为小城镇叙事的主要描写对象。

（一）工商业者群体构成

古人曾经将社会民众按职业分为四类。《管子·小匡》云："士、农、工、商四民者，国之石民也。不可使杂处，杂处则其言哤，其事乱。是故圣王之处士必于闲燕，处农必就田野，处工必就官府，处商必就市井。"根据管子的分类，"工"与"商"是两个不同的社会群体，但在许多作家笔下两者不可截然切分，故在此我们将"工"与"商"看成一个群体。工商业者在此实际上是指不包括资本家或者资本家代理人等"大户"在内的中小工商业者，在作家们的笔下，手艺人、小贩、商人、靠某种特殊"职业"谋生的人（如背尸人、坊间歌手等）等是"同类事物"。

新时期小城镇叙事小说从不同角度描写了工商业者群体，匠人与小业主是"文化叙事"着墨最多的人群。这个群体包括五行八作，三教九流。匠人，即"手艺人"或"小手工业者"，小业主是靠"做买卖"为生的"小商业者"，

汪曾祺描绘了形形色色的匠人与小业主形象，如瓦匠、挑夫、锡匠、木匠、郎中、药店伙计与"先生"、米店老板、杂货店老板、校役等。从某种意义上讲，汪曾祺就是通过形形色色的匠人与小业主形象描绘展示了江南小城镇的众生相。在汪曾祺笔下，匠人与小业主的秉性不同，贤愚不一：在《异秉》（新版）中，"陈相公"因"记性不好，做事迟钝"而屡屡挨打，靠小生意起家的王二则因精明而"飞黄腾达，财源茂盛"；《八千岁》中的米店老板家财万贯，但穿粗衣食烧饼，天天叫苦哭穷；《故里三陈》中的陈泥鳅虽无隔夜之粮，但若见邻居有难，往往倾囊相助；《三姊妹出嫁》中的麻子皮匠因手艺好讲信用而受人尊敬；《茶干》中的酱油店老板连老大因和气诚实勤快而生意兴隆……值得注意的是，汪曾祺乐于发掘底层手艺人和小业主的人性美、人情美。《故里三陈》中的陈泥鳅，为捞一具女尸，

① 汪广松：《市井里的茶酒杂戏》，重庆出版社，2007，第6页。

他向公益会强要十块大洋，大家以为他又要进赌场或进酒店了，但他一拿到钱就“径直地走进陈五奶奶家里”，因为陈五奶奶的小孙子病重而无钱就医，“陈泥鳅把十块钱交在她手里”，抱起孩子就上了药房。《茶干》中的连老大做生意童叟无欺，处处替顾客着想：乡下人把油壶往柜台上一放，就去办别的事情去了，等他们办完事回来，油已经打好了，油壶口用厚厚的桑皮纸封得严严的，桑皮纸上还盖了“连万顺”墨印，他们从不怀疑油的分量或成色。《大淖记事》中的锡匠们讲义气，互助互爱，品行端正……

孙方友也塑造了形形色色的匠人与小业主形象。《胡家烧饼》中的胡三牢记祖训，讲究职业道德，把“卫生”放在首位——不抽烟，定时剪指甲，不留长发，勤换衣服，做馍时不讲话，咳嗽要背脸，更不当众吐痰，围裙也一定是雪白的，给人拿烧饼时用自制的竹夹子。因此胡家烧饼一直被镇上的人信赖，一直名列小镇名吃首位。镇上卖油条、豆腐脑等货物的小贩“跟着胡氏烧饼”沾了大光，但胡三对他们的“卫生条件”经常提出批评，众人不服，胡三愤然离开他们。众人不仅“跟定”胡三，而且还轮番与他争论。最后，胡三远走他乡，郁郁寡欢而死。《吕家染房》中的染布匠吕老三吃苦耐劳，为人憨厚本分。妻子柳絮与对门饭馆赵师傅有染，吕老三给予宽容，认为二人是前世姻缘未尽，此生补齐。一日赵氏母女将柳絮与赵师傅捉奸在床，然后将柳絮拉上大街示众，撕咬一丝不挂的柳絮，憨厚的吕老三突然大吼一声，穿过人群，三拳两脚将几个如狼似虎的女人打倒，然后竟将柳絮顶在了头上进了染房。赵家母女追到染房门口大闹，吕老三则抱了一大捆木棍，一根一根折断，赵家母女大惊失色，悄悄溜走。《曾家膏药》与《刘家果铺》分别描写了曾广济、刘连财两个悲剧性的人物。曾家膏药专治老寒腿等疾病，虽平日生意冷清，但方圆百里小有名气，因而曾家膏药世代相传。实行公私合营之际曾广济拒绝“合营”“合作化”，仍然单干，工作队最后决定取消曾家膏药，曾广济大鸣不平，他拖着小辫子到处告状，近似于疯狂。人们为了“帮助”他，开他的斗争会，剃了他的小辫子，命他勾头弯腰交代反对合作化的罪行。曾广济态度强硬，竟面对众人诉说他家膏药的济世功德。后来工作队在他家中搜出了十多斤大烟土，曾广济申辩说这是制药的材料。到了监牢里，曾广济仍是不服，口口声声要上诉，最后还进行绝食斗争。因为他身体不好，经不住折腾，不到半年就死在牢里。刘连财是学徒出身，靠勤劳吃苦发家，有了自己的店铺。他在“联营”之际坚持单干，“大跃进”风潮席卷大地时，刘家果铺一下归了公，刘记月饼店也更名为“颍河供销食品厂”。刘连财眼看着自己苦心挣来的家业一下完了，精神彻底崩溃，每天用刘记月饼模子在院里做泥月饼玩，最后郁闷而死。入殓时，人们根据他的遗嘱，将上百个刘记月饼模子全部用驴皮胶黏在了他的棺材周围，他将自己使用了几十年的月饼模子带入黄泉。显然，曾广济、刘连财是两个“逆历史潮流而动”的人物，但又是两个“讲原则”、把“手艺”视为第一生命的人。他们的悲剧在于小镇小业主狭窄的视野限制了他们的思想，使他们在改天换地之际仍然坚守传统的职业精神与过时的价值观。《殷老二和他的女人》中打锅盔的“武大郎”殷老二因为老婆漂亮而自信；《马老四》中专卖羊肉汤的马老四坚忍而刚毅，为保护女儿不惜让造反派头头打断一条腿；《黄氏面条儿铺》中的黄六孩忍辱负重，接受妻子出轨的事实，获得善果，曾经承诺不让妻子受苦的老馍折腰之后上吊自杀……总之，孙方友笔下的匠人与小业主性格各异，栩栩如生。

女作家薛舒描绘的主要是“当下小工商业者”，如供销社的售货员或会计、服装社的裁缝、街头的鞋匠、医务室的“赤脚医生”、走街串巷的卖小吃的人等。这些人以不同的人生经历或生命活动构建了小镇的文化风景。例如，《暮紫桥下》中的屠夫老宋能用短短6分25秒把一张猪皮毫无破损地从猪身上剥下来，杂货店的售货员终日为顾客打酱油、称萝卜干甜酱瓜，商贸社的小会计能把一把红木算盘拨得像音乐家手里的乐器；《哭歌》中的文化站邱站长与小凤仙都爱好文艺，但两人的追求与人格有着下里巴人与阳春白雪之分；《唐装》通过爷爷和父亲两代裁缝对传统服装的难以割舍，展示了老式艺人的价值立场与精神追求。薛舒有时通过演绎底层工商业者命运的变迁史与凡俗生存史来展示他们的顽强生命力与生存的“懵懂”。《记忆刘湾》就是这一方面的代表作。刘湾镇药店美女玲宝热恋与她一道工作的张光明，但从城里来的张光明看不上“只记得烧猪油咸酸饭给他吃”的小镇俗人，玲宝只好委屈地嫁给其貌不扬的李季生。“文化大革命”到来，张光明阴差阳错地娶了朝阳庵的修女圆玉，愤怒的玲宝前去问罪，但结果是两人动情苟合，玲宝生下第四个女儿阿四。小镇伴随着阿四的成长发生变化：阿四读书一直聪明，考上大学，毕业后嫁给了德国人。女儿为玲宝争了气，玲宝夫妇成为小镇上令人“眼气”的人，而离婚独居的张光明则勾腰驼背渐入老境。

值得注意的是鲁敏、魏微、张楚、张国擎等年轻的作家都描绘了自己记忆中的小镇“当下小工商业者”。例如，在张楚的《刹那记》中，“鞋匠”宽厚善良，呵护继女樱桃，容忍妻子“裁缝”由猜忌而生发出的种种虐待，作品展示了底层手工业者的善良；在鲁敏的《逝者的恩泽》中，卖“小吃物”的红嫂宽容了丈夫的“外遇”，接受了远道而来的古丽及其儿子达吾提，作品也展示了小镇底层劳动者的善良；张国擎的《古镇逸事》塑造了集大俗大雅于一身的中药店经理二先生，展示了中药店（铺）“先生”与其他工商业者不同的“文化味”。

在此，我们要特别提到那些以小工商业者描写为平台或载体的作品。在这些作品中，作者并不是将审视小工商业者的文化禀赋放在首位，而是通过对小工商业者的描写去表达社会学、政治学层面的内容或者其他更丰富的文化内涵，如贾平凹的《腊月·正月》对王才的描写是为了展示“改革开放”对传统乡村的冲击及新旧文化的冲突。周大新的《紫雾》通过对制作鞭炮的周龚两家的描写，展示了周龚两家四代人的恩怨情仇；其《香油坊》塑造了郜二嫂这一出现在“改革开放”时代背景中进步女性的形象，作品不是展示郜二嫂经营香油坊的功业，而是展现她作为人也作为女人的情感世界。从某种意义上说，这些作品在客观上间接展示了不同时代小工商业者的文化心理与文化禀赋。

（二）小城镇商业文化及其禀赋

前面我们已经谈到，“文化叙事”是指新时期小城镇叙事小说从文化角度切入的文化审视、文化观照、文化考察、文化透视、文化批判等创作行为。小城镇工商业者群体是一个比较特殊的社会群体，作家们出于不同的目的、从不同角度、以不同方式对这一社会群体进行了文化观照。作家的文化观照不必像社会学家那样全面，因为作家们感兴趣的是特定的文化范围与文化层面，特别是像汪曾祺、孙方友等刻意直接观照小城镇文化的作家。笔者认为，作家们最感兴趣的是小城镇商业文化及其文化个性。

小城镇工商业者既是商业文化的创作者，又是商业文化的承载者。李安辉等人认为：“商业文化是市井社会中产生的又一种文化现象，是职事集团内长期积淀而成的丰富多彩的特殊文化。它包括商品意识、商品消费、商业管理、商业经营、商业宣传、商业道德、商业民俗、商业书籍等一系列与商业有关的文化现象。"① 李安辉所指的是一般商业文化。与大都市商业文化相比，小城镇商业文化有自己的特点。笔者认为，小城镇商业文化是小城镇工商业者在商品的生产、流通、分配、交换和消费以及服务等商业活动过程中形成的一种文化。它的形成基于小城镇工商业者共同的生存方式与共同的价值意识，其核心内容包括风土习俗、行业惯例、职业操守、道德准则、制度规范等。鉴于我们在此主要讨论小城镇文化群体的精神因素，所以我们的议论重心落在小城镇商业文化的精神层面，即观照小城镇商业文化的观念文化及制度文化，而将器物文化暂时搁置。对于小城镇商业文化，作家们的考察不像社会学家、经济学家那样严密、全面，从实际创作情况看，作家们感兴趣的是小城镇商业文化中的观念文化。——观念文化是小城镇商业文化的精神文化中的核心板块。笔者认为，作家们的观照集中在侠义精神与聚财意识这两个"点"上。

侠义精神，是以小城镇工商业者为主要缔造者及主要载体的商业文化的核心部分。小城镇工商业者的侠义既不同于"武侠"，又与"儒侠"有异。"武侠"的主要行为是劫富济贫、除暴安良、扶危济贫、抑恶扬善、路见不平拔刀相助，"儒侠"以"仁义"为核心价值观，舍生取义、宁为玉碎不为瓦全是其外在表现；而商业文化或小城镇工商业者的侠义精神则是一种分散在各行业中的朴素的职业品格和处世道德，如仗义、利人、守信、见义勇为、无偿救助弱者、乐善好施等。

现代小城镇工商业者的侠义精神首先表现为以潜在的互利目的为前提的"义行"。汪曾祺的《异秉》写到了江南小城医药行业的"义行"。保全堂是高邮城内有名的药店，药店除煮饭挑水的雇员之外，其他职员分为四等："管事""刀上""同事""相公"。"同事"的地位不高，他们的职务就是抓药写账。"同事"每年都有被辞退的可能。"管事"行使东家赋予的种种权力，辞退"同事"时并不说话，只是在腊月的辞年酒桌上暗示，只要是把哪位"同事"请到上席去，该"同事"就二话不说，客客气气地卷起铺盖另谋高就。当然，事前必然会漏出一点风声，所以即将被辞退的"同事"在八月节后就有预感，有的早就和别家谈好，很潇洒地走了；有的则请人斡旋，留一年"试用"。保全堂的陶先生咳嗽气喘，影响药店形象，人

① 李安辉主编《家长里短话市井》，河南大学出版社，2005，第181页。

也不精明，影响经营效益，因此，陶先生已经有三次要被请到上席了，但终于没有坐上席，最后还是留了下来。为什么陶先生没有被辞退呢？主要原因是同行店伙纷纷来说情：“辞了他，他上谁家去呢？谁家会要这样一个痰篓子呢？这岂非绝了人家的生计？”店主及同行店伙推己及人，设身处地地站在陶先生的位置考虑问题，施义于弱者，他们的“义行”保住了陶先生的饭碗。当然，最典型的义行是《大淖记事》中锡匠们的同仇敌忾，疾恶如仇。小城中的锡匠们“互通有无，从不抢生意，若是合伙做活，工钱也分得很公道”。小锡匠十一子与巧云姑娘相爱，而刘号长半夜拨开巧云姑娘的门糟蹋了巧云姑娘，小锡匠继续与巧云姑娘相好，刘号长认为十一子“夺走了他的人”，是在“太岁头上动土”，因而命令保安队把十一子打了个半死。众锡匠开了会，向县政府递了呈子，随后上街游行：二十来个锡匠挑着二十来副锡匠担子，在全城的大街上慢慢地走。“这是个沉默的队伍，但是非常严肃。他们表现出不可侵犯的威严和不可动摇的决心。”游行持续三天，第三天他们“顶香请愿”。最后，锡匠们讨回公道，伸张了正义，惩罚了恶人。

在许多情况下，小工商业者的侠义表现为相濡以沫的底层平民情怀。鲁敏的《逝者的恩泽》是描写这种侠义精神的代表作。苏中东坝镇的红嫂从丈夫去世的苦痛中走出来，与女儿小青一道做起了走街串巷“卖小吃物”的生意，但来自大西北的古丽打破了她的生活宁静。原来古丽是丈夫在大西北打工修铁路时结识的“相好”，他们还有一个儿子。在震惊与惶惑之后红嫂收容了古丽母子，并在精神上接受了他们。古丽积极参与“卖小吃物”，他们一起开始了宁静的生活。古丽爱上了性格开朗的张玉才，但后来发现进入青春期的青青对张玉才抱有幻想，她痛哭几天后出来“保媒”，把青青介绍给张玉才，“出让”了自己的爱情。红嫂发现自己得了乳腺癌，最终放弃治疗，把丈夫的抚恤金留给古丽的儿子达吾提治疗眼睛。古丽知道“丈夫”的抚恤金放在红嫂那里，但她从不提及此事。《逝者的恩泽》展示了底层工商业劳动者博大美好的情怀，渲染了一种具有古典意味的侠义情怀。

当然，小城镇工商业者“义行”的终极追求有时会升华为一种形而上的道德追求。在张国擎的《古镇逸事》中，古柳镇中药店经理二先生对菊菊妈及菊菊兄妹的救助就体现出形而上的道德追求。菊菊爸为防止年轻漂亮的菊菊妈逃走，打折了菊菊妈的腿，将菊菊妈当成泄欲的工具，甚至将菊菊妈当成偿还赌债的抵押品和筹集赌资的商品，二先生出于道义而爱上菊菊妈，并拿出自己的工资筹办菊菊一家人的衣食。在菊菊爸欲将菊菊妈卖到深山之际，二先生不惜盗用药店的营业额凑齐 100 元为菊菊妈“赎身”，随后又顶着小镇舆论的高压将菊菊妈弄到部队医院去治疗被打折的双腿。经过部队医院的医治，菊菊妈站起来了，而且成了一个风姿绰约的女人。但是，最后治好双腿的菊菊妈告别二先生，参加了县里的“现身说法”宣传队，后来嫁给了一个官复原职的下放干部。二先生则留下女人的两个孩子，将他们抚养成人，培育成材。从表面上看，二先生救助菊菊妈及其一家是为了追求一种理想的爱情，但实际上他是想以婚恋的方式救助女人，使女人彻底摆脱苦难，在女人获得新生之后，二先生果敢地放弃了“爱情”。二先生救助的是小镇的无业市民，而不是陷于困苦或危难的同业，因此也不存在潜在的回报目的，显然，二先生的侠义行为是出于一种高层次的精神追求。

小城镇商业文化的聚财意识是一种内涵丰富的文化意识。

汪曾祺、孙方友等作家展示了诚信经营、以义取利、厚德载物、和气生财等工商业者的经商理念及与之相关的价值观。汪曾祺的《茶干》塑造了连老板这一诚信经营、以义取利的典型。江南小城里的连老大做生意，信用极好。种田人上城，把油壶往连万顺柜台上一放，就去办别的事情去了。等他们办完事回来，油已经打好了。油壶口用厚厚的桑皮纸封得严严的，桑皮纸还盖上了“连万顺”的印记。乡下人从不怀疑油的分量足不足、成色对不对。他们付了钱，提了油壶酱筐，道一声“得罪”，就走了。连老大做生意注重和气招财。乡下的熟主顾来了，连老板必起身招呼，小徒弟立刻倒了一杯热茶递了过来。他家柜台上随时点了一架盘香，供人就火吸烟。乡下人寄存一点东西，如雨伞、扁担、箩筐等，连老板必亲自看着小徒弟放好。乡下人有时竟把准备变卖或送人的老母鸡也寄放在这里，这时连老板也要看着小徒弟把鸡拎到后面廊子上，还撒了一把酒糟喂一喂。显然，连老板是一位既有德性又有商业头脑的小商人。他讲究职业道德，即使顾客不当面提货，他也不在斤两与货品成色上打折扣。用特殊材料封口、打印记、与顾客联络感情，这一系列行为既有利于塑造自己的“品牌形象”，又有助于扩大、强化自己店铺的商业影响。

精明或以智慧经营是聚财意识的核心内容。作家们对小城镇工商业者不违背职业道德的精明大加赞赏。在《小镇人物·曾老板》中，孙方友十分欣赏曾老板每年一度的“背老板”活动。这一活动每年年底进行，届时曾家油坊大院里张灯结彩，鼓乐齐鸣，老板与工人都焕然一新，全体工人放假一天，也邀请左邻右舍及镇里的头面人物前来凑热闹。背老板的工人与被背的曾老板都身披红绸带，剃光头。作坊工人若能背着体重300多斤的老板在规定的圈子里转一圈，奖一块大洋，转两圈儿，奖两块大洋。若是转上三圈儿，还要加倍奖励。在此，“背老板”是一种娱乐、狂欢，也是一种仪式，一种广告。这一活动可谓一举多得：对外能扩大企业的影响或知名度，对内既能凝聚人心，又能融洽业主与工人的关系。

在《刘大肚子》中，孙方友以赞赏的笔调描述了刘二爷的洗脸盆销售策略。土改阶段，颍河区新任女区长去他店里买洗脸盆，“有眼光也有头脑”的杂货铺业主刘二爷在脸盆销售上动了一番并无恶意的心机。首先，刘二爷将女区长的购买变为“批发”，让女区长承担“误听”的部分责任，这样一来，女区长订购的5个脸盆就顺理成章地变成了50个；接着，他打破自己从不赊销的规矩，大度地将几十个脸盆存放在女区长那里，将女区长“套牢”，后来女区长将脸盆当奖品发了下去。因为搪瓷盆轻便好看又好洗，人们觉得比瓦盆、铁盆好用，于是纷纷到刘家店里去买，搪瓷脸盆也随之在颍河地区推广开来，以至刘二爷“好赚了一把”。在此，作者既肯定了刘二爷的经商智慧，又赞扬了他的经商济世的行为。

商业文化是一种良莠并存、泥沙俱下的文化。商人逐利，无可厚非，但聚财意识有其消极的一面，作家们展示了小城镇工商业者聚财意识的消极面。

孙方友的纪实小说《黑店》讲述了这样一个故事：陈州城西关有一家姓任的，几代人都开黑店，直到任孩儿这一代，才被一个外地后生察出线索，将任孩儿夫妇绳之以法。任家开黑店，多是谋害有钱的外地客商。黑店不黑，外装饰比一般明店还阔绰大方，而其服务态度好，这就使人容易上当。黑店有规矩：兔子不吃窝边草。平常他们的人缘也极好，见人三分笑，不断用小恩小惠笼络四邻。四邻就认为这家人乐善好施，是菩萨心肠。外地生人来住店，店主甜言蜜语，服务周到，温暖得让人失去戒心。等到后半夜，客人人困马乏，店家就下手。任家杀人多用绳子勒，人死不见血腥，然后让人化装成那死者的模样，仿着那人的口音，高一声低一声呼唤店家开门登程。店家也佯装送客，在“走好走好”的送客声中，沉重的脚步声远遁……其他客人于朦胧中皆以为那“客人”起早走了，事实上店主已经杀了客人，匿其尸首，抢了其钱财。作者的故事讲述不动声色，其笔触甚至带有几分猎奇的意味，但这种不动声色的讲述中隐含着强烈的道德批判：对一种利欲熏心、唯利是图的经商行为的谴责，对一种违背人伦、丧尽天良的生存之道的深恶痛绝。

对于小商业者而言，吝啬是一种比较特殊的敛财之道，也是极端或畸形的聚财方式之一。汪曾祺的《八千岁》尽情地嘲弄了米店老板八千岁的吝啬。作者对八千岁这一形象的塑造既展示了一种比较特殊的聚财意识，又考究了一种小业主文化人格——一种比较特殊的聚财意识与小城镇工商业者的畸形文化人格的内在联系。

同行同业之间相互倾轧是聚财意识阴暗面最典型的表现。在陈世旭的《将军镇》中，饭店老板陆传贤与余自悦的商业竞争演变为陷害倾轧。陆传贤为了使自己的饭店成为小城的“第一把交椅”及利益最大化，不惜痛下杀手陷害同行，其行径应该指责，但余自悦的“反击”在道德层面也有值得反思的地方。显然，作者寓批评与谴责于不动声色的描写之中，平和的叙述中隐含着道德评价。

“文化叙事”在展示小城镇商业文化的同时，也揭示了小城镇商业文化的个性特征。文化人格的“中性”或中庸，是小城镇商业文化个性特征的集中表现。所谓文化人格，在此是指某一特定社会群体或社会阶层在文化层面上表现出来的具有倾向性的人格化特征，是文化价值观念、文化追求、文化立场等要素的综合。从“职业”角度看，小城镇工商业者文化人格既有别于大都市工商业者的文化人格，又不同于农民的文化人格。现代工业与市场经济决定了大都市工商业者文化人格的前卫性，这种前卫性的支撑是与市场经济形态相对应的平等观念、契约观念、竞争观念、个人自由观念、社会公正观念等。自然经济或半自然经济决定了农民文化人格的保守性，这种保守性的思想支撑是等级观念、宗法家族观念、乡土观念、土地意识、自给自足意识等。在工商业活动中更注重遵循价值规律，在人际交往中锱铢必较、利益分明，认识与思维具有量的精确性和质的规定性，是都市商业者文化人格的外在基本表现，而宽容大度、慷慨敦厚、重义轻利、商业意识相对淡漠，则是农民文化人格的外在基本表现。与前面两者相比，小城镇工商业者的文化人格显现出“中性”或“中庸”品格，其禀赋介于大都市工商业者文化人格的前卫性与农民文化人格的保守性之间。小城镇工商业者文化人格“中性”或“中庸”品格的集中表现是小城镇工商业者既“好义”又“好利”，在许多情况下“利”不犯“义”，“义”“利”齐举，在工商业活动与人际交往中既不像现代大都市工商业者那样锱铢必较、精确分割利益，又不像传统农民那样利益切分粗放，商品观念淡薄。从某种意义上说，商业文化的侠义精神是小城镇工商业者“好义”的具体表现，而聚财意识则是小城镇工商业者“好利”的集中体现。在许多情况下，小城镇工商业者的“好义”与“好利”存在着某种互通性。我们可以从两个方面看待这一问题。首先，“好义”就是“好利”。例如，《茶干》中的连老大讲究诚信、为乡下人做种种“分外”的事，其动机就是为了得到更大的“利”。其次，“好义”是“好利”的曲折表现，“好义”是为“获利”创造条件或提供保证：小城镇小生产者、小业主处于社会底层，他们的生产生活过程中存在着许多偶然性因素，因此他们有必要建立起某种人际信任，达成某些道德默契，有必要建立应付生存危机的伦理规范及道德信条，从而为自己的衣食之源“利”的生成与创造提供条件。赵伯陶先生精辟地指出了大都市富商巨贾、农民和小城镇工商业者对“义”的不同态度及小城镇工商业者“好义”的深层次原因：

> “义”的内涵是由讲求者的社会地位与经济地位决定的，一般市民的重“义”正是重利的曲折表现。处于相对封闭状态、代表封建生产方式的农民，对于“义”的向往就没有市民阶层那样迫切。同时，处于市民上层的富商大贾也不必垂青于对他们作用不大的“义”，因为他们的经济地位决定了他们对“义”弃之若敝屣的态度，而采取诸如贿赂、欺诈、垄断的手段去达到自己的目的。由此而论，“义”无论用之于何时何地，都绝不抽象，其背后所隐藏的功利目的是显而易见的[①]。

赵伯陶先生所指的“一般市民”就是“小工商业者”，若从经济角度

① 赵伯陶：《市井文化与市民心态》，湖北教育出版社，1996，第214页。

看，“小工商业者”与小城镇工商业者没有本质区别。

如果以《激杀》（梁晓声）、《原始股》（毕淑敏）、《特别提款权》（钟道新）、《商海横流》（彭见明）、《波涛汹涌》（舟行）、《商业原则》（刘阳春）、《商人》（李肇正）等反映大中城市商业竞争作品中的企业主和商人为参照，小城镇工商业者在“义”“利”取舍方面的个性更鲜明，因而我们能更清楚地看到其文化人格的“中性”或“中庸”品格。

总之，文化人格的“中性”或“中庸”是小城镇商业文化个性特征的集中表现。

二　小城镇文人群体及其文化

文人，即“文化人”的简称[①]，在此指从事或有能力从事教育、文学、艺术等方面的工作，且有一定人文情怀的人。小城镇文人在小城镇整体人口中所占比例不大，是一个比较特殊的群体。

（一）小城镇文人群体的构成

新时期小城镇叙事小说的“文化叙事”描写了形形色色的文人。我们可以从不同角度分析作家们笔下的小城镇文人群体的构成。

从“时间”层面看，小城镇文人可划分为当代文人与近现代文人。

由于“怀旧”及其他方面的原因，汪曾祺热衷于描写“现代”文人——20 世纪上半叶这一时段内的文人。《岁寒三友》中的民间画家靳彝甫是一个以义为上、能为朋友两肋插刀的人，当他得知自己的朋友草绳商王瘦吾和鞭炮店主陶虎臣处于窘境时，毅然将视若生命的三块田黄石章出卖，去接济两位挚友。《星期天》塑造了赵宗浚、李文鑫、谢霈、赫连都等小城教师，饶有兴趣地描写了这些人物的“星期天生活”。《徙》展示了高北溟先生的高尚品德。孙方友笔下的文人生活在不同时代。《蒋宏岩》《虎痴》等作品中的“墨客”生活在“现代”，而《张老师》《方鉴堂》等作品中的文人则生活在“当代”。薛舒的《忘却》《花样年华》等作品描写的是当代知识分子，而鲁敏的《纸醉》《燕子笺》《思无邪》等作品中的教师则生活

① 丁家栋、白咏春认为：“文化人一般指知识分子，据最通行的说法是具有中等以上知识文化层次的人。”参见丁家栋、白咏春《关于中国知识分子文化人格问题的思考》，《重庆师院学报》2001 年第 4 期。

在“当下”。

从“职业”角度看，小城镇文人可分为教师、书画家、文化干部等“亚群体”。在作家们的描写中，教师群体是小城镇文人的重要组成部分。在汪曾祺、孙方友、薛舒、鲁敏等作家的笔下，教师是文人群体的核心板块。书画家是汪曾祺、孙方友、卜伟等作家的重要描写对象，往往也是小城镇文化人中的关键人物。例如，孙方友的《蒋宏岩》中的画家蒋宏岩因对艺术的执著追求而成为陈州的传说，而《虎痴》中的甘剑秋因对艺术的执著和品格的高尚而被人们誉为“陈州虎痴”。卜伟的《小城书家》塑造了江满楼、铸工等德艺双馨、淡泊名利的书法家形象。文化干部在此主要指在“文化”或“文教”等行政部门担任职务的文人。文化干部是文人群体中的特殊部分，其特殊性在于他们既是文人又是干部。文化干部在文人群体中所占比例较小，但他们在小城镇享有一定的话语权。例如，在彭瑞高的《六神有主》中，包金亭因是教书出身，又写得一手好字，所以在民间口碑极好，具有较大的号召力，又因为他是“懂教育”的干部而受到书记乡长的器重。在陈世旭的《将军镇》中，在政治决定一切的时代，因文艺与政治“联姻”，文化站站长在那个特殊的时代能呼风唤雨，在“拨乱反正”之后，因时代赋予了“文化权利”，文化站站长是许多小镇文人向往的位置。

从属性角度看，作家们笔下的小城镇文人可分为传统文人与现代文人。

传统文人是深受传统文化影响的文人，由于儒道思想仍然在一定程度上左右这些文人的精神世界与道德理想，所以他们有着特定的精神操守与价值追求。现代文人在此是指在市场经济、世俗物质生活与传统的道德立场、人文追求这两者之间寻找契合点的文人：他们既向往世俗的现代生活，力图适应经济社会的效益原则，又在一定程度上受制于传统价值体系的束缚。由于侧重于展示人性美、人情美及以儒雅的眼光审视凡俗人生，汪曾祺、林斤澜等作家笔下的文人几乎都是传统型的。值得注意的是，在汪曾祺笔下，即使是得风气之先、言行前卫的知识分子，其骨子里仍是儒家思想和老庄文化。例如，在《星期天》中，20 世纪 30 年代的小城教师们在周末跳交谊舞、喝鸡尾酒、听现代音乐、看外国电影、逛公园、做生意，但他们在所有活动中都显得“文质彬彬”；校长赵宗浚很有经济头脑，也有现代化的管理经验，“他很精明，但并不俗气”，很有文化修养，上海市井粗话绝对不会从他口中出来，35 岁仍然单身，但与女性交往进退有序；体育教员谢霈为人吝啬，在金钱上十分计较，但一到星期天，就请两个人来下围棋，别人下，他在旁边欣赏，然后在酒店里宴请下棋的两个人，出手大方；“跳舞教师”赫连都跳交谊舞、喝鸡尾酒、听现代音乐、看外国电影、在白俄健身房练拳击，其言行处处透露着“现代”，但此人有着古老的侠义情怀，例如，见到美国兵在霞飞路调戏中国妇女，他就拔刀相助，打跑四个美国兵。很明显，古老儒家思想与老庄文化仍然规范着这些“现代教师”的所作所为。孙方友笔下的知识分子都被打上了传统文化的烙印。例如，《张老师》中爱好面塑的张老师被人诬陷偷面粉，送进县城监狱关了半个月后被释放，觉得“再无颜见江东父老”，出县城不远，“就一头栽进路旁的机井里自杀了”，显然，张老师将“颜面”看得比生命还重要。在薛舒的《忘却》中，“教书先生”清高腼腆，为了颜面，他拼命抵抗镇街上新煮猪大肠“臭烘烘的香味”的诱惑。鲁敏笔下的伊老师古道热肠、善解人意、乐于助人。

现代型文人主要出现在20 世纪80 年代之后的作品中。王清平的《守望官阶的女人》与肖仁福的《背景》都描写了“官欲熏心”的文人。在《守望官阶的女人》中，“官阶”成为步入中年的马老师的人生追求，怎样利用第二次婚姻“傍”上一个职位可观的官，成了马老师后半生的人生理想。在《背景》中，想爬上正校长宝座的东方白得知普通教师秦时月有“背景”——秦时月的师专同学吴万里当上了副市长，就开始亲近秦时月，“买通”秦时月之后，通过秦时月引荐，费尽周折，最后见到了副市长，奉献了礼物，但就在校长任命书即将下发之际，东方白行贿副市长之事东窗事发，东方白不仅一切努力付之东流，还摊上了贪污行贿的官司。在陈世旭的《将军镇》中，新时代的到来使先前唯唯诺诺、见人就鞠躬的洪艺兵变为另外一个人：洪艺兵成为“镇上的士绅”，他尽情“享受生活”，“单独用膳”，每天都吃“独食”，在文化站说一不二，经常“摆领导架子”，他完全“忘记他当初是个什么东西了”；尽管他得到了台湾的父亲“天文数字”的遗产，可他对任何人都一毛不拔。余小偶的《小城女人》与《小城男人》展示了部分“现代”青年的共性，如矫情、狡黠、趋炎附势、追求物质享受等。

（二）小城镇文人群体的文化及其禀赋

小城镇文人群体既是小城镇文人文化的创造者，又是小城镇文人文化的载体。

小城镇文人文化包括文化产品、文化体制、文化精神等内容，由于文人文化的文化精神是“文化叙事”关注的重心，所以在此我们只讨论文人文化的文化精神及其特征。在作家们笔下，文人文化的文化精神包括文人理想、文人价值意识和文人道德等三个部分。

文人理想出自小城镇文人的人文情怀，其内涵可分为“社会理想”与“个人理想”两个部分。

小城镇文人文化的“社会理想”是由入世思想驱动而产生的社会构想与文化期待。小城镇文人少有“治国平天下”的宏愿，他们的社会构想与文化期待常常立足于身边的现实。裘山山的《保卫樱桃》（《人民文学》2000 年第 10 期）展示了年轻女校长的“社会理想”。樱桃小学有 5 棵樱桃树，但在老校长执政的 20 年里学校从来没收获过樱桃，因为每年 4 月樱桃成熟的时候，四里八乡的村民们就会在夜间翻过学校的墙头偷樱桃。接任的女校长是一个“追求完美的理想主义者”，她认为，保护樱桃树就是对学生进行最实际的道德品质教育，保护樱桃树更是为树立良好的社会风气作贡献，这样的事，比升学率更为重要；尽管樱桃最后还是“吃进了学生口中”，但偷着吃与摘下后分着吃的效果是不一样的。因此，她要让学生家长体面地得到樱桃，她渴望学校附近出现“路不拾遗、夜不闭户的民风”。女校长下令加高校园围墙，强化保卫措施。“保卫樱桃”成功了，女校长亲自组织采摘樱桃，让学生们过了一个“采摘节”。尽管最后女校长在强大的“习惯势力”面前一败涂地，但她的“社会理想”体现了一种人文情怀，是具有进步意义的。在鲁敏的《纸醉》中，伊老师也是一个理想主义者。他通过自己的努力，以博大、悲悯的人文情怀弥补着周边他人生活中的缺憾。开音是先天性的聋哑，伊老师细心地呵护着女孩脆弱的心，处处维护开音父亲的自尊与自信，不断地指出开音的长处与优点，让开音的父亲觉得自己的孩子与别人没有什么不一样。他让自己的两个儿子一直陪伴开音成长，而在开音因剪纸艺术闻名遐迩、前途一片光明之际，他又默许儿子们的离开。很明显，伊老师出于仁爱之心，凭借自己的绵薄之力，力争使缺陷趋于完美，力图在不幸中寻觅幸福。小城镇文人是小城镇相对封闭环境中的

“儒”，由于种种原因，这种“儒”在小城镇社会中处于边缘位置，但“儒”与“官”结合，成为“儒官”之后，就会获得特定的话语权。获得话语权的“儒官”往往会依照自己的人文理想与文化期待来改造环境。彭瑞高的《六神有主》中的包金亭和《秋天备忘录》中的毕士龙就是这样的“儒官”。包金亭与毕士龙都是管文教的副乡长，都被民众称为“老师”，都以儒者的情怀处理行政事务及与世俗抗衡，如尽力维护小镇风化，为改善小镇教学条件而奔走呼号等。

“个人理想”一般指由社会个体所设定的、希望达到的人生目标和关联自身的奋斗前景，小城镇文人文化的“个人理想”则指小城镇文人自我价值实现的欲望。与一般社会个体的功利性追求不同，小城镇文人文化的价值实现欲望是一种精神性的追求，在许多情况下表现为对自己的某种“文化产品”的境界（质量）追求。才智输出是文人实现自身价值的重要途径，“文化产品”是文人才智的凝结，由于特定的时空限制，小城镇文人往往将自己的“文化产品”的某一质量设定为自己人生价值实现的终极目标。孙方友的《蒋宏岩》塑造了一个为艺术“献身”的画家。酷爱美术的蒋宏岩向知名画家张善子先生学到画虎的绝技，期待成为“陈州名人”，不想偷偷学画老虎的甘剑秋在乐于助人的张善子的帮助下一举成名，被画坛誉为“陈州虎痴”。甘剑秋突然出现，使正在画虎道路上奋力前行的蒋宏岩感觉到被人当头打了一棒。大病一场后他偷偷买了只小老虎，关在笼里，天天逗虎画虎，决心在艺术上压倒甘剑秋。经过几年卧薪尝胆，蒋宏岩功夫练就，在即将出山小试之时，不想甘剑秋突然遭人暗杀。蒋宏岩闻知消息，如炸雷击顶，口喷鲜血，仰天呐喊：“天灭我也！”果然不出蒋宏岩所料，由于一时找不到凶手，陈州人怀疑是蒋宏岩因嫉妒而雇人杀了甘剑秋。蒋宏岩有口无处辩，只好隐藏重新练得的画技，单等甘剑秋一案侦破之后，再度出山。但甘剑秋的案子一直破不了，蒋宏岩急得火烧火燎，有心想雇私人侦探寻找凶手，但又怕落下“贼喊捉贼”的名声，万般无奈，他只好耐心等下去。整日苦受煎熬，时间长了，受不住折磨，终于精神崩溃——蒋宏岩疯了。从表面上看，蒋宏岩是在“争名”，但事实上，蒋宏岩是把甘剑秋作为参照系，进行艺术上的自我超越，当这个参照系不复存在时，他认为一切努力付之东流，无法向众人展示自己全新的艺术境界，自己的才智输出得不到世人的最后承认，因此，他的精神崩溃了。显然，蒋宏岩的思维方式存在偏颇，但他在艺术上的求真精神是不能否定的。

小城镇文人对“文化产品”的质量追求，往往演变为超越艺术的纯粹精神追求。在孙方友的《方鉴堂》中，小镇书法家方鉴堂的艺术追求最终成为了一种境界修炼。在新中国成立初期，方鉴堂这种“知识型”有历史问题的人可以躲在家里改造思想，闲来无事，他就在家中练书法。没钱买纸，他便用胶泥水写在一块玻璃上，写了用水一冲，晾干或擦干再写，所以他家的窗台上，时常放着好几块大玻璃。在“文化大革命”中，为了改造他的灵魂，队上派他挑着铁桶挨门挨户收新鲜人尿肥田。在又脏又累的劳动之余他仍然坚持练书法。为了练就“毛泽东体”的“墨毁”，他被上纲上线，挨了批斗，但斗争会一结束，他在家中马上开始研究“墨毁”。他并不在乎被批斗，他在乎的是：“我咋就练不像呢?”当然，小城镇文人理想在更多情况下表现为文人人格的自我升华欲望，我们将这一问题放在下面讨论。

小城镇叙事主体所关注的小城镇文人文化精神的另一核心板块是文人价值意识。价值意识是客观存在的价值与价值关系在人的心理上的反映，亦即与价值判断、价值选择等“价值行为”关联的思想意识。由于特定的时空限制及毗邻乡土等因素的作用，小城镇文人的价值意识与都市文人的价值意识存在差异。作家们的描写表明，小城镇文人的价值意识首先表现为自我认同意识。小城镇文人的自我认同意识即小城镇文人的阶层优越感与价值自信。这种阶层优越感与价值自信的形成既有历史的因素，又有现实的因素：从历史层面看，“士”位于“士、农、工、商”这“四民”之首，“世袭”的文人地位决定了小城镇文人的心理优势与文化自信；从现实层面看，小城镇文人虽然既无钱又无权，是小城镇社会的边缘人群，但他们掌控着小城镇的精神世界及“精英话语权”，因此他们有着其他群体所没有的精神自足与文化自信。作家们从不同角度展示了小城镇文人的自我认同意识。在汪曾祺的《星期天》中，福煦路上私立中学的教师是一个注重自我形象、“自命不凡”的群体。星期天，他们从事一些“高雅”的活动，如逛公园、逛城隍庙、听票友唱戏、看国手下棋、看书读报、看电影、跳舞等，平时很注重“形象”。例如，校长赵宗浚“很有文化修养”“说话高雅”，从来不讲本地脏话；教导主任沈裕藻的业余爱好是拉胡琴和结交票友，体育教员谢霈愤世嫉俗，下围棋和请围棋国手下围棋是他业余生活的全部内容；学校经常举行露天舞会，跳舞的男男女女行为端庄，举止文雅。很明显，私立中学的教师们深知自己在小城中的身份与地位，无时无刻不在进行自我形象塑造。在薛舒的《忘却》中，教书先生觉得自己与镇上蹬三轮车的人不同，他通过许多生活细节把这种不同告诉了妻子。譬如，教书先生是不吃小贩那里买来的猪下水的，仅因为这一点，妻子就分外看重丈夫。但有一天，他终于抵挡不了卤猪肠那“臭烘烘的香味”，半推半就地坐到熟食摊前，“和踏三轮的坐在一起吃下水喝烧酒”，不过他心中充满羞耻感与负罪感。在鲁敏的《燕子笺》中，束校长很注重“文人气相”，“在衣着、举止、气度等方面，亦颇有自知与自觉的意识”：他只穿中山装，两套颜色不同的中山装轮流上身；“他脚上的布鞋，鞋底与鞋帮间那外围一圈，长年保持着不可思议的白”；他一到学校就戴上蓝黑色护袖，下班后这护袖常常“忘了取下”，他有意让路人看到他袖口下端那昭示着崇高职业的白粉笔灰；“他骑自行车，碰到再小的沟坎，也必要下车缓缓推着过，那推车的模样，形容不出的斯文与镇定”。显然，束校长有意通过自己的一言一行来证明自己在小镇的身份与地位，来显示自己在小镇的精神优越，也许束校长言行的内在驱动力是“万般皆下品，唯有读书高”的价值理念。

作家们的整体描写表明，小城镇文人价值意识中更深层次、更根深蒂固的东西是儒家的某些价值观念。与大都市文人相比，小城镇文人身上的传统因素得到了更多的保留。例如，“以礼为上”“仁者爱人”“和为贵”等作为儒家思想重要部分的东西，在更大程度上左右着小城镇文人的言行及与之相关的价值认定。在鲁敏的笔下，东坝镇上的伊老师是一位“仁者”，在《思无邪》中，这位“仁者”以仁者之心、以仁厚与大度处理了一件尴尬的事情，将“丑事”变为“好事”。村长万年青安排被自己收养的流浪聋哑少年来宝去照顾脑瘫女兰小，十七岁的来宝尽心尽责地工作，进而对30多岁的兰小产生了感情，致使兰小怀孕，兰小父母为此日夜发愁。“爱人”的伊老师从“仁者”的价值理念出发，首先摒除要来宝“坐牢”的可能，接着想出变“丑事”为“喜事”的办法。他提着礼物中规中矩地上兰小家提亲。作品中有这样一段描写：

这伊老师，发了心要做媒，就做得像模像样了。穿的是整整齐齐的中山装，有些旧，却很挺括。进门先提四样小礼：两斤糕、一斤糖、两块布料、一个猪大腿。行动上，未语先笑，面带喜气，那种一本正经的喜气。

哎呀，我来给二老贺喜了！有人看上你家二姑娘了。那来宝，你们认识的吧，一个好小伙子呀，要相貌有相貌，要力气有力气……那里，他的远房叔叔，也就是咱们村的村长万年青，托我来做媒了，喏，这是四样小礼……

这两个孩子呀，虽说岁数相差一些，可别的，我看真蛮般配，而且，他们有感情基础，你情我愿，不就行了……二老，你们放心，一定不会错的，两个孩子准会亲亲热热地过日子！

当然，这里头也要讲究个缘分，我们男方是满心愿意的，还要看你家的心思，看你家二姑娘的心思……过两天，我来听信儿！没关系，成不成，还要看孩子们……哈哈！

在此，我们看到了一位仁者的博大胸怀："从前到后，伊老师没说到兰小的痴与瘫，也没说到来宝的穷与孤、聋与哑，更没提兰小的肚子有什么事儿，一个字都没有，一个手势都没有，一个眼神都没有，好像世上根本没发生过那件事，好像他生活在东坝之外，根本就不知道似的……"很明显，伊老师竭力掩饰着客观存在的尴尬，竭力淡化命运的不幸，竭力维护各方当事人的尊严；同时，我们还发现，伊老师紧紧地抠住了"礼"：正规的"提亲"礼节是一种"仪式"，是一种使人之所以为人的仪式，"仪式"将一个残疾少年的青春过失导向正规婚姻，在"礼"的层面维护社会秩序与人伦，同时也在"礼"的层面维护人的尊严。

在作家们笔下，绝大多数小城镇文人顺承着"谋道不谋食，忧道不忧贫"[①] 的古训。例如，在汪曾祺的《徙》中，小县教师高北溟是"忧道不忧贫"的典型。高北溟一身正气，两袖清风，教书时为人师表，坚持"授业解惑"之道，面对能决定自己生死的教育局局长之子的挑衅，拍案而起，痛斥世风败坏，为了回报恩师谈甓渔的教诲之恩，挤出饭钱买下即将流入文痞李三麻子手中的谈甓渔文稿，为了出版谈甓渔文稿，他不惜断了爱女读大学的念想。从高北溟的所作所为中，我们能看出高北溟对于"道"的

① 《论语·述而》。

坚守，这种“道”是为师之道，为儒之道和为人之道。孔子曾指出：“君子喻于义，小人喻于利。”孔子要说明的是：君子与小人的价值指向不同，道德高尚者只需晓以大义，而品质低劣者只能动之以利害；君子于事必辨其是非，小人于事必计其利害。作家们描写了许多“义以为质”的小城镇文人。例如，在孙方友的《虎痴》中，甘剑秋就是一位“喻于义”的君子。甘剑秋画国画，后来专画老虎，耗时两年画出十二幅虎图，名为《十二金钗图》，各幅以王实甫《西厢记》中之词句为题。他带着自己的得意之作去拜访上海画家张善子。可当他摊开《十二金钗图》时，张善子一下子目瞪口呆。原来张善子也有《十二金钗图》，各幅也是以王实甫《西厢记》中之词句为题，而且其中那幅“怎当他秋波那一转”也是最为佳作。二人都十分吃惊。张善子认为这是“艺术达到极致之时，雷同很可能是高境界的归途”，甘剑秋认可张大师的解释，感谢张善子对自己的理解。他二话没说，抱起自己的十二幅虎图就投进了火炉。张善子大惊失色，急忙上前抢救，不想甘剑秋死死抱住张善子，一刻不放。张善子又喊又叫，等家人赶来抢救时，为时已晚，只留下一股青烟。应该说，两人画虎都到了炉火纯青的地步，两人的虎画《十二金钗图》都是艺术精品，但艺术珍品传世的“潜规则”客观上只允许留下一个人的作品，这种规则将两种《十二金钗图》推到了竞争的位置。面临“义”与“利”的权衡，甘剑秋毫不犹豫地选择了“义”，把虎图的传世资格让给张善子。显然，甘剑秋看重的是“君子之交”的“义以为质”和自身人格操守的“义以为上”。“礼尚往来”，张善子也是“喻于义”的君子。张善子钦佩甘剑秋的人品，留下甘剑秋住在寓所，日求一虎，两个月后，亲自出面在上海为甘剑秋举办个人画展，使甘剑秋一举成名，被人誉为“陈州虎痴”。

小城镇叙事主体所关注的小城镇文人文化精神的第三个核心板块是文人道德意识。

道德意识是人们在长期的道德实践中形成的道德观念、道德情感、道德意志、道德信念和道德理论体系的总称。文人道德意识与前面谈到的文人价值意识密切相关。从某种意义上说，文人道德意识就是文人价值意识的道德化，就是部分文人价值意识的体现，但文人道德意识有其独立性，亦即有其特定的内涵。文人道德意识的核心内涵有：“饿死事小，失节事大”“富贵不能淫，贫贱不能移，威武不能屈”“修己以敬”“修己以安人”

“己欲立而立人，己欲达而达人”“己所不欲，勿施于人”等。与这些道德意识关联的道德实践是讲究操持、追求人格独立、注重自我人格的塑造与升华、坚守忠恕之道等。从严格意义上讲，小城镇文人的道德意识与一般的文人道德意识有所不同。若以“公共知识分子”的道德意识为参照，小城镇的文人道德意识则显现出局域性、乡土性、内敛性。郑永廷教授认为，公共知识分子具有三个基本特征：一是具有一定的学术背景和专业素质，这些学者或文化人对社会公共的影响力不是来自于自身的专业成就，而是对公众关心的社会公共领域问题提出“惊人”的见解或采取超常的行动；二是标榜以中立态度或公正的立场出现，宣称对社会公共事务的关心完全出于对社会强烈的责任感和社会良知；三是具备“为正义而献身”的勇气，敢于挑战一切传统和权威。“公共知识分子”的社会“作用方式”与价值取向决定了这一特殊群体的生存空间选择，因此小城镇不是“公共知识分子”生存空间的首选，反过来说，由于时空限制，“公共知识分子”所具备的“三个基本特征”，小城镇文人不一定具有，因此，小城镇文人的社会“作用方式”与价值取向与“公共知识分子”不完全相同，进而决定了两者的道德意识差异。小城镇文人的道德理想与道德实践较少指向小城镇时空之外的事物，因而其道德意识具有地域性。例如，许多文人缺乏“仰天大笑出门去，我辈岂是蓬蒿人”的“鸿鹄之志”，也很少有“穷年忧黎元，叹息肠内热”的“天下之忧”，他们更关注的是自己周边的“实务”。“从小城镇走出的文人”与生活在小城镇的“小城镇文人”是两个不同的概念，因此两种文人的道德意识存在差异①，同时，高校教师等小城“职业型知识分子”又与一般的小城文人有异②。由于远离大都市或经济文化中心，小城镇文人更关注“本乡本土”，对小城镇文人施加更多影响的是打上了农耕文化

---

① 熊家良在其著作《现代中国的小城文化与小城文学》（中国社会科学出版社，2007）的第四章“小城：现代作家的文化摇篮（上）”中指出，小城是孕育现代作家的沃土，是培养现代文化精英的摇篮，鲁迅、陈独秀、沈尹默、周作人、刘半农、杨振声、郭沫若、陈衡哲、张资平、茅盾、郁达夫、王统照、宗白华、徐志摩、郑振铎、朱自清、丰子恺等文人与作家皆出自小城。

② 李旭在《消费时代人文知识分子文化资本的变迁与身份转型》（《兰州学刊》2006 年第 11 期）一文中称“以学院为基本的栖生地，提倡学术本位，注重学术的独立性”的“人文知识分子”为“职业型人文知识分子”，这类知识分子往往“以文学为武器”“将一切黑暗腐朽没落、虚伪丑恶卑劣的行径暴露在阳光之下”。笔者认为，有些高校建在小城内，显然这种小城高校内的“职业型人文知识分子”是不能简单地归入“小城镇文人”范畴内的。

印记的“传统”和“本地”思想意识，因而小城镇文人道德意识具有乡土性。局域性与乡土性决定了小城镇文人道德意识的内敛性：“治国平天下”等“宏大叙事”意识的淡化，必然导致“意识主体”对自身道德人格塑造与升华的关注。此时，儒家的“独善”理念与道家的“无为”思想可能在更大程度上左右着“意识主体”的道德选择。

文学是生活的反映，小城镇文人的道德观念、道德情感、道德意志、道德理论体系等道德的“知”与“行”，必然会进入作家们的视野，但作家们的叙述是有所选择的。从整体上看，“怀旧心理”、道德构建欲望、知识分子自身的先进性①等因素影响着作家们的叙述选择：“怀旧心理”驱使作家们诗化过去，去展示未被“世俗化”“市场化”的小城镇的道德楷模，道德构建欲望诱导作家们针对颓败的当下世风，去浇筑理想的小城镇道德丰碑，知识分子自身的先进性导致更多作家关注小城镇文人的积极面或从正面描写小城镇文人的道德精神。小城镇叙事关注的重心是小城镇文人道德的“行”。有三个方面的描写值得注意。

一是独善其身。当“平天下”等壮志淡化之后。许多小城镇文人转向“修身”，独善其身是“修己以敬”“修己以安人”等“修身”道德理念的外化。在卜伟的纪实小说《小城书家·江满楼》中，这种“修身”表现为人格的内敛与艺术上的谦逊。作品开首写道：“我住的小区里就居住着很多艺术家，一本厚厚的《当代艺术家大辞典》，竟收录了我20多位邻居的作品。每天晨练时，常常能看到一位老年大学的学员，拿着那本《当代艺术家大辞典》向‘练友’们炫耀，这书中的第2300页收录了他的简历，那派头真把自己当做艺术家了。”作者所指的“艺术家”实际上是一些退休干部，作者恶谑地调侃了个性张扬、妄自称大的“艺术家”。接着，作者展示了真正的艺术家江满楼的为人：江满楼在小城书法界是不入流的临帖人，

① 王卫平等学者认为，知识分子的知识、思想与道德、人格并没有必然的联系，也不构成因果关系，相反，“文人无行”倒是常见的知识分子群体的道德表现。参见王卫平《从现代小说中的文人形象看知识分子的道德人格》，《文学评论》2009年第1期。但笔者认为，与一般民众相比，知识分子受教育的程度更高，他们在接受知识、接受教育的同时更多地受到人类先进文化与文明的熏陶及受到先哲先圣高尚情操与伟岸人格的影响，因此知识分子整体的“道德水准”可能更高。还有，进入现代之后，知识分子阶层有更多的机会接受西方文明的熏陶，思想的前卫在一定程度上会促进道德的升华，因而现代知识分子道德意识的先进性可能高于一般民众。

但在60岁的时候，以一帖魏碑作品在“全国正书大展”中获了奖，而就在获得全国大奖的前一个月，在小城举办的书法比赛中，他的作品连鼓励奖都没有得到。接着，他的草、隶、篆等不同书体都入选了“全国展”，两年里，他的不同书体的作品，在国家级的书法大展中都获了奖，而且一张篆书还获得了全国唯一的金奖。省里的电视台、电台、报社都要来采访他，他一概拒绝。在江满楼遭遇车祸辞世后，家人在整理其遗物的时候，发现了许多获奖证书，包括中国书协授予的“中国当代著名书法家”证书和中国文联授予他的“德艺双馨艺术家”称号。显然，江满楼无鸿鹄之志，也无牟利之心，对于他来说，书法既是一种艺术爱好，更是一种精神寄托——一种“修己以安人”的道德境界，而名誉与称号皆为身外之物。江满楼的淡泊名利与清静无为就是一种道德境界，也许，这种道德境界只有在小城镇文人群体中才能获得更多的生存在空间。同样，在汪曾祺的《鉴赏家》中，大画家季匋民与底层果贩叶三互为知己；在孙方友的《方鉴堂》中，小镇书法家方鉴堂对艺术的执著追求，也是独善其身的具体表现。小城镇文人的独善其身有时表现为循规蹈矩，自律慎独。鲁敏《燕子笺》中的束校长就是这一方面的典范。

二是皈依虚静。如果说独善其身的主要精神依托是儒家思想的话，那么皈依虚静的哲学支撑则是道家理念。“虚静”是一种无欲、无得失、无功利的极端平静的精神状态。皈依虚静，也是许多小城镇文人的道德践行。汪曾祺的《溪鳗》《丫头她妈》《袁相舟》等作品中反复出现一个人物：袁相舟。袁相舟人生坎坷，经历复杂：年轻时一心上进，不曾想被一件小事稀里糊涂地打掉了他的才能和自信，回到乡下，也还算个能人，但那时只能混个半饥半饱，他是矮凳桥第一个做纽扣的人，但等到真正“搞活经济”及矮凳桥纽扣生意兴起时，他却“归队”回校教书去了。袁相舟处乱不惊、“临危不乱”，面对人生波澜与人世纷扰，他坦然豁达，不瘟不火。穷困潦倒在街上卖字换食时，他不卑不亢。做纽扣时，他坐在嘈杂的店堂里“尽心尽力做手艺，也是做生意”，但做纽扣对他而言也是一种精神慰藉——超脱功利，他自足自得，“倒又像坐在三界外，坐在桃源洞里”。与溪鳗的交往充分展示了他的道家情怀：给溪鳗的小小鱼食店起名，他在不经意间为之，在酒酣耳热之际“偶得”佳名“鱼非鱼小酒家”，这种“无为而为”的命题求解方式与“顿悟思维”精髓相通；他与溪鳗的关系若睦邻、若挚友、若相知，“心有灵犀一点通”，一个眼神就能交换彼此的思想，但又礼尚往来，循规蹈矩，显然，其行止早已超越凡俗与肉欲，与溪鳗的交往近乎“神游”或“神交”。很明显，袁相舟既在践行一种超功利的道德信念，同时又沉醉于这种超功利的道德体验之中。当然，我们也能从作家的人物塑造中看到一种创作追求，即以虚静衬托“尘世”的纷扰与喧嚣。

三是君子人格的自我塑造。自然，小城镇文人人格有着不同的类型：既有“君子人格”，又有“小人人格”，但作家们着力描写的是“君子人格”。君子人格的主要外在表现是谦虚谨慎、品格高尚、斯文有礼、追求人格独立和注重自我形象。君子人格的自我塑造是许多小城镇文人的道德追求。鲁敏《燕子笺》中的束校长是君子人格的自我塑造的典型。《燕子笺》的核心情节是束校长与伊老师为贫穷的东坝小学修建厕所而筹措资金。伊老师提倡走自力更生的道路，在学校后面“种出”厕所。在炎热的暑假中，正在休假的束校长到学校巡视，看到脸色热得通红、衣衫全部湿透，在地里锄草的伊老师，他感到无地自容，他痛恨自己的“白”：“面上的肤色、布鞋的勒口，身上的汗衫，都太白了，白得让他自己生气”。听到伊老师解释中午锄草的原因，他更加不安，因为忘了带烟，“两手空空，很对不起人”。教委的张干事对东坝小学种地的事有褒有贬。对于张干事的异议，束校长“实话实说”，他认为：“只有说实话才是世界上最妥当最可靠的事。”对于张干事的同情，他有节制地示好：“点头是他向上面示好的最高级别，过分受宠若惊，摇尾乞怜，他是做不出的。知识分子么，不好那样的。”最后，上级决定拨款解决东坝小学的厕所修建问题，得知消息的束校长异常兴奋，他迫不及待地在全校升旗仪式上宣布这一激动人心的消息，但他用了平淡的语气，始终都未提“厕所”两个字，只是说事情“跟大家的方便有关系”，今后“我们的方便就会特别方便了”。事实上，即使是在细节上，束校长也是注意自己的“诗意与气相”的，例如，他举止文雅端庄，常年保持穿着整洁，他注重言行规范，伊老师蹲在地上和他讲话，他不愿蹲下去，他觉得“他要一蹲，就不是校长了”，于是他把伊老师“拎起来”讲话……严于律己，见贤思齐，与上级结交有礼有节，不阿谀奉承，谨小慎微，谦谦君子，束校长一直在在追求一种人格境界，一直拿一种规范约束自己，这种规范就是君子人格。卜伟《小城书家·江满楼》中的江满楼淡泊名利，汪曾祺《徙》中的高北溟贞洁自持，汪曾祺《溪鳗》《丫头她妈》

《袁相舟》等作品中的袁相舟洁身自好、淡泊名利。事实上，这些文人也在进行人格的自我塑造。没有“成圣”的宏愿，也没有通过“清谈”、撰史等途径而青史留名的野心，这些文人的君子人格塑造在许多情况下仅仅出于寻求“修身”的精神自足自慰，有时就是一种文人生存方式，一种由文人价值意识和“乡土社会”生存环境所决定的“另类”生存方式。

在小城镇社会群体中，小城镇文人群体是一个比较特殊的群体，其特殊性在于：这一群体处于小城镇社会的边缘，是被崇敬的对象，但不是需要服从的对象，这一群体不拥有官人群体的话语权与政治地位，但它是小城镇精神文化的创造者、承载者与阐释人，因此这一群体在小城镇占有其他群体所没有的“精神地位”。

“文化叙事”主体对小城镇文人群体的观照出于不同动机。上面我们侧重于讨论作家们的文化展示，而对于作家们的文化批判则切入不深——如对《守望官阶的女人》（王清平）、《金乡大儒》（王方晨）、《背景》（肖仁福）等描写“文人无行”的作品的讨论相当粗略。作家们对于小城镇文人的描写有“直接描写”与“间接描写”之分，上面的讨论更注重“直接描写”或“正面观照”小城镇文人的作品，而对《腊月·正月》（贾平凹）、《我是秃子》（赵月斌）等“间接描写”小城镇文人的作品较少涉及。

三　小城镇官人群体及官人文化

（一）小城镇官人群体的构成

撇开“政治”或特定的界定，官人就是一种在“职场”从业的人。由此，官人在此是一个宽泛的概念，其外延包括“当官”的人和“当差”的人两大块，若指现代官人，则包括“领导”与“公务员”或办事员两大部分。作家们笔下的官人可分为两大群体：“旧式官人”与“新式官人”。

“旧式官人”描写在官人整体描写中所占比例极小。

“旧式官人”主要出现在孙方友的笔下。孙方友写了形形色色的“知县”。《知县》《宝珠》中的知县柳一春、周正元是贪官。柳一春为了得到夜明珠不惜贪赃枉法：放过杀人真凶，杀了前来抵罪的穷汉；周正元离任时百姓夹道欢送，因为先前几任知县离开时都带走搜刮的财富，而他“所贪银钱全被卡了”，“是唯一一个不带分文离开陈州的”。《蚊刑》中的陈州贾知县是一个深谙为官之道和悟透许多人生哲理的大贪官。《官抬》中的姜知县的祖辈几代都是轿夫，祖上发誓要改换门庭，让姜家人坐上官轿让别人抬，姜知县牢记祖训，脱颖而出，在老父亲没有坐上官轿之前一直步行或骑马。姜知县为官清廉，勤政爱民，深得陈州百姓的爱戴，尤为抬轿的夏家弟兄的敬重，但他“慢慢熟谙了升官之道”，知府、道台一路升上去，后来坐上了八抬大轿，其为人处世之道也随之改变。《试堂》中的宋知县乃一介小人。宋知县与画师黄慎、文人孔宪邦书画相交。然而，路遥知马力，危难见真情，宋知县听说黄慎进京殿试出事，深恐皇帝降罪累及自身，仓皇销毁互赠书画，在陈州县衙大堂上打死孔宪邦后以谋反罪上报。孙方友笔下也有好官，《贾知县》中的贾知县贾鲁是孙方友笔下少有的好官。贾知县疾恶如仇，因意欲除掉依仗府台兄长势力横行陈州的恶霸而被革职，出于为民除害的目的，他担当风险，借债跑官，官复原职，得以诛灭恶霸，但府台公报私仇，最后贾知县被府台擒获并被判处死刑。贾知县视死如归，全城百姓披麻戴孝，哭声动地。孙方友笔下的县官都是陈州的县官，部分县官出自县志等史籍，部分出自民间传说，这些县官或忠或奸，或贪或廉，或贤或愚，一概带有“陈州特色”。

与“旧式官人”相比，“新式官人”是一个庞大的群体。这一群体构成复杂，类型繁多。从时间上看，“新式官人”可分为“传统型”和“现代型”两类。“传统型”官人指新中国成立后至新时期早期这段时间内的官人，如《芙蓉镇》（古华）中的李国香、《将军镇》（陈世旭）中的哈巴镇长、“四清干部”黄帽子、“文化大革命”弄潮儿李芙蓉、由勤杂工到文化干部的洪艺兵、《老冯》（孙方友）中的老冯和老胡等。无论是保守还是激进，“传统型”官人的思想内核是“十七年”阶段的价值观。“现代型”官人指新时期后期这一时段内的“现代型”干部，如《分享艰难》中的镇党委书记孔太平、《买官》中的陈晓南、《穷县》中的郑德海、《遍地羊群》中的党委书记白朝生与本土镇长文远等。这批干部成长、工作在理想主义解体、经济决定一切的时代背景中。从级别角度看，有县市级官人与乡镇级官人之分。《无根令》中的李智、《一县之长》中的孙五海、《干部打工记》中的牛书记、《竞聘》中的县委宣传部长等是县级官人，《本乡有案》中的乡长苗志高、《乡长丁满贵》中的乡长丁满贵、《分享艰难》中的镇党委书记孔太平、《乡殇》中的乡党委张书记、《年前年后》中的李德林等是乡镇级干部。在这两个级别不同的官人群体中，又有“长官”与“职员”

之分。例如，李智、孙五海、丁满贵、哈巴镇长、孔太平等是权重位显的长官，而《本乡有案》中的唐政、《六神有主》中的包金廷等是一把手的下属，而《将军镇》中的洪艺兵等则是“办事员”。“级别”不同，生存空间的大小不同，进而决定了官人们行为举止等方面的差异。从人格品行角度看，这些官人又可分为有德之官、无德之官、介于有德无德之间的官。有德之官以国家利益、人民利益为重，公而忘私，《一县之长》中的代县长孙五海、《女乡长》中的孙桂英、《穷乡书记》中的赖崇明等官人可归入此类。无德之官以当官、当大官为终极人生目的，为了当官和当大官，这些人可以弃民众利益于不顾，可以抛弃自己的人格、尊严乃至良心。《向上的台阶》中的廖怀宝、《干部打工记》中的王超群、《一县之长》中的县委书记黄玉明与酒厂厂长陆玲及经理潘广德、《本乡有案》中的杜灯、《一个乡长的来信》中的孙中右等官人，是这一方面的代表。介于有德无德之间的官人，兼顾公益与私利、国家与个人，既看重物质生存，又不乏精神追求，有时能坚持道德原则，有时放弃道德立场……《分享艰难》中的孔太平、《乡长故事》中的吕龙、《乡殇》中的张书记等是这一类型官人的代表。

（二）当代官人文化及其禀赋

由于作家们集中描写的是小城镇“新式官人”，或者说当代现实生活中庞大的官人队伍进入了作家们的观照视野，所以“新式官人”群体成为小城镇社会构成的重要部分。人，既是文化的制造者，又是文化的承载物，因此，小城镇官人群体构建、承载了小城镇官人文化。官人们的“工作”与生活是官场文化凝结的渊源，因而小城镇官场生存哲学、小城镇行政技能技巧、小城镇官场权术智谋、小城镇行政圈内的交际规则、打上了乡土印记的官本位意识等成为小城镇官场文化的核心内容①。

撇开乡村的官场文化不谈，若仅以都市的官场文化为参照，小城镇官场文化有着自己的特殊属性。例如，远离经济、政治文化中心和邻近乡土等因素决定了小城镇官场文化的乡土性、农民性，因此小城镇的官场生存哲学、行政技能技巧、官场权术智谋等“文化板块”与乡村人格、农民智慧、小农意识等有着许多共通之处；“礼俗世界”的熏染与农耕生活的浸

① 鉴于在“政治叙事”一章中对官本位等涉及官场文化的问题进行了比较细致的讨论，因此不再展开讨论官场文化的内涵。

润，使小城镇官场交际文化发达、酒桌文化兴盛，小城镇官场文化被打上了鲜明的乡土印记。作家们集中揭示的是小城镇官场文化的凡俗性。

在赵德发的《重大新闻》中，乡镇干部是一个“食利”群体。由于“吃皇粮”的太多，贫穷的葛沟乡的干部们的工资发不出来，在无法可想的情况下，有人提出走前任书记池运久的老路：“去老百姓口里夺食儿”——犯了计划生育政策就狠狠罚，有钱交钱，没钱拆房扒粮，带民警下乡，对于“统筹”等费用没有缴齐而又拒缴的农户采取强制措施，干部“分片包干”。这一提议得到了绝大多数干部的赞同。当乡党委书记边自然在妻子面前表达自己对暴力征收的犹豫时，在县妇联工作的妻子训斥了丈夫：“民心似铁，官法如炉，你不跟老百姓动点硬的，他就不会按你说的办。”在阎刚的《乡选》中，县乡两级，从人大到党委一致反对李厚实当乡长，官人们为李厚实竞选乡长设置种种障碍，因为李厚实办事讲原则，在经济方面不留“空间”，不给人“好处”。

就当下作家们描写的小城镇官人个体而言，“摩顶放踵利天下”的官人少，“公私兼营”、只“公”不“私”的官人多。丁满贵（何申的《乡长丁满贵》）、孙桂英（何申的《女乡长》）、赖崇明（薛友津的《穷乡书记》）等公而忘私的官人为数不多，而公私兼顾的人物则比比皆是。例如，李德林（《年前年后》）、孔太平（《分享艰难》）、陈凤珍（《大雪无乡》）、张书记（《乡殇》）、黄大发（《黄坡秋景》）等，这些官人为了乡镇的发展奔走呼号、苦心经营，但与此同时，都有自己心中的小九九——有的盘算着怎样回城，有的为升官费尽心机，有的精心安排自己的“退路”。从公私兼顾层面看，这些官人是传统意义上的“干部”，而从为自己打算的层面看，这些人又是“公务员”，是讨生活的职场“从业者”。至于镇党委书记宋鹤年（《大雪无乡》）、乡人大主席老杨（《女乡长》）、县委黎书记（《乡官大小也有场》）等“搂草打兔子”的官人则是典型的凡夫俗子，因为这些人在许多情况下都把自己的利益放在第一位。而黄玉明（《一县之长》）、苗志高与杜灯（《本乡有案》）、卫守一（《叫魂》）、白朝生与文远（《遍地羊群》）、孙中右（《一个乡长的来信》）等官人的品格又次之。值得注意的是，少数品格高尚的官人只是在某些方面高尚。例如，《沉默与结局》（彭瑞高）中的党委书记陆子宗能洁身自好，工作积极，他拒绝女色诱惑，躲过了党委副书记胡菊枚和副乡长杨际生的暗算，但他最后把胡、杨二人送进了公安局——他明知胡、杨二人为了子女谋划高考作弊，但没有阻止他们的犯罪，而是在他们实施犯罪行为的过程中向公安局报警，结局是胡、杨二人在高考现场被公安局带走，他们子女的高考资格被取消。显然，陆子宗以牙还牙，以更毒辣的手段回敬了同僚的陷害，这一行为似乎不太高尚。

当然，“传统型”的“干部”并非人人“传统”。孙方友《老冯》中的公社武装部部长老胡就是不“传统”的个案。胡部长很霸道，“找相好的也是军人作风”，据说他一调来就看上了丈夫在外地当矿工的少妇柳叶，当即命令通讯员将柳叶叫来，说是让她参加基干民兵训练。在训练过程中，胡部长每天晚上都苦口婆心地与柳叶谈心，然后就指导柳叶上床练习仰卧。后来，同样当过兵的粮店职员老冯在柳叶房中与老胡不期而遇，躺在柳叶床上的老胡一怒之下开枪射杀老冯，老冯用面粉袋遮挡，手枪击中面粉袋，武装部长因吸入面粉窒息而死。《向上的台阶》中的廖怀宝也算是“传统型”的官人，但其人劣迹斑斑。

作家们的描写表明，“公私兼营”造就了许多具有“双重人格”的官人，这些官人既高尚又世俗，既圣洁又庸常。例如，《向上的台阶》中的廖怀宝从副镇长到县长，在老百姓和上级眼中一直是一个作风正派的干部，但他全部的思想就是怎样当官、怎样保官和怎样把官做大。在《一个乡长的来信》中，“我”去寻访乡长孙中佑时，人们用尊敬的口吻称孙中佑为“孙乡长”“孙县长”，但孙中佑是一个既“做人”又“做狗”的人，他的当官哲学是“先做狗，再做人”。最典型的“双重人格”官人是薛舒《那时花香》（《小说界》2009 年第 1 期）中的姚水根。姚水根是刘湾镇派出所所长，是“公认的好丈夫、好父亲”，他不愿过平庸的生活，而是要“过有远大理想的生活”。由于他工作认真，刘湾镇多次被评为“百日零案件”乡镇，刘湾镇派出所多次获得“先进集体”称号。因此，当姚所长带着大盖帽穿着警服威严而和蔼地走在街上时，人们争相打招呼，当姚所长腰疼病犯了时，人们争相前来看望。“上班时候的姚所长，被人尊重着，被人需要着，重要性十分明显。”姚所长急人民之所急，想人民之所想，曾四次救起企图投水自杀的少妇孙美娣。但是，姚所长有着极其凡俗的一面，最典型的表现是对孙美娣的兴趣。他第一次救起孙美娣时，就发现了孙美娣“小腰”的美好，同时想起了自家老婆胳膊和腰的“粗壮和松垮”。接着，就产生了期盼：期盼孙美娣再次投河。孙美娣红肿着眼睛出门，姚所长喜出望外，以为搂抱美人的机会再次到来，但最后惆怅而归，因为孙美娣是出门丢垃圾。为了和孙美娣“谈话”，他替换年轻的民警值夜班，以至于彻夜伏在桌上睡觉扭了脖子扭了腰。由于喜欢孙美娣，他花费近400元为她买真丝裙子……他向往孙美娣，又为自己的“隐私”羞愧，在老婆面前、在众人面前极力为自己的行为开脱，为自己的某些行为遮遮掩掩。就是因为心怀鬼胎而不敢坦然前去孙美娣家解决家庭矛盾，导致孙美娣含恨自尽。显然，姚所长有着凡俗与高洁的双重人格，其“灵”与“肉”常处于对峙之中。

作家们的描写展示了小城镇官场文化凡俗性的种种表现，同时也揭示了凡俗性的成因。从作家们的描写中，我们能看到促成小城镇官场文化凡俗性的两种关键性因素。

（1）小城镇政体自身在经济、文化等方面的局限性。崇高，是当代官场文化的基本属性之一，官场文化的崇高属性来自官场文化蕴涵的主流文化质素。县、镇、乡行政干部，如县长、镇党委书记、乡长等，是国家抽象权力的具象表达，是国家政策法令的代言人，他们承载着、传递着执政党的思想意识与社会正统价值观念，而执政党的思想意识与社会正统价值观念使小城镇官场文化具有崇高属性。就是因为这种崇高属性，官场文化在一定程度上对小城镇社会意识起着规范作用，在众多“文化流”中发挥着导向作用。然而，小城镇政体自身在经济、文化等方面的局限性导致小城镇官场文化的崇高属性不断流失和世俗化质素持续增长。郭亮在讨论乡镇政权“政治文化生态”的时候，论及当下基层政权的世俗化倾向。郭亮认为，在目前的体制之下，由于不具备完备的政府功能和缺少独立的司法机构及财政体系，乡镇政府在行政过程中放大了自身的利益需求并直接导致权力行使中的异变，以至于在贯彻国家政策的过程中，乡镇干部总是左右掂量、费尽心思地来想出各种名目为自己的权力生存创造机会，在这个时候，国家新政策的出台便往往成为乡镇干部的创收工具。郭亮进一步阐明：表现在权力的运行方式上，乡镇干部往往将强力的逻辑贯彻到底，在完成上级下达任务时掺入自身的利益诉求，使尽浑身的解数——缠、讨、抢、骗等各种手段——来完成其所谓的“下达任务”，因此，乡镇权力在不自觉中将自己的形象“私人化”“地痞化”，乡镇干部的形象逐渐地被“妖魔化”“丑陋化”，其形象被等同于“要钱的”“讨债鬼”“逼命者”，其

"国家权威"与"正统地位"色彩正在淡化，因而再不会"作为一个受到尊敬的、有自身文化意义的群体而存在"①。显然，政府功能的不完备、缺少独立的司法机构及财政体系等因素导致乡镇政府形象的"私人化""丑陋化"，以至于其"国家形象"质素流失，其整体形象发生由雅至俗的变化，也因为如此，官场文化的崇高质素流失。郭亮讨论的是乡镇权力的形象世俗化倾向，但县市②权力也呈现出与乡镇权力大致相同的世俗化倾向。我们在前面讨论了韦晓光的《事犹未了》，这一作品中的陶县长明知"农林特产税"征收已被废止，但由于"全县机关单位不能正常运转"，陶县长决定"穷县收穷税"。这一事实表明：同乡镇政权一样，县市政权也在行政过程中"掺入自身的利益诉求"，而这种行政行为正是县市政权世俗化的典型表现。

（2）官人身份变化所致的官场文化内涵的改变。随着时代的发展，官人身份的"干部"身份正在逐步向"政府公务员"身份转变。从字面上看，"干部"有两重含义：一是指国家机关、军队、人民团体中的公职人员，二是指担任一定领导工作或管理工作的人员。但是，在新中国成立后至今这一历史时段内，"干部"有着特殊的政治内涵。党的十二大党章明确指出："干部是党的事业的骨干，是人民的公仆。"这一定义在揭示"干部"这一群体与"官吏""官僚"的根本区别之际，还赋予这一群体本质属性的正统与圣洁。因为，"干部"是政治精英，"当干部"是在完成一种伟大的事业，关联着伟大而神圣的理想，意味着某种献身精神。然而，随着时代的发展与社会的变化，许多因素促使"干部"向"政府公务员"转化。有三种因素相当关键。一是"公共管理"日趋现代化，干部体制在一定程度上吸收了发达国家"科层制"③ 的积极因素——尽管科层制被许多学者诟病，而

① 郭亮：《权力的社会文化逻辑——兼论乡镇政权的政治文化生态建设》，《华中师范大学研究生学报》2006 年第 4 期。

② "市"在此主要指"县级市"。

③ 在韦伯看来，科层制或官僚制指的是一种依职能和职位进行分工和分层，以规则为管理主体的组织体系和管理方式，它体现的是德国式的社会科学与美国式的工业主义的结合，它既是一种组织结构，又是一种管理方式。其主要特征为：内部分工，且每一个成员的权力和责任都有明确规定；职位分等，下级接受上级指挥；组织成员都具备各类专业技术资格而被选中；管理人员是专职的公职人员，而不是该企业的所有者；组织内部有严格的规定、纪律，并毫无例外地普遍适用；组织内部排除私人感情，成员之间的关系只是工作关系。

“科层制”正在改变“干部”的工作方式与自身性质，进而改变了“干部”的性质。二是与“现代化”关联的“素质论”的盛行。对于一个农业大国而言，“素质提高”是“现代化”的核心指标，“干部”的“素质”也在“提高”之列，因而“素质论”从内涵层面改变着“干部”的整体价值认定及社会角色定位。三是现代企业管理与现代经济运作的效益原则被行政运作借鉴，这种借鉴的直接后果是对“干部”进行业绩考核的方式的变化和“干部”的行为方式的变化。这三种因素的综合作用是：对“干部”的责权实行量化管理与量化考核，明确“干部”的工作业绩与回报之间的因果关联，衡量“干部”的素质标准在一定程度上取代了品格标准，强调“干部”的综合素质，尤其强调以文凭或学位为标志的技术（知识）素质，淡化“干部”的政治血统认定，等等。这些因素促使传统意味的“干部”向“行政管理者”和“职场从业者”转变，“干部”的神圣性与“国家威权隐喻性”逐步淡化，而平民性、凡俗性则不断增强。官人的“干部”身份向“政府公务员”身份转变，使小城镇官人成为小城镇社会人群中具有双重身份的人群：小城镇官人既是国家抽象权力在基层的具象存在，是国家政策法令的代言人，又是为生计而奔波的“职场”从业者，是有着七情六欲的普通“市民”，是小城镇芸芸众生中的一员。身份转变致使“干部”的道德修养与价值取向发生改变。例如，因为“干部”考核或评估的道德标准在一定程度上被技术标准所取代，所以“干部”个体的部分道德内涵（主要是由主流意识决定的政治道德质素）被技术（知识）内涵置换，因为“干部”考核或评估的道德标准在一定程度上被效益标准所取代，所以“干部”的部分精神追求转化为物质功利追求。身份转变与外在环境及时代氛围结合，带来官场文化的新发展，如现代官场哲学的生成、行政技能技巧的更新、官本位意识的“现代化”等。在小城镇这一特殊空间内，在乡土性、地域性、民间性等因素的作用下，与身份转变相伴的可能还有行政圈内的交际文化的烂熟、官场权术智谋的异常发达等官场文化的特殊变化。

小城镇政体自身在经济、文化等方面的局限性所致的世俗性，官人身份变化所致的官场文化内涵的改变，使官场文化具有双重属性：当代政治文化、主流文化、政治道德等崇高质素使小城镇官场文化显现出正统性、神圣性，而小城镇酒桌文化、小城镇官场潜规则、小城镇官场生存哲学、小城镇官场交际文化等世俗质素又使小城镇官场文化显现出平民性、乡野性。双重属性使小城镇官场文化成为小城镇文化之中的一道奇特风景。

值得注意的是，小城镇叙事小说的“文化叙事”还揭示了小城镇官场文化与“都市官场文化”的差异，如小城镇官场交际文化发达、官场酒文化发达、由于“天高皇帝远”所致的专制质素扩散等。例如，刘玉堂的《县城意识》展示了20世纪80年代小城镇交际文化的畸形发达繁荣：小小县城的众多单位和部门组织成了“许多生活的网络和循环圈”，如果“你不参加其中一个”，生活中就会有许多麻烦。在特定的经济、政治、文化背景中，官人交际圈内形成了一套约定俗成的潜规则或大家自觉遵守的行为“礼俗”，拉关系、送礼、宴请等是“礼俗”的一般表现。老刘从部队转业安置在广播局，职务是编辑室主任，科级，“乔迁”定居之后，“温锅”①者络绎不绝，仅“温锅”的单位就有十几个。喝酒或请客有许多妙用，能办成大大小小的事情：“我们的小县城都是用吃吃喝喝来解决一些小摩擦的。”在封闭的小县城内，从有权有势的县政府办公室到无权无势的有线广播站，单位与单位之间、人与人之间，存在着种种权力掣肘与利益交换关系。老刘没有播放县公安局局长在公判会上的讲话，县委办公室的办事员“唐叭狗”马上打电话来质问，并“责成”老刘写检讨，老刘则在内部流通的通讯上刊出文章，将“电话事件”曝光，给予回击。在小城镇官场，喝酒有时成为一种利器。李佩甫的《败节草》展示了这样一种现实：“乡干部的威望大多是在酒场上立起来的，有很多事情也是在酒场上定的。”吴乡长是酒场上的英雄，在酒场上叱咤风云，因而能占山为王，在坟台乡呼风唤雨，新来的李金魁设计在酒桌上打败吴乡长，取而代之，成为一乡之王，吴乡长只好“挪动到县里去了”。

由于我们在“政治叙事”一章中已经讨论了“官场文化”等与“官人文化”关联的许多问题，所以，在此我们没有展开讨论“官人文化”的构成，对“官人文化”的属性也未作全面观照分析，仅讨论了“官人文化”的凡俗性。

上面我们讨论了“文化叙事”对小城镇三大社会群体的文化观照，事实上作家们还描写了两个重要群体：农民群体与“闲人群体”。农民群体包

---

① “温锅”是沂蒙山的特殊风俗，主人新居落成或乔迁定居后，亲属与友人提着酒肉前来贺喜，并与主人共饮。

括“村街”“乡镇”上的农民和进入小城镇的“农籍市民”，《古船》（张炜）、《洞天》（李贯通）、《我那遥远的故乡小镇》（李骏）、《李八碗春秋》（陈世旭）、《远乡夫妇》（邵振国）等作品是观照农民群体的代表作。这些作品或描写新旧文化的交融与交锋，或揭示当代农民在现代化进程中的精神蜕变，或展现传统文化在这一群体心灵上烙下的印记，或考察现代化进程中小城镇的“乡土中国”的文化质素，作家们创作指向不一，视角各异。“闲人群体”（包括无固定职业者、游民、“有闲阶层”、退休人员、家庭妇女等人群）事实上是小城镇社会的核心群体之一，“闲人文化”是小城镇“市民文化”的核心板块。这个群体是里巷文化、风月文化、茶馆文化的主要承载物和主要创造者。汪曾祺、孙方友等作家对“闲人群体”与“闲人文化”情有独钟。鉴于篇幅限制，在此对作家们关于这两个群体的描写暂不展开讨论。

“观照”，就是一种叙述。在此，我们有必要说明：作家们的叙述有“主观叙述”与“客观叙述”之分。“主观叙述”是指叙事主体有意识地从文化角度切入描写小城镇“市民”，“客观叙述”是指叙事主体的整体描写客观上观照了小城镇“市民”——叙事主体的“本意”可能不是完全指向小城镇“市民”。例如，汪曾祺、孙方友等作家对小城镇工商业者生存方式与文化个性的展示是“有意为之”，而彭瑞高、张继等作家对小城镇官人的政治文化观照可能并非刻意求之。还有，作家的每一次创作并非总是意欲展示整个群体的文化禀赋。我们说“文化叙事”对小城镇“文化群体”进行了观照，事实上有两重含义：一是某些作品虽然只描写了单个“市民”，但作品的典型化手法使单个“市民”客观上概括了一个群体；二是多部作品或多个作家的作品对某一“职业个体”的描写，客观上构成了对一个“职业群体”的描写。

我们还要看到，“新时期”是一个下限持续延展的时段，小城镇叙事小说创作的文化语境[①]在此阶段内不断变迁。文化语境的变迁至少在两个方面影响了“文化叙事”：在发生学层面决定哪些作家关注小城镇文化群体和有

---

① 房福贤在其论文《新时期文学生成的时代文化语境》（《山东师范大学学报》2006 年第 5 期）中指出，“文化语境”指的是在特定的时空中由特定的文化积累与文化现状构成的“文化场”。

多少作家关注小城镇文化群体，在阐释学层面决定作家们关注小城镇文化群体的什么和如何阐释小城镇文化群体。例如，在新时期初期，在“政治神话”的激励下，少有作家刻意从“纯文化”角度切入观照小城镇市民个体，因而对小城镇社会群体的文化观照往往是无意为之；进入20世纪90年代之后，日渐浓郁的“去主流意识”驱使大批作家从文化角度观照小城镇，大众文化的勃兴与整体社会文化的世俗化及理想主义的消解，导致部分作家对小城镇文人形象进行理想化、古典化塑造，小城镇“干部”的职业化及其“工作”的职场化，导致“干部”群体描写的政治文化视角普遍出现；“后工业化”时代的到来诱发部分作家的文化怀旧心理，因而过去的小城镇工商业者及某些正在消失的职业成为部分作家的描写对象。总之，文化语境在不同层面影响着“文化叙事”对小城镇社会群体的文化观照。

第二节　展示小城镇风情风物

小城镇风情风物描写，是新时期小城镇叙事小说“文化叙事”的核心内容之一，也是新时期小城镇叙事小说的魅力所在。在此，我们分两个层次讨论“文化叙事”的风情风物描写。

一　小城镇风情风物描写的内容

“文化叙事”的小城镇风情风物描写有着丰富的内容，在此我们将“风情”与“风物”① 分开讨论。

（一）风情描写

风情，即风俗人情。宋德胤认为，由自然条件不同而形成的习尚称为“风”，由社会环境不同而形成的习尚称为“俗”②，风俗，即自然环境与社会环境所决定的风尚、礼节、习惯等，是特定社会文化区域内历代人们共同遵守的行为模式或规范，而人情则是风尚、礼节、习惯等体现出来的世风民情。“百里不同风，千里不同俗”，不同的风俗决定了不同的世风民情。

---

① 韩养民在其著作《中国风俗文化导论》（陕西人民出版社，2002）中，对“风俗”“民俗”“风情”等概念的外延与内涵进行了严谨的区分，但本书出于讨论的方便，在许多地方将“风俗”“民俗”“风情”等概念交换使用。

② 宋德胤：《民俗美论》，《社会科学战线》1986年第3期。

小城镇是一个特定的地域空间，其特定的经济、文化、政治个性决定了小城镇风情与都市风情、乡村风情的不同。新时期小城镇叙事小说从不同角度描写了小城镇风情。

“寓政治风云于风俗民情图画，借人物命运演乡镇生活变迁”“力求写出南国乡村生活的色彩和生活情调来”等创作宗旨决定了《芙蓉镇》对风情描写的重视。古华这样描写湖南小镇的风土人情：

> 芙蓉镇街面不大，十几家铺子，几十户住家紧紧夹着一条青石板街。铺子和铺子是那样拥挤，以至于一家煮狗肉，满街闻香气；以至娃儿跌跤碰脱牙、打了碗，街坊邻里心中都有数；以至于娃娃家的私房话，年轻夫妇的打情骂俏，都常常被隔壁邻居传为一镇的秘闻趣事，笑料谈资。偶尔某户人家弟兄内讧，夫妻斗殴，整条街便会听了去，骚动起来，人们往来奔走，相告相劝，如同一群受惊的鸭，半天不得平息。不是逢行的日子，街两边的住户，还会从各自的阁楼上朝街对面的阁楼搭长竹竿，晾晒一应布物，衣衫裤子，裙子被子。山风吹过，但见通街上空“万国旗”纷纷扬扬，红红绿绿，五花八门。再加上悬挂在各家瓦檐下的串串红椒辣，束束金黄色的包谷种，个个白里乏青的葫芦瓜，形成两条颜色富丽的夹街彩带……一年四时八节，镇上居民讲人缘，有互赠吃食的习惯。农历三月三做清明花粑子，四月八蒸莳田米粉肉，五月端午包糯米粽子、喝雄黄艾叶酒，六月六院里的梨瓜、菜瓜熟得早，七月七早禾尝新，八月中秋家做土月饼，九月重阳柿果下树，金秋十月娶亲嫁女，腊月初八制“腊八豆”，十二月二十三日送灶王爷上天……构成家家户户吃食果品的原料虽然大同小异，但一经巧媳妇们配上各种作料做将出来，样式家家不同，味道各自有别，最乐意街坊邻居品尝之后夸赞几句，就像在暗中做着民间副食品展览。便是平常日子，谁家吃个有眼珠子、脚爪子的荤腥，也一定不忘夹给隔壁娃儿三块两块，由着娃儿高高兴兴地回家去向父母亲炫耀自己碗里的收获。饭后，做娘的必得牵了娃儿过来坐坐，嘴里尽管拉扯说笑些旁的事，那神色却是完完全全的道谢。

古华描写的是“四清”“文化大革命”之前的芙蓉镇，此时的芙蓉镇民风古朴，人们生活简朴，人际关系和谐，生存环境静谧安宁。弟兄内讧、夫妻斗殴等小小的生活细节会在整条街上搅起浪花，人们“半天不得平息”，这种“骚动”反衬出小镇日常生活的宁静安逸，而人们“相告相劝”又折射出这个“熟人社会”人际关系的融洽，人们四时八节“互赠吃食”及平时“讲人缘”，则进一步揭示了小镇民风的淳朴，“吃食果品”的农耕印记与地域风味折射出小镇生活的古朴与恬淡。

汪曾祺写出了江南民风的绚丽多姿。《大淖记事》等作品展示了民风的开放与豁达。在《大淖记事》中，女人生活在宽松的文化环境中：“媳妇，多是自己跑来的；姑娘，一般是自己找人。他们在男女关系上是比较随便的。姑娘在家生孩子；一个媳妇，在丈夫之外，再‘靠’一个，不是稀奇事。”作品告诉读者：“这里的女人是和男人好，还是和男人恼，只有一个标准：情愿。”在大淖这个地方，“这里的人，世代相传，都是挑夫。男人、女人，大人、孩子，都靠肩膀吃饭”，因此女人同男人一样“能挑”。“她们挑得不比男人少，走得不比男人慢。挑鲜货是她们的专业。”女人挑货成为大淖的一道风景：“一二十个姑娘媳妇，挑着一担担紫红的荸荠、碧绿的菱角、雪白的莲藕，走成一长串，风摆柳似的嚓嚓地走过，好看得很！”她们像男人一样挣钱，其性格也具有男性色彩：“走相、坐相也像男人。走起来一阵风，坐下来两条腿叉得很开。她们像男人一样赤脚穿草鞋（脚指甲却用凤仙花染红）。她们嘴里不忌生冷，男人怎么说话她们怎么说话，她们也用男人骂人的话骂人。”有些媳妇甚至敢当着众人的面把男人的裤子捋下来。《侉奶奶》则描写了民风淳朴与人性善良。乡下人赶了一头老牛进城卖给屠宰场，这牛走到塘边不肯走了，跪着吧嗒吧嗒地掉泪，围观的人报给甲长丁裁缝。丁裁缝出面求告了几家吃斋念佛的老太太，凑了牛价，把这头老牛买了下来放生。这牛最后交侉奶奶养。从此侉奶奶就多了几件事：早起把牛放出来，让它到草地上去吃青草。青草没有了，就喂它吃干草。一早一晚，牵到河边去饮水。傍晚拿了收“印子钱”的折子，沿街收讨。晚上牛就和她睡在一个屋里。半年后，牛老死了，侉奶奶把放印子的折子交还丁甲长，还是整天坐在门外纳鞋底。市民们有恻隐之心，甲长丁裁缝从善如流，佛教信徒慷慨解囊，侉奶奶尽心尽责，作家笔下的高邮县城风尚淳朴，人心向善。汪曾祺的小城镇叙事小说描绘了很多江南习俗，其中最典型的是“行业”习俗。《异秉》是描绘“行业”习俗的代表作。全城的药店遵循着祖上传下的规矩。药店的职工有着等级之分。“管事”代理老板行事，地位最高，二等职员叫“刀上”，管切“饮片”和“跌”丸药，由于“饮片”切得是否整齐漂亮直接影响生意好坏，所以“刀上”这种技术人员的薪金最高，在店中地位也最高——吃饭时坐在上首的二席，逢年过节，“管事”举杯，必得“刀上”先喝一口，大家才喝。其余的都叫“同事”，他们的职务就是抓药写账。最低等的是学徒，叫“相公”。所有职员必须是外地人，他们每年有一个月的假期，“轮流回家，去干传宗接代的事”。“同事”的“续聘”与辞退有约定俗称的规矩。辞退由“管事”负责执行。“管事”在年底备一桌辞年酒，代表东家慰问“同仁”，只要是把哪位“同事”请到上席去，该“同事”下一年就不要再来了。被请坐上席的“同事”往往二话不说，客客气气地卷起铺盖另谋高就。当然，“管事”往往事先放出一点风声的，并不当真是打一闷棍，将被辞退的“同事”在八月节后就有预感。有的早就和别家谈好，很潇洒地走了，有的则请人斡旋，暂留一年“查看”。被“查看”的“同事”总要作一点“检讨”与“保证”，但辞而不去，面上无光，身价就低了。显然，这种“行业”习俗是一种工商业范畴内的地方风情。

如果说汪曾祺书写的主要是“前天”（新中国成立前）的小城镇风情的话，那么孙方友的风情书写则覆盖“前天”“昨天”（新中国成立后）及久远过去的小城镇。孙方友描写了许多与喝茶相关的风俗习惯。《罗锅》展示了颍河镇人的两种喝茶方式。由于“机关人三天两头吃肉，所以更离不开罗锅的棍儿茶”，因为“棍儿茶”解渴又涮油。但是，“机关人”不上茶馆喝茶，而是在茶馆里买茶——“逢年过节，买茶要排队。茶壶茶罐儿放在地上排队，茶牌放在台阶上挂号。”老百姓既买茶水，又直接上茶馆喝茶。茶客坐在三条腿的板凳上喝茶。这些茶客多是上了年纪的老人，一大早就坐在茶馆里，有天没地地闲扯。茶客的茶壶很有特色：“壶不大，枣红色的，又拙又笨，上面有‘可以清心’几个字，拴壶盖儿的绳子黑乎乎的。由于是大肚儿茶壶，远看很像一个胖女人指手叉腰骂大街”。一壶喝完了，用手拿壶盖合几下，店主听到响声，就拎着茶壶来续茶。孙方友写到了许多“业内”禁忌。《马家茶馆》中的回族业主给马家茶馆定了一条规矩：逢年过节不让汉人在茶馆里喝茶。原因是汉人过年过节吃肉吃鱼“嘴巴脏了”，“要等嘴巴干净了再来买茶喝”。《雷家炮铺》描写了业主对火的敬畏。

雷家几代做炮仗，他们怕火："雷家人最敬火神爷，每年一进腊月就去火神庙烧香，祈祷火神万不可光顾炮铺，以保他们平安。"由于怕火，店主雷邦养成了"轻"的习惯：走路轻，说话轻，干什么都轻，甚至晚上室内也不点灯。由于他一生保持这种高度警惕，雷家炮铺从未出过闪失。由于怕火，雷家世代善良，每逢有乞丐登门讨要，均要打发，对四邻和镇人更是和气，镇人相求之事，尽力去办。雷邦清说他们吃的是"险饭"，必得以善为本，"若得罪了谁，一个烟头就可夺去全家性命"。同汪曾祺一样，孙方友也描写了具有地域特色的小城镇业主的经商之道与经商技巧。《马老四》中专卖羊肉汤的马老四有两大绝招招徕生意。一是利用"蹭"羊肉汤喝的刘大头做广告：那时候日子苦，肚子里缺油水，花一两毛钱喝上两碗羊肉汤，将黑馍泡在汤里，算是美味佳肴了。东街有个名叫刘大头的汉子，饭量大，买一毛钱的肉，能涎着脸喝八碗汤。但马老四从不嫌弃刘大头，每次刘大头一来，他就高喊："刘大头又来了，今天要突破八碗大关！"不少人都想亲眼目睹刘大头是如何喝进八大海碗汤的，便来凑热闹。来了，自然要买点儿羊杂，边喝边关注着刘大头的表演。"有那么一阵子，刘大头喝马老四的羊肉汤简直成了小镇的一道风景。"二是利用女儿的美姿吸引顾客。马老四的女儿叫马纳，十八九岁，有着很长的粗辫子，细眉大眼睛，像个维吾尔族姑娘，皮肤白细，个头偏高，更巧的是她眉宇之间还长了颗美人痣。这一粗一大一细一高一巧配合在一起，简直就像画中人。每天生意一开张，马纳就在店内收拾桌椅，涮碗洗筷，忙上忙下，大辫子甩来甩去，满店里都是她的倩影。不少年轻人名为来喝羊肉汤，实则是想看马纳。马老四深懂这一层，没等马纳上完初中，便让其辍学进店帮忙，又特意为女儿做了几身好衣服，有意将马纳打扮得如蝴蝶一般。《陈州粥》中的罗家粥铺悟出了个道理：手艺再好，离不开当官的支持。于是，罗家定下祖规，只要有新官上任，一定要孝敬莲子粥。罗家为官献粥，很有技巧：起初是雇人送别家粥铺的粥，然后再送罗氏莲子粥。"有比较才有鉴别，有平地才显高山。当官的久闻罗家莲子粥之名，早已意念入心，一旦品尝，果然不凡，便大加赞赏。"此时罗家人乘机掏出红包，央求大人赏赐墨室，然后雕刻入匾，挂在铺子门额上头，招徕顾客。罗家深知，只有"现官"才有广告效应，于是铺子门额上只挂现任官员的题匾。"官换得勤，匾也换得勤。时间久了，罗家后院积满了过时的题匾。"

值得注意的是，孙方友有大量作品描写“陈州地面”的土匪、逃犯、官僚、衙役、军阀、侠客等人物的“异类生存”，这些人物大多生活在时代背景不详的过去，这些描写从整体上展示了中原民风的阳刚与“古典”习俗的奇异。《大茶壶》《逃犯》《匪婆》《封国栋》《官抬》《宝珠》及篇目繁多的“奇破”系列等可看做这类作品的代表作。例如，《大茶壶》饶有兴趣地描述了小城妓院前厅伙计用“手语”传递“来客”身份的方法及“手语”的特殊内涵：

> 传递的方法是比手指，手指一比里面的人就知道来人的身份。一般伸出一个拇指，是说来客是个“大头典”，即肉头，意思是这个肉头既听话又有钱，不会找麻烦；伸出一个食指，是说这个客人是个“滑典”，来了又吃又喝又玩，就是不给钱，不好对付，惹不起；伸出一个中指，说明这个客人是个“常典”，意思是常来常往，是常客；伸出个无名指，是说这位客人是“小白脸”，长得漂亮。

何申的“热河系列”展示的是塞外风情。热河城古为游牧民族的集散地，是农耕文化与草原文化的交汇处，是平原与高原的接合部，因而特殊的地理环境、地理位置造就了特殊的民风民情。后来，清王朝在这里建造了皇家园林，“皇家气度”与封建正统文化对热河文化施加了特殊的影响。新中国成立后，热河一度是热河省的省会，现代政治文化进一步充实了热河文化。独特的人文氛围影响着热河地域文化与历史文化积淀。文化积淀从另一层面影响了民风民情的形成。特殊的地理环境与人文氛围造就了热河豪爽、坦荡、淳朴的民风。何申从不同角度展示了热河的民风民情。《热河大兵》《热河鸟人》等作品展示热河男人的豪爽、大度、耿直与疾恶如仇。例如，《热河鸟人》中的钮太平疾恶如仇，不惜用自己的幸福换得恣意妄为的鲍氏夫妇尴尬下场，但他又宽容大度，看到鲍氏夫妇的穷途末路后又去帮他们，如与他们合伙做生意等。热河女人的特点是“傻”。《热河傻妞》集中描写了女人的傻，作品对“傻”作出了这样的解释：“心太直、口太快，不会耍小心眼，有时叫人算计了，自己还不知道。遇到难事，遇到别人有困难，心又太软、太热情，帮这帮那，所有问题都自己扛。在爱情上也容易受挫折，先是不明白男女之情为何物，后来明白了，又常独自一个人流泪到天亮，无怨无悔爱着一个人，可结果是傻傻等待，人家也不曾回来。”很明显，“傻”，就是心直口快、真诚宽仁、无私奉献、忍辱负重、屈己待人的精神品格，这种精神品格既是“热河傻妞”的精神品格，也是热河人的总体精神特征的具体表现。杨立元在评价何申的“热河系列”时说：“何申借对热河人生态和心态的揭示，对他们的心理结构进行了探求和辨析，展现出地域的文化人格。并从中寻出这种性格精神与中华民族精神母体的关系。”[①] 杨立元比较准确地揭示了何申“热河系列”的人物描写与民风民情展示的关系。

薛舒、鲁敏等年轻的作家同时观照“昨天”的和“今天”的小城镇风俗人情。与彭瑞高、王新军、张继、向本贵等从“行政”或政治文化角度分析小城镇生活的缺陷不同，薛舒、鲁敏等作家更多地展示了小城镇“善”的一面。

薛舒展示的是上海近郊“刘湾”的风俗民情。薛舒的风俗民情描写有一个特点：既展示小镇民俗人情，又揭示时代特征。在《残镇》《暮紫桥下》《记忆刘湾》《小镇故事》《哭歌》《唐装》等作品中，位于上海近郊的“刘湾”既鲜活生动、趣味盎然又古朴老旧，人们的生活既循规蹈矩，又有些放荡不羁。《小镇故事》用第一人称、一个成长着的小女孩的视角，叙述了开杂货店的“奶奶”和蒋老板之间微妙的感情，作品既袒露了小镇男女在情爱方面的勇敢与执著，又展现了小镇人对道德底线的坚守及人性的善良。《暮紫桥下》中的珠算、游泳双料冠军李煜用自己短暂的人生演绎了一则略显荒谬的情爱故事，但善良的小镇人最后接受了他与易家女儿生下的私生子，原谅了他的过失。在情爱方面，刘湾人有一种“推己及人”的宽容与仁厚，正如她在《残镇》里说的那样：刘湾镇过着相对蛮荒的生活，没有许多祖辈流传下来的规矩约束，“诸如男盗女娼、偷鸡摸狗的事情，大约也还是比别处要多一些”，但“因为对自己常常要越轨的了解，也便有着宽容别人的胸襟，那也是对自己的宽容”[②]。值得注意的是，薛舒的风俗人情展示往往与地域性的景物描绘融为一体，两者相得益彰。例如，《那时花

① 杨立元：《由乡村到城市：何申的审美转移——何申“热河系列”小说》，《文艺理论与批评》2000 年第 4 期。

② 薛舒：《残镇》，上海文艺出版社，2008，第 4 ~ 5 页。

香》中有这样一段景物描绘：

> 夕阳正从天边斜洒过来，照在川杨河上，河面闪耀着粼粼的金红色波光。暮紫桥和它水里的孪生兄弟，舒爽地沐浴在绚丽的暮色中，将落的日头把它们染得通体金红，一上一下，一正一倒，组合成一轮金子打造的大圆环。隐声街蜿蜒伸展，麻石街路的一边，家家小院里飘出鱼肉的香味、夫妻对话的声音，女人端着面盆跨出门槛往川杨河里泼水，放学孩子的身影向着家门飞射而入……

火红的夕阳、静静的河流与河面粼粼的波光、古老的石桥与石桥在水中的倒影、小镇人和谐的生活画面，这一切构成了一种有着无尽隐喻意味的意境。正如李畅在评论薛舒的风俗民情描写时所说："地方景物与风俗民情天然地流露出一个民族的天性，作者像是从这里去寻找人物性格的依据，作品中景物、风俗与人事是和谐一致的，它们正是刘湾镇人民淳朴自在天性的外化与写照。"① 当然，薛舒也展示了刘湾镇民风人情的灰暗面。例如，《哭歌》揭示了小镇的世风人情在"现代化"进程中的退行性蜕变，在《谁让你叫"叶尼娜"》中，唐贵龙的妻子陈秀丽以及刘湾中学的校长、党支部书记、教导主任、保卫科长等人以他们的褊狭、自私与无知，合伙断送了一名需要心理救助的女生的前程，同时也将热爱教育事业、富有文人气质的唐贵龙送上了不归之途。薛舒还用很多笔墨展示了刘湾镇的婚丧嫁娶习俗及小镇人的生存方式。

鲁敏小说有两大系列：以小城为主要描写对象的"都市系列"和以苏中小镇东坝为描写对象的"东坝系列"。"都市系列"充满张力与批判，"东坝系列"饱含人文温情与乡土依恋②，而"东坝系列"的人文温情与乡土依恋主要是通过民情民风描写来体现的。例如，《思无邪》通过对一个哑巴男

---

① 李畅：《历史、传统与民间人事的魅力——评薛舒的"刘湾镇"系列小说》，《当代文坛》2010 年第 5 期。

② 鲁敏在谈到以"东坝"为描写对象的创作时说："可能正是一次又一次回乡让我魂魄有动，我对乡土的传统情怀越来越珍重了……《颠倒的时光》《逝者的恩泽》《思无邪》《风月剪》等一批具有传统风味的小说，寄托了我心目中温柔敦厚的乡土情怀。"参见鲁敏《我是东坝的孩子》，《文艺报》2007 年 11 月 15 日，第 3 版。

孩和一个白痴瘫痪的女人之间情感的描写，展示了东坝人在伦理层面的善意与宽容。在《逝者的恩泽》中，本应相互敌视的双方由磨合到相濡以沫，直至最后为对方互相舍弃各自最珍贵的东西：红嫂放弃丈夫留下的抚恤金和对生的希望，古丽放弃自己的爱情。这些描写展示了民风的淳朴与人性的美好。在现代化迅速推进、城市化进程日益加快的时代背景中，小城镇的传统习俗正在不断淡化，但“东坝系列”中的许多作品经常写到仍然留存的习俗。《思无邪》可以称为这一方面的代表作：伊老师前往兰小家“提亲”时“备了四样小礼”，遵循着古老的“说媒”套路与尊重女方的表述程式；兰小是一个几乎没有思想的痴呆女子，但她的葬礼仍然十分隆重，带有“敬挽陈蕙兰女士”挽联的特大花圈鲜明地体现着“死者为大”的丧葬理念及生人对死亡的敬畏，中规中矩的种种地方性殡葬仪式，体现着地域性习俗的独特。所有这些描写，有力地展示着传统习俗力量的强大。

迎会、赛会、灯会、“专题表演”等民俗集会描写是部分作家的特长。这类描写同时展示了民俗民情和特殊的习俗风尚。这一方面的描写存在直接描写与间接描写两种情况。所谓“直接描写”是指对民俗集会的专门描写，所谓“间接描写”是指描写指向其他主题时“顺便”描写民俗集会。例如，贾平凹的《腊月·正月》在描写以王才为代表的“新生力量”和以韩玄子为代表的“守旧力量”的斗争时，展示了正月初几小镇上狮子队轰轰烈烈的“喝彩”和正月十五红红火火的“抬会”。汪曾祺、孙方友两人对民俗集会的“直接描写”具有典型性。汪曾祺的《陈四》① 浓墨重彩地描绘了江南高邮的赛会（“赛城隍”）。赛会一般在七月十五举行，全部活动分为两个阶段。第一个阶段是“玩艺”表演，第二个阶段是“抬城隍”。“玩艺”表演实际上是民俗艺术表演游行：“十番锣鼓音乐篷子”“茶担子”“花担子”“舞狮子”“跑旱船”“跑小车”“站高肩”等各种狂欢表演依次从人头攒动的街道上通过。作品这样描写“站高肩”：

> 最清雅好看的是“站高肩”。下面一个高大结实的男人，挺胸调息，稳稳地走着，肩上站着一个孩子，也就是五六岁，都扮着戏，青蛇、白蛇、法海、许仙，关、张、赵、马、黄，李三娘、刘知远、咬

① 这一作品表面上写的是陈四的高跷表演艺术，实际上写的是高邮的民间赛会。

脐郎、火公窦老……他们并无动作，只是在大人的肩上站着，但是衣饰鲜丽，孩子都长得清秀伶俐，惹人疼爱。“高肩”不是本城所有，是花了大钱从扬州请来的。

最精彩的“玩艺”是高跷：

高跷队打头的是渔、樵、耕、读。就中以渔公、渔婆最逗。他们要矮身蹲在高跷上横步跳来跳去做钓鱼撒网各种动作，重心很不好掌握。后面是几出戏文。戏文以《小上坟》最动人。小丑和旦角都要能踩“花梆子”碎步。这一出是带唱的。唱的腔调是柳枝腔。当中有一出“贾大老爷”。这贾大老爷不知是何许人，只是一个衙役在戏弄他，贾大老爷不时对着一个夜壶口喝酒……两只手抄在前面，“存”着身子，两只脚（两只跷）一蹽一蹽地走，有点像戏台上“走矮子”。他还要能在高跷上做“探海”“射雁”这些在平地上也不好做的高难度动作（这可真是“高难”，又“高”又“难”）。到了挨火烧的时候，还要左右躲闪，簸脑袋，甩胡须，连连转圈。到了这时，两旁店铺里的看会人就会炸雷也似的大声叫起“好”来。

“抬城隍”也令观众陶醉：

最后是城隍老爷的“大驾”。八抬大轿，抬轿的都是全城最好的轿夫。他们踏着细步，稳稳地走着。轿顶四面鹅黄色的流苏均匀地起伏摆动着。城隍老爷一张油白大脸，疏眉细眼，五绺长须，蟒袍玉带，手里捧着一柄很大的折扇，端端地坐在轿子里。这时，人们的脸上都严肃起来了……

这种赛会是一种民间狂欢，作品描绘了“万人空巷，倾城出观”的景象：

到那天，凡城隍所经的耍闹之处的店铺就都做好了准备：燃香烛，挂宫灯，在店堂前面和临街的柜台里面放好了长凳，有楼的则把楼窗全部打开，烧好了茶水，等着东家和熟主顾人家的眷属光临。这时正是各种瓜果下来的时候，牛角酥、奶奶哼（一种很“面”的香瓜）、红瓤西瓜、三白西瓜、鸭梨、槟子、海棠、石榴，都已上市，瓜香果味，飘满一街。各种卖吃食的都出动了，争奇斗胜，吟叫百端。到了八九点钟，看会的都来了，有老太太、大小姐、小少爷。老太太手里拿着檀香佛珠，大小姐衣襟上挂着一串白兰花。佣人手里提着食盒，里面是兴化饼子、绿豆糕，各种精细点心。远远听见鞭炮声、锣鼓声，“来了，来了！”于是各自坐好，等着……

显然，赛会的民俗表演展示了江南的种种民间智慧，凝聚了丰富的民俗文化与地域文化内涵，蕴涵着深厚的农耕文化积淀与久远的文明记忆。

孙方友的《陈州烟火》展示了另一种“民俗仪式”——“烟火会”的盛况。“烟火会”往往是“社火会”的核心节目，而“烟火会”的最大看点是“点老杆”。所谓“老杆”就是用木棍搭起很高的脚手架子，人站在架子上放烟火。“点老杆”不但需要胆识和功夫，还需要技巧，所以并不是谁都能点的。作品描绘了“点老杆”的盛况奇景：

每当“点老杆”之前，烟火会场上群情激昂，仰望长空，大小起花或单一直冲星群，或群起腾空，夹杂着爆破的炮声，散落的大花，整个夜空五光十色，斑斓缤纷，令人目眩！地上，大鞭如火龙穿去……轻蝉飞鸣掠顶，火球在面前爆裂，不时激起全场哗动，欢声如潮。但这还不足为奇——待午夜时分，三颗红色信号弹相继升空，“点老杆”开始。此时此刻，千千万万双眼睛一齐挤向那高耸的两座“老杆”架上，一时，系列引火线急急缩短……那罕见的珍珠倒卷帘在一忽儿间展现出书写着“五谷丰登”“风调雨顺”的长帘，自上垂下，三丈有余。接着玉树琼枝，百花争艳；八仙彩人，姿态各异；黄鹂吐音，形声诱人。特别是火到中杆，有的是百灯齐明，有的是万箭齐发，有的是人物突现，有的是鸟兽乍起，或声或色，或动或静，不一其同。待到火至顶杆，千门火花呈半球形状发射，一时红光连天，烟锁星辰，使烟花会达到最高潮……

烟火会也有单独举行的。“比如谁家有人中了举或升了官，家中就要在自家祠堂前放烟火或请大戏庆祝一下。遇到丰收年景，也有百姓们自动凑钱放烟火的。”这种活动往往是几个村联办，先由各村牵头的人出面收银收粮，然后到柳家烟花铺定做，而柳家世代都是“点老杆”的高手。陈州烟火是民间的盛会，“盛名震四海，佳景醉万众”的烟火会在清代乾隆四年举行，当时来自各地的观众多达20万人。

“陈州烟火”也富有深厚的文化积淀及鲜明的地域特色。与江南的“赛会”相比，中原的“陈州烟火”显现出明显的“阳刚之气”。

由于经济、文化及地域条件等诸多方面的因素，汪曾祺笔下的“赛会”、孙方友笔下的“烟火会”等民俗集会，也许更多地在小城镇空间内举行。

一方水土养一方人，“地气不同，则民风有异”①。尽管存在“北方的柔情”“南方的刚烈”等“地气”与“民风”复杂关联的现象，但人们大致认为，在中国这一“文化圈”内，一般是北方的民风阳刚、粗犷、朴实，南方的民风阴柔、婉约、灵秀。事实上，新时期小城镇叙事小说的“文化叙事”在整体上展示了南北民俗人情的差异，对于这一问题，我们暂不展开讨论。

（二）风物描写

小城镇风物描写是“文化叙事”的核心内容之一。地域风貌描写或风光景物描写、风俗物产描写、民间技艺描写等是这种描写的主要内容。

薛舒展示了小镇与都市及乡村完全不同的地域风貌：

> 隐声街上每户人家门前，都有一个小小的天井，两米见方的地儿，种着一两株腊梅、丹桂，或者一丛紫竹……仲秋丹桂开了，或者腊月梅花开，整条街上，便飘逸着淡淡的花香。若是春天，又多雨，一方小院围着被雨水洗得绿生生的紫竹，枝杆上挂着一串串墨色闪耀的水珠子，衬着湿漉漉的青砖地面，更显宁静雅致。房子自然是老式平房，黑瓦铺就的屋顶，锗红的瓦楞草长得又密又壮，像是缩小了数倍的宝塔阵。古老的檐角尖尖翘起，仿佛一根根手指，向着灰蒙蒙的天空戳去，似要用那一指的力量，使劲儿撩开云幕，拨出一片蓝天来。刷着石灰粉的白墙壁在经年的日晒雨淋下，布满了斑驳的黄色水迹。有发

① 樊星：《当代文学与地域文化》，《文学评论》1996年第5期。

了霉的，长出一层黑糊糊的霉斑，便有一摊摊黑印子上了墙。窄窄的隐声街，白墙黑瓦的房子，和着一条潺潺流经的川杨河，以及静静伫立在街口的石拱暮紫桥，交相辉映着，就像是一幅刚完成的水墨画，还带着潮气，满是写意的韵味。（《那时花香》）

披雨带露的花花草草，古朴而典雅的老式房舍，伴随着潺潺流水而存在无数年的石拱桥，生机勃勃而又幽静沉滞的环境，这就是一幅“满是写意的韵味”的水墨画，这种水墨画镶嵌在江南的许多小城镇中，尤其是那些还未被现代化的脚步彻底惊醒的小城镇。

在部分作家的创作中，地域风貌或风光景物成为一种具有隐喻意味的特定意象或“典型”。请看徐则臣关于“青石板路”或“花街”的描写：

这样我就看到了临街而建的花街。一条狭窄的青石板路幽深地走进街道深处，街两边是人家，门楼、小院、老槐树、青灰砖头和小巧的鳞片瓦。（《大水》）

从运河边上的石码头上来，沿一条两边长满刺槐树的水泥路向前走，拐两个弯就是花街。一条窄窄的巷子，青石板铺成的道路歪歪扭扭地伸进幽深的前方。（《花街》）

在运河南岸，从一条湿漉漉的石板路进去，拐一个弯就是。还是一条青石板路，被多年的脚步磨得泛起幽亮的青光。正是黄昏时分，半边阳光落进巷子，明暗相间，阴影和光亮分别漫上两边古老的房子，觉得踩下去的每一脚都是古色古香的。同事说：“这条街是这座城市保留下来的为数不多的古董，你看，青砖，灰瓦，瘦削的门楼，沉静的四方院子。”（《花街上的女房东》）

青石板路面幽幽地闪光，太阳落了，晚霞在天上，路两边的青苔正奋力地往墙上爬。肚子饿得早的人家已经开始做饭，淘米洗菜的水泼在门前。炊烟味道将慢慢充满花街。（《人间烟火》）

在此，江南乡镇“青石板路”或“花街”是一个包含着平民生活、民间建筑、风物地貌等多种民俗学元素的意象，这种意象承载着久远的农耕记忆，是徐则臣笔下的“京漂”们虚拟的精神家园。在徐则臣、张国擎、钟求是、鲁敏、薛舒等年纪稍轻的作家们的创作中，小城的地域风貌或风光景物都具有某种隐喻功能。

圩场、集市等商业性集会能较全面地展示小城镇的风情风物。古华《芙蓉镇》描摹了南方山镇圩场的盛况。第一章中的“一览风物”一节展示了20世纪50年代初的圩场盛况：

> 逢三、六、九，一旬三圩，一月九集。三省十八县，汉家客商，瑶家猎户、药匠，壮家小贩，都在这里云集贸易。猪行牛市，蔬菜果品，香菇木耳，懒蛇活猴，海参洋布，日用百货，饮食小摊……满场满街人成河，嗡嗡嘤嘤，万头攒动。若是站在后山坡上看下去，晴天是一片头巾、花帕、草帽，雨天是一片斗篷、纸伞、布伞。人们不像是在地上行走，倒像汇流浮游在一座湖泊上……

20世纪80年代初的圩场盛况如下：

> 如今芙蓉镇逢圩，一月三旬，每旬一六，那些穿戴得银饰闪闪、花花绿绿的瑶家阿妹、壮家大姐，那些衣着笔笔挺挺的汉家后生子，那些丰收之后面带笑容、腰里装着满鼓鼓钱荷包的当家嫂子、主事汉子们，或三五成群，或两人成对，或担着嫩葱水灵的时鲜白菜，或提着满筐满篮的青皮鸭蛋、麻壳鸡子，或推着辆鸡公车，车上载着社队企业活蹦乱跳的鱼鲜产品，或一阵风踩着辆单车，后座上搭一位嘻哈女客……人们从四乡的大路、小路上赶来，在芙蓉镇的新街、老街上占三尺地面，设摊摆担，云集贸易。那人流、人河，那嗡嗡的闹市声哟，响彻偌大一个山镇……

商贾云集，货物堆积，人头攒动，人流似潮，或“逢三、六、九，一旬三圩，一月九集”，或“逢圩，一月三旬，每旬一六”，古华的南方山镇圩场的描写，既展示了人文风景，又展示了乡土物产。

作家们着重描写的是风俗物产与民间技艺。

风俗物产可根据“产出”方式而分为“天然物产”与“人工物产”两大部分。汪曾祺花费了颇多笔墨描写江南高邮的“天然物产”，其中关于果蔬的描写尤为出色。《鉴赏家》通过果贩叶三的小买卖展示了高邮的四时果蔬出产：

> 立春前后，卖青萝卜。“棒打萝卜”，摔在地下就裂开了。杏子、桃子下来时卖鸡蛋大的香白杏，白得像一团雪，只嘴儿以下有一根红线的“一线红”蜜桃。再下来是樱桃，红的像珊瑚，白的像玛瑙。端午前后，枇杷。夏天卖瓜。七八月卖河鲜：鲜菱、鸡头、莲蓬、花下藕。卖马牙枣、卖葡萄……不少深居简出的人，是看到叶三送来的果子，才想起现在是什么节令了的。

《陈四》描写了春夏之交的各种时令瓜果：

> 这时正是各种瓜果下来的时候，牛角酥、奶奶哼（一种很“面”的香瓜）、红瓤西瓜、三白西瓜、鸭梨、槟子、海棠、石榴，都已上市，瓜香果味，飘满一街……

气候、地理、习俗等综合因素决定了一方特有的“天然物产”，而只有小城镇才能在特定的时间内迅速荟萃一地的时令特产，因此，作家们对一方物产的描写，往往出于鲜明的地域文化心理与乡土意识。值得一提的是，汪曾祺对于“天然物产”的描写绘形绘色，富有韵味。例如，一句“白得像一团雪，只嘴儿以下有一根红线的‘一线红’蜜桃”，形象地展示了江南水蜜桃果肉的洁白晶莹与果形的优美悦目，而瓜名“奶奶哼”的命名，既折射出高邮人的幽默、机智与俏皮，又诙谐而形象地揭示了香瓜的甜软香酥风味——没牙或牙齿不好的老奶奶咬不动肉质较硬的果蔬，自然喜爱入口即化的酥瓜，由于味道可口而忙于咀嚼或吞咽，老奶奶只能用鼻子的“哼”来表达对美味的惬意与赞美了。

作家们浓墨重彩描绘的是“人工物产”。

“人工物产”是经过加工的地方物产。陈世旭的《将军镇》介绍了九江

“浔阳酒楼”做法不一样的“三鲜”：“‘三鲜’有烧、烩、炒之别。这是炒三鲜，用的是生鸡、腰花、鱼片；这是烧三鲜，用的是熟鸡、火腿、海参；这是烩三鲜，用的是鸡丸……”还介绍了四川民间菜肴“炮打响牙城”的做法：“宰鸡十只，以脯肉做丸，灌入鸡颈皮筒中。先用佐料渍过，再用滚油来过，然后用文火爆出。吃时后一丸打前一丸。”孙方友的《张三水饺》写到了陈州的“张三水饺”的兴盛：

> 生意越做越火，张氏饺子就扩大了门面，而且已由当初的“元宝饺子”发展到二十多个品种，并首开别有风味的“饺子宴”，使人大饱口福又长见识，蒸、烙、煮、炸各种形状的饺子，满满一桌，盘盘饺馅各异，有银耳馅、香菇馅、虾仁馅、鱼肉馅、黄瓜馅、红果馅、山楂馅……最使人惊异的是“御龙锅煮水饺”，一盆蓝色的炭火，烘托着古色古香的御龙锅，一两面包成的二十五个小巧玲珑的元宝饺儿，在汤中上下翻滚，五龙搅水，香气四溢，闻之垂涎，食之馨口。

“人工物产”描写的切入点是地域文化与风俗文化的契合：作家们往往既从地域文化角度出发展示物产与地域关联的独特性，又从民俗学角度出发展示物产的特殊加工技艺。孙方友在《刘家果铺》中描写了刘家月饼的特色与做法：

> 刘家果铺是以月饼为主产品的，面精料细，里面的核桃仁、青红丝、桂花油、冰糖全是从周口进的料。制月饼的地方是筒子房，中间一排大面案。月饼模子是梨木的，上面刻着“刘记月饼”字样。每到中秋节前一个月，几十个模子做月饼的声响传出老远。烤炉在一间大敞棚里，下面是炭火。烤锅很大，平底。上面的铁锅盖用铁链子吊着，上炉时，吊盖挪开，相公们用木盒子从作坊中端出月饼，放进烤锅，一锅能出几十斤。月饼的甜香在西街上空飘荡，令人垂涎欲滴。

周大新在《紫雾》中描写了龚家鞭炮烟火的制作工序、燃放效果及制作的独门绝技：龚家鞭炮制作有配药、裁纸、卷筒、装药、试放、编挂、包装七道工序，宽大敞亮的作坊里整天忙忙活活，裁纸的哧哧啦啦，糊烟花泥筒的噗噗唧唧，试放鞭炮的乒乒乓乓，烟花品种繁多，燃着后有的梨花桃花交叉喷，有的既涌“黄金”又涌“白银”，也有的先喷火树一丛再喷青竹一竿，还有的喷出的珠花一会像牛一会像人。汪曾祺在《异秉》中形象地描述了种种吃食的做法：

“这个县里特有”的“蒲包肉”的做法是这样：“用一个三寸来长直径寸半的蒲包，里面衬上豆腐皮，塞满了加了粉子的碎肉，封了口，拦腰用一道麻绳系紧，成一个葫芦形。煮熟以后，倒出来，也是一个带有蒲包印迹的葫芦。切成片，很香。”

民间技艺描写是“风物描写”的第三大板块。从作家们的描写看，民间技艺包括“人工物产”制作工艺、手工性的技能技巧等丰富内容。作家们描写的是昨天的记忆，描述了在大工业时代背景中已经消逝或正在消逝的种种地方性、民俗性的工艺、技能、技巧。汪曾祺在《异秉》中饶有兴趣地描写了小城的旱烟丝制作：

源昌烟店是个老名号，专卖旱烟，做门市，也做批发。一边是柜台，一边是刨烟的作坊。这一带抽的旱烟是刨成丝的。刨烟师傅把烟叶子一张一张立着叠在一个特制的木床子上，用皮绳木楔卡紧，两腿夹着床子，用一个刨刃有半尺宽的大刨子刨。烟是黄的。他们都穿了白布套裤。这套裤也都变黄了。下了工，脱了套裤，他们身上也到处是黄的。头发也是黄的……

孙方友描写了许多历史久远的地方性手工生产工艺：《吕家染坊》展示了传统的染布程序，《箩铺》介绍了“箩”（一种筛子）的做法，《风箱》讲述了陈州风箱的特点与特殊做法……

很明显，作家们对地方性的传统手工生产工艺描写，都有一个潜在的参照，即现代化的机器工业生产与“一体化”的生活模式。

正是对一个正在消失的时代的怀念，被“文化守成”观念支撑的“文化叙事”忆写了一些已经消逝的地方性技能技巧。江南高邮水乡水稻种植历史悠久，稻作文化[①]底蕴深厚，因此与稻谷生产、加工、售卖相关的技艺技巧成为“文化叙事”的内容之一。汪曾祺的《八千岁》描写了米行先生“看稻样”的绝技：

> 替人卖稻的客人到店，先要送上货样。店东或洽谈生意的“先生”，抓起一把，放在手心里看看，然后两手合拢搓碾。开米店的手上都有功夫，嚓嚓嚓三下，稻壳就全搓开了；然后吹去糠皮，看看米色，撮起几粒米，放在嘴里嚼嚼，品品米的成色味道。做米店的都很有经验，这是什么品种，三十子，六十子，矮脚籼，吓一跳，一看就看出来。

传统手工业积淀着丰富的地域文化内涵与久远的农耕文化质素，因此榨匠、皮匠、染匠、篾匠、石匠、罗匠、裁缝、“待诏”[②] 等手艺人的“绝活”成为小城镇叙事小说“文化叙事”经久不衰的话题，汪曾祺、孙方友、陈世旭、迟子建、张国擎、薛舒等众多作家都写了自己熟悉的手艺人。汪曾祺的《三姊妹出嫁》介绍了剃头匠时福海打理顾客的全套把式，描述了几乎已经完全失传的“待诏”推拿功夫：

> 他的店铺主要是剃光头，以“水热刀快”为号召。时福海像所有老剃头待诏一样，还擅长向阳取耳（掏耳朵），捶背拿筋。剃完头，用两只拳头给顾客毕毕剥剥地捶背（捶出各种节奏和清浊阴阳的脆响），噔噔地揪肩胛后的“懒筋”——捶、揪之后，真是“浑身通泰”。他还专会治“落枕”。睡落了枕，歪着脖子走进去，时福海把你的脑袋搁在他弓起的大腿上，两手扶着下腭，轻试两下“咔叭”——就扳正了！老年间，剃头匠是半个跌打医生。

汪曾祺展示的是“昨天”的“风光”。如果说“牙医”、现代意义的

---

① 稻作文化，是指以水稻种植为主要生存和发展方式的文化，包括由水稻种植衍生的有关衣、食、住、行的种种风俗。

② 宋、元时期尊称手艺工人为“待诏”，旧时小城镇及乡下称剃头匠为“待诏”。

“理发店”（而不是传统的“剃头铺”）在上海、天津等都市普遍出现，是“现代化”侵入民间的标志的话，那么，“向阳取耳”、“捶背拿筋”在高邮这样的小城中继续存在，就意味着“现代化”还未完全占领小城，小城的主流生活仍然保持着农耕性的古朴与悠闲。显然，关于“捶背拿筋”的描写，缅怀了一个已经逝去的时代，折射出江南生活曾经有过的细致与优雅，透视了人们在古朴的农耕文明时代曾经有过的生活方式。

二　民俗学意识与风情风物描写

此处的民俗学意识即“文艺民俗学意识”①。在文学创作层面，民俗学意识既指创作主体从民俗角度切入，观察生活、发掘民俗的文化意蕴的文化观念与思想意识，又指创作主体对客观存在的民俗风物的感知及由感知而生出的心理。民俗学意识与风情风物描写，有着内在关联，在此我们从两个层面讨论这一问题。

（一）民俗学意识的“成熟”

新时期小城镇风情风物描写有着较为清晰的民俗学意识支撑。我们认为，“现当代文学”创作的民俗学意识也经历了一个由“无意注意”到“有意注意”的过程②。

《水葬》《惨雾》《菊英的出嫁》等作品含有一定的民俗学描写，被视为“现代文学阶段”民俗描写的代表作，但蹇先艾等人是从社会学或文化社会学角度切入而展开描写的，作者描写乡野风俗的目的就是揭示痈疽，以期“引起疗救的注意”。因此，这些作品中的民俗乡风，有时是承载社会学、政治学内容的载体，有时就是被批判的靶子、被否定的对象。显然，《水葬》等作品的整体描写并非从民俗学角度切入，作者对客观存在的民俗的关注是一种“无意注意”。至今人们几乎一致认定沈从文、废名等“京派”作家刻意描写乡风民俗，其创作有着丰富的民俗学内涵，但我们认为，

---

① 陈勤建于1989年提出“文艺民俗学”概念，认为“文艺民俗学是文艺学和民俗学相互联姻而成的”，是“一门新的独立学科”。参见陈勤建《文艺民俗学漫谈》，《民俗研究》1989年第3期。

② 对于“现当代文学”创作的民俗学意识由“无意注意”到“有意注意”的发展过程的讨论，笔者已单独撰文讨论，讨论从“评论意识”和“创作意识”两个角度切入，比较系统地论述了“文艺民俗学意识”的发生发展过程及“文艺民俗学意识”的不同表现形态。

他们的乡风民俗描写虽然富含民俗学内涵，但并非具有清晰的民俗学意识。我们认为，最关键的一点是：他们的乡风民俗描写不是指向乡风民俗本身，而是指向乡村乡土，他们无意发掘乡风民俗的深层内涵，即作品的民俗描写并非有意发掘民风乡俗的文化内涵及其积淀的文化底蕴，而是构建与都市对峙的世外桃源，虚拟寄寓“京派”文化理想的精神家园。作家们展示了乡村那诗情画意的自然风光、淳朴的风土人情、古朴淳厚的人际关系，而这些东西正是为了用来比照都市文明的畸形与都市道德的颓废。作家们的笔下出现了古风犹存的“边城”、恬静的“竹林”、古朴的“河上柳”、静谧的“桃园”、清澄的“菱荡”以及修竹绿水、小桥孤塔、菜畦城垣等人文景观，还有翠翠、三三、三姑娘、琴子、陈老爹等或冰清玉洁或古道热肠的人物，但这些并非用于展示风物风情之异，而是用来反衬工业社会的喧嚣与骚动，用来抵制“资本主义文明”的入侵。很明显，作家们的整体描写不是指向民风乡俗本身：不是观照民风乡俗的民俗学事项本身，不是构建作品的民俗学内涵，不是揭示民风乡俗的文化底蕴，而是指向作家的精神家园和作为“心理乡土”的乡村。正因为沈从文、废名等作家的风俗民情描写不是指向风俗民情本身，而是乡村乡土，所以我们有理由认为他们的风俗民情描写不是完全出自民俗学视角，他们的描写暂时还未得到民俗学意识的支撑，或者说他们的民俗学意识是感性的，而不是理性的。我们认为，当代文学创作的“有意注意”的民俗学意识普遍出现时间是20世纪80年代中期。“有意注意”的民俗学意识的普遍出现，受到许多因素的驱动，如一浪高过一浪的“文化热”、西方文化学思想涌入、“寻根”思潮的勃兴、工业时代的到来及传统风俗在工业时代背景中的蜕变与磨蚀，等等。民俗学意识支撑新时期文学创作的显著标志是：作家开始有意识地考察民俗事项，有意识地发掘民俗事项蕴涵的文化质素，在许多作家笔下，民俗本身成为观照对象，在许多情况下，民俗事项被意象化。在80年代初期，部分作家夸张地展示自己的民俗学视角，如王安忆的《小鲍庄》、韩少功的《爸爸爸》、郑义的《老棒子酒馆》等作品就带有某种稚嫩的炫耀成分。随着时间的推移，作家们的民俗学意识走向深化。例如，民俗民风与地域的关系、文化丛文化圈与民俗民风的关系、文化生态与民俗等命题开始引起部分作家的注意。莫言的《红高粱》发掘了民风民俗背后久远的民族性格基因，从地域、经济、文化传承等角度解读高密乡民风的剽悍刚烈，张承志、冯植苓、乌热尔图能通过民俗描写揭示草原文化、渔猎文化等文化丛与农耕文化丛的差异。《那五》《俗世奇人》《小巷人物志》《白鹿原》《马桥词典》等作品的问世，昭示着民俗学意识的新发展——“有意注意”的民俗学意识已经成为一种一般的创作意识，在这一创作意识的指导与规范下，作家能进行深层次的文化底蕴发掘和沉潜的文化思考[①]。

（二）“成熟”与小城镇风情风物描写

“有意注意”的民俗学意识的出现，意味着民俗学意识的“成熟”。文学创作的民俗学意识的“成熟”，对小城镇风情风物描写影响深远。我们认为，“有意注意”的民俗学意识对小城镇叙事的民俗学描写的最大影响表现在两个方面。

一是“有意注意”使小城镇风情风物在部分作家的作品中成为相对独立的描写对象。在“自觉”的民俗学意识的引导之下，出现了以小城镇风情风物为核心描写对象的作品和以小城镇风情风物为主要描写对象的作家。以小城镇风情风物为核心描写对象的作品，一般将“风俗审美”当成全部的创作主旨，刻意展示小城镇的风情风物，这类作品在 20 世纪 80 年代主要出自汪曾祺、林斤澜等少数作家之手，进入 21 世纪后这类作品大量出现。例如，钟秀灵的《小城人物》着重展示依山傍水的三峡小城昨天的纯朴民风与特殊物产，孙方友“小镇人物”系列中的部分作品既写“人情”又写“风物”。以小城镇风情风物为主要描写对象的作家往往通过“系列作品”展示小城镇风情风物，“系列作品”是其整体创作的核心部分。例如，“小镇系列”与“陈州系列”构成了孙方友整体创作的核心板块，因而孙方友是专门描写小城镇风情风物的作家之一。马克思曾经说“对于非音乐的耳朵，最美的音乐也没有意义”，对于小城镇风俗风物描写而言，只有能发现小城镇风俗风物存在价值的眼睛，才能发现小城镇风俗风物的存在及其独特性。

“有意注意”的民俗学意识对小城镇民俗学描写的另一重大影响，是小城镇风情风物描写成为小城镇叙事小说审美构成的重要元素。在民俗学意识成为“自觉意识”之后，作家有意识地运用特定的风俗、风尚、风物来

---

① 汪曾祺于 20 世纪 70 年代末就开始有意识地展示小城镇风情风光，但其小城镇风情风光描写是个案，对于这一问题的讨论，将在第五章进行。

承载自己的风俗审美体验，此时，小城镇风情风物在作家笔下发挥着隐喻时代风尚、聚焦文化变迁、承载文化内涵等叙事功能。有时，作品中的风情风物描写，似乎是不经意的，但这些描写有着丰富的内涵和集中的指向。例如，在魏微的《大老郑的女人》中，我们能看到这样一些似乎很随意的风情风物点缀："原来，我们这里是很安静的，街上不大看得见外地人。生意人家也少，即便有，那也是祖上的传统，习惯在家门口摆个小摊位，卖些糖果、干货、茶叶之类的东西。本城的大部分居民，无论是机关的、工厂的，还是学校的……都过着闲适、有规律的生活。""城又小，一条河流，几座小桥。前街、后街、东关、西关……""这是一座古城，不记得有多少年的历史了，项羽打刘邦那会儿，它就在，现在它还在，项羽打刘邦那会儿，人们是怎么生活的，现在也差不多这样生活着。""有一种时候，时间在这小城走得很慢。一年年地过去了，那些街道和小巷都还在着，可是一回首，人已经老了。——也许是，那些街道和小巷都老了，可是人却还活着。""更多的发廊冒出来，像温州发廊、深圳发廊……"这些描写"散布"在作品中，或展示小城深层的文化底蕴，或揭示风尚的蜕变，或缅怀一个远逝的时代，或抒发作者的文化感伤，风情风光描写发挥着多种叙事功能，"自觉"的民俗学意识支配着作者的风情风光描写。

在民俗学意识"自觉"之后，创作主体常常通过民俗来寄托深层次的文化思考，在理性民俗学意识的支撑下，创作主体会采用不同方式建构民俗事项（"形式"）与"文化思考"（内容）这两者之间的关联，其中，民俗或民俗事项的意象化，是最常用的手段。"意象"，是主观之"意"与客观之"象"的有机结合，无论是"物质民俗"还是"精神民俗"，都能成为负载主观之"意"的"象"，即民俗或民俗意象经过作家的"符号化"处理之后，都能成为具有所指功能的能指。"人类制造的作品""制作作品的过程"和"制作作品的人"是"物质民俗学"的三个关注对象。传统手工业产品、工艺生产流程及手工业者本身，无疑是物质民俗学的关注对象，在河南作家孙方友的"小城镇民俗叙事"中，这些"关注对象"就是一组反复出现的"集合意象"。例如，《吕家染坊》描写了传统蜡染布的质地与花色、蜡染布染制工艺及染布匠吕老三的为人处世，《殷老二和他的女人》描写了颍河锅盔的特殊风味、锅盔的特殊做法与店主殷老二的一生；同样，《曾家膏药》《刘家果铺》《马家茶馆》《胡家烧饼》《雷家炮铺》等众多作品也有“作品”“过程”和“人”这三个“描写点”。在这些作品中，传统手工业产品、工艺生产流程及手工业者本身，三者构成了一个“集合意象”，这个“集合意象”负载的是作者对大工业时代的拒斥与悚惧（包括对现代工业产品安全性或质量的质疑、对日趋“一体化”的社会的担忧等），对一个已经远逝的时代的缅怀（包括对和谐人际关系及淳朴世风的怀念、对昔日“绿色产品”的向往、对曾经有过的“低碳生活”的追忆等）。随着大都市的不断扩张和乡村在城市化背景中的蜕变，小城镇的“第三种社会”① 特征日趋明显，于是，那些打上了地域印记的小城镇风物风情及特有的“民俗生存”进入了作家们的视野。民俗或民俗事项的意象化，是作家们对小城镇传统风俗存在价值的深刻认识的外在表现。

此外，作家们对那些曾经被否定、被“批判”的“遗风”“遗俗”的肯定或重新甄别，也体现了作家们认识的深化。

当然，我们在讨论“有意注意”的民俗学意识对小城镇民俗学描写的重大影响时，不可忽略小城镇意识的觉醒②这一大前提：只有在作家有意识地将小城镇当成特定的审视对象之后，小城镇风情风物描写才有可能成为相对独立的描写对象，小城镇风情风物才有可能成为小城镇叙事小说审美构成的重要元素。

三　小城镇风情风物描写的意义

无论是对小城镇叙事小说而言，还是对整个当代小说创作而言，“文化叙事”的小城镇风情风物描写都具有重要意义。其重要意义主要表现在以下两个方面：

首先，小城镇风情风物描写对小城镇风俗美的展示具有重要的开拓意义。其意义主要在于对小城镇风俗美的独特性的发现。由于民俗审美意识的自觉等因素的影响，创作主体意识到了小城镇风俗美与都市风俗美、乡村风俗美的差别，“文化叙事”展示了小城镇风俗独特的美。很明显，汪曾祺的《异秉》《陈四》、孙方友的《胡家烧饼》《马家茶馆》、钟秀灵的《小

① 社会学学者辛秋水的论文《小城镇：第三种社会》（《福建论坛》2001 年第 5 期）对这一问题进行了深入的讨论。

② 关于小城镇意识的觉醒，在“绪论”中已经涉及，对于这一问题的讨论在第五章将进一步深化。

城人物》、鲁敏的《思无邪》等作品所展示的民俗之美，既不同于邓友梅的《那五》、冯骥才的《俗世奇人》、陆文夫的《小巷人物志》等作品展示的都市风俗之美，也不同于韩少功的《马桥词典》、陈忠实的《白鹿原》、陈应松的《猎人峰》、贾平凹的《鸡窝洼的人家》、邵振国的《麦客》等作品展示的乡村民俗之美。“文化叙事”在两个层面对小城镇风俗美进行了开拓。一是展示小城镇特有风俗事项的美。“文化叙事”主要展示了“风俗民俗”和“物质民俗”这两大风俗事项[①]范畴的风俗美。小城镇特有的器物制作、民间饮食、民居景观、技艺展示、仪式集会等是“文化叙事”关注的重心。这一创作行为实际上是展示小城镇风俗的“形式美”：“千里不同风，百里不同俗”，小城镇风俗既有其自身的千差万别、绚丽多彩，又有其独有的、区别于都市风俗和乡村风俗的风姿，这些外在表现形态使小城镇风俗自身具有“个性美”、奇异美，而小城镇风俗的运作又具有其他风俗所没有的“仪式美”。二是发掘、展示小城镇风俗的“内容美”，如展示风俗所蕴涵的人情美、人性美，揭示风俗蕴涵的文化积淀及文化积淀所包含的幽深美、哲理美等。我们说“文化叙事”展示了小城镇风俗独特的美，是以“现代文学”阶段小城镇叙事小说的风俗描写为参照的。以“现代文学”阶段小城镇叙事小说的风俗描写为参照，新时期小城镇叙事小说的风俗美展示有两个基本特点：在“小城镇意识”的支撑下，叙事主体意识到了小城镇风俗美的独特性；在民俗学意识的支撑下，叙事主体有意识地从民俗学角度观照小城镇风俗美。——“文化叙事”对小城镇风俗美及其独特性的展示，不乏纯粹的文艺学追求，如寻求风俗美展示的最佳方式，通过语言表达、意象建构、情节设计等手段构建“形式美”与“内涵美”之间的张力等，但其切入点在更大程度上是“文艺风俗学”，从某种意义上说，就是这种特殊的文化观照赋予了“文化叙事”独特价值。对于这一问题的展开讨论将在后面进行。

其次，小城镇风情风物描写具有重要的文化意义。新时期小城镇叙事小说叙事主体的小城镇风俗描写，尤其是对传统风俗的描写，一般都寄寓着文化思考。我们认为，许多作家的小城镇风情风物观照都隐含着由“现

① 关于民俗事项的分类，不同的学者分类的方法也不一样。目前学术界一种较为普遍的分类方法是把各种民俗事项分为口头民俗、风俗民俗和物质民俗三大类。

代化”激发的文化思考。“现代化”进程的加快带来了“连锁反应”，如人们生活方式的改变、生活环境的变化、道德精神与思想观念的蜕变等，同时也导致了一系列问题的产生，如环境问题、生态问题等。此时，小城镇传统风俗因其独有的外在形态与内在禀赋而进入部分作家的艺术视野：由于小城镇传统风俗的农耕性、古典性、“中庸性”等质素受到“现代性”的侵蚀，因而小城镇传统风俗本身成为观照的对象，而小城镇传统风俗表现形态的“中庸”又使小城镇传统风俗成为承载作家文化思考的平台。于是，或抒发文化感伤，或固化文化记忆，或展示文化理想，或表达文化谴责，作家们从不同角度观照了小城镇的传统风俗，从而赋予了小城镇风俗描写丰富的文化内涵，使小城镇风俗描写具有重要的认识价值及特殊的审美价值。对于这一问题的展开讨论将在第五章的相关章节中进行。

新时期小城镇风情风物描写对整个当代小说创作而言也具有重要意义。我们对于这一问题暂不展开讨论。

** ** ** **

本章仅讨论了“观照小城镇文化群体”和“展示小城镇风物风情”两个问题，事实上新时期小城镇叙事小说的“文化叙事”包括丰富的内容。例如，揭示小城镇道德文化及其在新时代的蜕变、考察小城镇整体文化的本质、观照小城镇的市民人格等，都是“文化叙事”的主要内容，限于篇幅，我们暂时未对这些问题展开讨论。对“观照小城镇文化群体”“展示小城镇风物风情”这两个方面的讨论，我们没有面面俱到，采取了“只抓重点，不及其余”的方法。此外，有些问题在“政治叙事”“历史叙事”中已经涉及，出于规避逻辑层面的深度交叉，我们在本章当中没有讨论这些问题。

第五章
叙事心态

叙事心态，在此指叙事主体的心理状态或叙事的心理支撑。新时期小城镇叙事小说，是一种颇具个性的小说类型，其整体叙事有着特定的心理支撑。笔者认为，因为新时期小城镇叙事是一种有着特定叙事对象、在特定时代背景中存在的文学叙事，所以“心理状态”在很大程度上是由“心理动机”支撑的。童庆炳将“心理动机”分为创作的“潜动机”与创作的“显动机”两个层次。“潜动机”是指“艺术家从事创作时内心的某种无意识驱动力量”①，“显动机”则是“从事创作的直接心理驱力”，是“生活中，艺术家因各种物象、事件的触发，常发生心理波动，造成失衡，并引发适当强度的情感。宣泄情感，以恢复心理平衡，便是显动机的主要内容”②。笔者认为，新时期小城镇叙事的叙事心态的生成更多地受到“显动机”的支撑，因为叙事主体生活在一个社会急剧变化、小城镇持续发展嬗变的时代——现实生活中的“各种物象、事件的触发”使种种叙事心态生成，进而为小城镇叙事提供了种种心理支撑。由“显动机”支撑的叙事心态直接影响着新时期小城镇叙事的取材、立意、叙事方式及叙事的整体价值取向，因此我们要考察叙事主体的叙事心态。在此，我们主要讨论直接影响小城镇叙事的三种心态。

① 童庆炳：《文艺心理学教程》，高等教育出版社，2001，第137页。

② 童庆炳：《文艺心理学教程》，高等教育出版社，2001，第141页。

第一节　怀旧心态

在“现代化”急剧推进、小城镇自身不断变化的时代背景中，怀旧心态，是小城镇叙事的重要心理支撑，对小城镇叙事有着特殊意义。

有人认为，“怀旧”的能指较为丰富，童年之恋、故土乡愁、往事恋歌都包含在其中，并且乡愁、往日和童年成为“怀旧”最重要的三个内容①。在此，我们针对小城镇叙事小说的整体创作概况，将怀旧心态分为两个层面。

一　文化怀旧

文化怀旧，是文化层面的怀旧。小城镇叙事的怀旧首先表现为“文化怀旧”。周平揭示了当代“怀旧”的基本表现与主要成因：

> 怀旧首先是一种心理现象，表现为美化“故乡”、夸大“过往”人和事的优点而忽略其不足的心路历程，并呈现出想象胜于实际的特征。从更深的心理学层面分析，怀旧隐含着人的退行（Regress）心理。退行是一种心理防御机制。人之所以怀旧，是因为冲突，这种冲突可以是内心的（如自己的本能与道德、良心之间的冲突），也可以是外界的（如自我和现实的冲突）。有冲突就会寻求安全保护，这是人本能的反应。而怀旧通过退行到过去或家乡，替代性地满足了人的本能欲求。它所造成的时空错觉，正好能以一种象征的方式带给人安全和爱②。

周平从心理学层面揭示了“怀旧”的一般表现与主要成因，事实上文化学层面的怀旧最终也要归结到心理层面，即文化学层面的怀旧也“美化”过去，也受到“内因”与“外因”的激发或触动。当然，文化学层面的怀旧有文化学层面的“触媒”及文化学层面的“文化怀旧行为”。应该说，新时期小城镇叙事的文化怀旧是整个时代的文化怀旧的一部分。从宏观层

① 黄雪敏：《文学“怀旧”心理原型论》，《重庆三峡学院学报》2008 年第 6 期。

② 周平：《解读怀旧文化》，《理论月刊》2007 年第 8 期。

面看，现代化步伐的加快（如现代工业的快速发展、现代经济的高速运转等）所产生的种种效应（如当代生活方式的改变、环境的改变、生存的压力逐日增大等）是小城镇叙事文化怀旧的根本动因。从微观层面看，小城镇自身的文化禀赋、小城镇在城市化进程中的特殊位置及小城镇叙事主体与小城镇的特殊关联，决定了叙事主体以小城镇为依托的文化怀旧。总之，现代化的演进与新时期小城镇叙事的文化怀旧有着种种必然关联，即现代化的演进、文化怀旧、小城镇叙事的“文化怀旧”这三者构成了一个“因果链”。

文化怀旧是小城镇叙事“文化叙事”最重要的心理支撑。文化怀旧至少在以下几个方面影响叙事主体，从而对“文化叙事”进行了支撑。

一是由当下人文环境的退行性蜕变而怀念小城镇曾经有过或可能有过的人文环境。

毋庸讳言，文化转型和经济发展带来了“文化失范”，与城市文化相伴而行的是享乐主义、拜金主义、利己主义。面对社会文化领域内出现的历史与道德冲突、价值理性与工具理性对立，作家们作出了自己的文化判断与文化选择。“怀旧”是一种比较特殊的“选择”：小城镇叙事主体选择了“退行”的“防御机制”，以曾经有过或可能有过的良好人文环境来反衬当下人文精神的滑落与世风的颓败，“以一种象征的方式带给人安全和爱”。于是，就出现了赞美昔日小城镇良好社会环境与和谐人际关系、忆述昨天小城镇的美好道德风尚的作品。例如，《胡家烧饼》中的胡三牢记祖训，讲究职业道德，《茶干》中的酱油店老板连老大诚信诚实。也许作家们的描写针对的是当下职业道德的沦丧、拜金主义的盛行。《故里三陈》中的陈泥鳅虽无隔夜之粮，但若见邻居有难，往往倾囊相助，《三姊妹出嫁》中的麻子皮匠因手艺好讲信用而受人尊敬。显然，作者有意以昔日的人情美、人性美反衬眼下的“人心不古”。钟秀灵的《小城人物》赞美了推红船（捞死尸）的八狗爷的厚道宽容与品格端正。八狗爷职业低贱，地位低下，但人格高尚，因此生前死后都受到人们的爱戴：“八狗爷没有儿女，所以墓穴简陋，也无墓碑，旁边是小城一位显赫人物的华丽坟墓。奇怪的是，八狗爷的墓穴竟时常得些祭品，倒显得身边那位近邻有点寂寞了。”作品的整体描写似乎要以昨日低贱者的高尚来比对今日高贵者的低俗与堕落。值得注意的是，部分年轻的作家对并不遥远的昨天进行了缅怀。例如，薛舒的《记忆刘湾》《小镇故事》《唐装》等作品满怀深情地忆述了小镇“刘湾”昨天的世风民情，并以昨天为参照而展示小镇人今天“有限度的堕落”及整个社会的极度堕落。薛舒在《唐装》中，以爷爷和父亲给国家领导人缝制的唐装为参照，评点了今天的唐装：

> 什么叫“新概念唐装”？电子屏幕上那些露出乳沟、露出臂线、露出整个肩膀的貌似旗袍或者对襟衫的服装，就是“新概念唐装”？我并非服装行业人员，自然无法理解。如果我爷爷苏木桥苏老裁缝能够看到“唐装”风行的今天，他会如何想？唉——我的苏木桥爷爷啊！此刻，他的灵魂，会不会在他的子孙们祭扫过的那座空坟上面飞翔？

唐装和父辈缝制的唐装是传统道德的象征，而“新概念唐装”则是堕落的隐喻，作者就是通过对昨天唐装的怀念而怀念小镇昨天的人文环境并谴责当今小镇及整个社会的道德滑坡。

二是由当下的生存困境与生存危机而怀念小城镇的昨天。

人类文明的演进并不总是给人类带来希望与光明，“文明的进程同时也就暗寓了野蛮”①。正如别尔嘉耶夫所说：“文明化了的野蛮正在蔓延，在它背后感受不到一点‘自然’的气息，触目皆是机器、机械。工业技术文明显现为不断增长着的文明化野蛮和人的质的堕落。”② 文明演进所致的当下的生存困境与生存危机使作家们把目光投向了小城镇的昨天。

小城镇传统手工业折射出昨天的生活方式，是一个时代生活方式的隐喻，因此传统手工业的工艺与产品成为“文化叙事”的重要对象，创作主体通过对传统手工业的工艺与产品的回忆来表达对当下生活的悚惧与不满。《殷老二和他的女人》《刘家果铺》《茶干》等作品对昨天的“手工食品”的手工制作过程、制作工艺、食品风味等进行了细致而形象的描绘，这种描绘的心理支撑之一就是对眼下“食品安全”的担忧。当下的工业污染及现代工业对资源的掠夺与耗费，促使作家们怀念小城镇昨天的“无污染工业”与“绿色工业”，因此，就有了《吕家染房》等作品对传统蜡染布的染

① 马大康：《反抗时间：文学与怀旧》，《文学评论》2009 年第 1 期。

② 汪建钊编选《别尔嘉耶夫集》，上海远东出版社，2004，第 152 页。

制工艺的介绍，就有了《戴车匠》《箩铺》《风箱》等作品对“不耗能”的生产工具和生活用具的忆述及对曾经有过的“低碳生活”的怀念。

作家们对地方性的传统手工生产工艺的描写，都有一个潜在的参照物，即现代化的机器工业生产与“一体化”的生活模式。

当下生活的紧张凌乱、人际关系紧张及人情淡漠，促使作家们怀念小城镇昨天的静谧、宁静以及人际关系的和谐与生活的“慢节奏”。

在魏微的《大老郑的女人》中，“发廊”层出不穷，“外地人”来来去去，新兴“职业”应运而生，小城的生存空间日显狭小，因而小城眼下的纷扰引发了“我”对小城昨天的安逸与宁静的怀念：“我们这里是很安静的，街上不大看得见外地人。生意人家也少，即便有，那也是祖上的传统，习惯在家门口摆个小摊位，卖些糖果、干货、茶叶之类的东西。本城的大部分居民，无论是机关的、工厂的，还是学校的……都过着闲适的、有规律的生活。”白天，先人们可能会谈“那些陈芝麻烂谷子的事”，如“谁家婆媳闹不和了，谁离婚了，谁改嫁了，谁作风不好了，谁家儿子犯了法了”，但谈过之后，“该叹的叹两声，该笑的笑一通”，就“各自忙生活去了”；傍晚，老人们在老槐树底下有一搭无一搭地聊。“多少年过去了，我们小城还保留着淳朴的模样，这巷口、老人、俚语、傍晚的槐树花香……有一种古民风的感觉。”汪曾祺的《三姊妹出嫁》展示了昨天的小城人的生活淡定。秦老吉的三个女儿的未婚夫分别是麻子皮匠、吹鼓手大福子、吹糖艺人吴颐福，三个女婿的社会地位不高，其职业属于“贱业”，但三个人都在自己的行当内干出了成就，因而也赢得了人们的尊敬。当三个女儿相互拿对方夫婿的职业开玩笑时，秦老吉严厉训斥了女儿们：“靠本事吃饭，比谁也不低。麻油拌芥菜，各有心中爱，谁也不许笑话谁!”显然，针对“开放搞活”之后世人的心气浮躁、人欲横流及由激烈商业竞争所致的尔虞我诈，汪曾祺展示了人们昨天对待生活“无欲”与淡定及人际关系的和谐、价值理念的健康。值得注意的是，汪曾祺、林斤澜、孙方友等对“十七年”生活有着清晰记忆的作家忆述了昨天，魏微、鲁敏、薛舒、徐则臣等年轻作家也出于对当下的比照，描述了他们记忆中的昨天或想象中的昨天。尽管他们的昨天与汪曾祺等作家笔下的昨天不在一个时间平面上，但他们的昨天同样充满温馨、宁静与和谐，小城镇的昨天同样被寄寓了种种文化反思。

三是因对“现代化综合效应”的疑惧而生发出来的对民俗性的小城镇风物的怀念与留恋。从某种意义上说，这种怀念与留恋是一种防御性的精神需求，也是一种综合性的现代综合征。作家们怀念和留恋的小城镇风物主要是“旧物”。作家们怀念的“旧物”或许已经消失，仅仅保留在作家的记忆中；留恋，即不忍离去、难以舍弃，作家们难以舍弃的“旧物”还暂时“遗存”，但处于现代化进程的“扫荡”威胁之中。“现代化综合效应”、怀念和留恋民俗性“旧物”、忆写已经消失的“旧物”或描绘尚存的“旧物”，这三者构成了一条因果链。现代工业持续发展对环境的破坏，城市无限扩张所致的历史遗迹被毁灭、植被被破坏、耕地被蚕食，现代人对物质的贪欲及对生活质量无止境的追求，贝尔所说的“心理消费”的出现，是“现代化综合效应”的主要表现。或谋求一种心理庇护，或寻找一种精神解脱，或出于抵触咄咄逼人的“现代化”，作家们将目光投向了历史。历史具有不可逆性，作家们不能回到历史，但民俗性“旧物”带着深深的历史印记，或本身就是历史的具象，因此，忆写已经消失的“旧物”或描绘尚存的“旧物”，就顺理成章地成为一般的叙事行为。怀念一段过往的历史，作家们实际上怀念的是与特定历史时段相对的“空间”——在一个既定空间内曾经存在或出现过的事物。于是，针对当下的喧嚣、浮躁、动荡，作家们描绘昨天可能存在的种种民俗风物风光。对赛会、烟火会等集会或仪式的描写（如《陈四》《陈州烟火》等），往往寄托着作家们对过去可能有过的“盛世”的安定和谐的向往；对旧式茶馆、酒馆等“消闲”场所的描写及与之相关的“出产”的描写（如《职业》《安乐居》《罗锅》《马家茶馆》等），体现的是作家们对已经逝去的农耕时代松散闲适生活的怀念；对尚存的小巷、石板街、背街的古树、临街的门廊的描写，表达的是对快速逼近的城市化的恐惧；而对已经失去的小巷、石板街、背街的古树、临街的门廊的描写，则表达的是对曾经有过的静谧、恬淡与安宁的凭吊。小城镇在当代社会中的中庸性、中间性及其在文化学、社会学层面的独立性，满足了叙事主体的叙事隐喻或映射需求。

汪曾祺《安乐居》的描写具有某种典型性。“安乐居”是北京城郊的一个小饭馆，作家满怀深情地描写了这个小饭馆的经营与“出产”：“酒菜不少。煮花生豆、炸花生豆、暴腌鸡子、拌粉皮、猪头肉，——单要耳朵也成，都是熟人了！猪蹄，偶有猪尾巴，一忽儿的工夫就卖完了。也有时卖烧鸡、酱鸭，切块。最受欢迎的是兔头。一个酱兔头，三四毛钱，至大也就是五毛多钱，喝二两酒，够了……这些酒客们吃兔头是有一定章法的，先掰哪儿，后掰哪儿，最后磕开脑绷骨，把兔脑掏出来吃掉。没有抓起来乱啃的，吃得非常干净，连一丝肉都不剩。”由于饭菜便宜，经营活络，小饭馆成了老人们聚会的场所和闲人们打发时光的去处。不论贤愚，不论贵贱，人们都能在这里占有一席之地，“安乐居”真乃“安乐”之地。老吕、老聂、老王、瘸子、上海老头等人在此碰头。一般熟人见面后客客气气，礼尚往来，老朋友见面后则谈天说地，斗嘴打趣。“安乐居”位于街尾村头的“交叉地带”，这里“酒菜”品种多样且大众化，价格也便宜，酒客们也很容易满足。“安乐居”的酒客无论是知识分子、干部，还是出卖苦力的劳动者，都讲究礼数，注意风度，众酒客相处融洽。作者着意展示的是街尾村头的风物，但风物带出了与之关联的人情世风。然而，世道在人们的闲谈中快速变化：物价不断上涨、人们越来越心浮气躁，太多的人想一夜致富，年轻人越来越时尚、越来越轻狂……最后，“安乐居”在小城中消失了：“安乐居已经没有了。房子翻盖过了。现在那儿是一个什么贸易中心。”作者怀念那些给人们带来满足与幸福的“旧物”（包括廉价的吃食与简陋的小饭馆），也怀念那容易被人们获得的“幸福感”，但这一切不再存在，一句“安乐居已经没有了”，表达了作者无尽的遗憾与深深的伤感。事实上，汪曾祺一直通过描写一些已经消失或正在消失的“旧物”表达一种遗憾或伤感：

> 他的儿子已经八岁了。他该不会是想：这孩子将来干什么？是让他也学车匠，还是另外学一门手艺？世事变化很快，他隐隐约约觉得，车匠这一行恐怕不能永远延续下去。一九八一年，我回乡了一次……东街已经完全变样，戴家车匠店已经没有痕迹了。侯家银匠店，杨家香店，也都没有了。
>
> 也许这是最后一个车匠了。（《戴车匠》）

> 连老大的儿子也四十多了。他在县里的副食品总店工作。有人问他：“你们家的茶干，为什么不恢复起来？”他说：“这得下十几种药料，现在，谁做这个！”一个人监制的一种食品，成了一个地方具有代

表性的土产，也真不容易。

不过，这种东西没有了，也就没有了。（《茶干》）

……

显然，作者通过对不复存在的“旧物”及与之相关的世风人情的缅怀，表达了一种文化反思与文化谴责，整体描写流露出对当下工业文明的抵触和对农耕社会的怀念。

“历史叙事”与“政治叙事”也在一定程度上受到文化怀旧心态的支撑。

在展示历史、反思历史时，在戏谑被时代蒙蔽所致的蒙昧时，在嘲弄、玩味时代的荒诞时，在调侃畸形的人格与变异的人性时，作家们间接肯定了特定时代值得肯定的东西，这种肯定隐含着怀旧。例如，《将军镇》（陈世旭）在嘲笑小镇教师艾老创作“第九部样板戏”时，在调侃艾老师为了《红井》的“著作权”四处奔走呼号时，《刘老克》（孙方友）等作品在嘲笑刘老克及其乡党的蒙昧时，作家们事实上表达了对一个时代特有的质朴人性与单纯品格的怀念；《李芙蓉年谱》（陈世旭）等作品尽情地嘲弄了那个以政治尺度衡量一切的年代，但间接肯定了那个年代里人们重精神轻物质的精神富足。这种种怀念何尝不是以今天的人欲横流、世风日下为参照的呢？

“政治叙事”的部分描写也受到怀旧心态的影响。例如，《叫魂》《本乡有案》《一个乡长的来信》《干部打工记》等作品在揭示当下小城镇官场的弊端、谴责小城镇官场哲学之际，往往暗含着一种比照——以“十七年”阶段的“政治文化秩序”为参照而展示当代的缺失，而《乡醉》《穷乡书记》等作品则从正面展示了小城镇干部的高风亮节，直接表达了对一个一去不返的时代的怀念。何申在谈到他进入21世纪后的创作时，表达了对“20世纪90年代的县乡干部”工作作风的怀念：

实话实说，那时的干部工作干得比较艰难也干得比较扎实。主要领导不仅经常下乡，还住进村里蹲点；跑项目也不过带些土特产，自己饿了就在路边小摊儿吃碗面条。如果说到为个人牟取私利，至多是把子女调到好单位，分房能多占些面积，再有就是帮人办事或生病住

> 院收些烟酒。至于县里对外的接待条件，无非招待所大餐厅旁辟出几个单间，饭菜肉多些，做得干净些，还有酒。我们这里有个县招待所招待重要客人时上个甲鱼汤，就不得了啦，认为档次很高……然而，今日县里的其他一些变化，说起来就不仅是有目共睹了，有的而且是让人瞠目结舌了。领导的办公室、车子、宴请、穿戴、住房，不少地方都远远超出了整个县域经济发展的水平。一个县里主要领导的威风，用他自己的话说，是感觉到了什么才叫做权力：下车有人开门，去会场有人夹包、有人端水杯……①

尽管“20世纪90年代的县乡干部”的工作作风不可与“十七年”阶段的干部作风同日而语，但这种表述从侧面说明：部分小城镇叙事主体习惯于以过去为参照来描写当下的小城镇干部。

总而言之，特定的时代背景与小城镇自身的文化禀赋等因素促成了小城镇叙事的文化怀旧，文化怀旧是小城镇叙事的重要支撑。

二　人生怀旧

人生怀旧是小城镇叙事的另一种心理支撑。

从某种意义上说，童年与故乡是人生的起点，故在此我们将创作主体对童年与故乡的怀念称为“人生怀旧”。李满在讨论“怀旧流行风”时这样阐释“童年怀旧”与“故乡怀旧”的“心理机制”：

> 童年有无暇的天真、有透明的单纯、有父亲强健的臂膀、有母亲温馨的怀抱。一旦成人，面对复杂的社会环境和严酷的人生竞争，我们不得不放弃我们的单纯，交出我们的天真，我们已羞于依靠父母的庇护，而任凭稚嫩的心灵在风霜雨雪的抽击下流血、结痂、长壳、变硬。美好的童年一去不复返，而我们是多么渴望重获童年的天真纯朴和父母怀中的甜美温馨呵……
>
> 故乡有熟稔的屋舍，故乡有幽静的竹园，故乡有悦耳的乡音和浓浓的乡情，还有那漫坡开着野花的小河夜夜淌进我们的梦境。可是我

① 何申：《十年一梦话〈穷县〉》，《领导科学》2004年第5期。

们难以抗拒远方的诱惑，我们向往外面的世界，我们离开故园去作异乡的旅人。当我们历尽艰辛遍体创伤回首遥望家园时，我们发现一切都面目全非，我们已永远失去了心灵的家园，再也无法拥有那份宁静、纯朴和温情。而我们是多么渴望重归故乡家园、重获精神的寓所和心灵的归宿呵！[①]

李满揭示了人生怀旧的一般动因，但小城镇叙事的人生怀旧有其自身的特殊性。童年，是纯洁、安全、无虑的隐喻，因而，童年成为一种精神庇护所，一种精神安慰剂；故乡，意味着抚慰、安全。于是，在小城镇叙事小说作家的笔下，童年是一种心灵的寄托，一种精神的归属。同“文化怀旧”一样，怀旧动因、人生怀旧、叙事选择这三者也构成了一条因果链。如果说“文化怀旧”的动因是社会性的，那么，“人生怀旧”的动因则是个体性的，即人生怀旧被抹上了更多的个体“生命色彩”。由于怀旧动因与叙事描写有着更复杂的关系，所以在此我们只能使用“黑箱方法”[②] 探寻怀旧动因对叙事选择的影响。以下两种因素对叙事选择有着明显的影响。

一是由对人生易老的感悟或对岁月流逝的感触而书写记忆中的或想象中的小城镇。怀旧，使叙事主体诗化童年，诗化故乡；被诗化的童年是叙事主体在小城镇度过的童年，被诗化的故乡是叙事主体生于斯长于斯的小城镇。

对于汪曾祺、孙方友等中老年作家而言，人生易老的感悟更多地支配着他们的叙事选择。进入晚年的汪曾祺，其叙事对象几乎全是“昨天”小城镇的人和事。在汪曾祺的小城镇叙事小说中，童年与故乡融为一体，即作者的童年与昨天的故乡紧密结合，构成被怀念或忆写的“旧”。《八千岁》《异秉》《鉴赏家》《岁寒三友》《茶干》《戴车匠》《收字纸的老人》《詹大胖子》《职业》《三姊妹出嫁》等作品忆述的都是家乡昨天的人与事，有些作品直接通过标题指明作品记写的就是昨天之事、昨天之人，如《故乡人》《故里三陈》《故里杂记》《故人往事》等。这些作品的叙事视角是一种

① 李满：《流行风探秘》，朝华出版社，1987，第185页。

② “黑箱方法”是“黑箱理论”的实践运用之一。所谓黑箱方法，就是采用不打开系统的“活体”，仅从系统的整体联系出发，通过系统的输入和输出关系的研究，从外部去认识和把握系统的功能特性，探索其内在结构和机理的研究方法。

“交叉视角”，即作者既高屋建瓴地站在今天的立场上俯瞰自己的童年与故乡小城，又站在儿时“我”的位置以儿童的眼光看待过往的人和事。因此，在许多作品中，叙事主体有着双重身份：享受叙事文本“署名权”的“我”和叙事文本中隐含的“我”[①]。此时，叙事文本“署名权”的“我”是成年的智者，而叙事文本中隐含的“我”则是不谙世事的孩童。例如，在《茶干》中，隐含的“我”变身为当时的孩童，让孩童表达自己对连老大的好感及对连老大店铺的兴趣，从而展示连老大的坦诚与厚道；在《三姊妹出嫁》中，“三姊妹”事实上是三个没有长大的小女孩，潜在的“我”在许多地方与三个小女孩融为一体，隐含的“我”通过三个小女孩的眼睛观照古风犹存的小城和小城底层平民的善良、质朴、勤劳。在《詹大胖子》《戴车匠》《炒米和焦屑》等作品中，童年的“我”直接出现在作品中，“我”或充当“历史”的见证人（如《詹大胖子》中的“我”），或就是事件或故事的参与者之一（如《戴车匠》中的“我”）。事实上，汪曾祺的小说中的许多人和事就是童年汪曾祺的所见所闻。例如，《詹大胖子》《幽冥钟》《徙》等作品中的主人公就是汪曾祺在“五小”读书时亲眼所见，《异秉》写的就是汪曾祺祖父开设的药店保全堂的故事，人有其人，事有其事，药店的名字也完全照搬……

同样，孙方友忆写昨天颍河镇的作品中也有成年的、显在的“第一自我”和童年的潜在的“第二自我”。与汪曾祺的忆写相比，孙方友的“我”的存在或出现更令人瞩目：

> 听爷爷说，罗锅女人原是国军一个团长的三姨太。（《罗锅》）

> 那时候，镇完小在西街山陕会馆内，所以上学放学都要路过马家茶馆。我记忆最深的是卖茶的那个白胡子老头儿……我们学校距马家茶馆很近，出大门朝东走不多远就到……当时年幼，不懂什么意思，后来大了，方知这是人家的民族习惯。（《马家茶馆》）

---

① 徐岱认为，叙事文本中有两个“自我”，一个是负载作品署名权的“第一自我”，另一个是叙事文本“隐含的作者”，作为“生活人”的“第二自我”，“第二自我”受制于“第一自我”。参见徐岱《小说叙事学》，商务印书馆，2010。

> 上小学的时候，我们常去曾家门前钻树洞。钻的人多了，树皮就被磨得很光滑。据大人们说，那树已有百年之久，但仍然枝繁叶茂。小时候我们去曾家门前钻古槐树洞的时候，常见一个老头儿坐在廊间打瞌睡。那是个年纪很老的老头儿，背靠一张破木椅坐在那里，似睡非睡，一动不动，活像一件什么东西。(《曾家膏药》)

> 我记事时，吕家染坊的掌柜吕老三已年近不惑。在我的印象里，吕老三个头很高，很庞大，只是背稍驼……在我的印象里，吕老三一年四季都像个黑人，连手指纹内都是靛蓝。他烟瘾很大，而且不抽洋烟，抽烟叶，自己裹，大喇叭似的，一口气能吸半截儿……(《吕家染坊》)

很明显，这些作品中的“我”或“我们”就是一名儿童，这名儿童就是作者本人。作者写自己“听到”的小镇（如“听爷爷说”“听上辈人说”）和自己看到的小镇。在描写昨天的小镇之际，作者展示了“我”的童年生活。在此，颍河镇的昨天、作为“我”的家乡的颍河镇和“我”融为一体。在这些有“我”或“我们”的作品中，我们能体会到作者对自己逝去岁月的深深怀念，也许，就是这种对自己逝去岁月的怀念，驱使步入中年的孙方友去书写自己家乡的小镇和自己一去不返的童年。

人到中年或步入晚年与念旧怀旧，两者似乎有着某种必然的联系，中老年人念旧怀旧既是一种心理现象，又是一种生命现象。对于中老年作家而言，因年龄因素所致的怀旧往往成为其创作的重要驱动力，因为，遍历人生之后的精神丰足、对人生的珍惜、经历坎坷之后的顿悟等因素，从不同层面将叙事主体的思绪导向童年与家乡。值得注意的是，汪曾祺、孙方友等作家忆写童年和家乡的作品，都显露出一种人生的豁达，这种豁达蕴涵着遍阅世事之后的顿悟。对于汪曾祺而言，这种豁达还包含着经历人生坎坷之后的达观与超脱，因此汪曾祺对人性之恶、对社会的偏颇，往往予以宽恕，在更多情况下，他展示人性美人情美，对童年和家乡予以诗化、美化。当然，中老年的小城镇叙事还有一种“共性”的东西：由对人生易老的感悟或对岁月流逝的感触而生发出来的物是人非、人生无常的感慨。例如，《故人往事》《戴车匠》《收字纸的老人》《曾家膏药》《吕家染坊》对已经逝去的人、事、风物风光的忆写，都隐含着物是人非的慨叹及因光阴荏苒、世事如烟而生发出来的伤感。

二是由岁月流逝及对童年的感怀而书写记忆或想象中的小城镇。我们认为，鲁敏、薛舒、魏微、徐则臣等年轻作家忆写故乡的小城镇，更多的是出于岁月流逝的感触，尤其是对童年的感怀。对于部分作家而言，还有可能是出于韶华难留、青春不再的感伤。由于年龄的特征，这种感伤表现为“青春的感伤”——淡淡的落寞、哀愁、抑郁和幽怨。

徐则臣的花街与小葫芦街、魏微的小城吉安、鲁敏的东坝镇、薛舒的刘湾镇、温亚军的桑那镇、白天光的香木镇……从作家们对童年与故土的忆写之中，我们几乎都能体会到淡淡的落寞、哀愁、抑郁与幽怨。

鲁敏忆写故乡与年龄的增长有着密切的关系，但这其中有一个风格变化的过程。刚出道的鲁敏年轻气盛，以挑剔的目光看待家乡东台（即作家虚构的东坝镇），一度“对人性中浑浊下沉的部分非常敏感，喜欢穷追不舍”，非要“刺刀见红”不可，于是就有了《白围脖》《暗疾》等审视人性、挑剔家乡的作品。然而，随着年龄的增长，鲁敏的文风开始转变。——每一次回乡都让作家“魂魄有动”，“对乡土的传统情怀越来越珍重了”，家乡的一切“如影随形”，让她“无法摆脱”，以至于她“真真切切地常怀热泪，惦记我的故土”。作家这样表达对家乡的依恋：

> 我故土的大名儿，其实叫东台，江苏盐城东台，我在她怀里待了14年之久。在那里，有我关于人世间的记忆，我的乡邻，我的小学，我的玩伴，我割过的青草，我跌倒过的小沟，还有我记忆中尚未老去的那些村人们的面孔……离开她之后，多次回去，我看到一些变，也看到一些不变。奇怪，我多么矛盾，不管她是变得好了、变得糟了，或是一成不变，我均会感到揪心，带着爱与哀愁，慢慢地，这唤起了某些东西……①

由于依恋故土，作家便有了“温柔敦厚”的情怀，便有了《纸醉》《逝者的恩泽》《思无邪》《风月剪》等寄托作家“心目中温柔敦厚的乡土情

① 鲁敏：《我是东坝的孩子》，《文艺报》2007年11月15日，第3版。

怀”的作品。虽然这些作品没有全用儿童视角，但作家把自己摆在儿童的位置，以儿童的纯真去观照自己的家乡，去描写自己童年阶段在东台可能发生的事、可能存在的人。于是，就有了纯真无邪的聋哑女孩开音，有了善良而文雅的尹老师，有了善解人意、救助弱小的大元小元兄弟，有了东坝的安宁与和谐。此时，鲁敏不再是俯瞰家乡的启蒙者，而是“东坝的孩子”——作家认为“我是东坝的孩子”①。在鲁敏的小说中，东坝与鲁敏的童年以“互生”的方式存在。正如郑孝芬所说：“东坝是一个根植于鲁敏少年生活、故乡背景，位于苏中平原的半实半虚的小镇。同时，东坝更是鲁敏源于自身成长记忆与故土经验而建构的一个意境世界。”② 因为作家把自己摆在孩子的地位，《纸醉》《逝者的恩泽》《思无邪》《风月剪》等作品就有了一种特殊的叙事视角：儿童的眼睛、成人的思想。例如，在《纸醉》中，许多故事情节在聋哑女孩开音的视野中展开，而作品的意蕴构建是“成人化”的。“我是东坝的孩子”，鲁敏在表达对家乡母亲的精神依恋与皈依感时，还显现了一种强烈的自我心理暗示，这种心理暗示强调的是：“我曾经年少，现在仍然很年轻。”显然，对逝去岁月的缅怀和对韶华难留的忧虑，将作家书写的文笔导向家乡与童年。也因为对逝去的岁月的缅怀和对韶华难留的忧虑，《纸醉》《逝者的恩泽》《思无邪》《风月剪》等作品中弥漫着一层淡淡的伤感。

钟求是对南方小镇的想象也是建立在童年的记忆之上的。《南方往事》《你的影子无处不在》《未完成的夏天》等作品展示了曹大奎、温棋久、王红旗等少年所经历的生活及他们耳闻目睹的人与事，在这些作品中“童年”与“乡土”融为一体。也许，对人生的回望，是即将步入中年的钟求是忆写童年和家乡的动力。

薛舒是“70 后”作家，2002 年开始发表小说，这位女作家是带着“刘湾的记忆”步入文坛的。在忆写刘湾的许多作品中，都或隐或现地存在一个旁观的小女孩。例如，在《小镇故事》中，故事以小女孩的视角观察刘湾小镇的变化发展及奶奶与蒋老板的隐情，演绎了小女孩“我”与男孩蒋小钢两小无猜的情感故事；《记忆刘湾》以旁观的“我”记写了小镇生活的安宁、和

---

① 鲁敏：《我是东坝的孩子》，《文艺报》2007 年 11 月 15 日，第 3 版。

② 郑孝芬：《“东坝”意境及其意义——评鲁敏的小说世界》，《时代文学》2010 年第 11 期。

谐：铃宝的质朴及对爱的执著、李季生的善良与宽容、尼姑圆玉的淡泊与恬静、好人好报的结局……构成了小镇和谐静谧的风景。从某种意义上说，薛舒对童年与家乡的忆写，主要出于她对童年的缅怀与留恋。

徐则臣客居北京，其小说创作可以分为两大类，一类是关于大都市北京的叙述，另一类是关于家乡江南临海小镇的叙述。对于故乡小镇的叙述，几乎完全出于追忆。对于故土的忆写，他采用了儿童视角，但与前几位作家不同的是，他以儿童的眼光去观察小镇生活的艰苦与残酷，他忆写小镇生活的作品较少诗情画意。例如，《花街》中有猝死街头无人收尸的修鞋老人，《逃跑的鞋子》中的疯婆子六豁老太在困苦中悄然离世，《苍声》中的少年木鱼在芜杂的环境中成长，等等。然而，他展示小镇生活的“负面”，并不影响他对故土的依恋。他说，“花街”系列小说给他提供了“心安的背景”[①]，回忆故土是他重要的精神寄托。徐则臣也是“70后”作家，我们认为，对童年的缅怀是徐则臣忆写童年和家乡小镇的重要驱动力之一。

追忆流失的岁月，缅怀一去不返的童年，使作家们在更多的情况下诗化童年、美化家乡。因此，在鲁敏、魏微、薛舒、钟求是等作家的笔下，童年充满甜蜜，家乡充满柔情、宁静、和谐。

总之，由对人生易老的感悟而书写记忆或想象中的小城镇，由对岁月流逝及童年的感怀而书写记忆或想象中的小城镇，是“人生怀旧”的主要表现，“人生怀旧”心态是小城镇叙事的重要支撑。

上面，我们出于讨论的方便，将小城镇叙事的怀旧切分为“文化怀旧”与“人生怀旧”，事实上小城镇叙事的怀旧是“综合性”的，即由文化拒斥而怀念往昔、因害怕遗忘而忆旧、因年岁渐长而怀念故土与怀念童年、因不堪生存之压力而寻求童年与故土的抚慰，往往是融为一体、同时存在的。例如，在《故乡人》《故里三陈》《戴车匠》《箩铺》《纸醉》《马家茶馆》《吕家染坊》《未完成的夏天》《记忆刘湾》《大老郑的女人》《小城人物》等作品中，“怀旧”就是多层面的。薛舒在创作《母鸡生活》之后说了这样一段话：

其实我想，在每个小镇上，都会有这样一条东市街，而且，街上

① 《徐则臣文集》。

必定会有金裁缝、王阿姨、蔡哑子这样最普通的居民代代生息着。只是，我们已经把对东市街往昔的记忆留到了“乌镇”、“西塘”，或者“同里”等旅游区。黑瓦白墙内外，家长里短的生活，已经成了景点。青石板铺就的逼仄小弄里，淘米洗菜汰衣刷马桶、后院里种三分自留地，这些都成了一场场真实的秀。因为这样的家常日子已经或者即将变成历史……我只知，我童年记忆中最凡俗的生活，如今被我们当成游戏在做……东市街的生活，也许真的会在不久以后被城市人完全遗忘。如果，《母鸡生活》能让读者们回忆起一些不再回来的往昔岁月，那么，我想，这就是我写这个小说的本意了①。

在这段话中，作者表达了复杂的情愫：对咄咄逼人的现代化或城市化的顾虑，对“东市街”之类老街的消失的忧虑，对与“东市街”相伴的生活方式、人文环境的消失而生发出来的惆怅，因年岁渐长所致的感伤，对“秀”（往日日常生活“成了景点”）的复杂情感，等等。就是这种复杂的情愫驱使作家去书写已经消失和正在消失的小城镇，于是就有了对往昔生活、对童年、对故土的怀念。显然，这段话从侧面证明了小城镇叙事怀旧心态的“综合性”。

三　怀旧心态与小城镇

上面的讨论已经证明怀旧心态是小城镇叙事的重要支撑，怀旧与小城镇有着必然关联，但我们马上想到，怀旧心态也能支撑其他类型的叙事，亦即怀旧与乡村叙事、都市叙事等叙事类型也有关联。因此，我们有必要阐明怀旧与小城镇的关联的特殊性及小城镇关联怀旧的必然性。

小城镇叙事小说作家生于小城镇并在小城镇长大，或者由于读书等原因在小城镇度过相当长的时光，是作家们怀念小城镇、忆写小城镇的重要因素，但我们认为，更关键的因素是小城镇所具有的特殊意象性或特有的能指作用。

从叙事学的角度看，任何一种“成型”的小说类型都有自己的意象系统，这一意象系统由一系列表意意象构成。乡村小说常用的表意意象是村

① 薛舒：《被遗忘的东市街生活》，《小说界》2007年第5期。

舍、场院、牲畜圈栏、谷仓、晒场、水车、碾坊、水井、田地、旷野、山丘、池塘、庄稼、野花野草、牛羊鸡鸭等，这些意象被用于展示处于农耕文明阶段或正在向工业文明迈进的乡村生活，它们负载的是乡村文化的底蕴与意蕴。游乐场、商场、影戏院、美容院、写字楼、赛马场、立交桥、股票交易所或股市、酒吧、咖啡馆、汽车、电梯、网络、手机、摩肩接踵的人流、五光十色的霓虹灯等是都市小说中常见的意象，若仅就当下的都市小说而言，这些意象主要被用于展示当下浮躁、喧嚣、紧张的都市生活与不断扩张、永无止境、日新月异的都市欲望。小城镇叙事小说有着与乡村小说和城市小说不完全相同的表意意象。小城镇叙事小说中常见的意象有茶馆、手工作坊、小店铺、石板路、小巷、旧式房舍、手艺人、小业主、闲人、菜市、集圩等，随着时代的演进，又出现了酒楼、洗脚房、按摩屋、网吧、发廊、歌厅、储蓄所、邮电所等意象。这些意象给人的印象既不像村舍、场院、牲畜圈栏、谷仓等意象“古旧”、传统、内敛、沉滞，又不像美容院、写字楼、赛马场、立交桥等意象那样“新潮”、现代、嚣张、张扬，小城镇叙事的意象蕴涵着具有“折中”意味的文化意蕴，它“折中”的是传统与现代、守成与激进、内敛与张扬。“内容”决定“形式”，小城镇叙事的意象的“折中性”是促成新时期小城镇叙事小说的“中和”“中庸”文体风格或美学特色的关键因素。

在现代化迅速推进、社会急剧变化的今天，小城或小镇自身就是一个具有隐喻意义或能指作用的总意象，这个总意象包含着茶馆、手工作坊、小店铺、石板路、小巷、旧式房舍、手艺人、小业主等“子意象”，这些“子意象”构成了小城镇叙事小说特有的意象体系或意象系统。小城镇叙事小说特有的意象体系或意象系统具有特定的意指作用或隐喻意义：茶肆、酒馆等客观之“象”所负载的是主观之“意”——种种追忆之思，如对往昔的生存方式、生存环境与价值体系的向往与怀念，对青春不再、人生易老的感叹，由遍历人生所致的感悟等。这就意味着茶馆、手工作坊、小店铺、石板路、小巷、旧式房舍、手艺人、小业主等物或人具有特殊的负载作用，就是这种特殊的负载作用使小城镇与小城镇叙事产生了必然关联，同时也将小城镇叙事的怀旧与其他叙事类型的怀旧区别开来。在此我们以茶馆等“物象”和手艺人等“人象”为例讨论小城镇的叙事负载作用。

小城镇叙事之中的茶馆、饭馆是一种特殊的存在①，它既不同于我们今天常见的“茶艺楼”“品茗轩”之类现代型的休闲场所，也不同于与之同时存在的星级酒店与歌舞厅等大型娱乐场所。在孙方友的《罗锅》中，茶客可以“坐在三条腿儿的板凳上”打盹；在汪曾祺的《安乐居》中，食客们来饭馆的目的并不完全是为了吃饭，因为小饭馆也是交友、消闲的好地方；而在张国擎的《古柳一景》等作品中，茶馆既是不同阶层人休闲解渴的地方，又是严格区分小镇居民社会等次及民间权威展示权力的场所。因此，在小城镇叙事小说中，小城镇中的茶馆、饭馆，尤其是旧式茶馆、饭馆，既是一种空间存在，又是一种时间存在。作为一种空间存在，它们是一种生存方式的缩影；作为一种时间存在，它们昭示着一种时代氛围，承载着特定的历史。无论是作为空间还是作为时间，它们都指向过去，它们都具有文化学层面、生物学层面的隐喻意义。

石板路、小巷等事物的隐喻意义主要通过其“形式”或“形态”表现出来。格式塔形式学说认为：“形”，是指在人的知觉经验中形成的一种意象组织和结构，“形”的整体性不是客观事物原有的，而是由知觉活动组成的经验中的整体，是知觉进行积极组织和构建的结果。石板路、小巷等事物的“形式”会对我们的认识产生一定的暗示作用，从而获得隐喻阐释的可能，因为隐喻以人类经验为基础，以相似性为支撑点，隐喻是在从一个简单、具体的“源域”到一个复杂、抽象的“目标域”之间的映射过程中完成对喻体的意义与本体或与语境的冲突的消解。石板路、小巷既不同于都市的“大道”，也不同于乡村的田间小道、胡同。在都市中，现代化的“大道”“大街”笔直宽阔，“大道”“大街”两旁大厦林立，“大道”“大街”之上车流如水人流似潮，白天的“大道”“大街”上车水马龙，人声鼎沸，游人摩肩接踵，晚间的“大道”“大街”上灯红酒绿，风情万种。因此，具有开放、外向、宏阔等物理属性的“大道”“大街”是现代工业社会的隐喻。在乡村，村前屋后的小径弯弯曲曲，田间小道狭窄崎岖，村落间

① 熊家良认为，茶馆酒店是“小城文学”的“核心化意象”：首先，在中国近现代小城社会的普遍存在性；其次，作为近现代中国最基本的经济文化单位，由于其在小城的特殊地位，经常成为社会生活和地方政治的中心，成为小城这个熟人社会里居民的公共空间，也成为人们观察小城社会、经济、文化及地方政治变化的场所。参见熊家良《现代中国的小城文化与小城文学》，中国社会科学出版社，2007，第223～224页。

的大道静默悠闲，乡村的胡同逼仄难行，应该说，具有原始意味和自然属性的乡村道路、乡村胡同是农业社会或前工业社会的隐喻。小城镇的石板路、胡同既不像都市“大道”“大街”那样外向、张狂，也不像乡村道路、胡同那样局促、内敛，而是显现出“中性”的逼仄与宽广、封闭与开放、内敛与张扬。这些特性既是一种物理属性，又是一种文化属性，特殊的物理属性与文化属性隐喻着“中性”的生存环境、生活秩序、文化氛围——曾经存在或可能有过的生存环境、生活秩序、文化氛围。“中性”，是现代与传统、都市与乡村、激进与保守的折中。因此，石板路、小巷在小城镇叙事中，是人文理想与人生感悟的载体，是叙事主体人生历程的见证者。

手工艺人、小摊贩等“人象”是与现代技术工人、现代“白领”等相对立的存在，其自身的文化属性与物理属性（生命特征）使其成为小城镇文化禀赋的象征。从某种意义上说，手工艺人、小摊贩是小城镇文化禀赋的人格化，是历史的定格，是特定时代的生存方式与价值体系的具象。因此，手工艺人、小摊贩具有指向昨天、指向传统的表意功能与承载作用。

总而言之，茶馆、手工作坊、小店铺、石板路、小巷、旧式房舍、手艺人、小业主等意象及小城镇自身的表意功能与承载作用决定了怀旧与小城镇的关联的特殊性及小城镇关联怀旧的必然性。

第二节　愉悦心态

愉悦心态也是小城镇叙事的重要支撑，在当下的文化氛围中，它在更大范围内影响着新时期小城镇叙事。

愉悦心态，在此是指以欢愉、快慰、欣悦为主要表征的叙事心理状态。对于小城镇叙事小说创作而言，这种叙事心理状态有两大外在表现：①叙事主体在干预现实、反思历史、关注人生的前提下，注重作品的“教”“乐”配置，注重受众的文化心理需求和世俗的审美情趣，注重作品的“审美性”与“休闲性”；②作家以达观的态度看取社会、人生，在不放弃教化职责的前提下把玩人性与人生，在宁静淡泊的叙事心境中抒发个体的意趣，自娱娱人。

新时期小城镇叙事的愉悦心态可分为两大基本类型：闲适心态与戏谑心态。

一　闲适心态

闲适，即既“闲”且“适”。闲者，即有空余时间与回旋空间；适者，即切近自然，不悖乎人性。闲适心态，是一种超脱物质功利和政治道德功利，顺情适性，追求身心自由及契合自然的心理状态。闲适心态，是一种生活态度，一种与特殊生存方式相伴的心理状态，但对作家而言，同时也是一种创作心态。在此，闲适心态的生成及其对小城镇叙事的作用方式是我们讨论的重点。

（一）闲适心态的成因

闲适心态是小城镇叙事的重要支撑，这一心态的形成受到多种因素的触动。有两种因素直接促成了小城镇叙事的闲适心态。

一是“休闲文学”思潮的裹挟。自20世纪80年代末开始，出现了一种洋溢着闲逸情调、淡化功利追求的创作，如抒发闲情逸致的散文、记写异事趣闻的小说等。随后，批评界针对相应的创作提出了“休闲文学”的概念，并引发了关于“休闲文学”的学术讨论。魏饴是“休闲文学”讨论的始作俑者，他对“休闲文学”的产生背景进行了阐释：

> 休闲文学的出现是社会主义市场经济体制全面启动之后，人类物质文明的进步迫使人们寻找并建构文学相对独立的空间的自然结果。而作为文学接受者，在看惯了那些大江东去、金戈铁马的“主旋律”作品之后，再接触到这些超脱、灵气和潇洒的休闲篇章，谁都会感到新鲜至极，从而使休闲文学呈现出一种前所未有的繁荣景象。如果我们从文学的这一变化再拓展到整个文化，反映休闲的报刊、文章就会更令人目不暇接。打开报刊征订目录，闯入眼帘的都是《花木盆景》《潇洒》《美食》《健与美》《华夏长寿》《家庭·育儿》《电子游戏软件》《大众消费报》《美容时尚报》……而此一景观，也正好构成了休闲文学勃兴的典型背景①。

魏饴指出了“休闲文学”出现的两大基本动因：“物质文明”的发展与

① 魏饴：《悄然勃兴的休闲文学》，《文艺报》2000年4月25日。

文学受众的审美需求，但他同时还强调了两个关键因素，即“一是要有一个长期安定的社会环境”，“二是要有好的政治制度”。魏饴还指出了“休闲文学”的本质特征：“休闲文学就是指以写休闲并以供读者休闲为旨趣的一类文学作品。”①

无须赘言，小城镇叙事小说是当代文学的构成要素之一，因此，“休闲文学”思潮也波及小城镇叙事，“休闲文学”思潮的一般特征在小城镇叙事上有所体现，即小城镇叙事小说有着“休闲文学”的“共性”，“休闲文学”形成的时代背景与经济、文化、政治条件也是小城镇叙事赖以存在的背景与条件，因而“休闲文学”的创作心理也是小城镇叙事小说的创作心理，亦即“休闲文学”思潮是小城镇叙事闲适心态的生成的重要动力。

二是文化传承。闲适，是一种心态，但这种心态出自一种人生态度，关联源远流长的哲学思想。闲适心态或闲适人生态度的生成，受到多种文化传承的影响，但在此我们仅讨论道家哲学思想与人生观对闲适心态生成的影响。老庄强调“知足”“无欲”及“清静无为”，主张人生的“见素抱朴，少私寡欲”，以求免于祸害，达到身心无羁、自然脱俗的生存境界，从而进入清静恬淡、适意无忧的精神“至境”。道家哲学思想与人生观深深地影响着中国的文学创作。从古至今，无论处于顺境还是处于逆境，创作主体似乎都与“闲适”有着天然的亲和力。从陶渊明的《归园田居》组诗到林语堂、周作人的闲适小品，还有钱钟书的幽默小说，基于道家哲学思想的闲适心态一直支撑着中国文学的创作与发展。在当代，由于小城镇叙事自身的特点（如作为叙事对象的小城镇自身的特点、小城镇叙事主体自身的文化禀赋等)，闲适心态在更大程度上影响着小城镇叙事。

（二）闲适心态的影响

闲适心态在多个层面影响着小城镇叙事。

首先，闲适心态影响着新时期小城镇叙事小说的题材选择与立意。

基于“休闲文学”思潮的闲适心态，对于题材选择与立意的影响是整体性的。“休闲”，追求的是感官的愉悦与精神的轻松舒缓。“休闲”创作指向使创作主体淡化文学的认识作用与教育作用，而把审美作用提升到首位。对于新时期小城镇叙事小说而言，创作主体淡化道德、政治等方面的功利

---

① 魏饴：《悄然勃兴的休闲文学》，《文艺报》2000年4月25日。

追求，导致与“传统现实主义”创作相伴的心理张力与情绪应激不复存在，取而代之的是心灵的放逐与情绪的舒缓。与基于道家思想的闲适心态不同，基于“休闲文学”思潮的闲适心态追求的是自娱娱人。例如，同样描写民俗风物题材，后者营建的是趣味，而不是品位。出于营建作品的娱乐性、趣味性，关联小城镇的民俗民情、风物风光、异事趣闻等对象被许多作家看好，在作品的意蕴构建上，“乐”所占“比例”往往大于“教”。

孙方友的小城镇叙事小说的题材选择与主题定位具有典型性。在孙方友结集出版[①]的几百篇小说中，约有半数的篇目将“乐”置于重要位置。这些作品的审美性与题材的属性密切相关。其题材主要分布在三个方面。一是风物风光描写，《陈州烟火》《雷家炮铺》《田家炮铺》《陈州粥》《张三水饺》《刘家果铺》《箩铺》等是这一方面的代表作。或展示传统手工技艺，或陈列风味食品，或描写民俗活动，叙述舒缓风趣，作者引领读者穿越历史，热情地为读者指点沿途的风光。二是逸闻趣事的讲述，《蚊刑》《女匪》《黑店》《宝珠》《官抬》《知县》《曾老板》等是这一方面的代表作。或讲述流传久远的故事传说，或记写道听途说的奇闻，或叙述自己耳闻目睹的“史实”，作者把握的是一个“趣”字——以“趣”为美，以“趣”娱人，以“趣”自娱。三是小城镇凡俗人生，《梁满屯》《方老太》《祝长兰》《关学亮》《邵投递》《宋老三》《余太清》《马老四》《刘金荣》《韩进富》《方大屁股》《郭县长》《雷公安》等是这一方面的代表作。观照小城和小城的人生百态，孙方友主要是写人。墨白这样评论孙方友的人物描写：“为生活在社会底层的小人物立传，是‘孙方友新笔记体小说’的美学根基……‘陈州笔记收入’三百二十余篇，‘小镇人物’收入三百五十余篇，前前后后近七百个人物，这些微弱得像野草一样鲜活的生命，构成了颍河镇的血肉灵魂……三教九流、各色人等无所不及，他们的喜怒哀乐、酸甜苦辣尽染纸上。”[②] 笔者认为，对于这几百个“小镇人物”的描写，作者至少对半数的人物持把玩态度：或调侃人性的弱点，或旁观历史进程中的潮起潮落，或把玩世俗生活的抵牾纠结，或俯瞰芸芸众生的忙忙碌碌，或戏说人世舞

① 六卷本“孙方友笔记体小说”于2009年由河南文艺出版社出版，共收录孙方友“笔记体小说”343篇。

② 墨白、方亚平主编《孙方友笔记体小说·小镇人物》，河南文艺出版社，2009。

台上的张来李去，作者从容淡定，悠然自得。作品意蕴的凝结，在把玩的过程中形成，但道德教化与人文构建并非整体叙事的重心，对于这些人物的描写，作者把握了一个“玩”字。由于“玩”，孙方友的许多“人物传记”都有一种“奇趣”或“怪味”。例如，以细绳捆人发迹的雷公安（《雷公安》）为把捆人的秘诀交给儿子而“以身试绳”，以至于被儿子弄掉了一条臂膀；“打手”（《打手》）因“文化大革命”结束后无人可打而失业，拿路旁的柳树出气，以至于一排柳树“枯梢”；一辈子“积极”的小镇教师（《方大屁股》）总是被人们嘲弄、压制，在退休之际，方老师的“积极”被师生认可，他泪流满面——或玩弄畸变的人性，或揶揄时代的荒谬，或嘲讽奇特的世风，阅读这些作品时，读者能清晰地感觉到作者由闲适心态生发出来的俏皮、油滑、恶谑，甚至顽劣。创作心态决定题材选择，而特定的题材往往决定主题的建构，我们不能说孙方友放弃了文学的教化功能，但闲适心态的确使他的部分作品突出了审美性，将“乐”置于主要地位。

同孙方友的部分“笔记体小说”一样，另外一些作家也“顺应潮流”，格外注重作品的审美性。例如，《小镇风月》（宋唯唯）、《小城人物》（钟灵秀）、《小城女人》（余小偶）、《小城男人》（余小偶）、《小镇情事》（周海亮）等作品也有很明显的“休闲性”。或展示小城镇的风物风光，或记写小城镇的风流韵事，或描摹小城镇的世像百态，这些作品选择了“轻松话题”，叙事主体规避直接的价值判断，倾向于在凡俗生活中“找乐”。很明显，基于“休闲文学”思潮的闲适心态是这些作品的重要支撑。

与孙方友等年纪稍大的作家不同，年轻作家更喜欢在爱情题材中“找乐”。宋唯唯的《小镇风月》可以作为这一方面的代表作：乡村姑娘玉霞嫁给朱家镇老实憨厚的朱木匠，不甘寂寞的玉霞与酒店老板一见钟情，情场高手陈好发在玉霞眼中是英俊潇洒的白马王子，纯洁的玉霞姑娘在陈好发眼中自然是天上下凡的仙女，两人在经历暗恋、幽会、私奔等过程之后，激情燃尽，“缘分”销蚀，从此相互之间不再牵挂，视若路人，双方生活复归平静。作品整体描写没有隐含严肃的道德说教，也没有明确的价值判断，只是叙述了一个趣味盎然的性爱闹剧。

基于道家思想的闲适心态影响着特定群体的题材选择与立意。

道家思想深深地影响着汪曾祺的取材与立意。对清静自然境界的寻求使汪曾祺规避了昨天的纠结与眼下的喧嚣，他注重书写过去的人与事，他乐于在远去的历史和刚刚变为历史的现实中寻找温馨、和谐、宁静。汪曾祺小城镇叙事小说的取材主要集中在三个方面。一是故乡小城的风物民俗，《茶干》《陈四》《炒米和焦屑》等是这一方面的代表作，作者着重描写的是昨天的淳朴民风、风味物产、奇特景观等已经消失或正在消失东西。二是小城昨天的文人墨客，《岁寒三友》《徙》《鉴赏家》《星期天》等是这一方面的代表作，作者着重描写的是昨天的文人或知识分子的信仰操持与生存方式。三是小城昨天底层平民的凡俗生存，《三姊妹出嫁》《晚饭花》《王四海的黄昏》等是这一方面的代表作。选材决定立意。对于汪曾祺笔下的小城镇叙事小说而言，既定的题材决定了特定的意蕴。展示故乡的风物民俗，重心在于述说物产之奇特之丰饶和民风之奇、人情之美；忆写小城昨天的文人墨客，关键在于赏析文人的迂阔执著、旷达洒脱；观照底层平民的凡俗生存，重在把玩小城世像百态及讴歌底层平民的善良诚信。这些立意几乎都远离矛盾纷争与现世纷扰，因此，人与人之间的谦和互爱、人与环境和谐共生、物与物的互生互利，是汪曾祺小城镇叙事小说主要的表述意向，其整体叙述中总是流露出高远平淡、淡泊宁静的意蕴，体现出作者高出尘世的淡泊与闲适。也许，这种意蕴构建方式，正是出于叙事主体对道法自然、清静无为等道家哲学观念的认同。由于道家思想的自由，汪曾祺的闲适心态中含有出世成分。《徙》中的谈甓渔、《鉴赏家》中的季陶民、《岁寒三友》中的靳彝甫，都是笃守传统的文人，这些文人的共性是淡泊名利、不谙世故、率性而为、旷达超脱，从这些人物的言行中，我们能清晰地看到作家对道家出世观念的深深认同，我们甚至能看到晚年汪曾祺的影子。

有人说汪、林二人是“文坛双璧”①。林斤澜的小城镇叙事在取材与立意上与汪曾祺有颇多相似之处。在取材方面，林斤澜也看重“历史”，但“历史”与“现实”并重，其“矮凳桥系列”中有半数篇目是“现实题材”。同汪曾祺一样，林斤澜也注意对风物风光、民俗世情、文人墨客等的描写。道家观念在很大程度上影响着其作品的立意（如《溪鳗》《袁相舟》《丫头她妈》等作品显露出比较鲜明的道家意念），但与汪曾祺不同的是林

① 程绍国：《文坛双璧——林斤澜与汪曾祺》，《当代》2005 年第 1 期。

斤澜没有明显的“出世”意向，对于关联政治的“历史叙述”，林斤澜一直很“纠结”，因而没有汪曾祺的超然。然而，无论是展示现实的纷扰，还是忆写历史的纠结，林斤澜总是不急不躁、不瘟不火，以高蹈的姿态去看社会与人生。显然，这种姿态是闲适心态的外化。

鲁敏、薛舒等年轻作家的小城镇叙事也在一定程度上受到基于道家思想的闲适心态的支撑。《思无邪》《燕子笺》《纸醉》《逝者的恩泽》等作品摒弃了生活的烦忧纷扰与人性的芜杂污浊。在这些作品中，小镇生活显得自然适意，充溢着温馨宁静。显然，这些描写显露出道家的处世理想与人生境界的追求，而作者不再对“人性中浑浊下沉的部分”穷追不舍，不再对小镇的不尽如人意之处“刺刀见红”，转而刻意展示小镇阳光的一面，也体现出道家的达观与超然。

当然，我们也要看到基于道家思想的闲适心态影响选材立意的特殊情况，即闲适心态也是“入世题材”选取与“入世主题”表述的重要支撑。例如，陈世旭、孙方友的部分“政治叙事”作品紧密关联现实，涉及许多“敏感问题”，但作者对现实的批判委婉隐蔽，整体叙述洒脱、平和，作者似乎立于云端俯瞰尘世，显现出一种道家的达观与超然。

总之，闲适心态驱使叙事主体去选择民俗民情、风物风光、异事趣闻、故友旧情等题材。选择这些题材，作家们并未放弃“教”的功利追求，但把“乐”放在重要位置。或以达观的心态忆写昨天的繁杂纠结，或以超脱的态度看待今天的喧嚣浮躁，或在宁静淡泊中抒发个体意趣，或在清静中吐露哲思顿悟，小城镇叙事主体从不同角度构建作品的可读性、审美性。当然，人生经历、学识素养、价值取向等诸多因素决定了小城镇叙事主体闲适心态在题材选取方面的不同表现或侧重，同时也决定了作品的意蕴构建与价值取向。

其次，闲适心态影响着新时期小城镇叙事小说的情节设计。

基于道家思想的闲适心态对情节设计的最大影响是情节淡化与情节细化。所谓情节淡化，即叙事的散文化和零散化；所谓情节细化，即作品中没有贯穿始终的大情节，整体叙事由“细枝末节”承担。这两种表现在汪曾祺、林斤澜等作家的小城镇叙事作品中十分明显。汪曾祺描写小城风光风物的作品几乎没有中心情节，如《炒米和焦屑》《陈四》《职业》等，这些作品几乎可以当成散文；描写世像百态的作品中只有小情节，如《星期天》《詹大胖子》《讲用》《三姊妹出嫁》等。林斤澜的“矮凳桥”系列中绝大多数作品（如《溪鳗》《袁相舟》《丫头她妈》等）也有明显的散文化倾向。因为，在闲适心态的作用下，叙事主体孜孜以求的是一种自然适意的生活情趣，刻意构建的是一种静谧淡泊的精神境界，而密集的情节或大情节则会破坏叙事的抒情性和意蕴建构的诗意化。鲁敏、薛舒等作家的小城镇叙事的散文化特征不明显，但作品情节的细化特征比较鲜明。鲁敏的《思无邪》《燕子笺》《纸醉》《逝者的恩泽》等作品都没有贯穿到底的大情节，抒情性的描写使作品充满宁静温馨的诗意。薛舒的《暮紫桥下》《小镇故事》等作品的叙事主要由细节构成，略带抑郁感伤的抒情构成作品的诗意。

基于“文学休闲”思潮的闲适心态，对小城镇叙事情节设计的最大影响是构建情节的传奇性。闲适心态在两个层面构建叙事情节的传奇性。闲适，意味着既“闲”且“适”，对于创作主体而言，意味着游戏、戏耍。虚构，是文学的本质之一，闲适心态激励创作主体充分发挥虚构的能动性，去构造故事，叙事主体在故事的构建中获得精神放松、心灵自由的快感。与此同时，叙事主体描写离奇的人物，讲述怪异的事件，以飨读者，使读者的心灵在阅读中得到放松与愉悦，也使自己的精神在叙述中得到解放与愉悦。很明显，这种闲适心态同时促成了“双重快意”——叙事主体的快意与叙事接受者的快意。

孙方友绝大多数作品的情节具有传奇性。有人认为“人奇、事奇、意奇”是孙方友的最大特点①，但这“三奇”主要来自情节的“奇”。例如，《蚊刑》的传奇性情节构建了“三奇”：湖蚊能叮人致死、县官以蚊刑处死犯人而自己却能从蚊刑中死里逃生为“事奇”，县官悟出逃生之道乃“人奇”，整体故事负载了“逆来顺受”而受益、“前者不走，后者难来”等怪诞的哲理则是“意奇”。“三奇”使《蚊刑》成为“赏心悦目”、令人心旷神怡的佳作，而这种效果正是来自作家的“游戏”心态，尽管作家说这一作品的构思“前前后后共有十多年”②，尽管这一作品“寓教于乐”，有着

① 孙青瑜：《孙方友文学的独特魅力——论孙方友的小小说》，《南方文坛》2003 年第 2 期。

② 孙方友在一次对话中说：“我的《蚊刑》前前后后共有十多年才写出来，若是从听到传说算起，几乎用了二十多年。”参见青瑜《想象与浓缩——与孙方友对话》，《时代文学》2010 年第 3 期。

强烈的现实批判性。游戏、戏耍心态使孙方友不断在“三奇”上做文章，以至于许多作品的情节之奇超越常理，出乎常人想象。《雷公安》的情节构建充分体现了作者游戏、戏耍的“顽劣”。细绳捆人的绝招使雷震五端上了铁饭碗，变成了雷公安，还使他年年都是公安战线的先进人物。为了让儿子也“一招鲜，吃遍天”，他把捆人的绝活传授给儿子，但儿子捆人的狠劲远远不及自己，因为雷公安把绳套往上提时“犯人”都要撕心裂肺地喊一句“我的娘哎”，而儿子捆人则没有这种效果。因此，雷公安命令儿子捆自己，指导儿子怎样往上狠劲提绳套。在雷公安的逼迫下，儿子狠劲提绳套，“只听雷公安从丹田深处爆发出一声‘哎呀，我的妈哎’”，结果是“雷公安就掉了一只膀子”。整人能成为职业、整人能成为先进、整人者事与愿违以致成为残废——故事情节荒诞滑稽，但又在情理之中，而故事结局又奇上加奇，我们能从传奇的构建中清晰地看到作者调皮、顽劣、恶谑的一面。

基于“文学休闲”思潮的闲适心态也影响着其他作家的情节构建。值得注意的是，有些作家为了增加作品的赏析性，在构建情节的传奇性时，还在传奇上做“扣子”，做“包袱”。周海亮的《小镇情事》可以算是这一方面的代表作。《小镇情事》讲述了这样一个故事：绸缎店里长相相似的阿辞阿弟兄弟二人爱着漂亮的姑娘小蝶，而小蝶也爱着兄弟二人，在只能选择一个的情况下，小蝶以公平而特殊的方式选择了阿辞。兄弟俩前去江南进货，阿弟失踪。阿辞与小蝶结婚，10 年后阿辞突然死去，而此时，失踪的阿弟突然回归，与小蝶结婚。又过了 10 年，进入小镇的警察揭穿了 20 年前的秘密。原来 20 年前兄弟二人外出进货时，以棋局决定了他们与小蝶的关系：阿弟陪小蝶度过她最美好的青春，期限 10 年，10 年期满时必须自尽，而阿辞将回小镇与小蝶白头偕老。作品的故事是传奇，但这个传奇以谜语或习题的形式存在，谜底或题解半露不露，扑朔迷离，读者需要花费一定心思才能完全读懂传奇。显然，作者在讲述爱情传奇时，还设计了一个藏猫猫的游戏。

再次，闲适心态影响着新时期小城镇叙事的语言表述。

基于道家思想的闲适心态使小城镇叙事小说的叙事语言趋于诗化，而基于“文学休闲”思潮的休闲心态则使小城镇叙事小说的叙事语言趋于幽默、风趣。对于这一问题，我们暂不展开讨论。

二　戏谑心态

戏谑心态是一种复杂的叙事心态。从价值表达角度看，可分为两种类型：“出世戏谑心态”和“入世戏谑心态”。

（一）“出世戏谑心态”及其影响

“出世戏谑心态”的基本心理状况是淡化价值表达之后的自在与洒脱，有时表现为激动与兴奋，“入世戏谑心态”的基本心理状况是因价值追求所致的怨怼、焦躁、焦虑。但是，这两种心理状况有时有着相同的外在表现，如嘲弄、讥讽、调侃、戏耍、反讽等。

“出世戏谑心态”是20世纪80年代末以来的小城镇叙事的重要支撑。在“出世戏谑心态”的作用下，叙事主体追求作品的滑稽、幽默、荒诞等喜剧效果，而调侃、揶揄、嘲弄则成为一般的“戏谑手段”。

戏谑，主要在小城镇叙事的情节层面展开。阎连科的《小镇蝴蝶铁翅膀》具有典型性。作品讲述了这样一个离奇的故事：小镇上的大企业家、镇政协委员乔大堂读高中的女儿在玉米地里被穷户郭全根的儿子奸污，乔大堂怒不可遏，作为父亲的郭全根愿意替代儿子接受任何惩罚，如拿老婆“抵债”、当街下跪等，条件是“两家的账就此结清”，乔大堂无奈之下选择了郭全根夫妇当街下跪滋尿。在乔大堂一泡臊尿浇得郭全根夫妇通体臊臭之后，乔大堂宣布将那惹祸的一亩三分玉米地送给郭家，而此时邻人传来失贞女儿要嫁郭家的消息。一宗本该由公安机关处理的刑事案件被转化为一场邻里纠纷，并以滑稽古旧的民间方式最后解决，郭全根唯唯诺诺之中暗藏生存智慧最终以柔克刚，乔大堂有钱有势，咄咄逼人，表面上一直处于事件进程的支配地位，但他是最大的输家，最后是“赔了女儿又丢人”，这一系列滑稽的情节构成了作品浓郁的喜剧性，故事结局令人忍俊不禁。

在许多情况下，戏谑是整体性的，即在“出世戏谑心态”的支撑下，作品的主题立意、情节结构、语言表述等都是喜剧性的。陈世旭、孙方友等作家的许多作品的戏谑都是整体性的。例如，在《李芙蓉年谱》中，主要人物李芙蓉的所作所为显得乖张荒唐，作品主题揭示的是一个时代的荒诞，叙事语言滑稽风趣、幽默荒诞，整部作品就是一部喜剧。从整体上看，陈世旭的戏谑主要体现在情节与语言上。陈世旭戏谑情节的基本特点是荒诞、幽默。例如，在《将军镇》中，殷道严书记强奸了富农的女儿桑叶，一完事就精神抖擞地大步走上冬季集训基干民兵大会的讲台，大讲社会治安与民兵工作的重要性；迂腐而谨小慎微的洪艺兵不知道“林副统帅”出事，在喝酒前“恭敬如仪”地敬祝“林副统帅”万寿无疆，随后又坚称自己“敬祝”时头脑清醒……对于情节设计，陈世旭充分把握了一个“玩”字。陈世旭戏谑语言的基本特点是滑稽并且饱含黑色幽默、机智。例如，在《将军镇》中，作者这样调侃“省革委会”主任的“勤恳”：“让人敬畏的省革委会主任在位不久，全省各级领导就晓得了他的一个极有个性的嗜好，就是每到一处就要找些好看的女孩子进行革命教育。他虽然年过半百，但精力旺盛得吓人，白天不论怎样辛苦劳碌，这教育还是要通宵达旦的，一点不知疲倦。他抓这教育同他抓革命、抓生产一样都是极有魄力的。就有了种种传言，说是省革委会主任到了哪里，哪里的母鸡都要赶紧穿裤子。”作品这样描述“省革委会”主任的急不可耐：“他迫不及待地要做一个女孩子的工作，结果却老是这么一只可恶的癞痢头在他面前进进出出。”瘌痢头镇长全力保护上海女知青而与“省革委会”主任虚与委蛇，口诉假电报，安排火车送女知青回上海，但不知内情的女知青却认为“这个乡下人样子难看死了”。很明显，陈世旭的戏谑语言的反讽、调侃中显露出睿智与荒诞性的幽默。有时为了最大限度地获得喜剧效应，他把语言做成“包袱”，而最后又不把“包袱”完全抖开，让读者自己去琢磨。例如，作者这样调侃殷道严怪异的语言：

> 习惯是最顽固的一种东西。
>
> “早晨起来一泡屎一泡烟是要吃的。”
>
> 这句话殷道严说了几十年。意思是早晨起来是要蹲茅坑的，蹲茅坑是要抽烟的……后来来了知识青年，其中凡事认真的小丁指出：
>
> “这句话有语病。”
>
> 殷道严眨了眨眼睛，说：
>
> “我吃了几十年，病是没有的。”
>
> 他说得很郑重，以使对方放心。

显然，作者在殷道严的“吃”字与“病”字上做了“包袱”，“包袱”只抖开了一半，另一半让读者去玩味。为了“搞笑”，陈世旭有时把人物的语言俗化。例如，作者让长期利用职权玩弄女性的殷道严书记沉痛地向上级忏悔：

> 他偶尔也沉痛过，一喝酒，一见女人，就又忘记了。“有什么法子”，他苦着脸检讨说：“我听你们的话，老二不听我的话。我是党员、干部，它又什么都不是。”

将“老二”拟人化，把“老二”与党员干部相提并论，将道德责任推给“老二”……叙事主体使用了一系列世俗的民间调侃手法。

总之，在陈世旭情节设计与语言表述背后，我们总能看到一张调皮、恶作剧的笑脸。

孙方友的许多具有戏谑性的作品就是“独幕喜剧”。《刘老克》的主题是调侃小镇人对“文化大革命”话语内涵的隔阂及揭示极“左”政治路线的荒谬。刘老克及小镇人对“反革命分子”的理解令人啼笑皆非，而人物语言更是荒诞不经。例如，由于不知国民党“少校军需”为何物及被认定为国民党“少校军需”会有何种后果，刘老克坚持认为自己就是公安局寻找的国民党军官，大呼“你们这是冤枉我呀，我可真当过少校军需呀”。小镇人则认为他不配当国民党军官，骗取了他们的尊敬，大骂：“熊样儿，还想当少校军需哩！”这样的人物语言几乎令人喷饭！《打手》调侃了畸形的人性和历史的荒诞：时代的“需求”造就了“打手”这一职业，而打人居然还能子承父业，打手居然还讲究“职业道德”，身负命案的打手居然能够颐养天年，失业的打手居然拿柳树出气。这一作品充满黑色幽默，“搞笑”在一定程度上压倒了批判与反思。我们还要看到，孙方友的戏谑有时表现为一种“冷幽默”——一种并不兴奋的调侃。《接喜神》是这一方面的代表作。《接喜神》讲述了这样一个故事：接喜神是陈州的风俗，商人在大年三十晚上让自家伙计出门“碰彩头”，如果能碰到活人，便是接到了喜神，如果碰到了头戴白帽子的“孝子”，则更是大吉大利，但对被接到的人是不利的，所以，接到之后，主人一定要给被接到的人赏钱。袁小家贫，年初一就断炊，于是袁小就头缠白布假扮孝子，充当喜神。接到袁小的老板们很高兴，给了他不少赏钱。第二年，袁小就特意命全家人都头缠白布，把住陈州四座门。这一年，袁小家获得的赏钱够他们吃了半年。第三年，袁小突然发现，年三十晚上大街上到处都是头戴白帽的“孝子”和“孝女”。调侃假“喜神”遍地乱跑的滑稽，嘲弄不劳而获者的贪婪，作者寓“热”于“冷”，语言平淡，情节舒缓，不动声色。很明显，孙方友的戏谑也在情节与语言两方面下足了功夫。

出于“乐”的构建和喜剧效果的追求，受“出世戏谑心态”支配的叙事主体往往回避沉重的话题，绕开敏感问题，审慎地笑可笑之人，乐可乐之事，“出世戏谑心态”造就了一种选材立意的基本原则。例如，叙事主体调侃的、戏弄的主要是昨天的人和事，如果涉及今天的人与事，叙事主体则尽量规避可能发生的事端。例如，《小镇蝴蝶铁翅膀》调侃的是企业家兼政协委员，而非党政要员。由此，我们可以看出，“出世戏谑心态”的“出世”，所出之“世”乃昨日之“世”、是非之“世”。

“出世戏谑心态”的“出世”，并非完全放弃价值追求，而是适当淡化作品的教化功能，寓教于乐，将作品的可读性、休闲性放在主要位置。

戏谑心态与闲适心态既有一定的相似之处，又有明显区别。闲适心态的基本心理状况是淡泊、恬静、舒缓、悠闲，其外在情绪表现是凝视、静思、守望，有时表现为揶揄、嬉戏、调侃。戏谑心态的基本心理状况是怨怼、焦躁、焦虑、兴奋、激动，心理张力较大，其外在情绪表现是嘲弄、嘲讽、调侃、戏弄、讥笑、反讽。戏谑心态与闲适心态相交的部分是“出世”——“出世戏谑心态”的“冷调侃”“冷幽默”类似于闲适心态。例如，汪曾祺调侃“文化大革命”阶段“讲用结合”的《讲用》显露出明显的戏谑心态，而孙方友的《接喜神》等作品则具有闲适倾向。

（二）“入世戏谑心态”及其影响

“入世戏谑心态”的心理基础是激愤。显在的社会弊端、紧迫的社会问题、尖锐的社会矛盾，激发创造主体的怨怼、焦躁、焦虑，从而使创作主体嘲弄、讥讽、调侃扭曲的人性、败坏的道德、丑恶的现实、荒诞的历史。

在价值实现欲望的作用下，“入世戏谑心态”常常外化为恶谑性的幽默与调侃。在此我们以张继的《一个乡长的来信》说明问题。《一个乡长的来信》恶作剧地调侃、嘲弄了舍弃道德与人格一心当官的孙中佑。孙中佑的行为显得荒诞、荒唐。为了孝敬孙县长，孙中佑不惜挖开高祖的坟墓寻找可以进贡的文物；为了当官，孙中佑甘愿“做狗”；为了开拓通往现成的道路，他不断“坑农”，甚至出卖良心，背叛自己的初恋情人，更改罪犯的年龄。在语言方面，作者尽情“冷嘲”：

王长水说：你看看官场中的人哪个不想做狗，不做狗哪能做人。就拿我来说吧，我今天吆五喝六的像个人样了，可是你知道在此之前我做过多少年狗吗？做了狗中狗，方为人上人，要想做人先做狗吧，并且做一只凶狗。

我决定把高祖的坟打开看看……从挖坟取宝这个角度上说是为了当官，但当官是为祖宗扬名，也是取之于祖用之于祖的事情，祖宗也会谅解我的，是不是？……感谢祖宗！

你知道副县长意味着什么吗？那是千百万人赴汤蹈火在所不惜的一个梦啊。现在这个梦变成现实一下子落到我的头上，你说我能受得了吗？我根本受不了。它一下子就将我刚刚平和下来的心境撞击得粉碎，我立时觉悟到以前所受的屈辱、委曲、痛苦、失落、惊吓、噩梦、困惑、尴尬等等一切不好的东西，与副县长这个巨大的荣誉比较起来都不值一提。

展示孙中佑人格的卑劣，揭示当代官本位意识对人的毒害，袒露官场的龌龊与腐败……这一切都隐含在幽默而滑稽的语言中。“做了狗中狗，方为人上人”，“当官是为祖宗扬名，也是取之于祖用之于祖的事情”，当县长是“千百万人赴汤蹈火在所不惜的一个梦”，这些“黑色幽默”的语言中隐含着无情的嘲弄、尖刻的批判。

“入世戏谑心态”有时也外化为“心平气和”的调侃。例如，曾楚桥的《幸福咒》通过调侃年轻和尚的所作所为展示了南方小镇的堕落。给丧家做道场的年轻和尚不仅骑着新款摩托车、穿着时髦的名牌服装、用手机和女人调情，而且还变着法子敲诈外来民工的钱财。例如，他一进门就强行推销自带的祭品，接着又利用苦主对亲人的怀念之情推销自己的“幸福咒”：“如果你想要你的男人在那边过得好，就得念幸福咒，幸福咒有两种：念五十遍的一百五十元，念一百遍的二百元。”和尚收下幸福咒的费用之后只是用当地土话一遍一遍地吟唱流行歌曲《我要幸福》，“翻来覆去地只念两句话”，而且由于不断“赶场子”，疲劳的和尚念着念着就闭上了眼睛，摆着念经的姿势悄然入睡。显然，叙事主体克制了自己的激愤，不动声色地把玩南方的堕落，但把玩中隐含着激愤的批判。

有时候，“入世戏谑心态”会外化为平淡的文本陈述，只有细心地读者才能体会出叙述中隐含的嘲弄与戏谑。少木森的《小城师爷》（《厦门文学》2006年第9期）是这一方面的代表作。这一作品描写了现代“师爷”夏哈林在小县城官场中“出谋划策”“耍嘴皮子”的幕僚生活。让本地人假扮外来“旅游团”参加“笋竹节”的招商活动、为有关领导设计控制下属的技巧、设计突破“常规思维”的行政高招，夏哈林的“聪明才智”得到充分体现。读过大学的夏哈林的言行乖张荒诞，但其言行是以正剧形式出现的——作者以略带“欣赏”的笔触描写了夏哈林的所作所为，对夏哈林的调侃与嘲弄深藏在“欣赏”之中。夏哈林为政法书记叶是荣设计“答记者问”，这一情节充分体现了作者“春秋笔法”的妙处。针对县里的不安定因素及记者可能的采访，叶书记与夏哈林一道讨论“如果上级命令你派警察强力阻止群众上访，你采取何种措施”这一“答记者问”的答案。叶是荣的答案是：“我们会按照上级的指示，积极采取措施的。”但夏哈林却给出了超乎寻常的答案。遵照夏哈林的“设计”，叶书记与记者对话：

> 记者问：“如果上级命令你派警察强力阻止群众上访，你采取何种措施？”
>
> 叶是荣答：“对群众的上访，上级不会命令我们强力阻止，我们的警察只是维持秩序。”

这是一个有着多重“包袱”的小情节。“上级不会命令我们强力阻止，我们的警察只是维持秩序”，从叶是荣书记的角度看，这种回答机智、巧妙、得体，充满智慧与机巧，把语言艺术和行政艺术发挥到了极致，而从另一个角度看，这种回答欺骗媒体，欺上瞒下，颠倒是非，充满邪恶——明明是调动警察压制民情上达，但当权者却将压制解释为“维持秩序”或为群众服务。当然，叶书记高度肯定了夏哈林的“设计”，“一种难以抑制的、自然流露的佩服的目光”表明叶书记对“师爷”的才华佩服得五体投地。作者以略带“欣赏”的笔触陈述事实，对夏哈林的“设计”及叶书记的反应不加任何评点，但对行政弊端的指责和对现实的批判，隐藏在略带“欣赏”的陈述中，平淡的陈述蕴涵着恶作剧的调侃与揶揄——“上级不会命令我们强力阻止，我们的警察只是维持秩序”，“叶是荣看着他，那是一种难以抑制的、自然流露的佩服的目光”，这些表述之中的恶作剧被深深隐藏，读者只有经过细细品味才能感知。

当然，与“入世戏谑心态”相伴的不总是谴责与批判，有时作者以戏谑的笔触表达对描写对象的赞美与歌颂。例如，《热河官僚》赞美了“何大官僚”何天宏大公无私、一心为民、勤勤恳恳工作的一生，但基本叙事手法是戏谑，是调侃。例如，“何大官僚”的一生就是一场喜剧：“老革命”何天宏出于革命，带着穷人吃亲爹的“大户”，用“下三滥”的手法逼迫包括自己亲爹在内的老富户捐款支援抗美援朝，在大刮“共产主义风”之时支持单干而解散了修鞋铺，“重新出山”后只知干事而不会奉承，多次碰壁吃亏……到退休还是一个“科长”。《热河官僚》从立意、情节到语言，作者极尽调侃玩味之能事。

从整体上看，由“入世戏谑心态”支撑的作品在小城镇叙事整体创作中所占比例不大。

三　愉悦心态的特点

愉悦心态，是新时期小城镇叙事小说创作的重要支撑，但我们要看到愉悦心态不是小城镇叙事独有的创作心理，即其他类型的创作也受到愉悦心态的影响。因此，我们有必要说明小城镇叙事愉悦心态的特殊性。以新时期其他类型的文学叙事为比照，小城镇叙事愉悦心态最明显的特殊性是“适度的出世”与“中性的狂欢”。

“闲适心态”的“适度的出世”特征最为明显（在此我们把“出世戏谑心态”撇开）。“适度的出世”，是以乡村小说创作的闲适心态的“出世程度”为参照的[①]。20 世纪 90 年代初，在“休闲文学”思潮的兴起、“抒情乡村小说”流脉的延伸等多种因素的作用下，闲适心态在乡村小说创作领域中蔓延，“闲适乡村小说”开始兴盛。“闲适乡村小说”共同的艺术特征是：滤除生活的凝重，淡化创作的价值功利追求，以冲淡的笔墨书写眼下的乡村生活或回味乡村的昨天，冲淡的文笔中显露出不经意文化思考，世

① 具有“闲适”特征的作品在当代都市叙事中所占比例极小，所以在此不必讨论都市叙事的“适度的出世”。

俗的情趣蕴涵着宁静而冲淡的情怀。刘庆邦的《夜色》《鞋》《梅妞放羊》《女人》、赵德发的《窖》系列、王新军的《大草滩》、刘玉栋的《给马兰姑姑押车》、迟子建的《清水洗尘》、铁凝的《孕妇和牛》、陈忠实的《日子》等作品可谓“闲适乡村小说”的代表作。这些作品有一种略显偏激的“出世”倾向：疏远城市文明，拒斥商业文化，绝对地肯定乡村文化及乡村文化所蕴涵的传统文化，退守乡村一隅，作家将自己的灵魂安置于古朴醇厚的乡土中。然而，小城镇叙事的闲适心态显现出“中庸性”：对“现代化”抱有戒心，但并不拒斥现代化，寻求心灵的静谧恬淡，但仍然在一定范围内关注现实，仍然以“现代性”的眼光审视现实。例如，汪曾祺的《岁寒三友》《徙》《鉴赏家》等作品虽然显露出明显的道家出世精神，但其“出世”倾向本身就隐含着对日趋物欲化的现实的批判，《安乐居》等作品表明，作者一直在寻找一方能够安置自己灵魂的净土，但与寻找相伴的是对快速推进的现代化的抵触与畏惧；孙方友的《方大屁股》《打手》《雷公安》等作品以情节的传奇性引人关注，但与传奇相伴的是历史反思与现实批判……很明显，“适度的出世”将小城镇叙事的闲适心态与其他叙事种类的闲适心态区别开来。

“戏谑心态”的“中性的狂欢”特征最为明显。在“休闲文学”思潮与文学戏谑风潮[①]的裹挟下，戏谑心态同时影响着文学的都市叙事、小城镇叙事和乡村叙事，但由于不同文学类型自身的禀赋差异，戏谑心态对三种叙事类型的作用力度、作用范围不同。戏谑，是一种没有羁绊的狂欢，是一种放纵。但是，由于戏谑心态作用力度与作用范围的差异，叙事主体的狂欢有着不同的表现：都市叙事的戏谑是堕落的放纵，乡村叙事的戏谑是抑郁的放纵，而小城镇叙事的戏谑则显现出中庸性、中间性——一种理性的放纵。

在都市叙事领域内，王朔、朱文、卫慧等人的调侃与恶谑显得张扬、跋扈，他们笔下的人物酒足饭饱、衣食无忧、“思想开放”，这些人物有条件有资本在工业文明空间内癫狂。因此，我们说都市叙事的戏谑是堕落的

① 尽管“休闲文学”思潮与文学戏谑风潮都有“愉悦倾向”，但两者的背景依托不同：“休闲文学”思潮的关键背景依托是大专文化的勃兴与审美文化的世俗化，文学戏谑风潮的流行与解构主义思潮的勃兴关系密切。

放纵。在乡村叙事领域内，刘震云、苏童等人的调侃与嘲弄显得夸张，隐含着几丝感伤，因为他们笔下的人物在农耕文明空间内活动，这些人物或在陌生时代背景中盲动，或为了生存而盲目挣扎，热闹的喜剧往往不能淡化乡村生存的心酸，狂欢的语言往往无法掩盖文化落后的悲哀——农民文化人格的猥琐粗糙，农民精神世界的混沌，给读者带来的是压抑；同时，乡村文化的保守与发展滞后在限制人物的堕落与癫狂程度的同时，也限制了叙事主体戏谑的张扬。所以，我们说乡村叙事的戏谑是抑郁的放纵。在乡村叙事领域内，还有一种“有节制的狂欢”，作品的狂欢质素来自幽默风趣的语言和喜剧性的情节。何申的《乡间闹事六题》《吃羊》、张继的《杀羊》、阿城的《会餐》、刘玉堂的“钓鱼台系列”、毕飞宇的《蛐蛐蛐蛐》、赵德发的《杀了》、莫言的《牛》《司令的女人》等中短篇小说是这一方面的代表作。狂欢的“节制”来自两个方面。一是嬉戏的审慎：语言诙谐风趣但不张狂，情节新奇而不怪异，立意轻松而不荒诞。二是深层次意蕴的感伤：狂欢的表层之下总有几丝淡淡的悲哀。例如，《杀羊》《会餐》等作品不约而同地揭示了农民们在“会餐”之际种种可笑的微妙心理，这种揭示使读者笑过之后陷入对当代乡村生存境况的沉思；《司令的女人》用调侃的笔墨描写了知青唐丽娟由乡村男孩心中的仙女变成在男人们面前毫无羞耻地“大放响屁”的村姑的过程，但对读者而言，与戏谑的快感相伴的是由感知巨大城乡差别而生发出来的沉重。因此，“有节制的狂欢”也是一种抑郁的放纵。

小城镇叙事的戏谑显现出中庸性、中间性——一种理性的放纵。同一被描写对象，可以写出不同风格的作品，但就戏谑而言，被描写对象的禀赋往往在宏观上决定了被描写对象的可戏谑性的大小，例如，主题的“轻松”与“沉重”、“通俗”与“庄重”决定描写的可戏谑性的大小，对于具体人物而言，人物物质生存条件的好坏、关联人物生存的文明程度的高低，决定描写的可戏谑性的大小。例如，“恶谑”青睐社会乱象，都市物质生活的丰饶与较高的文明进化程度，决定了吸毒、打架、酗酒、豪赌等社会乱象的存在，乡村物质生活的拮据与文化发达的相对滞后，决定底层的官民矛盾、邻里纠纷、乱搞男女关系之类道德出轨、小偷小摸之类轻微犯罪等社会乱象的存在。很明显，都市“乱象”之“乱”的程度远远大于乡村“乱象”之“乱”，因此都市“乱象”的可戏谑性远远大于乡村“乱象”。

小城镇处于都市与乡村之间，其物质生存条件的好坏与文明进化程度介于都市与乡村两者之间，因此“物质”与“精神”的中庸性、中间性决定了小城镇社会乱象之“乱”的程度介于都市“乱象”与乡村“乱象”两者之间。于是，雷公安（《雷公安》）、打手（《打手》）、李四（《故里杂记·李三》）、殷书记（《将军镇》）等人物虽有罪恶，但罪恶不大，李芙蓉（《李芙蓉年谱》）、瘌痢头镇长（《镇长》）等人虽有劣迹，但其人生结局值得同情，因此，这些人物的可戏谑性比王朔等作家笔下人物的可戏谑性要小，但比刘震云等作家笔下人物的可戏谑性要大。也因为如此，叙事主体对这些人物的恶谑既无法达到“放纵的狂欢”，也不会有狂欢的抑郁。由此，我们认定：小城镇叙事的戏谑具有中庸性、中间性，是一种“中性的放纵”，即理性的放纵。

总之，“适度的出世”与“中性的狂欢”将小城镇叙事愉悦心态与其他文学叙事的愉悦心态区别开来。

此外，作为描写对象的小城人和小镇人特有的智慧、机智、幽默方式影响“愉悦”的构建与生成，作为叙事主体的小城人和小镇人特有的生活环境与人生经历从文化濡染、心理构成等层面影响愉悦心态的形成。这些，也将小城镇叙事的愉悦心态与其他小说类型的愉悦心态区别开来。

第三节　功利心态

功利，一般是指物质层面的功效和利益，多含贬义，但此处的“功利”是相对文学的“审美”而言的文学实际功效或社会作用。因此，功利心态在此是指追求文学创作的实际功效或社会作用的思想状态或心理定式。

在小城镇叙事小说中，功利心态主要表现为政治功利心态与道德功利心态。

一　政治功利心态

政治功利心态，是以既定的政治理想或政治价值目标为旨归的创作心态，从小城镇整体创作上看，这种比较特殊的创作心态主要外化为政治干预与政治反思等叙事行为。

（一）政治干预

观照小城镇行政运作与政治文化是政治干预的主要表现之一。

“干预”，决定了绝大多数作家以审视与挑剔的态度看待小城镇的行政运作与政治文化。20 世纪 80 年代中期的整体政治氛围（包括主流意识对政治批评的容忍程度），使作家们的审视与挑剔显得比较温和。例如，乔典运的《乡醉》的政治批评虽然犀利，但批评出自主流意识所欢迎的“改革”话语，张宇的《家丑》虽然批评了追求政绩的县长，但县长“大义灭亲”的举措事实上证明了县长的大公无私，从而缓和了批评的尖锐性。进入 90 年代之后情况发生了变化。“王权止于县政”，小城或小镇就是一个独立的王国，小城镇政权是国家政权的浓缩或象征，小城镇空间上的封闭性与政治上的相对独立性，决定了小城镇政治与小城镇政权在特定历史背景中的蜕变，因而也决定了作家们以焦虑与激愤的目光关注小城镇，于是，谴责乃至犀利的批判成为常见的叙事姿态。在第三章中，我们集中讨论了“政治叙事”的两大核心内容：审视小城镇的权力运作与观照小城镇官本位，事实上，“审视小城镇的权力运作”与“观照小城镇官本位”也是谴责性、批判性的叙事姿态。例如，《事犹未了》《穷乡书记》《救灾记》《穷县》等作品展示了小城镇行政因经济、权利争夺等方面的原因所致的运作艰难，《狗祸》《沉默与结局》《乡选》《本乡有案》《叫魂》等作品从不同角度展示了小城镇运作中的弊端。观照小城镇政治文化主要是审视小城镇官本位意识与官本位行政，例如《向上的台阶》《一个乡长的来信》等作品展示了小城镇官员在官本位意识支撑下的投机钻营，《乡长故事》《遍地羊群》等作品展示了小城镇干部为谋取政绩而坑民害民，等等。部分作品有着极强的“综合性”。例如，陈良的《中国乡官》既展示了穷乡穷县的行政艰难运作，又描写了县乡两级腐败分子的结党营私、部分干部的争权夺利及个别领导人为追求政绩而坑民害民，还揭示了官本位意识对部分县乡干部的毒害，因而这一作品称得上当代县乡行政运作概况和县乡政治文化现状的“全景照”。审视当下小城镇“官人”的文化属性也是观照小城镇政治文化的具体表现。例如，“文化叙事”（见第四章）对当下“官人”凡俗性的审视，也是出于政治干预。《向上的台阶》《一个乡长的来信》等作品直接从正面揭示了当下“官人”的凡俗性，更多的作品从侧面间接地展示了“官人”的世俗禀赋，如《年前年后》《重大新闻》《女乡长》《乡殇》《穷乡书记》《黄坡秋景》《分享艰难》《大雪无乡》等。

关注“改革开放”进程中的小城镇，这一叙事行为的心理支撑也是“政治干预”。叙事主体的具体动机决定“关注”的方式，因而“关注”在不同时段有不同的表现。

“改革开放”的早期是精英意识与主流意识媾和的“蜜月期”。在这一阶段，小城镇叙事对“改革开放”的基本表述方式是：展示小城镇的经济发展与精神嬗变，从而阐释改革话语、印证“改革开放”的内在逻辑、论证改革运动的合理性与合法性。姜天民的《第九个售货亭》《小城里的年轻人》等作品展示了“改革开放”初期小城年轻人的精神风貌。例如，《第九个售货亭》通过王炎、张自强等青年帮助卖瓜子的姑娘玉吉的故事，反映了“改革开放”初期小城年轻人热爱生活、乐于助人的精神面貌与健康的恋爱观。部分作家满怀激情地展示“改革开放”给小城镇带来的发展。汤吉夫执著于用“改革开放”的眼光欣喜地看待小城镇的变化，先后写出了《在古师傅的小店里》《再会，小镇》等一系列作品。资景文的《在石桥饭馆里》通过对仇二由得过且过的乞丐变为自食其力的劳动者的描写，展示了小镇人的精神面貌在“改革开放”中的变化，作者将仇二及小镇的变化归功于党的领导，指出石桥镇的“好财气”是“党的三中全会带来的”。高度的政治热情促使贾平凹的《腊月·正月》充分肯定发家致富的新政策给乡村小镇带来的变化：“改革开放”造就小镇前所未有的经济格局，经济格局的变化引发了文化格局的变化，而文化格局的变化又带来了小镇人的相互关系、活动方式、行为角色、社会位置、文化取向的变化，因而人们在文化上的能动与被动、优势与劣势的关系出现了一系列重新配置和位移。

随着“改革开放”的深化，各种各样的社会问题相继出现。此时，小城镇叙事主体的政治激情逐步转变为冷静的政治社会学思考。周大新的《武家祠堂》关注了小镇经济法则引发的矛盾冲突。小镇知识青年尚智因为技术革新带来生意的兴隆，但影响到同样在镇上做服装生意的常二嫂的经营，而常二嫂的丈夫是为国捐躯的义士，因而尚智的行为激起了镇上人们的义愤。小镇元老朝顺爷以小镇的名义“按老章法办”，最后尚智只好放弃服装经营，外出进城打工。显然，周大新展示的是“改革开放”深化引发的历史与道德的冲突、“价值规律”与道德原则的对立，在作品中，“祠堂”是传统道德的隐喻。贾平凹的《浮躁》展示了与“改革开放”相伴的普遍精神病灶——浮躁，从政治、文化等角度切入，对一种急功近利的“时代品格”进行了观照。

随着精英意识与主流意识媾和的“蜜月期”的结束，也因为时代的承诺并未完全兑现，部分作家对小城镇的政治关注热情逐渐降低，取而代之的是冷静的观察与沉稳的思考。大约自20世纪90年代末开始，小城镇叙事的政治关注在更多情况下融入了其他功利话语。周大新于1989年发表的《香油坊》[①] 综合了“改革开放”、启蒙思想、人道主义等多种话语，而基于“改革开放”政治思想逻辑的“时代发展带来人的精神变化”分支主题处于作品构建的重要位置。陈世旭发表于2003年的《泥巴人》（《清明》2003年第5期）对小城镇仍然有着深切的政治关注。这一作品描写了计划经济时代春风得意的“黄帽子”在“改革开放”时代的精神不适，同时揭示了“改革开放”带来的“综合征”，对“改革开放”进行了深层次的反思，如小镇经济快速发展与拜金主义的盛行、小镇经济发展与小镇道德的下滑、经济发展对小镇环境的破坏、新时代背景下小镇人际关系的恶化等。下面这段叙述从侧面展示了《泥巴人》思想的丰富性与“综合性”：

> 小镇的确早已面目全非。镇上老街先前排列着的古旧雕楼拆了个片瓦不存，取而代之的是用劣质水泥和等外级瓷砖贴出来的店铺门面。镇外的小河早已断了流，据说是因为乡镇企业抽多了地下水。一座被上级领导题为“长虹卧波”的极粗劣的水泥大桥也便因此显得虚张声势。没有河了，沿河两边却修了马路，让卖禽蛋鱼肉、蔬菜小吃、衣帽鞋袜、日用百货的各类摊贩塞得水泄不通。从河两边的马路倒进河道里的各种污水把河道染出一缕缕散发出恶臭的青绿。窄窄的镇街仍像先前那样嘈杂，只是那嘈杂里多了许多现代化的声响：先前的猪圈，改装成了电子游戏机房；先前的铁匠铺，改装成了卡拉OK酒吧；沿街隔几步就有一张台球桌。打台球的没有几个不是蓬头垢面，拖鞋趿袜的。台球桌子下面有伢子在拉屎，有狗在吃屎。

显然，这段叙述隐含着陈世旭对小镇现状的思考，出于环境保护、人

① 《香油坊》于20世纪90年代初由谢飞改编成电影《香魂女》，该电影曾引起广泛关注。

文建构、经济发展等多角度的思考，包含在作家对“改革开放”的反思之中。反思，透露出忧虑，这种忧虑与早期的乐观与激动形成了鲜明的对比。

关注“改革开放”进程中的小城镇，是强力的“政治干预”。

（二）政治反思

小城镇叙事的政治反思，是叙事主体政治功利心态外化的另一重要表现。

小城镇叙事的政治反思，有着特定的对象，即对一段充斥着政治运动、政治事件、政治思潮的历史的反省与思考。文化与文学的“多元”决定了小城镇叙事主体的政治反思采用不同的思想支撑，指向不同的价值目标。例如，《芙蓉镇》等作品立足于国家话语立场，依傍“核心价值观”，对主流意识的元话语进行了演绎，而《古船》《李芙蓉年谱》《阊岚镇沿革》《圣天门口》等作品的政治反思则立足于精英文化立场，特定的人文价值观决定了叙事主体的价值追求：演绎小城镇发展史而解构元话语，展示小城镇历史风云而评判历史，调侃小城镇历史而对当代政治风潮流变进行个性化的解读，这些叙事行为体现的是精英性、个人化的政治理想与价值旨归。

“历史叙事”的政治反思色彩浓郁，这表明出于政治功利心态的政治反思直接影响着“历史叙事”，而“政治叙事”与“文化叙事”也具有政治反思色彩，这就意味着政治功利心态也影响着“政治叙事”与“文化叙事”。例如，在“文化叙事”中，叙事主体对小城镇社会群体及其文化禀赋的观照，都隐含着对过往的政治运动、政治风潮、政治事件的政治反思，这些反思影响着叙事主体对不同小城镇人群的“文化定性”。总之，出于政治功利心态的政治反思影响着新时期小城镇叙事的整体风格。

二　道德功利心态

道德功利心态是一种以道德理想、道德建构为目的的创作心态。

道德功利心态在新时期小城镇叙事中有着特殊意义。“新时期”是一个经济快速发展、“现代化”急剧推进的时代。在许多精英作家看来，中国当代社会为现代化付出了代价，如工业污染、能源浪费、人文精神败落等，但作家们格外关注的是由于人文精神败落所致的道德“滑坡”[①]。小城镇叙事对道德“滑坡”的关注更为深切，因为小城镇是一个相对独立、封闭的地域空间，与大都市相比，其社会道德嬗变往往具有更明显的整体性和“全景性”，因而更容易被作家全面感知；蜕变的现实激发了小城镇叙事主体的责任心与使命感，于是，叙事主体产生了一种道德层面的“补天”冲动。从小城镇叙事整体上看，“补天”冲动的集中表现是道德批判和道德颂扬。

（一）道德批判

由于作家众多，“姿态”各异，小城镇叙事的道德批判在不同层面展开，从不同角度切入。

许多作家谴责了扭曲的道德理念与道德价值观。社会个体谋取物质利益的方式方法往往能鲜明地体现一个时代的道德理念与道德价值取向，因而众多作品展示了小城镇社会个体在不择手段地谋取物质利益之际显露出来的道德理念与道德价值观扭曲。王方晨的《金乡大儒》揭示了这样一种事实：当“从政”与丰厚物质利益回报发生关联之时，“想当官”就成为一种形而上的或具有抽象意义的精神追求，而小城社会在道德层面对这一“精神追求”予以认可。王老师的妻子夏威夷认为，男人能当上一个像样的干部便是“有出息”，在她的鞭策与指导之下，王老师由一名普通的教师变为教导主任，又由教导主任升任副校长，几年之内“步步高升”。王老师跟在赵校长身后亦步亦趋，看校长的脸色行事，极尽阿谀奉承之能事，但王老师并没有因为自己“想当官”而在教师群体中失去尊严，相反，当了官的王老师受到许多教师的追捧。王清平的《守望官阶的女人》展示了一名知识女性追求“官阶”的过程：步入中年的马老师费尽心思与官员交往，丈夫孟股长在即将升任教育局副局长时驾鹤西去，马老师要求追封丈夫为副局长，并向组织提出了按照局长规格举办葬礼的要求。接着，在丈夫葬

---

① “道德代价论”已被许多学者认可。张明仑认为国内主要形成了三种观点。一是不可避免论：当前的道德代价是我国由计划经济向市场经济转轨过程中的必然产物；二是滑坡论：市场经济注重经济利益原则，它必然诱发拜金主义、享乐主义和极端个人主义，因而，注重社会集体利益、提倡无私奉献的集体主义道德原则也就不可避免地受到冲击、忽视甚至贬抑；三是爬坡论：市场经济的建立与发展在总体上有利于社会伦理道德的进步。参见张明仑《道德代价论》，《天津社会科学》1998 年第 4 期。

礼的录像带上大做文章，要挟县委书记，于是她由一名普通的中学教师变为县“房改办”的干部。但是，马老师并不满足于现有的位置，她要利用自己的再婚谋求升迁，她的策略是找一个“在职的副局级以上干部”做第二任丈夫，利用丈夫的权力升官。婚姻是某些女性改变社会地位及谋取物质利益的重要手段。在赵月斌的《我是秃子》中，昌岩镇是一个贫穷的内地山区小镇，但小镇人的思想早已“解放”。“风烟发屋”的女孩媚儿早就与中学校长有染，但她第一次见到大学毕业后回乡就业的“我”时就倾情于我。她在替我理发时施展了许多勾引手段，如将“乳房贴在了我肩上”，用热烘烘的大腿夹我的手臂，随后把我拉上了她的小床。后来，得知“我”永远不会娶她为妻时，她毫无顾忌地带着她的家人到“我”家兴师问罪，打伤“我”的父亲，揭穿了“我”的老底。显然，在上述作品中，小城镇叙事主体通过展示小城镇社会个体的畸形价值理念，揭示了小城镇社会道德观念的退行性蜕变。

批判扭曲的道德理念与道德价值观，这一叙事行为在“政治叙事”中有着更集中的表现。

性道德是社会道德嬗变的风向标。叙事主体急切的道德功利追求使小城镇性道德成为小城镇叙事的焦点之一，许多作品通过展示当下小城镇性道德颓变而展示当下小城镇道德整体的滑落。在“文化叙事”与“政治叙事”中，许多展示小城镇当下生活的作品都包含着对性道德的审视，如描写小城镇行政干部利用职权玩弄女性（如《乡殇》《本乡有案》《叫魂》等作品的描写），展示小城镇工商业者养情人、包二奶（如《六神有主》《大雪无乡》等作品的描写），揭示底层社会的世俗化（如《大老郑的女人》《事犹未了》《小城里的风流韵事儿》作品的描写）。在此，我们有必要讨论部分代表作的描写。“与你同行”的《小城里的风流韵事儿》通过小城少妇林佳的见闻与自身经历而展示了小城性观念的“开放”。在林佳的小皮衣制造厂里，丈夫王永民在外面找小姐染上了性病，随后又与厂里打工的小红“好上了”。在皮衣制造厂开车的同乡林建军把王永民的劣行告诉了林佳，但林建军并不是想协助林佳维护家庭，而是对林佳抱有非分之想。得知丈夫背叛自己，林佳回到娘家寻求慰藉。一进娘家门母亲就向她诉苦：“前天你哥到外面去买皮子，灌了点儿马尿，就不知道东西南北了。跑到按摩房里去找小姐，让公安局逮住，罚款两千。刚开始还不招，让人家打了个皮开肉绽。你看看去，屁股还肿着呢！”老太太责骂儿子时出语惊人：“如今的世道变了，人们都学坏了。女人们也不要脸，只要给钱，让趴着就趴着，让站着就站着。谁家里没有呢？有个破车轧着，就算了呗！还想新的。他媳妇也是，找了就找了，还打架。你把天吵塌，他还能拔出来？不就是那回事儿吗？就当他尿了一泡！”在小城“风流”的裹挟之下，林佳不能自制，最后自己也投入了在县政府工作的陈主编的怀抱。很明显，作者通过林佳的眼睛透视了小城整体的“性开放”或道德堕落。在刘醒龙的《萝卜白菜》中，繁华的小县城成为玷污人性的染缸：“小河”夫妇进城卖菜不到一年，品格颓变，两人在男女关系上各行其是；纯朴的乡村姑娘周玲进城后成为暗娼，拙朴憨厚的“大河”一进城就被县城女人“佩玉”勾引。这些事实表明，传统的道德观念正在退化，小城的性道德正在迅速世俗化。李大林的《没有发生的往事》讲述了一个略显荒唐的故事：两位思想前卫、道德开放的青年在亲密而频繁的交往中，有种种机遇种种条件发生点什么，本应该发生点什么，但居然“没有发生”任何事情。这一作品通过情节的“反向设置”，谴责南方小镇的世风日下与人欲横流。上述作品从不同角度展示了小城镇性道德的蜕变，同时也反映了叙事主体的道德功利追求。

急切的道德功利追求还促使叙事主体揭示小城镇社会所包含的历史与道德的冲突。当历史与道德构成一组“对立统一”的概念时，当历史与道德在社会学、文化人类学层面并列存在时，历史的含义是社会发展或演进的过程，或者直接指社会的发展或演进。此时，两者有着不同的价值取向：道德的评价标准或价值取向是善良、正义、公正等，而历史的评价标准或价值取向则是社会生产力的提高、社会物质生活的改善等。在人类历史上，历史与道德常常是同步演进的，但有时表现为二元对立——历史的演进以牺牲道德为代价，两者呈“逆向发展”趋势，尤其是在社会急剧转型阶段。新时期小城镇叙事主体从不同角度描写了历史与道德在小城镇的“二律背反”。《分享艰难》《大雪无乡》《六神有主》《穷县》等作品通过描写小城镇行政决策人在发展经济与维护道德这两者之间的两难选择，展示了历史与道德的冲突，《洞天》《大老郑的女人》等作品隐含着作者对历史与道德的价值权衡。有些作品的价值天平向道德倾斜。在邵振国的《远乡夫妇》中，郑家邦夫妇不仅以东部人的全部精明，入住镇上最有权威的“红楼”，引起封闭沉滞的“红楼”内部发生变化，还以自己的商业经营成功激活了封闭衰败的煤窑小镇沉睡的商品意识，但“远乡夫妇”致富的过程也是其心灵扭曲、人性异化的过程，与小镇人萌发的商品意识相伴的是物欲的膨胀与灵魂的躁动。李骏的《我那遥远的故乡小镇》（《北京文学》2001 年第 12 期）以一个军人的眼光充满深情地打量故乡小镇。作家一方面为小镇物质生活条件的改善及古老的生存方式的撼动而欢欣鼓舞，但另一方面又为小镇道德的滑坡而担忧，尤其是年轻一代的堕落。毕飞宇的《哺乳期的女人》描写的是“小镇生活风波”：一生下来就和爷爷奶奶住在一起的男孩旺旺，被乳糕、牛奶、亨氏营养奶糊、鸡蛋黄、豆粉等代奶品喂大，长到七岁的旺旺仍然被“克力架”“德芙巧克力”“亲亲八宝粥”等美味食品包围着，但隔壁惠嫂无遮无拦地给孩子喂奶的场面给他带来了企盼与忧伤，有一天他终于抵抗不住乳香的诱惑，贸然跑上前去“埋下脑袋对准惠嫂的乳房就是一口”。小旺旺的举动在断桥镇激起了轩然大波，人们出于由通俗小说和言情电视培植起来的思维习惯，很自然地把一个渴望母爱的孩子的冲动与“性”联系起来，于是小旺旺受到了严厉的惩罚。作品展现了物质的富有与情感的缺失在小镇世界中造成的精神错位，批判了现代工业理性和现代商品意识对打上了农耕印记的人情美、人性美的扼杀，同时也揭示了当代都市文化对小镇道德思维的扭曲。显然，这些作品隐含着叙事主体对“现代化代价论”或“道德代价论”的思考。

道德功利指向，是叙事主体的道德建构欲望的外化，在小城镇这一特殊的空间内，在社会急剧变动的时代背景下，叙事主体道德层面的价值实现冲动几乎完全摒弃了道德颂扬，从而使道德批判处于主导地位。从整体看，“政治叙事”的道德批判直露而强烈。前面我们已经谈到，“审视小城镇的权力运作”“观照小城镇官本位”等叙事行为的“叙事姿态”是批判性的，但在许多情况下，“政治叙事”的批判在道德层面展开，即在许多作品中，“政治叙事”的批判从政治角度切入，但“批判”却在道德层面展开，通过道德谴责实现“政治目的”。例如，《一个乡长的故事》《向上的台阶》《沉默与结局》《乡选》《本乡有案》《叫魂》《遍地羊群》《中国乡官》等作品的叙事指向是展示小城镇行政运作弊端和反思小城镇行政体制，“叙事目的”的实现主要通过展示“官人”的不端或堕落，而与展示“官人”的不端或堕落相伴的就是道德批判。相比之下，“文化叙事”与“历史叙事”的道德批判显得间接、温和。在“历史叙事”中，《镜中姐妹》《大老郑的女人》等演绎小城文化嬗变史的作品间接批判了世风日下的现实，在“文化叙事”中，许多追忆昨日民风民情的作品隐含着对当下“人心不古”的谴责。

（二）道德颂扬

道德功利心态的另一种外化表现是道德颂扬。道德颂扬即弘扬、赞美既定的道德精神或道德风范。道德颂扬不是道德功利心态的主要表达形式，但在小城镇叙事中仍占有一席之地。与道德批判通过谴责邪恶、针砭痼弊等叙事行为来表达价值理想不同，小城镇叙事的道德颂扬主要通过对善良人性、美好人情、高尚人格的肯定与赞美来表达叙事主体的价值理想。

小城镇叙事的道德颂扬有着极强的现实针对性。针对当下世情淡薄、重利轻义等道德退变现象，《燕子笺》《思无邪》《纸醉》等作品赞美宽仁友善，《故里三陈》《逝者的恩泽》《三姊妹出嫁》等作品倡导重义轻利。当下世人唯利是图，当今世界拜金主义、利己主义盛行，于是就有了《茶干》《胡家烧饼》《小城人物》等作品对诚信良心的倡导，对淡泊名利的颂扬。针对享乐主义的盛行及日盛一日的名利之心，《岁寒三友》《徙》《小城书家》等作品建造了甘守清贫、讲究精神操持的人格范本，塑造了种种道德楷模。

道德颂扬集中出现在“文化叙事”中。

三　功利心态的表现形态

小城镇叙事的功利心态在此是指与唯美主义、功利主义相对的一种创作心态，是一种追求文学创作现实功效的心理定式，但小城镇叙事功利心态有不同的表达或宣泄方式，即功利心态外化为政治干预、政治反思、道德批判、道德颂扬等。在此，我们根据“心理张力”的大小，将小城镇叙事功利心态的外化方式分为“急切”和“舒缓”两种基本类型。

（一）功利心态的急切表达

我们说，在功利心态的作用下，叙事主体显现出较强的价值实现欲望，但对于不同的叙事主体而言，功利心态的作用方式、作用力度存在差异。功利心态的急切表达，是“功利心理能量”的快速释放与宣泄，往往表现为叙事主体的强烈叙事冲动和急切的价值实现欲望，在这种情况下，叙事主体特别注重叙事的“直接效果”。对叙事“直接效果”的追求导致叙事主体在选材、立意、“教”与“乐”的配置比例等方面的特殊定位。

在选材方面，叙事主体特别重视现实题材。小城镇现实生活中存在的问题、出现的矛盾，激发了叙事主体的使命感与责任感。在紧迫的使命感、责任感的驱动下，叙事主体追求叙事的“直接效果”，未加“沉淀”的当下小城镇现实生活往往成为作家的主要描写对象。“政治叙事”与“文化叙事”中的大部分叙事内容都密切关联现实，这种题材选择倾向与“功利心理能量”的快速释放密切相关。

在立意方面，强烈叙事冲动和急切的价值实现欲望使整体叙事具有极强的现实针对性：有感而发，有的放矢。例如，从20世纪80年代初至今，政治功利指向与道德功利指向的叙事总是针对不断呈现的“新现实”和不断出现的新问题。与此同时，叙事主体总是作出比较明确的价值判断。例如，我们上面讨论的政治功利指向与道德功利指向的叙事，总是依据既定的理想、理念、准则作出明晰的是非判断。值得注意的是，进入90年代中后期之后，政治层面与道德层面的颂扬逐渐减少，取而代之的是谴责与批判。这种变化正是功利心态强化的具体表现之一。

在叙事的审美性方面，叙事主体的“直接效果”追求使叙事主体将“教”放在首要位置。在急切的价值实现欲望的驱使下，叙事主体格外注重整体叙事的“教”与“乐”的配置：突出教化功能与认识功能，弱化审美愉悦功能。从整体看，那些具有极强现实针对性的作品，一般都具有结构简单清晰、表述直白流畅、表现手法单纯等特点，这些作品往往显现出鲜明的“传统现实主义”特色。当然，部分具有戏谑性的作品也具有极强的现实针对性，这些作品往往也得到了功利心态的有力支撑。例如，《一个乡长的来信》等受到“入世戏谑心态”支撑的作品，就具有极强的现实针对性，作品对当下乡镇行政的弊端与小城镇政治文化中的官本位意识进行了犀利的批判。在这些作品中，调侃、嘲弄、恶谑是一种特殊的叙事方式。值得注意的是，有些作家有两种或多种风格。例如，陈世旭的小城镇叙事就有两种风格：《李芙蓉年谱》《镇长》等“历史题材”作品的现实功利性稍弱，调侃、戏谑构成了整体叙事的喜剧风格，而《小镇上的将军》《试用期》《泥巴人》等“现实题材”的现实功利性极强，质朴、端庄、平实的叙事构成了作品的正剧格调。当然，少数作品“兼容”了两种风格。例如《李八碗春秋》尽情地调侃、嘲弄了现代化进程中的农民意识与小农文化心态，既有发人深省的严肃性，又有戏剧化的幽默效果。“作者悬置了判断，却通过幽默的方式，让他的叙事形象圆满地向读者抛来一个个思索的绣球。”①

（二）功利心态的舒缓表达

功利心态的舒缓表达，在此有两重意思：一是指叙事主体淡化创作的现实功利追求，二是指“功利心理能量”的舒缓释放。

叙事主体淡化创作的现实功效追求，并非放弃创作的现实功利追求，而是并非刻意追求创作的现实功利。淡化创作的现实功利追求，有着不同的表现。在孙方友的创作中，“淡化”表现为“乐”在整体叙事中占有一定比例，现实功利不是整体叙事的唯一追求。例如，《刘老克》《打手》《雷老昆》等忆写小镇昨天的作品，既对历史有着比较的深刻反思，力图表达自己对历史与现实的认识，又注意作品的喜剧性或娱乐性的构建；《马家茶馆》《吕家染坊》《雷家炮铺》等作品既从审美性的构建出发来展示小镇风物人情，又从现实功利追求出发审视人性、反思历史。在上述作品中，由戏谑、揶揄、调侃所致的娱乐性，与由反思历史、观照人性所致的教化性融为一体。在汪曾祺的创作中，淡淡的功利追求在许多情况下与人性的抒发、人生情趣的记写、人生感悟展示相伴。例如，在《八千岁》中，对人性的把玩与对人性的审视并存；《岁寒三友》既展示了一种高尚纯洁的君子人格，又抒发了自己淡泊无欲的处世情怀；在《詹大胖子》中，作者既袒露了自己对尘世的超脱，又对已经成为历史的现实耿耿于怀，对“五小”教职员工的所作所为进行了道德评判。显然，在这些作品中，作者既用诗性的语言、诗性的情趣情感和传奇性的事件、传奇人物等质素构建作品的“乐”，又有明确的价值判断与价值追求，作品的审美性追求与现实功利同时存在。

“功利心理能量”的舒缓释放，是指叙事主体有着明确的现实功利追求，但这种功利追求表达显得舒缓、平和、从容，叙事主体的心理张力极小——与急切的功利表达相伴的是焦虑、紧张、兴奋、激动等心理状态，而与舒缓的功利表达相伴的则是舒缓、淡定、沉稳等心理状态。“功利心理能量”的舒缓释放有不同的表现，以颂扬、赞美等方式正面直接表达价

---

① 陈平辉：《在小说创作的沃土里耕耘并播撒——陈世旭近期小说创作印象》，《创作评谭》2003 年第 6 期。

值追求是最典型的表现方式。在迟子建的《鱼骨》《西林小教堂》《葫芦街头唱晚》《重温草莓》《小酒店初恋》《清水洗尘》等作品中，北方小镇总是充满温情，小镇人的人性美、人情美被作者反复吟唱。在鲁敏的小城镇叙事中，《暗疾》《白围脖》等作品的功利追求直露急切，而《思无邪》《纸醉》《燕子笺》《逝者的恩赐》等作品的功利追求的表达则是另一种状况：作者构建了一个没有怨恨、没有敌意，只有友善与亲和的小镇世界，在民风淳朴、人性美好的小镇世界里，有儒雅端庄的小学校长，有以天下为己任的尹老师，有善解人意、助人为乐的大元小元兄弟，有宽厚仁义的红嫂……鲁敏通过对淳朴民风的赞美及对美好人性的颂扬，委婉地表达了一种人文构建欲望，其赞美与颂扬之中有挥之不去的寄托。薛舒的《记忆刘湾》《小镇故事》《唐装》等作品在展示小镇人今天"有限度的堕落"之际，也展示了小镇生活的亮点，如小镇人的善良、安静，小镇生活的宁静，小镇民风的质朴等，作者通过亮点展示表达了自己的生活理想和对当下道德滑落、世风颓败的警惕。汪曾祺的《三姊妹》等作品对底层平民人性之美的赞扬，《徙》等作品对知识分子高洁人格的肯定，无疑出自带有功利性的价值追求，但作者的价值追求包含在对生活的超脱之中。当然，"功利心理能量"的舒缓释放也表现为"批判"等叙事姿态，但这种"批判"是"温柔"的。例如，魏微的《大老郑的女人》对颓败世风的批判，裘山山的《保卫樱桃》对小镇文化积习的批判，都是"温柔的批判"。

总而言之，功利心态有着不同的表达方式。与怀旧心态和愉悦心态的作用相比，功利心态在更大范围内、更大程度上影响着小城镇叙事。

功利心态是小城镇叙事的重要创作心理支撑。与愉悦心态、怀旧心态相比，功利心态与作为叙事对象的小城镇有着社会学、政治学等层面的亲和性。小城镇是一个相对独立、封闭的地域空间，因而在政治、经济、文化等方面具有相对的完整性、独立性、封闭性，事实上小城或小镇就是一个相对独立的王国。因此，在社会急剧转型的时代，在动荡频发之际，小城镇社会生活是整个社会生活的缩影，小城镇社会生活的隐喻性使小城或小镇成为一种特殊的被观照对象，一种能满足特殊叙事主体的社会干预欲求、政治介入欲望的观照对象，于是特殊的叙事主体与特殊的被观照对象（叙事客体）不期而遇。同时，叙事客体在政治学、社会学等层面的全景性与完整性，为叙事主体提供了文艺学、美学等层面的“可把握性”。因为，都市“体积”庞大，其内部结构繁复，乡村社会结构松散，其整体发展相对滞后，对于叙事主体而言，两者都不具有小城或小镇所具有的全景性与完整性，因而其“可把握性”或“可驾驭性”远远不及小城或小镇。于是，无论把小城镇作为直接的观照对象，还是把小城镇作为观照整个社会的叙事平台，有着急切价值欲望的叙事主体都会毫不犹豫地将小城或小镇当成首选的叙事对象。

如果说，愉悦心态、怀旧心态与小城镇叙事小说的“审美性”有着更直接关联的话，那么功利心态则是新时期小城镇叙事小说的“精英性”生成的主要驱动力。换句话说，功利心态促成了小城镇叙事小说的认识价值与教化价值，因为它促使小城镇叙事从社会学、政治学等视角出发，展示了小城镇这一特定地域空间内特定历史时代的社会现实，记叙了特定历史时代的特定空间内的人性人格，以及一个介于大都市与乡村之间的特殊社会群体的生存方式。

** ** ** **

本章研究了小城镇叙事的三种叙事心态。在此我们有必要粗略地讨论两个问题，作为对本章整体论证的补充说明。

一是三种叙事心态的交叉。怀旧心态、愉悦心态、功利心态，三者既有各自的相对独立性，又存在一定的外延相交。例如，“怀旧”有时带有明显的“闲适”倾向，这种“闲适”倾向就是出自愉悦心态，但“怀旧”在一般情况下都有明确的价值取向，如对现代化的拒斥、对当下现实的间接批判，而这些创作行为就是功利心态的间接表达；由急切的功利心态支撑的现实批判，有时通过调侃、揶揄、恶谑等表述方式实现，此时功利心态与愉悦心态融为一体；某些远离当下现实的“闲适叙事”（如汪曾祺的部分创作）以及以调侃、戏谑（如陈世旭的历史叙事）为主要叙述方式的作品，叙事方式本身就是“内容”，这种特殊的“内容”隐含着是非评判、价值选择等功利行为。例如，汪曾祺的闲适呈现出疏离主流话语的姿态，隐含着一种强劲的政治拒斥，陈世旭对历史的恶谑曲折委婉地表明了不能直陈明说的历史评价。

二是小城镇意识是怀旧心态、愉悦心态、功利心态的思想基础，三种叙事心态的形成基于小城镇意识。作为叙事主体的思想意识，小城镇意识在此是一个复合概念，它有两个层面。一是作为一般社会意识的小城镇意识。作为一般社会意识的小城镇意识，是一种区别于都市意识或乡土意识的社会意识。这种社会意识主要表现为对小城镇生活方式的认可、对小城镇社会文化与小城镇价值体系的皈依。对于许多生长在小城镇和长期“介入”小城镇的叙事主体而言，对小城镇生活方式的认可、对小城镇社会文化与小城镇价值体系的皈依，往往演变为小城镇社区个体（小城镇的叙事主体）的文化自信与文化自足，甚至产生文化心理学上的文化依赖，进而生成将小城镇作为精神归属的“文化偏安”心理。作为一般社会意识的小城镇意识是怀旧心态、愉悦心态、功利心态形成的重要思想基础，这三种叙事心态与社会学层面的小城镇意识有着千丝万缕的联系。例如，对小城镇的归属感会生发出指向小城镇的责任心与使命感，而指向小城镇的责任心与使命感是功利心态形成的心理基础，因而就有了由热爱小城镇所致的赞美及“由爱生恨”的谴责与批判。汪曾祺、孙方友等作家的“闲适叙事”同时受到愉悦心态与怀旧心态的支撑，而愉悦心态与怀旧心态的生成，与叙事主体自身基于小城镇社会的文化自信、文化自足有关，与叙事主体的小城镇文化“偏安心理”密切相关。

小城镇意识的另一层面是作为创作意识的“小城镇叙事意识”。作为创作意识的小城镇叙事意识有两重内涵：一是叙事主体对作为叙事对象的小城镇的文化学、社会学、政治学认识及在此基础上产生的思想观念（如对小城镇本质的认识、对小城镇社会在现代化进程中嬗变的认识等），二是创作主体对作为叙事对象的小城镇的特殊负载功能、意象功能、审美特征的认识。或将叙事主体将小城镇当成观照对象，或将小城镇当成叙事载体，叙事主体对小城镇的文化学、社会学、政治学和文艺学、美学关注，都会转化为“述说”小城镇的叙事心态，于是就有了怀旧心态、愉悦心态、功利心态等不同叙事心态，就有了审视、批判、玩味、欣赏等叙事行为。

总而言之，叙事心态影响着小城镇叙事的题材选择、价值取向、“教”“乐”比例配置及整体叙事风格。

附　录
孙方友笔下的颍河镇

河南作家孙方友是“专攻”小城镇叙事的作家之一。他笔下的颍河镇实际上是河南淮阳县的小镇新站集。孙方友在《我的自说自话》一文中这样描述生他养他的小镇新站集：

> 我出生的小镇叫新站集，名字很新潮，实际已有千年历史。镇子南靠颍河，北临汴京至皖地的国道，为水陆码头。当时颍河通航，从漯河至阜阳、蚌埠，从皖地往周口、漯河的船队络绎不绝。由于航运便宜，小镇就成了中转站和集散地。县城里的木材公司、土产公司、盐业公司、煤炭公司在我们那里都设有分公司。镇上解放前有脚夫班，1950 年成立了搬运大队。队上有百十号装卸工，整天忙得不亦乐乎。镇上有三个大码头，上码头卸盐卸粮卸木材；中码头渡车渡人卸百货；下码头卸竹器、铁器、石器和煤炭。商队多的时候，三个码头皆是桅杆林立……

从孙方友的介绍中可以得知，小站集地处水路交通要道，小镇经济发达，历史悠久。深厚的历史积淀、急剧的现实变化、对乡土的眷念之情与感恩之心，决定了作家对小镇难以割舍的深情。出于描写的方便及避免不必要的麻烦，新站集化名为“颍河镇”出现在作家的笔下，作家描写颍河镇的作品多达几百篇。对小镇生活的了解或烂熟，决定了作家描写小镇的特殊方式：虚构与写实交融。因此，孙方友“小镇系列”中的许多人物、情节或故事、地名等就来自小镇，这就意味着“小镇系列”中的人物、事件发生的地点以及作品所描写的手艺、职业、风土人情与小镇有着千丝万缕的联系。也因此，作者提供了其部分创作与小镇发生关联的信息，特附录如下：

一　颍河镇手艺、职业与相关作品

铁匠：《铁匠王直》《龙铁匠》《卢桂生》。

木匠：《木匠常亮》《梁木匠》。

工匠：《邱大力》。

油匠：《张大锤》。

皮匠：《皮匠》。

粉匠：《何家粉坊》。

阉匠：《章老三》。

石匠：《马老大》。

经纪人：《周大嘴》。

算卦：《邓万林》。

刻章：《刘汕》。

剃头匠：《张彩祥》《老梅》《老常》《老典》。

扎彩匠：《韩广太》《袁大恩》。

屠夫：《赵屠夫》《张屠夫》《袁屠夫》《赵老闷》《胡屠夫》。

屠妇：《快三娘》《杀猪的杨家》。

竹匠：《竹匠铺》。

刮肠衣：《雷英》。

船夫：《姜刺猬》《施本言》。

艄公：《老施》。

脚夫：《脚夫》《姜大力》《李中国》。

搓澡工：《张娃》。

神婆：《巫女胡梅》《神婆》。

神汉：《神汉》。

长老：《曹长老》。

医生：《伊医生》《李泽北》。

兽医：《兽医老胡》。

接生婆：《产婆》《姜老太》。

投递：《邵投递》《楚天齐》。

更夫：《更夫老仝》。

鞋匠：《鞋匠白王》《王洪文》《崔书记》。

厨师：《曾大凡》。

轿夫：《轿夫》。

僧人：《姜门亮》。

小偷：《康天峙》。

卖水：《老马》《老吉》。

卖老鼠药：《瞎老虎》。

卖大力丸：《刘勇》《刘二双刀》。

乞讨：《瘫儿》《瞎侃儿》。

伶人：《唐杰》《哑喉咙》。

妓女：《红女》。

堂官：《王跑》《大老周》。

（涉及 40 多种职业或手艺）

二　颍河镇店铺与相关作品

药铺：《雷家药铺》《曾老廉》《周记诊所》。

炮铺：《雷家炮铺》《田家炮铺》。

馍铺：《苏家馍铺》《胡家烧饼》。

果铺：《刘家果铺》《汪家果铺》。

酒馆：《刘家酒馆》《白家酒馆》。

罗铺：《钱学孔》。

面铺：《于家面铺》《王货》。

米店：《苑家米店》。

鞋铺：《朱氏鞋铺》。

面条铺：《黄氏面条铺》。

饺子铺：《钱氏饺子铺》。

染房：《吕家染坊》。

剃头铺：《冉氏剃头铺》。

澡堂：《高家澡堂》。

渔行：《吕家渔行》。

布店：《张记布店》《花家布店》。

修车铺：《张氏修车铺》。

干店：《卢家干店》。

饭店：《张瘸子》。

裁缝店：《田裁缝》《夏莹雪》。

茶馆：《白家茶馆》《马家茶馆》《罗锅》《茶婆》。

粮行：《任家粮行》。

货栈：《康家货栈》。

弹花店：《雷家弹花店》。

膏药店：《曾家膏药》。

书店：《小阎》。

配种站：《牛氏配种站》。

豆腐坊：《海氏豆腐坊》。

油坊：《曾家油坊》《唐家油坊》。

杂货店：《吴大肚子》《刘大肚子》。

卤肉店：《煮卤肉的老雷》。

羊肉铺：《马六》。

猪行：《老袁》。

鸡鸭行：《老黑》。

烟酒店：《谭记小店》。

（涉及近40个行业）

三　颍河镇地理及现今主要单位

小镇西街：上码头、盐业仓库、木材公司、粮库、清真寺、机械厂、山陕会馆、西街小学。

小镇北街：航运站、搬运大队、食品公司、皮革厂、兽医站、小北关、寄卖所、工商所、澡堂、镇完小、卫生院、水利站。

小镇东街：收购站、邮电所、土产公司、煤炭公司、下码头、蒜片厂。

小镇南街：酒厂、中码头。

小镇中街：镇政府、供销社、供销社食堂、戏院、书店、医药公司。

主要参考文献

一　学术论著

胡亚敏：《叙述学》，华中师范大学出版社，1994。

杨义：《中国叙事学》，人民出版社，2009。

徐岱：《小说叙事学》，商务印书馆，2010。

熊家良：《现代中国的小城文化与小城文学》，中国社会科学出版社，2007。

钟振纲：《新世纪文学的小城世界》，硕士学位论文，海南师范大学，2009。

曹文轩：《二十世纪末中国文学现象研究》，作家出版社，2003。

丁帆、许志英：《中国新时期小说主潮》，人民文学出版社，2002。

童庆炳：《文艺心理学教程》，高等教育出版社，2001。

王又平：《新时期文学转型中的小说创作潮流》，华中师范大学出版社，2001。

魏天祥：《九十年代文艺新变化研究》，中共中央党校出版社，2000。

谭桂林：《转型期中国审美文化批判》，江苏文艺出版社，2001。

周宪主编《世纪之交的文化景观——中国当代审美文化的多元透视》，上海远东出版社，1998。

朱水涌：《世纪之交的中国文学》，厦门大学出版社，2000。

周水涛：《新时期小城镇叙事小说视野中的小城镇》，湖北人民出版社，2009。

陈勤建：《文艺民俗学》，上海文艺出版社，2009。

费孝通：《论小城镇及其他》，天津人民出版社，1986。

费孝通：《乡土中国》，上海人民出版社，2008。

吴方桐主编《社会学教程》，华中师范大学出版社，2007。

司马云杰：《文化社会学》，中国社会科学出版社，2001。

韩明谟：《农村社会学》，北京大学出版社，2001。

周晓虹：《现代社会心理学》，上海人民出版社，1997。

赵伯陶：《市井文化与市民心态》，湖北教育出版社，1996。

汪广松：《市井里的茶酒杂戏》，重庆出版社，2007。

李满：《流行风探秘》，朝华出版社，1987。

张鸿雁主编《城市·空间·人际——中外城市社会发展比较研究》，东南大学出版社，2003。

杨贵庆：《城市社会心理学》，同济大学出版社，2000。

张俊芳、张慧君、邹玉杰：《社会转型期社会文化心态变迁规律研究》，大连海事大学出版社，2002。

郑雪主编《人格心理学》，暨南大学出版社，2001。

刘良贵：《人性与导向：人性的形成机制探讨》，中国地质大学出版社，2009。

刘祖云：《从传统到现代——当代中国社会转型研究》，湖北人民出版社，2000。

胡伟略：《人口社会学》，中国社会科学出版社，2002。

〔美〕艾凯：《世界范围内的反现代化思潮——论文化守成主义》，贵州人民出版社，1991。

〔美〕马泰·卡林内斯库：《现代性的五副面孔》，顾爱彬、李瑞华译，商务印书馆，2004。

董小玉：《中国经济转型与文艺发展研究》，重庆大学出版社，1998。

〔美〕丹尼尔·贝尔：《资本主义文化矛盾》，赵一凡等译，三联书店，1989。

〔美〕伯纳德·巴伯：《科学与社会秩序》，顾昕译，三联书店，1991。

〔美〕米歇尔·福柯：《生命政治的诞生（1978～1979）》，莫伟民、赵伟译，上海人民出版社，2011。

汪建钊编选《别尔嘉耶夫集》，上海远东出版社，2004。

贺雪峰：《新乡土中国：转型期乡村社会调查笔记》，广西师范大学出版社，2003。

袁祖社：《权力与自由：市民社会的人学考察》，中国社会科学出版社，2001。

朱光磊：《政治学基础》，首都经济贸易大学出版社，2007。

周平主编《政治学导论》，云南大学出版社，2007。

李佐军：《中国的根本问题——九亿农民何处去》，中国发展出版社，2000。

张谦：《〈资治通鉴〉与中国政治文化》，中国广播电视出版社，1993。

〔意〕马基雅维里：《君主论》，张志伟等译，陕西人民出版社，2006。

韩养民：《中国风俗文化导论》，陕西人民出版社，2002。

二 学术论文

陈美兰：《创作主题的精神转换——考察中国新时期文学的一种思路》，《文学评论》1998 年第 5 期。

丁帆：《九十年代小说走向再认识》，《江苏社会科学》1997 年第 2 期。

易竹贤、李莉：《小城镇题材创作与中国现代小说》，《江汉论坛》2003 年第 11 期。

逄增玉：《文学视野中的小城镇形象及其价值》，《湛江师范学院学报》2003 年第 5 期。

杨剑龙等：《“小城文化与小城文学”笔谈》，《湛江师范学院学报》2003 年第 5 期

熊家良：《三元并立结构中的小城文化与小城文学》，《湛江师范学院学报》2003 第 5 期。

栾梅健：《小城镇意识与中国新文学作家》，《中国现代文学研究丛刊》1997 年第 4 期。

樊星：《当代文学与地域文化》，《文学评论》1996 年第 5 期。

施战军：《论中国式的城市文学的生成》，《文艺研究》2006 年第 1 期。

王向东：《近年官场小说漫评》，《扬州大学学报》2002 年第 5 期。

赵冬梅：《现代小说中的小城场景》，《北方论丛》2001 年第 1 期。

赵冬梅：《东西冲突中的现代小城文化》，《学术研究》2003 年第 4 期。

龙迪勇：《梦：时间与叙事》，《江西社会科学》2008 年第 8 期。

段崇轩：《传统叙事的魅力——评孙方友的小说创作》，《小说评论》2006 年第 3 期。

孙青瑜：《孙方友小小说的独特魅力》，《南方文坛》2003 年第 2 期。

程绍国：《文坛双璧——林斤澜与汪曾祺》，《当代》2005 年第 1 期。

蒋喻艳：《乡镇社会的代言人——略论彭瑞高的乡土小说创作》，《上海师范大学学报》2000 年第 1 期。

杨立元：《由乡村到城市：何申的审美转移——何申“热河系列”小说》，《文艺理论与批评》2000 年第 4 期。

吴尔泰：《话说〈将军镇〉——陈世旭长篇小说〈将军镇〉研讨会综述》，《创作评谭》1999 年第 1 期。

陈平辉：《在小说创作的沃土里耕耘并播撒——陈世旭近期小说创作印象》，《创作评谭》2003 年第 6 期。

郑孝芬：《“东坝”意境及其意义——评鲁敏的小说世界》，《时代文学》2010 年第 11 期。

李畅：《历史、传统与民间人事的魅力——评薛舒的“刘湾镇”系列小说》，《当代文坛》2010 年第 5 期。

魏饴：《悄然勃兴的休闲文学》，《文艺报》2000 年 4 月 25 日。

刘锋杰：《文学想象中的“政治”及其超越性——关于“文学政治学”的思考之三》，《西北大学学报》2009 年第 6 期。

王颖：《女权理性视野下的二十世纪中国女性文学》，《山东社会科学》2003 年第 1 期。

房福贤：《新时期文学生成的时代文化语境》，《山东师范大学学报》2006 年第 5 期。

陈成才：《回到人间的官员形象——近十年小说官员形象分析》，《广西民族学院学报》2001 年第 1 期。

罗四林：《政治文化与当代官场小说略论》，《湖南农业大学学报》2005 年第 2 期。

黄雪敏：《文学“怀旧”心理原型论》，《重庆三峡学院学报》2008 年第 6 期。

马大康：《反抗时间：文学与怀旧》，《文学评论》2009 年第 1 期。

周平：《解读怀旧文化》，《理论月刊》2007年第8期。

钟敬文：《文学研究中的艺术欣赏和民俗学方法》，《文学评论》1998年第1期。

唐雅玲：《论京派作家的风俗叙事》，《中南大学学报》2005年第2期。

陈勤建：《文艺民俗学漫谈》，《民俗研究》1989年第3期。

宋德胤：《民俗美论》，《社会科学战线》1986年第3期。

辛秋水：《小城镇：第三种社会》，《福建论坛》（经济社会版）2001年第5期。

冯文华、杨婉林：《转型期社会文化心态变迁机制》，《吉林大学社会科学学报》2000年第6期。

冯文华：《社会文化心态演变中的有序重组规律》，《吉林大学社会科学学报》2001年第4期。

徐强、陈红贵：《生成着的人性：人类道德发展主体动力新探》，《内蒙古社会科学》（汉文版）2004年第3期。

张俊芳：《社会文化心态的意蕴指向》，《东北师范大学学报》2002年第3期。

罗萍、张建设：《转型社会小城镇社区权力结构变迁研究——以团风镇社区为个案》，《武钢职工大学学报》2001年第2期。

龚慧娴：《小城镇："第三元社会"的偏好》，《城市问题》2005年第2期。

王志宪、吕霄飞：《中国小城镇发展概述》，《青岛科技大学学报》2010年第2期。

高春花、刘俊娥：《论耻感的道德价值——以中国传统道德文化为例》，《河北大学学报》2007年第4期。

李之鼎：《现代性道德刍议——李泽厚哲学摭札》，《社会科学论坛》2007年第4期。

王学川：《论历史评价的合理性》，《理论与现代化》2007年第2期。

刘文：《社会转型期道德观念的变化及导控》，《理论前沿》2005年第21期。

樊浩：《耻感与道德体系》，《道德与文明》2007年第2期。

安云凤：《论性道德的发生机制》，《上海师范大学学报》2000年第

4 期。

谢龙、詹献斌：《文化与文化的人格内核》，《学术研究》2001 年第 2 期。

庞卫国：《价值多元与主导价值观》，《求索》2003 年第 1 期。

袁园：《论当代历史叙事范式的转型》：《理论月刊》2009 年第 11 期。

吴理财：《小城镇发展的政治社会学分析》，《福建论坛》（经济社会版）2001 年第 5 期。

孙立平：《关注 90 年代中期以来中国社会的新变化》，《社会科学论坛》2004 年第 1 期。

孙立平：《对社会二元结构的新认识》，《学习月刊》2007 年第 1 期。

郭亮：《权力的社会文化逻辑——兼论乡镇政权的政治文化生态建设》，《华中师范大学研究生学报》2006 年第 4 期。

齐秀生：《官本位意识的历史成因及对策》，《文史哲》2002 年第 2 期。

肖群忠：《论政治权术与政治道德的关系》，《齐鲁学刊》1996 年第 1 期。

宋玖林：《公共行政的合法性危机及其出路》，《湖南科技学院学报》2006 年第 2 期。

王卫平等：《从现代小说中的文人形象看知识分子的道德人格》，《文学评论》2009 年第 1 期。

周新民：《〈圣天门口〉：现实主义新探索》，《小说评论》2007 年第 1 期。

卢汉超：《略论中国文化中的小城镇情结》，《华东师范大学学报》2009 年第 6 期。

索 引

Y

Z

后 记

本书是笔者主持的国家社科基金项目“新时期小城镇叙事小说研究”（批准文号 08BZW063）的最终成果。

由于当时新时期小城镇叙事小说研究几乎是一块空白，所以笔者在申报这一课题之际信心十足，雄心勃勃，决心在这一研究领域内做出一点成绩。然而，在研究展开之后，我才觉察到自己当初过于自信，因为研究举步维艰——可资借鉴的资料极少，几乎一切都要从头做起。在“现代文学”范畴内，熊家良的专著《现代中国的小城文化与小城文学》、赵冬梅的“小城小说”研究系列论文，应该是小城镇叙事小说研究的典范之作，但由于时代的发展、描写对象的变化、创作背景的更替等诸多方面的原因，与先前的小城镇叙事小说比较，新时期小城镇叙事小说在内涵、题材、风格等许多方面有着自己的特点，因而研究“现代文学”阶段小城镇叙事小说的方式方法并不完全适用于研究新时期小城镇叙事小说，因此，熊家良、赵冬梅等学者的研究对于本课题研究的借鉴作用相当有限。王铮、钟振纲等年轻学者的“小城文学”研究为本课题研究提供了颇多帮助，但这些帮助主要集中在资料层面……所以，可资借鉴资料的缺乏、已有研究成果的稀缺，决定了本课题研究在许多层面都要从头做起，如作家作品甄别和解读、作家创作线路的梳理、逻辑板块的切分、整体研究的逻辑框架建构等。本课题的“草创性”也决定了本课题研究的不足，如研究深度欠缺、理论深度不大，等等。这些欠缺与不足的弥补，有待来日。

本课题历时三载，在文稿付梓之际，首先感谢湖北工程学院科技处在国家拨款基础上的经费配套！感谢湖北工程学院图书馆完备的信息支撑与周到的查询服务！

其次，感谢项目总体指导陈美兰教授。我的导师陈美兰教授在本课题的整体设计、研究展开、文稿修改等方面做了大量工作。我还得感谢王庆生先生（华中师范大学原校长、国内当代文学研究知名学者）的指导。王先生治学严谨，对本专著的初稿字斟句酌，仔细审读，提出了中肯的修改意见。

再次，感谢我的领导与同事。本选题的确定，得益于湖北工程学院副院长覃彩芹的督导与点拨，湖北工程学院科技处的李春生、聂社军、黄红发、张红、邓敏、张金城等领导及工作人员为本项目的顺利完成提供了种种帮助，湖北工程学院文学与新闻传播学院的江胜清、王文初、余志平、方华蓉等领导与同事为本项目的完成提供了直接帮助，笔者在此一并表示衷心感谢！

最后，笔者还得感谢社会科学文献出版社曹义恒等同志对拙著出版的帮助。

拙著借鉴了众多专家学者的研究成果，笔者未能将所有参考资料名目一一列出。在此，笔者代表课题组向相关专家与学者致以深深的歉意与真挚谢的谢意。

项目主持人　周水涛

2012 年 6 月 8 日

图书在版编目(CIP)数据

新时期小城镇叙事小说研究/周水涛著．—北京：社会科学文献出版社，2012.11
ISBN 978-7-5097-3988-4

Ⅰ.①新… Ⅱ.①周… Ⅲ.①小说研究-中国-当代 Ⅳ.①I207.42

中国版本图书馆 CIP 数据核字（2012）第 264393 号

新时期小城镇叙事小说研究

著　　者／周水涛

出 版 人／谢寿光
出 版 者／社会科学文献出版社
地　　址／北京市西城区北三环中路甲 29 号院 3 号楼华龙大厦
邮政编码／100029

责任部门／社会政法分社（010）59367126　　责任编辑／曹义恒
电子信箱／shekebu@ssap.cn　　责任校对／李瑞芬
项目统筹／曹义恒　　责任印制／岳　阳
经　　销／社会科学文献出版社市场营销中心（010）59367081　59367089
读者服务／读者服务中心（010）59367028

印　　装／北京鹏润伟业印刷有限公司
开　　本／787mm×1092mm　1/16　　印　　张／18.25
版　　次／2012 年 11 月第 1 版　　彩插印张／0.25
印　　次／2012 年 11 月第 1 次印刷　　字　　数／297 千字
书　　号／ISBN 978-7-5097-3988-4
定　　价／59.00 元